사임당 빛의 일기
上

사임당 빛의 일기 上

1판 1쇄 인쇄 2017년 3월 8일 **1판 1쇄 발행** 2017년 3월 15일

원작 박은령 박은경기획
각색 손현경
펴낸이 김강유
편집 이승희 **디자인** 윤석진
발행처 김영사
주소 경기도 파주시 문발로 197(문발동) 우편번호 10881
등록 1979년 5월 17일(제406-2003-036호)
구입 문의 전화 031)955-3200 **팩스** 031)955-3111
편집부 전화 02)3668-3292 **팩스** 02)745-4827 **전자우편** literature@gimmyoung.com

비채 카페 cafe.naver.com/vichebooks **인스타그램** @drviche
트위터 @vichebook **페이스북** facebook.com/vichebook
ISBN 978-89-349-7755-1 04810 | 978-89-349-7757-5 (세트)
책값은 뒤표지에 있습니다.

비채는 김영사의 문학 브랜드입니다.

사임당
빛의 일기

드라마 원작소설
박은령 원작 ○ 순현경 각색

上

비채

[조선시대]

── 신사임당申師任堂, 1504~1551

진보적 이상주의자인 아버지 신명화申命和 덕분에 여자인 것이 걸림돌이 되지 않는 어린 시절을 보냈다. 꼭 한번 가보고 싶던 금강산을 그린 안견의 〈금강산도〉가 있다는 소문을 듣고 이웃 헌원장의 담을 넘어 들어갔다가 운명처럼 이겸을 만났다. 그와 함께 그림을 그리고 음률을 이야기하며 애틋한 마음을 키워가지만, 그림을 그리러 올라간 운평사에서 참혹한 광경을 목격한 후 모든 것이 바뀌어버린다.

── 이겸李嶹, ?~?

역적으로 몰렸으며 훗날 복원된 구성군의 손자. 냉혹한 군주 중종에게 직언하는 유일한 말벗으로, 또 예술가로 불꽃 같은 삶을 살았다. 소년 시절, 사임당과 예술로 공명하며 그녀를 향한 순애보를 키워가지만, 어쩐 일인지 첫사랑은 참담한 실패로 끝났다.

── 휘음당 최씨석순

주막집 딸로 태어나 남몰래 이겸을 짝사랑하지만 사임당의 그늘에 가려진 어린 시절을 보냈다. 그리고 이십 년 후, 무서운 속도로 출세가도를 달리는 민치형의 정실부인이 되어 다시 나타난 그녀는 옛날을 잊은 듯 화려한 모습이다.

── 민치형

과거 평창의 현령에 불과했으나 20년 후 출세의 중심에 선 인물. 한양에서 민치형과 조우한 신사임당은 그를 보자마자 얼음처럼 굳어버린다. 20년 전 그들에게는 무슨 일이 있었던 것일까.

── 중종中宗, 재위 1506~1544

조선 제11대 왕. 연산을 폐위시킨 공신들에 의해 왕위에 올랐다(중종반정). 개혁의 꿈을 꾸면서도, 연산의 최후를 보았기에 자신도 언젠가 그처럼 되지 않을까 하는 두려움에 떨며 산다.

—— 서지윤

한국미술사를 전공한 연구원이자 대학교의 강사이다. 또한 여덟 살 아들 '은수'의 엄마이자 펀드매니저인 민석의 아내로 워킹우먼의 삶을 산다. 교수 임용 문턱에서 여러 차례 고배를 마신 그녀에게 드디어 기회가 찾아온다. 바로 안견 선생의 〈금강산도〉 논문을 쓰는 것. 그러나 그녀의 눈에 벅찬 기대 끝에 만난 〈금강산도〉는 어딘가 이상하기만 하다. 학회에 참석하기 위해 이탈리아로 날아간 지윤은 우연히 사임당 신씨의 일기로 추정되는 고서를 발견한다.

—— 한상현

어린 시절부터 천재 소리를 익숙하게 듣고 자랐다. 한국대학교에서 강사로 일하다 해고된 후 민정학 교수의 〈금강산도〉 연구에 반기를 들며 선배인 지윤까지 위기에 빠뜨린다. 그 후 지윤이 발견한, 사임당 신씨가 남긴 것으로 추정되는 일기를 해독하면서 거대한 운명에 휘말린다.

—— 민정학

지윤의 지도교수이자 문화계의 떠오르는 '실세 중의 실세'이다. 제자인 지윤과 옛 제자인 상현이 그의 연구에 반기를 들면서 처음으로 추락을 경험한다.

—— 정민석

지윤의 남편이자 억대 연봉을 자랑하는 펀드매니저이다. 무슨 일에든 돈을 최우선에 두고 냉혹한 승부사로 자신만만하게 살아왔다. 그러나 투자회사를 운영하던 중, 뜻하지 않은 사고로 도망자 신세가 된다.

—— 고혜정

지윤의 절친한 친구이자 박물관에서 근무하는 고미술 복원전문가이다. 지윤의 일에 지윤보다 기뻐하고 슬퍼하며 울분을 터뜨린다. 지윤이 사임당 신씨의 일기를 해독하는 데에 결정적 도움을 준다.

차
례

이탈리아, 토스카나의 호숫가 대저택

1542년 겨울

모든 것을 버리고 왔다. 삶의 잔해가 흩뿌려진 조국을 등지고 섬기던 군주를 저버리고, 낯선 이국땅에서 한낱 가난한 목숨을 부지하고 있다. 살라는, 제발 삶을 택해달라는 그녀의 마지막 말을 생명줄인 양 움켜쥐고 조선을 떠나왔다. 내 몸을 감싸고 있는 허름한 철릭과 흐트러진 상투머리를 제외한 모든 것이 낯설다. 나는 이방인이다. 하늘에 닿을 듯 드높은 천장과 화려한 벽장식, 명나라에서도 본 적 없는 생소한 그림들, 가야금 연주보다 구슬프게 들리는 악기 소리, 피부색이 다른 사람들의 호기심과 동정 어린 눈길에 현기증이 인다. 나는 눈을 감는다. 그러면 그곳에 그녀가 있다. 온통 어슴푸레하고 깊은 그림자로 덮인 나의 기억 속에 한 줄기 빛처럼 그녀가 서 있다. 희고 반듯한 이마, 먹물을 찍어 넣은 듯 검게 빛나는 눈동자, 손으로 다듬은 듯 우아하게 솟은 콧날, 온화한 미소가 어린 살굿빛 입술, 귓전에 울리는 청아한 목소리. 그녀의 모든 것이 내 안에 있다. 그녀를 떠올리는 일을 방해하는 것은 아무것도 없다. 나는 눈을 번쩍 떴다. '그러자. 내 기억 속의 그녀를 화폭에 담자.' 불현듯 솟구치는 작화의 욕망이 꺼져가던 생의 불씨에 바람을 불어넣었다.

붓을 내려놓고 무거운 몸을 겨우 일으켰다. 온몸이 마디마디 저리다. 얼마나 흘렀을까. 짐작건대 달이 제 몸을 세 번쯤 풀었으니, 석 달은 족히 지났을 것이다. 창을 가리고 있는 두꺼운 천을 열어젖히자, 어둑한 방 안으로 달빛이 스며들었다. 나는 생경한 눈빛으로 방 안을 둘러보았다. 다 타버린 촛불 아래로 화구들이 어지러이 널려 있었다. 그리고 내 붓끝에 완성된 그녀가 있었다. 미세하게 떨리는 손으로 옷매무새를 가다듬고 그림 앞에 섰다.

그림 속 그녀는 기품 있는 회색빛 치마와 패랭이꽃이 엷게 물든 듯한 연보랏빛 저고리를 입고 있었다. 웃는 듯 우는 듯 알 수 없는 오묘한 표정으로 나를 바라보는 그녀는 마치 살아 있는 것 같았다. 심연 저 밑바닥에서 무언가 뜨거운 것이 울컥 올라왔다. 모든 것을 쏟아냈다. 그녀에게 차마 할 수 없었던 말을, 전해지지 못한 내 감정을, 사무친 그리움을.

　회한을 붓끝에 쏟아내고 이제 나는 텅 비었다. 내 모든 것이 그녀가 되었으므로, 이제 되었다.

第一部

발견

1
...

지윤은 〈금강산도〉를 보고 있었다. 〈금강산도〉 논문을 맡기겠
다는 민 교수의 말이 떨어지기 무섭게 그의 연구실로 달려온 참이
었다. 말로만 듣던 안견의 〈금강산도〉를 드디어 실물로 보게 되다
니! 그러나 벅찬 감격은 그림 앞에 선 지 십 분 만에 수그러들었
다. 뭔가 이상했다. 붓으로 북북 그은 우람한 암석이나 세심하게
덧칠된 나무들, 산허리를 휘감고 피어오르는 안개는 안견 특유의
화법을 구사하고 있었으나, 어쩐지 느낌이 오지 않았다. 다른 건
몰라도 미술작품을 대하는 지윤의 안목만큼은 남달랐다. 명작과
위작을 귀신처럼 집어내는 눈썰미에 내로라하는 미술학회 사람들
조차 혀를 내둘렀다. 목에 칼이 들어와도 '안 좋은 걸 좋다'라고는
못 하는 성미이지만, 이번에는 좀 더 신중해야 했다. 어린 시절 우
연히 보게 된 그림에 압도당한 후, 그녀는 장차 한국미술사에 큰

획을 긋는 사람이 되리라 다짐했다. 타고난 영민함과 불타는 학구열로 대학 시절까지 수재들과 어깨를 나란히 해온 그녀였기에 자신이 학회를 발칵 뒤집어놓을 논문을 누구보다 먼저 발표하고 제자를 양성하는 교수가 될 줄 알았다. 그러나 교수 임용을 앞두고 여러 차례 탈락의 고배를 마시면서, 그림을 보는 안목보다 정치적 기술이 더 중요함을 깨달았다. 미술사학계의 실세인 민정학을 지도교수로 섬기면서 그의 집안일이며 연구실의 온갖 잡일을 도맡아 한 것도 오직 교수 임용을 위한 발버둥이었다. 그러던 차에 민 교수가 드디어 그녀에게 기회를 준 것이다. 〈금강산도〉는 단순한 그림이 아니었다. 오백 년 된 안견의 〈금강산도〉를 발견했다는 것, 그것이 진품임을 입증한다는 것은 장차 민 교수가 문화부 장관을 비롯한 문화 권력을 손에 쥘 수 있는 토대를 만드는 일이었다. 그토록 중요한 〈금강산도〉 논문을 지윤에게 맡겼다는 것은 그녀의 입지를 공고히 해주겠다는 무언의 제안이었다.

지윤은 심기일전하듯 콧등에 걸린 안경을 올리며 그림을 뚫어져라 바라보았다. 사안이 사안인 만큼 보다 신중해져야 했다. 하지만 달라진 게 없었다. 마음을 백만 번 고쳐 먹어도, 그림은 어떤 느낌도 전하지 않았다. 심지어는 족자의 단풍 무늬조차 안견의 시대와는 맞지 않았다. 석연찮은 기분에 안경을 벗고 흘러내린 머리를 뒤로 넘기는데, 휴대전화가 울렸다. 민정학 교수였다.

"네, 교수님!"

지윤은 애써 밝은 목소리로 전화를 받았다.

"그 논문 제목을 말이지, '안견의 〈금강산도〉 발견과 미술사적 의의'로 바꿔봐!"

"네…… 훨씬 좋네요."

"그렇지? 수고해!"

민 교수의 흡족한 웃음소리를 끝으로 통화가 종료되었다. 지윤은 휴대전화를 주머니에 넣으며 민 교수의 책상 앞으로 걸어갔다. 책상 위에는 연구 자료들이 무질서하게 흩어져 있었다. 용케도 '안견의 진작眞作 〈금강산도〉 연구'라고 메모된 자료뭉치가 눈에 띄었다. 펜으로 민 교수의 말을 옮겨 적던 지윤은 나지막이 한숨을 내뱉었다. 뭔가 개운치 않았다.

날이 기울고 사위가 어둑해질 무렵, 지윤은 아파트 출입구로 들어섰다. 고급스러운 조명이 엘리베이터 앞 로비를 훤히 밝히고 있었다. 엘리베이터에 올라탄 지윤은 거울을 보며 옷매무새를 가다듬었다. 손목시계를 보니 7시가 넘어가고 있었다. 시어머니인 정희의 전화를 받자마자 부리나케 달려왔지만, 퇴근하는 사람들로 북적이는 도심을 뚫고 오기란 쉽지 않았다.

40평대 아파트로 이사 온 뒤로 정희는 시가 쪽 친척들을 자주 초대하곤 했다. 이유는 간단했다. 과거 어려웠던 속사정을 뻔히 알면서도 도움을 주지 않았던 그들에게 지금 자신이 어떻게 살고 있는지 보여주고 싶기 때문이었다. 서울대를 나와 억대 연봉의 펀드매니저로 승승장구하고 있는 아들 민석과 수재를 넘어 천재의 가능성마저 보이는 손자 은수, 거기다 머잖아 교수가 될 며느리 지윤까지, 모두가 정희의 자랑거리였고 자부심이었다.

"이번 경시가 보통 대회가 아니거든! 전국에서 수학으론 일등이라는 얘기잖아요? 이제 국제중, 특목고 코스는 수월하게 가는 거니깐!"

"어이쿠, 대단하네!"

연신 추임새를 넣으며 닭다리를 뜯는 시동생을 바라보며 정희가 흡족하게 웃었다.

"호호호, 요즘은 모르는 엄마들까지 팀 수업하자고 아주 난리도 아니에요. 대치동에 소문 쫙 났다나 어쨌다나……."

정희는 알고 있었다. 그녀가 하나밖에 없는 아들 민석을 서울대에 보내려고 쥐꼬리만 한 생활비를 쪼개서 뒷바라지를 해댈 때, 시댁 식구들이 그녀를 어떤 눈으로 보았는지 말이다. 유난스럽다느니 유별나다느니, 엄마 치마폭에 싸고 키우는 아들치고 잘되는 꼴 못 봤다느니……. 뒷말하던 입들은 그녀가 차려놓은 맛깔스럽고 푸짐한 음식들을 우적거리며 감탄사를 내뱉고 있었다.

"아들은 투자회사 차려 승승장구해서 강남 한복판에 이런 집도 사고, 며느리 똘똘해 교육이면 교육, 일이면 일! 못하는 거 없고,

16

거기다 전국 수학시험 일등 손자까지! 우리 형수님 그렇게 애를 쓰더니 말년에 얼굴이 훤히 피셨네…… 늦복이 터졌습니다!"

시동생이 물티슈로 기름진 입가를 닦으며 반쯤 남은 맥주를 들이켰다. 정희가 빈 잔을 채워주면서 함빡 웃는데, 현관문이 열리고 지윤이 들어섰다. 얼굴이 잔뜩 상기된 것이 죽자고 뛰어온 모양이었다.

"숙부님, 당숙님. 늦었어요. 죄송합니다. 식사들은 어떻게?"

지윤은 죄송해서 어쩔 줄 모르겠다는 표정으로 연신 고개를 주억거렸다. 머리가 반쯤 벗겨진 당숙이 허허 웃으며 그녀를 바라보았다.

"우리 조카 며느린 교수라 했던가?"

"지금도 교수긴 한데 곧 완전하게 된답니다! 그렇지?"

정희가 지윤을 향해 눈을 찡긋했다. 민망해진 지윤은 어색하게 배시시 웃었다.

"네! 조금만 기다려주세요. 참, 한과 들어온 거 있는데, 밀가루 안 쓰고 곡류로만 된 거."

"아이구 내 정신 좀 봐. 그거 내온다면서."

"제가 내올게요."

지윤이 서둘러 일어나 주방으로 갔다. 그 뒤로, 정희의 목소리가 들려왔다.

"걔가 어디 보통 바빠야지! 저번에 경제신문 인터뷰 나온 거 못 보셨나? 우리 민석이가 대한민국에서 열 손가락에 꼽히는 펀드매니저라네요! 투자 자문사 차려 독립하자마자 고객들이 돈보따리를 싸들고 몰려든대요!"

정희는 언제나처럼 자식 자랑을 늘어놓고 있었다. 한과를 담던 지윤은 저도 모르게 얕은 한숨을 내쉬었다. 육십 대 중반에 들어선 정희의 낙은 오로지 자식 자랑이었다. 하나뿐인 아들만 바라보며 살아온 그녀였기에 이해 못할 것도 없었다. 결혼 전, 민석은 모든 면에서 완벽한 조건을 갖췄음에도 늘 뭔가에 쫓기는 사람처럼 불안해했다. 지윤은 민석의 어머니인 정희를 만나고야 그 이유를 알 수 있었다. 아들에게 삶의 전부를 걸어온 어머니. 민석은 그런 엄마를 부담스러워했지만, 지윤은 나쁘지 않다고 생각했다. 교수가 되겠다는 며느리를 적극 지원하면서, 손주까지 봐주겠다는 시어머니를 왜 마다하겠는가. 그러나 지윤의 생각도 조금씩 달라졌다. 정희의 교육열에 이제 겨우 여덟 살인 은수가 지치면 어쩌나 싶었고, 그녀 자신도 빨리 교수가 되어야 한다는 강박에 시달리게 되었다. 어쨌거나 지윤은 이번에야말로 정희가 바라는 대로 기필코 교수가 되겠다는 각오를 다졌다. 그러자면 민 교수가 준 기회, 안견의 〈금강산도〉 연구 논문을 제대로 써야 했다.

손님들이 떠나고 한참이 지난 후에도 민석은 돌아오지 않았다. 지윤은 거실 한가운데에 있는 소파에 앉았다. 말끔하게 정리된 거실이 어쩐지 지나치게 조용하다는 생각이 들었다. 정희와 은수는 피곤했는지 일찍 잠이 들었다. 지윤은 소파에서 일어나 휑한 거실을 가로질러 은수의 방으로 갔다. 책을 읽다가 잠든 얼굴이 평온해 보였다. 이불을 덮어주고 밖으로 나오려는데, 전화벨이 울렸다. 혹여 벨 소리에 아이가 깰까 싶어 황급히 거실로 나와 전화를 받았다.

"여보세요?"

전화 저편에서 낯선 남자의 사무적인 목소리가 들려왔다.

"정민석 씨 댁인가요?"

"그런데요?"

"계신가요?"

지윤은 벽시계를 보았다. 요즘 민석의 귀가가 부쩍 늦어지고 있었다.

"아직 안 들어왔어요. 누구시라 전해드릴까요?"

"은행입니다. 전화 왔다고 전해주세요."

통화를 마친 지윤은 알 수 없는 예감에 사로잡혔다. 갑자기 마음이 어수선해졌다. 갈피를 잡을 수는 없었지만, 보이지 않는 어떤 기운에 심장이 두근거렸다. 별일 아니겠지. 그녀는 고개를 가로저으며 실체 없는 생각을 떨치려 했다.

●

가을 달빛이 아파트 주차장을 환하게 비추고 있었다. 민석은 시동이 꺼진 차 안에 앉아 달빛을 올려다보았다. 내일은 무척 화창할 것 같았다. 밤하늘을 보면서 다음 날의 날씨를 예상하는 건 민석의 오랜 습관이었다. 그리고 유일하게 남아 있는 낭만적인 기질이었다. 펀드매니저로 일하면서 그는 매사를 수치로 분류했다. 클릭 한 번에 수천 억 손실이 발생할 수 있다는 팽팽한 긴장감 속에 살면서 자연스럽게 생긴 버릇이었다. 수치의 세계는 정확하고 냉혹했다. 그는 자신이 그 세계에서 살아남을 것이라 굳게 믿었다. 친구와 함께 개인투자 회사를 창업한 이유도 거기에 있었다. 자기 자신에 대한 확신, 적확한 숫자에 대한 믿음. 그러나 그가 간과한 게 있었다. 돈의 세계가 세렝게티보다 더 치열하고 잔혹하다는 것을. 한발만 더 나아가면 벼랑이었지만 누구에게도 도와달라고 할 수 없었다. 어머니는 물론이거니와 평생을 기약한 아내에게도. 그는 거실 등이 꺼진 걸 확인하고서야 차에서 내렸다.

비밀번호를 누르고 현관문을 열고 들어서자, 자동으로 센서 등이 켜졌다. 환한 불빛이 어둑해진 거실에 길을 만들었다. 그 끝에 지윤이 서 있었다. 민석은 잠깐 멀거니 지윤을 바라보았다. 그녀가 흘러내린 머리칼을 쓸어넘기며 그에게 다가왔다. 피곤해 보였다. 그녀의 눈에도 그가 그렇게 보일 것이다. 어느 순간 두 사람의 대화는 사라졌고, 서로에게 읽을 수 있는 건, 사는 게 피곤하다는 것뿐이었다.

욕실에서 물소리가 들렸다. 민석은 반 시간이 넘게 욕실 문을 걸어 잠근 채 나오지 않았다. 지윤은 침대에 걸터앉아 꽉 닫힌 욕실 문을 응시했다. 문은 완강하게 굳어진 남편의 입술 같았다. 오늘은 어떤 식으로든 대화를 시도해야겠다고 결심한 순간, 욕실 문이 열렸다.

"엄청난 그림이 들어왔거든. 안견의 〈금강산도〉…… 민 교수님은 진품이라 감정했고, 선진그룹 갤러리가 소장해."

지윤은 수건으로 젖은 머리칼을 닦고 있는 남편을 향해 종알거렸다.

"근데 영 필이 안 와. 뭐랄까, 붓…… 터치랑 먹선 필치가 답답한 느낌? 비단도 좀 석연찮고. 뭔가 우아하고 당당해야 되는데. 묘하게 느낌이……."

"하극상이라도 하시게, 지도교수 상대로?"

얼굴에 대충 화장품을 바른 민석이 침대에 벌러덩 누우며 냉소적으로 뇌까렸다.

"그게 아니라……"

"깝치지 말고 손절매해! 골리앗 앞에 돌팔매질할 일 있냐?"

언제부터 이 남자의 입이 이렇게 거칠었던가. 지윤은 돌아누운 남편의 등을 낯설게 바라보았다.

"참, 좀 전에 은행에서 전화 왔었어. 당신 찾던데?"

지윤의 말에 민석의 등이 움찔했다. 하지만 그뿐, 대답은 돌아오지 않았다. 지윤은 얕은 한숨을 내쉬고 침대에 누웠다. 스탠드 불빛만 켜진 침실에 적막이 흘렀다.

"학회 가. 수요일 아침 아홉 시 비행기."

지윤이 탁자에 있던 책을 펼치며 지나가듯 말했다.

"……어디로?"

민석은 불빛이 성가신지 손등으로 눈을 가리며 물었다.

"볼로냐."

지윤의 간단한 대답에, 민석은 언짢다는 듯 앓는 소리를 내며 홱 돌아누웠다. 석고상처럼 움직일 줄 모르는 남편의 등을 바라보던 지윤은 신경질적으로 스탠드를 꺼버렸다. 어둠이 가득 들어찬 방에는 냉랭한 침묵만이 감돌았다.

●

완연한 가을이었다. 한국대학교의 월요일 아침은 학생들의 원기와 부지런함으로 활기가 넘쳤다. 정문을 지나 도서관으로 강의실로 뿔뿔이 흩어지는 학생들 사이로 상현이 빠르게 걷고 있었다. 본관 앞에 자리한 농성장에 이르자 '해고는 살인이다, 강사 부당해고 즉각 철회하라' '비민주적 대학행정 즉각 중단하라' '대학은 기업이 아니다' '교육공공성 확보하라' 등의 구호가 적힌 현수막이 휘날리고 있었다. 해직된 강사들이 이른 아침부터 천막 아래 모여 앉아 있었다. 상현이 다가가자 먼저 와 있던 강사들이 아는 체를 했다. 그는 몇몇과 인사를 나누며 천막 안으로 들어갔다. 그들 사이에 자리를 잡고 앉은 상현의 외모는 단연 돋보였다. 이십 대 후반인 그는 미술사 강의를 한 학기 정도 하다가 부당하게 해고되었다. 모여 앉은 이들도 사정은 마찬가지였다. 다른 과 강사들도 일부 있었으나 대부분 미술사학과 관련 강사들이었다. 민정학 교수의 횡포 때문이었다. 난공불락. 민 교수의 등 뒤에 버티고 선 권력은 이미 대학교 담장을 넘어선 지 오래였다.

"해고는 살인이다! 강사 부당해고, 즉각 철회하라!"

머리띠를 둘러맨 강사들이 구호를 외치기 시작했다. 삼사십 대를 웃도는 남자들의 힘찬 목소리가 캠퍼스에 쩌렁쩌렁 울렸다. 하지만 누구도 그들의 목소리에 귀를 기울이지 않았다.

그때 팔 한가득 파일을 안은 여자가 본관 앞을 빠르게 지나갔다. 지윤이었다. 농성 중인 강사들 대부분이 지윤과 한솥밥을 먹던 사이였다. 그런 만큼 아직 민 교수 라인에 있는 그녀로서는 그들과 마주하기 껄끄러웠다. 그동안은 가급적 농성장 앞을 지나치지 않으려고 애썼지만 오늘은 어쩔 수 없었다. 평소처럼 본관을 돌아가기에는 짐이 너무 무거웠고, 시간이 없었다. 종종걸음으로 뛰어가는 지윤을 알아본 건 상현이었다. 그들은 최근까지 민 교수 밑에서 함께 연구했다. 지윤은 상현보다 두 학번 선배였다. 상현이 본 지윤은 악바리였고, 생존을 위해 이를 악물고 버텨내는 들꽃 같은 여자였다. 콘크리트 벽을 뚫고라도 싹을 내고, 자기만의 독특한 향기로 사람을 취하게 하는 민들레꽃이었다. 한때 그런 지윤에게 마음을 빼앗겨 연구에 몰두하지 못한 때도 있었다. 하지만 그녀에게 든든한 남편이 있고 아이가 있다는 생각에 이내 마음을 다잡곤 했다.

멀어지는 지윤의 뒷모습을 바라보던 상현은 불현듯 오늘 민정학 교수의 논문 학술회가 열린다는 사실을 깨달았다. 겨우 돌팔매 정도로 골리앗을 쓰러뜨릴 수는 없지만, 적어도 골리앗이 돌에 맞았다는 소문은 낼 수 있을 터였다. 유아적인 복수심 때문은 아니었다. 명백히 학자로서 짚고 넘어가야 할 양심의 문제가 남아 있었다. 민정학 교수가 발견했다는 안견의 〈금강산도〉는 진작이라 하기엔 미심쩍은 부분투성이였다. 누군가는 문제를 제기해야 하고, 총을 맞든 칼을 맞든 그 역할은 상현의 몫이었다. 상현은 머리에 두른 띠를 벗어 동료에게 건네고 급하게 걸음을 옮겼다.

학술회장 앞은 기자들과 관련 인사들로 인산인해였다. 번듯한 건물 앞에는 '조선 선비의 이상향을 찾아서'라는 제목과 함께 '안견의 〈금강산도〉 발견과 미술사학적 의의'라는 부제가 적힌 플래카드가 걸려 있었다.

상현은 돌팔매질할 돌멩이를 고르듯 신중한 표정으로 플래카드를 노려보다가 회장 안으로 들어섰다. 실내 역시 내외국인 학생들과 유명인사들이 자리를 빼곡히 채우고 있었다. 상현은 구석에 자리를 잡고 앉았다. 맨 앞줄에는 이탈리아산 슈트를 입은 민 교수와 외국인 총장을 비롯한 교수들, 선진그룹 회장의 부인인 갤러리 관장과 기자들이 보였다. 마이크 테스트 소리가 들리는가 싶더니, 지윤이 사회자석에 모습을 드러냈다. 지윤이 인사말을 꺼내자, 소란스럽던 장내가 순식간에 조용해졌다. 곧이어 대형 스크린이 켜졌다.

"아시는 바와 같이 현재까지 안견의 진품은 〈몽유도원도〉 한 점밖에 없었습니다. 그리고 그마저 일본 덴리 대학교 박물관에 소장돼 있습니다. 그런데 오백 년 만에 기적처럼 안견의 진품 〈금강산도〉가, 여기 우리 앞에 그 모습을 드러냈습니다."

스크린에 안견의 〈금강산도〉가 떠올랐다. 객석에서 감탄하는 말들이 파도처럼 밀려왔다 사라졌다. 장내가 조용해지자, 지윤의 차분한 목소리가 이어졌다.

"안견 연구의 권위자이신 한국대학교 인문대학장 민정학 교수께서 안견 〈금강산도〉의 발견 경위와 의의에 대해 발표해주시겠습니다."

민정학 교수가 박수를 받으며 연단으로 걸어나갔다. 지윤은 자신의 마이크를 끄고 숨을 몰아쉬었다. 무대 공포증이 있는 것도 아니고, 이런 자리가 처음도 아닌데, 오늘따라 왜 이렇게 떨리는지 알 수 없었다. 손바닥도 땀이 흥건했다. 어떤 알 수 없는 찜찜함이 그녀를 답답하게 했다. 반면 민정학 교수는 근엄한 표정과 위엄 있는 목소리로 회장을 사로잡았다.

"〈금강산도〉의 발견은, 그야말로 금세기 한국미술사학계가 이룬 눈부신 쾌거이며, 세기의 발견입니다!"

민 교수가 이마에 핏대를 세우며 열변을 토하자, 요란한 박수가 터져나왔다. 민 교수는 흐뭇한 얼굴로 청중을 내려다보았다. 바로 그때, 객석 중앙에서 누군가 벌떡 일어났다. 상현이었다. 박수 소리가 뚝 멎었다.

"질문 하나 해도 되겠습니까?"

상현의 돌발적인 행동에 민 교수의 눈살이 찌푸려졌다. 지윤은 마치 뭔가를 훔쳐 먹다 걸린 아이처럼 심장이 두근거렸다. 아직 상현이 입을 열지도 않았는데 그가 무슨 얘기를 꺼낼지, 앞으로 무슨 일이 벌어질지 알기라도 하듯. 지윤의 얼굴이 일그러졌다.

"〈금강산도〉를 보면! 필치는 비슷하나 안견 고유의 필법인 '단선점준'이 없습니다. 또 표구된 비단의 바탕이 단풍무늬입니다. 이는 일본 에도 시대에 자주 쓰이던 문양으로, 안견의 시기와는 차이가 있단 말입니다. 저 그림 〈금강산도〉가 과연 안견이 그린 진품이 맞습니까? 예일 대학교에서 안견 연구로 박사학위를 딴 민정학 교수의 말이면, 무조건 법이고 진리가 되느냔 말입니다!"

상현이 투사처럼 우렁차게 물었다. 질문이라기보다는 선언에 가까웠다. 민 교수의 제자들 두엇이 나가서 양팔을 잡고 끌어내려 하자 상현은 완강히 버티며 다시 외쳤다.

"반대의견을 말할 자유가 없는 대학은 죽은 학교입니다! 서지윤 선생에게 묻겠습니다!"

지윤의 얼굴에서 핏기가 사라졌다. 상현은 아랑곳하지 않고 그녀의 두근거리는 심장을 향해 활시위를 당겼다.

"민 교수 직속 제자가 아닌! 학자의 양심을 걸고 대답해보세요! 한 점 의혹도 없이, 안견의 진작이라 확신하고 있습니까?"

학자의 양심. 두 단어가 지윤의 심장에 날아와 그대로 박혔다. 꽉 쥐고 있던 주먹에서 스르르 힘이 풀리고 이마에서 식은땀이 흘렀다. 민 교수의 서늘한 눈빛 탓인지, 지윤의 입술이 바르르 떨렸다.

"잘…… 모르겠습니다……."

지윤의 말이 신호탄이나 된 듯, 총장을 비롯한 교수진이 일제히 민 교수를 보았다. 민 교수는 애써 의연한 척 그 시선을 받았다. 일부 학생들은 재미난 구경거리라도 만난 양 휴대전화로 동영상을 찍어댔고, 여기저기서 기자들이 플래시를 터트리며 사진을 찍었다. 그제야 지윤은 자신이 무슨 짓을 저질렀는지 깨달았다.

"바, 방금 표구 말씀하셨는데요, 단풍무늬가 에도 시대 직물에서만 보이는 건 맞습니다. 그런데 후대에 표구를 다시 하는 경우도 많아서 재료학적인 측면만 가지고 작품의 진위를 파, 판단하는 건 무립니다. 화풍과 필법의 특징으로 진위 여부를 결정해야 하고 불가능할 시 탄소측정 방법으로 결론을 내려야 하는데, 최종 판단은 역시 감정하는 사람이 해야겠죠. 그런데, 안견 연구에만 삼십 년을 몰두해오신 민 교수님 앞에서 필치 운운하는 것이야말로 어불성설 아닐까요. 진품명품 프로를 너무 많이 보셨나봐요."

지윤은 엎질러진 물을 닦듯 속사포처럼 빠르게 말한 후 민 교수의 표정을 살폈다. 민 교수의 얼굴은 대리석처럼 굳어 있었다. 그녀의 손바닥에 다시금 땀이 흥건하게 맺혔다.

●

학술회를 마친 민 교수는 잔뜩 화가 나 있었다. 복도를 성큼성큼 걸어가는 발걸음에도 성난 기가 뿜어져 나왔다. 하얗게 질린 지윤이 절절 매며 뒤따라오는 걸 알면서도 돌아보지 않았다. 민 교수는 방금 발표회장에서 있었던 일이 떠올라 이를 갈았다. 기자나 학생들, 총장은 그의 관심 밖이었다. 그의 관심은 오직 선진그룹 회장의 사모이자 선진그룹 계열인 '갤러리 선' 관장에게 쏠려 있었다. 무엇보다 자신의 앞날에 정치적 힘을 실어줄 관장 앞에서 그런 일을 겪었다는 게 참을 수 없었다. 그것도 발밑에서 기어도 시원찮을 지윤과 상현에게 당하다니. 애초에 상현을 밀어낼 때 뿌리째 뽑아냈어야 했는데. 캠퍼스 안에 농성장을 마련해놓고 시위를 시작할 때부터 조처하지 못한 게 후회되었다. 조선시대였다면 눈에 안 보이는 곳으로 유배라도 보냈을 터였다. 유배는 못 보내더라도 이 바닥에서 두 번 다시 이름을 올리지 못하게 해야겠다고 작심하자 마음이 가벼워졌다. 스스로 결론을 내린 민 교수는 우뚝 멈춰 섰다. 덩달아 걸음을 멈춘 지윤이 뒤로 주춤 물러나며 그를 불렀다.

"교수니임……"

지윤이 석고대죄라도 올릴 표정으로 고개를 주억거렸다. 민 교수는 계산된 노회함으로 너그럽게 웃으며 지윤을 바라보았다. 죽으라면 죽는 시늉까지 하던 제자였다. 교수 한번 해보겠다고 온갖 뒤치다꺼리를 해대는 꼬락서니가 불쌍해서 지금까지 데리고 있었다. 하지만 그런 제자가 지윤만 있는 건 아니었다. 미술사학계에서 민 교수 라인으로 들어오고 싶어 하는 젊은 치들은 넘치고 넘쳤다. 민 교수는 자신이 가진 권력을 생각하고는, 갑자기 대범해졌다.

"이슈가 됐잖아? 정신 나간 애송이 강사 나부랭이, 아무 문제없어! 기사 한 번이라도 더 나갈거고. 괜찮아."

예상치 못한 민 교수의 발언에 지윤은 당황스러웠다. 그녀가 아무 말 못하고 서 있자, 민 교수가 시원한 목소리로 말을 이었다.

"볼로냐 학회 준비나 똑부러지게 해봐."

민 교수는 지윤의 어깨를 툭툭 쳐주고, 자신의 연구실로 걸음을 옮겼다.

"완벽하게 해놓겠습니다!"

지윤이 한결 밝아진 목소리로 민 교수의 등에 대고 외쳤다. 그 말을 들으며 걷는 민 교수의 입술이 묘하게 일그러졌다. 그에게 있어 지윤은 아직 써먹을 데가 있는 도구였다. 버릴 때 버리더라도 단물이 빠질 때까지는 데리고 있을 생각이었다. 적어도 볼로냐 학회까지는 쓸모가 있었다.

●

모든 일이 두서없이 한번에 몰아닥쳤다. 비행기 창밖으로 먹구름을 바라보던 지윤은 지난밤 일을 떠올리며 식은땀을 흘렸다. 학회 준비하랴, 가방 챙기랴 한창 바삐 움직이고 있을 때였다. 정희는 여느 때처럼 은수의 공부를 봐주고 있었다. 민석은 늘 그랬듯 자정이 넘어 들어오겠거니 했다. 평소와 다름없는 평범한 시간이었다. 고요가 깨진 건 현관 벨이 울린 순간부터였다. 대여섯 명의 남자들이 벌 떼처럼 쳐들어와 눈에 보이는 모든 곳에 압류표목이라는 빨간 딱지를 붙였다. 온 집에 찍힌 붉은 낙인에 적응할 새도 없이 거친 사내들이 밀어닥쳤다. 그들은 끊임없이 정민석을 찾으며 반말을 지껄였고 소리를 질렀다. 채권자들이라고 했다. 은수는 들고 있던 연필을 떨어뜨리며 벌벌 떨었고, 정희는 비명을 질렀다. 채권자들은 지윤이 싸고 있던 여행가방도 뒤집어엎었다. 날벼락이었다. 정신을 차릴 수가 없었다. 그렇게 새벽이 왔고, 악다구니를 써대던 채권자들은 제풀에 지쳐 집을 떠났다. 밤새 눈에 불을 켠 사내들 사이에서 벌벌 떨며 잠 한숨 못잔 정희에게 청심환을 먹이고, 간신히 은수를 재웠다. 푸르고 서늘한 여명이 난장판이 된 거실로 꾸역꾸역 밀려들 무렵, 지윤은 문자 한 통을 받았다. 내내 연락이 닿지 않던 민석이었다.

'나 잠깐 피해 있어야 해. 당신도 은수랑 어머니 모시고 어디로 피해 있어. 다시 연락할게.'

그게 전부였다. 그렇게 무책임할 수가 없었다. 기가 막혔다. 회신조차 되지 않는 문자를 확인한 후 지윤은 온몸에 힘이 풀렸다. 그런 지옥 같은 밤을 보낸 후, 그녀는 볼로냐행 비행기에 올랐다.

스튜어디스가 이코노미석의 좁은 통로를 걸어와 지윤 옆에 멈춰 섰다.

"서지윤 씨 맞으시죠?"

"그런데요?"

"민정학 교수님께서 찾으십니다."

"아!"

지윤은 별안간 정신이 들었다. 과거는 되돌릴 수 없었다. 어쨌거나 삶은 지속되었고, 사는 동안은 앞으로 나아가야 했다. 그녀는 집안일을 잠시 접어두고 학회 기간에는 학회에만 신경 쓰자고 되뇌며 자리에서 일어섰다. 옷매무새를 가다듬고 민 교수가 있는 비즈니스석으로 걸어갔다.

민 교수는 노트북으로 그녀가 만든 프레젠테이션 자료를 보고 있었다. 뭔가 마음에 안 드는지 미간을 잔뜩 찌푸렸다.

"컬러랑 디자인 왜 이래!"

민 교수가 날카로운 목소리로 말했다.

"아…… 교수님께서 컨펌하신 건데요……."

민 교수가 보고 있는 노트북에 시선을 둔 채 지윤이 난감하다는 듯 대답했다.

"그래서?"

민 교수가 싸늘한 눈빛으로 지윤을 노려보았다.

"고치겠습니다."

지윤은 착잡한 얼굴로 돌아섰다. 알고 있다. 학술회장 일로 분이 난 민 교수가 괜한 트집을 잡는 것이다. 지도교수 연구의 진정성을 묻는 질문에 잘 모르겠다는 답변으로 찬물을 끼얹은 그녀를 아직 용서할 수 없었던 것이리라. 그래도 그녀를 내치지 않고 볼로냐까지 데리고 왔다는 건, 아직 기회가 있다는 뜻이다. 죽으라면 죽는 시늉도 하리라, 신발 바닥을 핥으라면 핥으리라, 임용만 된다면야 못 할 짓이 무엇인가. 자리로 돌아온 지윤은 이를 악물었다.

●

리셉션은 6시 시작이었다. 아직 시간 여유가 있었기에 민 교수는 연회장 쪽으로 걸어가면서, 지윤을 밟아줄 방법을 짜내고 있었다. 피곤했다. 뒷목이 뻐근한 것이 스트레스성 근육통인 듯싶었다. 애초에 계획은 볼로냐 호텔에 도착하는 대로 침대에 누워 허리를 쭉 펴고 쉬는 것이었다. 하지만 그럴 수가 없었다. 공항에 도착하자 미리 와 있던 동료 교수를 만났고, 그로부터 반갑지 않은 뉴스를 전해들었다. 그는 자신의 휴대전화로 유튜브에 업로드된 동영상을 보여주었다. 안견의 〈금강산도〉 발표회장 영상이었다. 대수롭지 않은 듯 영상을 확인하던 민 교수의 얼굴은 가면 갈수록 붉으락푸르락해졌다. 영상 속에서 지윤은 소신 있게 자기 의견을 말하는 정의로운 존재로, 민 교수는 갑의 대명사로 희화화되어 있었다. 선 갤러리와 선진그룹까지 '갑질하는 문화권력'으로 엮였다. 동영상은 일파만파로 퍼졌고, 결국 선 갤러리에도 들어갔다. 호텔에 도착한 민 교수는 관장에게 국제전화를 걸어 한 시간이 넘도록 땀을 삐질삐질 흘리며 용서를 빌었다. 굴욕감이 치밀수록 지윤에 대한 분노도 상승했다.

민 교수는 분한 감정을 미소로 위장하고 연회장 안으로 들어섰다. 익히 아는 얼굴들이 보였다.

평소 친분을 쌓고 싶었던 예일 대학교의 피터 교수도 보였다. 피터 옆에 선 금발의 교수는 휴대전화로 연회장을 촬영하고 있었다. 민 교수는 노련하게 웃으며 교수진과 인사를 나누었다. 그사이 검은 원피스를 입은 지윤이 가까이 다가왔다. 머리를 귀 뒤로 질끈 묶어 틀어 올리고, 자연스럽게 흘러내리는 옆머리가 검정색 원피스와 어우러져 우아해 보였다. 아무 일도 없었다는 듯 미끈한 모습이 민 교수의 비위를 더욱 뒤틀리게 했다.

"교수님."

지윤이 민 교수를 불렀다.

"가서 칫솔이랑 양말 사와."

민 교수가 싸늘하고 낮게 명령했다.

"네?"

"못 알아들어? 칫솔! 양말! 필립스 전동칫솔 6923모델로!"

"지금…… 당장…… 말인가요?"

"어! 지금 당장!"

"……알겠습니다."

지윤은 예의 바르게 허리를 굽혀 인사한 후 돌아섰다. 민 교수
는 경멸 어린 시선으로 그녀의 뒷모습을 바라보았다. 자신이 만
들어놓은 덫을 향해 유유히 걸어가는 그녀가 더없이 같잖게 느껴
졌다. 하지만 그 역시 간과한 것이 있었다. 지금 이 상황들을 여과
없는 시선으로 지켜보고 있는 누군가의 존재를.

2
...

누군가 계획하고 만든 듯 모형 같은 건물들이 밀집한 거리. 이름 모를 창문들과 카페에 앉아 있는 낯선 사람들, 골목들, 작은 돌이 촘촘히 박힌 길, 볼로냐 첸트랄레 거리다.

발목까지 오는 검은색 원피스 차림의 지윤은 커다란 짐 가방을 질질 끌고 낯선 거리를 허깨비처럼 헤매고 있다. 낯선 곳에서 내쳐졌다는 참담함과 모든 것을 혼자서 감당해야 한다는 고독이 그녀를 숨 막히게 했다. "꺼져!" 민 교수는 분명 그렇게 말했다. 비할 데 없이 싸늘한 목소리였다. "내 눈앞에서 사라지라고! 가서 솥뚜껑 운전이나 해!" 그는 그렇게 으르렁거리며 필요하다던 양말과 전동칫솔을 대령한 그녀의 등을 밀어냈다. "전공 바꿔라, 좋은 말로 할 때! 다시는 나타나지 마! 이 바닥에 얼씬도 못하게 꽉꽉 밟아줄 테니까!" 그녀의 귓가에 기름진 얼굴을 들이밀며 위협

35

하던 민 교수의 목소리에 등허리까지 소름이 끼쳤다. 그렇게 지윤은 연회장 밖으로, 호텔 밖으로 쫓겨났다. 마치 넋 나간 여자처럼 핏기 없는 얼굴로 볼로냐 대성당을, 시내를 헤매고 다녔다. 온몸에 추를 매단 것처럼 내디디는 한 걸음 한 걸음이 무거웠다. 생각이라는 것을 해야 하는데, 머릿속이 백지였다. 물거품. 모든 것이 물거품이 되었다는 생각뿐이었다. 연락할 곳도 없었다. 불시에 도망자가 된 남편에게도, 의지가지없이 망연자실해 있을 정희에게도 차마 전화할 수 없었다. 그때 휴대전화가 울렸다. 학부 시절부터 함께했던 혜정이었다. 지윤은 눈에 보이는 의자에 털썩 주저앉아 휴대전화를 받았다.

"어떻게 된 거야? 너, 연구원 해직되고 시간강사 자리까지 잘렸대! 게시판에 강사 교체 공고까지 올라왔어!"

하늘이 무너지고 땅이 흔들리는 것 같았다. 지윤은 쓰러질 듯 휘청거리는 몸을 간신히 버티며 마른 입술만 달싹거렸다. 혜정의 목소리가 이어졌다.

"거기서 무슨 일이 있었던 건데? 학회 참석 안 하고 술 먹고 쇼핑하고 숙소 이탈까지 했다고 민 교수가 전화해 펄펄 뛰고 난리를 쳤대. 나라 망신이니 당장 자르라고."

"말도 안 돼……."

지윤의 넋 나간 듯한 반응에 혜정의 목소리가 한층 높아졌다.

"민 학장 이 인간, 작정하고 거덜 내겠다 달려든 거야. 그놈의

〈금강산도〉 때문이지? 그렇지? 아후! 치사하고 야비한 자식! 제자마다 빨대 꽂아 단물만 쪽쪽 빨아먹고 던져버리는 벼락 맞을 자식이야 그거! 그 인간이 내세운 〈금강산도〉, 가짜라는 증거가 나오지 않는 한, 답이 안 나오는 싸움이야! 계란으로 바위치기라고!"

혜정은 제 성질을 못 이기고 씨근덕거렸다. '말도 안 돼. 말도 안 돼.' 이미 끊어진 휴대전화를 부여잡고 지윤은 바닥으로 미끄러지듯 내려앉았다. 무릎에 부딪힌 짐 가방이 땅으로 툭 밀쳐졌다. 낡아서 달랑거리던 끈이 떨어져 가방 속에 있던 물건들이 바닥으로 쏟아졌다. 팩 소주 몇 개, 반찬 그릇, 햇반, 민 교수의 책과 〈금강산도〉 관련 자료들이 뒤죽박죽 섞여 있었다. 속에서 뜨거운 것이 울컥 치밀었다. 입 밖으로 나오지 못한 말들이 머릿속에 자막처럼 떠다녔다. '거지 같은 자식! 오 년씩 박사 안 주고 죽도록 부려먹을 때도 끽소리 한번 안 했어! 입에 혀처럼 그 수발 다 들어 줬고!' 가방을 휘젓던 지윤의 손에 민 교수의 책이 잡혔다. '이 책도 내가 다 썼어! 자료 조사, 교정까지 내 손 안 거친 게 없어!' 책이 거칠게 내팽개쳐졌다. 교수 한번 돼보겠다고 발버둥치던 지난 세월이 한순간에 날아간 듯했다. 지윤은 아무렇게나 던져진 팩 소주를 들고 목이 타들어갈 때까지 마셨고, 온몸에서 수분이 다 빠져나갈 때까지 울었다. 거리를 지나가던 사람들이 한복판에 주저앉아 대성통곡하는 동양 여자를 힐끔거렸지만, 지윤은 남의 눈을 의식할 만한 정신이 아니었다.

시간이 얼마나 흘렀을까. 도시엔 어둠이 깔리고 가로등이 켜졌다. 지치고 불행해진 지윤은 터덜터덜 어둠이 깔린 낯선 거리를 걸었다. 고서점 거리였다. 폐점 시간이라 상인들이 밖에 내놓은 책들을 정리하고 있었다. 평소의 지윤이라면 일부러라도 찾았을 고서점 거리였지만, 지금으로서는 아무것도 보이지 않았다. 골목 저편에서 만취한 남자들 서너 명이 어슬렁거리며 걸어왔다. 퉁퉁 부은 눈과 붉게 번진 입술, 누가 봐도 처참한 몰골로 짐 가방을 질질 끌고 걸어가는 모습에 이탈리아 남자들이 휘파람을 불며 수작을 걸었다. 그들을 피하느라 비켜서는 순간 발목이 어긋났다. 지윤은 중심을 잡으려고 휘청거리다가 서점의 상자 하나를 엎고 말았다. 사내들은 놀리듯 웃고 제 갈 길을 가버렸다. 서점 안에서 주인 아저씨가 달려 나왔다.

"I'm so sorry……."

지윤은 신음하듯 사과하며 나뒹구는 헌책들을 황급히 주워 담았다. 서점 주인은 사람 좋은 웃음을 지어 보이며 괜찮다고 했다. 모든 불행이 도미노처럼 연결되어 있는 것 같았다. 바닥에 떨어진 책을 주워 맨손으로 먼지를 쓱쓱 털어내는데, 순간 익숙한 문자가 눈에 띄었다. 한자였다. 와인 얼룩이 엉겨 붙은, 낡은 고서였다. 더군다나 분절되어 바스러지기 일보 직전인 뒷부분만 남아 있었다. 지윤은 책을 상자에 넣으려다 무의식적으로 한자를 읽어보왔다. '금강…… 산도. 금강산도……. 금강산도? 겸재? 단원? 아니면 설마…… 안견?' 책을 내려다보던 지윤의 눈이 동그랗게 커졌다.

"시에스타 디 루나."

서점 주인의 말이었다. 지윤이 놀란 눈으로 바라보자, 서점 주인은 책 표지에 찍힌 인장을 손으로 짚으며, 인장에 새겨진 작은 글자들이 이탈리아 가문을 상징하는 표시라고 설명해줬다. 지윤은 주인의 손끝을 따라 글자들을 보았다. 그 순간 글자들이 제 모습을 드러내듯 도드라졌다. 마치 보이지 않는 어떤 힘이 그녀를 끌어당기는 것 같았다.

달의 낮잠. 시에스타 디루나를 한국어로 번역하면 달의 낮잠이라는 뜻이었다. 지윤은 주인에게 10유로를 지불하고 책을 구입했다. 주인은 그녀의 손등에 키스를 하며 이탈리아어로 축복했다.

"웃으세요, 아름다우신 분. 여긴 이탈리아잖아요. 누가 알아요? 깜짝 놀랄 행복이 당신을 기다리고 있을지……."

●

다음 날, 지윤은 토스카나에 위치한 오래된 저택 앞에 서 있었다. 시에스타 디 루나였다. 어떤 이끌림. 그것이 낡은 고서에 새겨진 옛 글씨에 의지해 볼로냐에서 토스카나까지 넘어온 이유였다. 묵직한 안개에 휩싸인 고택은 푸른 초원에 우뚝 솟은 섬 같았다.

'시에스타 디 루나'라는 낡은 글씨와 문장이 덤불에 반쯤 가려져 있었다. 오랫동안 비어 있던 집인 듯했다.

한참을 망설이던 지윤은 고풍스러운 문고리를 잡고 쿵쿵 두드려보았다. 인기척이 없었다. 다시 문고리를 두드리려는데, 머리가 하얗게 센 할아버지가 땔감을 한 아름 들고 다가왔다. 고택의 관리인이라고 했다. 그녀는 관리인에게 들고 있던 고서를 보여주며, 여기까지 찾아온 이유를 설명했다. 이곳은 관광지가 아니라며 고개를 절레절레 흔들던 그는 몇 번에 걸친 간곡한 부탁에 문을 열어주었다.

저택 안은 생각보다 넓고 웅장했다. 마치 왕실의 내부를 보는 것 같았다. 돔 형식의 높은 천장에는 파이프 오르간을 연주하는 천사들과 여러 형식의 종교화들이 그려져 있었고, 벽에는 몇 세기에 걸쳐 살아온 집주인들의 초상화가 걸려 있었다. 마치 천상의 시간들이 박제된 채 전시된 것 같았다. 바람에 휘날리는 커튼, 살롱을 가득 채우는 토스카나의 찬란한 햇빛, 대리석 바닥 한가운데에 하프시코드가 놓여 있던 자국에는 보이지 않는 기억들이 아로새겨진 듯했다. 사로잡힘. 도무지 알 수 없는 기억 속 어딘가에서, 어떤 강렬한 느낌이 지윤을 사로잡았다. 뭔가에 홀린 듯 2층으로 연결된 계단을 올라가자, 길게 이어진 복도가 보였다. 복도 끝 벽에 있는 창에서 햇살이 길게 내려와 그녀의 앞길을 비춰주었다. 빛을 따라 천천히 걸어갔다. 복도를 중심으로 양옆에 방들이 보였다. 방문은 하나같이 굳게 닫혀 있었다. 얼마쯤 걸었을까. 어떤 방 앞에 이르자, 마치 그녀를 기다리고 있었던 듯 스르르 문이 열렸다. 지윤은 누군가의 손에 이끌린 듯, 방 안으로 들어갔다.

방은 또 하나의 다른 세계, 다른 과거였다. 가구 하나 없이 빈 방이었다. 빈 벽에 큰 거울 하나만 달랑 걸려 있었다. 지윤은 아무것도 없는 방 안을 둘러보았다. 아무것도 없지만, 마치 뭔가가 있는 듯 아련한 느낌이 몰려왔다. 설명할 수 없는 느낌이었다. 뒤따라온 관리인은 찾는 게 있느냐고 물었다. 그 순간, 어딘가에 숨어 있던 비둘기 한 마리가 푸드덕 날아오르고, 동시에 벽에 걸렸던 거울이 와장창 소리를 내며 떨어졌다. 거울이 걸려 있던 자리의 벽이 뚫리고 그곳에서 희미한 빛이 새어 나왔다.

"저 안에 뭐가 있어요!"

지윤은 놀란 얼굴로 희미한 빛을 따라 구멍 속을 들여다보며 말했다. 물러나 있던 관리인도 의아한 듯 다가와 구멍 안을 들여다보았다. 뭐라 알아들을 수 없는 말을 중얼거리던 그는 잠깐만 기다려보라며 밖으로 나갔다. 잠시 후 돌아온 그의 손에는 망치가 들려 있었다. 망치질 몇 번에 벽은 기다렸다는 듯 힘없이 무너졌다. 수백 년 묵은 먼지가 풀썩 쏟아지고, 그 뒤로 믿을 수 없는 광경이 펼쳐졌다. 미인도 한 점과 낡은 트렁크가 아스라이 모습을 드러낸 것이다.

그림 속 여자는 회색빛 치마에 연보라색 저고리를 입고 패랭이꽃 자수가 놓인 꽃신을 신고 있었다. 지윤은 시간도 공간도 망각한 채 처연한 아름다움이 깃든 그림을 뚫어져라 응시했다. 비행기를 타고 꼬박 열두 시간을 날아온 이탈리아에서 수백 년 된 조선 시대 그림을 보게 될 줄이야. 보면서도 믿기지 않았다. 관리인도 경이롭다는 표정으로 미인도와 지윤을 번갈아 보았다. 보면 볼수록 그림 속 여인과 현실 속 여인이 묘하게 닮아 있었다.

"이 그림, 저한테 파세요."

지윤이 꿈에서 막 깨어난 듯한 목소리로 말했다.

"내 맘대로 할 수 있는 게 아니에요."

관리인이 난처하다는 듯 고개를 설레설레 저었다.

"저한테 너무너무 중요한 일이에요. 저한테 주세요. 제발!"

"나는 이 집을 지키는 사람일 뿐, 주인은 따로 있어요. 내 맘대로 처리할 수 있는 물건이 아니에요."

"주인은 어디 있는데요?"

관리인은 대답 대신 검지를 위로 치켜들었다. 천장 너머, 하늘에 있다는 뜻이었다. 답이 없었다. 그 순간, 거울을 깨뜨린 비둘기가 다시 퍼드덕 날아오르더니 그녀의 어깨 위로 똥을 싸고 달아났다. 소스라치게 놀란 지윤이 어깨를 흠칫 떨자, 다른 쪽 어깨 위로 어디선가 날아온 무당벌레 한 마리가 살포시 내려앉았다. 풀 한 포기 없는 방 안에서 신기한 일이었다.

그 상황을 지켜보던 관리인의 푸른 눈이 둥그렇게 커지는가 싶더니, 갑자기 입을 크게 벌리고 웃기 시작했다. 어리둥절해서 멍하니 서 있는 지윤의 어깨를 덥석 끌어안고 알아들을 수 없는 감탄사를 연거푸 중얼거렸다. 그러더니 그녀의 양 볼에 입을 맞추고는 벽에서 그림 족자를 떼어냈다.

"그림의 주인은 당신이다. 운명이다."

관리인은 놀란 지윤에게 그림을 안겨주며 설명했다. 이탈리아인들은 비둘기 똥을 맞으면 행운이 온다고 믿는다는 내용이었다. 다시 말해, 하늘의 응답이라는 것이다. 지윤은 거듭 감사의 인사를 전했다. 관리인은 그림뿐 아니라, 낡은 트렁크 안에 있던 물건들도 지윤에게 건넸다. 서점에서 구입한 고서의 나머지 부분과 패랭이꽃이 수놓인 빛바랜 비단주머니였다.

관리인의 축복과 달콤한 인사를 받으며 고택을 나온 지윤은 마치 이상한 나라의 앨리스가 된 기분이었다. 토끼 구멍 안에서 신비한 체험을 한 후, 잠에서 깨어난 기분으로 저만큼 멀어진 고택을 돌아보았다.

●

현실은 녹록지 않았다. 인천공항에 도착하자마자 지윤을 반긴 것은 대학 교무처에서 날아온, 강사 교체를 알리는 문자메시지였다. 친절하게도 징계위원회 일정까지 상세히 적혀 있었다. 몸은 천근만근 무거웠으나 곧장 집으로 갈 수는 없었다. 이대로 가족들의 얼굴을 볼 수는 없었다. 그렇지 않아도 민석의 문제로 끙끙 앓고 있을 터였다. 어느 때보다도 간절히 은수가 보고 싶었지만, 지윤은 택시를 타고 학교로 향했다.

"강사 교체라뇨! 말이 안 되잖아요. 그것도 학기 중간에요! 계약 기간도 한참 남았는데 이렇게 일방적으로 파기해도 되는 건가요?"

지윤의 노기 띤 목소리에 교무처 직원들이 힐끔힐끔 보았다. 단발머리에 주근깨가 있는 직원이 난감하다는 듯 볼펜으로 책상을 톡톡 두드렸다.

"그게…… 말씀드렸다시피 저희 쪽에선 지금 답해드릴 수 있는 게 없어요. 내일 징계위원회 소집되니까 그때……."

"서지윤 선생님."

낮은 목소리로 그녀를 부른 사람은 교무처 부장이었다. 지윤은 고개 숙여 인사했다. 부장은 인사를 받는 둥 마는 둥 대뜸 짜증 섞인 말투로 쏘아붙였다.

"안 그래도 강사들 천막농성 때문에 굉장히 곤란한 상황이라고요. 그 과는 허구한 날 왜 그런답니까? 여기서 이러지 마시고 학과랑 상의하세요!"

등 뒤로 교직원들이 수군대는 소리를 들으며 지윤은 쫓기듯 교무처를 빠져나왔다.

미술사학과 사무실은 비어 있었다. 남 조교에게 전화를 해보았

44

으나 받지 않았다. 당연한 수순이었다. 지윤은 상현이 민 교수 라인에서 내쳐질 때의 상황을 기억하고 있었다. 상현을 비롯한 누군가가 겪었을 일들을 지윤도 겪고 있는 것이다. 학교 권력의 핵심으로 군림하는 민 교수가 사람을 어떻게 부리고 어떻게 버리는지를 지윤은 너무나 잘 알고 있었다.

아무런 소득 없이 기진맥진한 상태로 본관 앞을 휘청휘청 걸어가던 지윤의 눈에 여전히 농성 중인 강사들이 보였다. '지금 내가 겪고 있는 일들, 저들도 겪었겠지.' 그녀는 알고 있었다. 알고 있었지만 살아남아야 했기에 두 눈 질끈 감고 모르는 척 해왔을 뿐이다. 그 벌을 지금 받고 있는 걸까. 그때, 천막에서 누군가 그녀를 향해 힘차게 뛰어왔다. 상현이었다. 그의 얼굴을 보자 모든 생각이 일순간에 정지되었다.

"선배."

지윤은 상현이 부르는 소리를 못 들은 척 획 돌아 빠른 걸음으로 걸었다. 상현이 그녀의 팔을 잡아 돌려 세웠다.

"놔!"

지윤은 화풀이를 하듯 거칠게 팔을 빼며, 매섭게 쏘아붙였다.

"왜! 나도 같이 구호라도 외쳐줘? 이게 너희가 말하는 민주주의이고 공공성 확보니?"

"그게 아니라! 내 잘못도 있는 것 같아 사과하려고 그러죠!"

"사과? 사람 죽여놓고 사과하면 끝날 일이야, 이게?"

지윤의 서슬에 상현의 얼굴이 붉어졌다.

"죽고 사는 문제까진 아니죠. 솔직히! 물귀신마냥 선배까지 끌어내린 꼴 된 건 미안해요! 근데 선배도 살짝 동조했잖아요! 잘 모르겠다며! 막말로 선배, 잘렸다고 굶는 것도 아니잖아요. 사는 데 아무 지장……"

"함부로 말하지 마!"

지윤이 상현의 말을 잘랐다.

"너희한테는 생업이고 나한텐 취미인 줄 알아? 네가 뭘 아는데? 내가 어떻게 살아왔는지 네가 알아?"

그녀의 꽉 쥔 주먹이 부들부들 떨렸다. 지윤은 말문이 막힌 상현을 남겨두고 찬바람을 일으키며 쌩하니 돌아섰다. 그 순간 상현이 그녀의 어깨를 잡고 돌려세웠다. 격한 몸짓으로 저항하던 지윤은 자기도 모르게 숄더백으로 상현의 얼굴을 강타하고 말았다.

"앗!"

상현이 손으로 볼을 감쌌다.

"다시는 내 앞에 나타나지 마!"

지윤은 차갑게 쏘아붙인 후 냉정하게 뒤돌아섰다. 상현은 착잡한 얼굴로 그녀의 뒷모습을 바라보았다. 본의 아니게 피해를 끼친 것이 미안했다. 그럴수록 이 모든 문제의 원인인 민 교수에게 화가 치밀었고, 그런 악질이 잘살고 있는 이 사회의 구조에 열이 받았다.

절망적인 순간에도 시간은 흘렀다. 민석은 채권자들의 눈을 피해 어둠이 짙게 깔린 밤에만 움직였다. 빛과 어둠을 관장하는 신은 존재하지 않았고, 인생은 어느 순간부터 최악의 순간만을 앞두고 있었다. 함께 투자회사를 창업한 친구는 목을 매달았고, 민석의 사정을 아는 사람들은 그의 연락을 차단하기에 바빴다. 잘나갈 때는 그렇게 살갑게 굴던 친인척도 당연하다는 듯 안면을 바꿨다. 민석은 어둠을 틈타 찜질방을 옮겨 다녔고, 낮에는 노숙자들 틈으로 몸을 숨겼다. 눈은 빛을 잃고 퀭했으며, 수염은 덥수룩하게 자라 지저분했다. 하지만 언제까지나 도망만 다닐 수는 없었다. 어쨌거나 그는 한 집안의 가장이었다. 민석은 돈을 최대한 끌어모았다. 그래 봐야 몇백도 되지 않았다. 한때 수천 수억 원을 쥐락펴락했던 그로서는 도무지 실감할 수 없는 상황이었지만 지금으로써는 이게 최선이었다.

민석은 사람들 눈을 피해 지하철 물품 보관소로 갔다. 안주머니에 숨겨온 서류봉투를 사물함에 넣었다. 거기에는 그가 구할 수있는 돈의 전부가 들어 있었다. 그대로 문을 닫으려던 그는 손목에 차고 있던 시계도 풀어 봉투에 넣었다. 롤렉스였다. 이 정도면 변두리에 단칸방 월세 보증금 정도는 될 것이다. 비밀번호를 설정하고 문을 닫자 사물함이 잠겼다. 이제 지윤을 기다릴 차례였다. 민석은 모자를 깊게 눌러 쓰고 인적이 드문 곳으로 걸어갔다.

얼마쯤 지났을까. 지윤이 지하철 역내로 들어와 애타게 주위를 살폈다. 민석의 연락을 받자마자 곧장 달려온 그녀였다. 손에는 볼로냐에서부터 끌고 온 낡은 가방이 쥐여 있었다.

민석은 기둥 뒤에 숨어 지윤을 몰래 지켜보았다. 가까이 다가가고 싶었으나 그럴 수가 없었다. 그의 뒷덜미를 노리는 자들이 언제, 어디서 튀어나올지 알 수 없었다. 지윤은 피곤해 보였다. 안아주고 싶었다. 얼마나 놀랐느냐고, 은수와 어머니는 괜찮으냐고 묻고 싶었다. 일이 이렇게 돼서 미안하다고 말하고 싶었다. 하지만 마음뿐이었다. 만약 지윤이 코앞에 있다 해도 그런 따뜻하고 다정한 말들을 건네진 못할 것이다. 그것이 민석의 성격이었다. 민석은 지윤에게 다가가는 대신 휴대전화를 꺼내 문자를 보냈다. 추적이 불가능한, 이른바 대포 폰이었다.

물품 보관함 8번. 비번은 당신 생일.

인파 속에서 민석을 찾아 헤매던 지윤이 휴대전화를 확인했다. 문자를 확인하자마자 다급하게 휴대전화 통화 버튼을 눌렀다. 민석은 지윤의 번호를 띄우며 진동하는 휴대전화를 꺼버렸다.

"은수 아빠! 은수 아빠!"

지윤의 애타는 목소리가 역내에 울려 퍼졌다. 그때 승강장과 이어진 계단에서 사람들이 파도처럼 밀려왔다. 민석은 그 물결 속으로 사라지는 지윤의 모습을 마지막으로 힐끗 살피고는 어둠 속으로 사라졌다.

●

며칠 후, 징계 위원회가 열렸다. 민 교수는 볼로냐 학회에서 돌아오자마자 징계 위원회에 참석했다. 여독이 풀리지 않아 피곤했지만, 자신의 지위와 힘을 확인할 절호의 기회를 놓칠 수는 없었다. 민 교수는 권력의 피라미드에서 포식자였고 그의 먹잇감은 바로 지윤이었다.

긴 원형 테이블이 놓여 있는 회의실에서 지윤은 섬처럼 덩그러니 앉아 대응자료를 읽고 있었다. 맞은편에는 민 교수가 포섭해놓은 인사들이 서로 안부를 묻고 답하며 그들만의 리그를 과시했다. 위원들과 인사를 나누면서 실눈을 뜨고 지윤을 힐끔거리는 민 교수의 눈에 입을 꼭 다물고 앉아 있는 지윤의 꼴이 가소롭게 느껴졌다.

"볼로냐 학회 때 왜 돌출행동을 했습니까? 귀국도 따로 한 것으로 되어 있네요. 왜 먼저 들어왔죠?"

독일 유학파로 알려진 교수가 지윤을 향해 물었다. 지윤은 민 교수를 한 번 보더니 입을 열었다.

"교수님과 작은 오해가 있었습니다. 학회 중이라 오해를 풀 만한 시간이 없었고, 교수님께서 귀국을 지시하셔서 따랐을 뿐입니

49

다."

"오해라면 어떤?"

지윤은 아랫입술을 깨물며 민 교수를 노려보았다. '심부름을 시킨 건 당신이면서, 왜 내가 이런 오명을 뒤집어써야 하느냐'라고 눈으로 묻고 있었다. 민 교수는 그 시선을 피하지 않았다. 오히려 윗입술을 살짝 비틀며 비웃었다. 지윤의 얼굴이 삽시간에 노랗게 질렸다.

"저도 여쭙고 싶습니다. 왜 그런 오해를 하셨는지."

지윤은 자리에서 벌떡 일어나 앞에 있던 자료를 교수진에게 배부했다.

"여기, 제가 결코 독단적으로 행동하지 않았음을 입증하는 자료들입니다. 볼로냐 학회 당시 제 상황을 상세히 알고 있던 지인도 밖에 대기하고 있습니다. 원하신다면 증언을……"

그때, 빔 프로젝터가 켜지더니 벽에 걸려 있던 스크린에 사진 하나가 떠올랐다. 볼로냐 학회 때 찍힌 단체사진이었다. 민 교수를 중심으로 여러 외국인 교수들과 관련자들이 둥글게 서 있었다. 사진을 본 지윤은 그대로 얼어붙었다. 사진 한 쪽에 백화점 쇼핑백을 들고 서 있는 자신의 모습을 본 것이다. 원형 테이블에 앉아 있던 위원들이 웅성거렸다. '이건 모함이라고!' 지윤은 소리 지르고 싶었다. 할 수만 있다면 저 쇼핑백에 든 물건들이 무엇인지 꺼내서 보여주고 싶었다. 하지만 지금 그녀의 손에 들린 것은 무용

지물이 되어버린 대응자료뿐이었다.

"학회 중에 쇼핑? 제정신이야?"

지윤은 흡사 외계인을 보듯 자신을 향한 경멸 어린 시선들과 마주했다. 프로젝터는 계속 돌아갔다. 동영상에는 여행가방을 질질 끌고 볼로냐 시내를 걸어가는 지윤의 모습이 담겨 있었다. 지윤은 들고 있던 자료를 떨어뜨렸다. 손이 부들부들 떨렸다. 이어지는 영상에는 광장에 철퍼덕 주저앉은 지윤이 가방 속에 있던 책이며 팩 소주, 반찬통을 집어 던지는 장면이 보였다. 친절하게도 〈The Crazy Korean Woman〉이라는 자막까지 흘렀다. 다리에 힘이 풀린 지윤이 그 자리에 털썩 주저앉았다.

"지도교수인 저도 책임을 통감합니다. 학교의 위상을 위해 부득이 학기 중임에도 계약을 해지할 수밖에 없는 상황이었음을 이해하실 줄 믿습니다."

민 교수의 말에 좌중이 술렁거렸다. 너나없이 한마디씩 쏟아냈다. 지윤이 살기가 가득한 눈빛으로 민 교수를 쏘아보았다. 민 교수는 금니를 내보이며 빙긋 웃었다. 마침내 위원장이 입을 열었다.

"서지윤 선생. 교직원 상벌 규정 제7조 2항. 학교 명예에 심각한 피해를 끼칠 경우, 교 강사의 동의 없이 해임할 수 있다. 이의 있습니까?"

위원장의 단호한 말에 지윤은 입을 다물었다.

"본교 교직원 상벌 규정 제8조 4항에 의거, 서지윤 전임강사에 대한 계약을 해지한다!"

위원장의 말이 끝나자, 교수들이 수긍한다는 듯 고개를 끄덕거렸다. 민 교수는 한순간도 놓치지 않았다. 모든 것이 계획대로 진행되니 여독이 단숨에 풀리는 기분이었다. 교수들이 하나둘 자리를 뜨고 남은 건 지윤과 민 교수 둘뿐이었다. 지윤은 울 기운도 없었기에 죽은 듯 앉아 있었다. 그 모습을 한참 지켜보던 민 교수는 천천히 자리에서 일어났다. 의자가 뒤로 밀려나면서 끼익 소리를 냈다. 그 순간 지윤이 벌떡 일어나 민 교수를 향해 달려왔다. 민 교수는 흠칫 뒤로 물러났다. 지윤은 그의 발 앞에 무릎을 꿇고 앉았다.

"잘못했습니다!"

"그 당당하던 서지윤인 어디로 갔나?"

민 교수가 거만하게 지윤을 내려다보며 말했다.

"살려주십시오! 무조건 제가 잘못했습니다!"

"목을 쳐달라고 길게 뺐는데, 안 쳐주면 예의가 아니지. 가장 피가 많이 나고 고통스런 방법으로 쳐주지!"

민 교수는 그녀의 작은 어깨를 툭툭 두드리며 문 밖으로 유유히 걸어나갔다. 홀로 남은 지윤은 어깨를 부들부들 떨며 눈물을 투두둑 떨어뜨렸다. 모든 것이 무너져버렸다.

사냥을 끝낸 민 교수는 의기양양한 얼굴로 갤러리 선 관장을 찾았다. 관장실 내부는 넓고 쾌적했다. 여성적이고도 세심한 인테리어가 돋보였고, 벽에는 갤러리가 소장한 그림들이 걸려 있었다.

단색 계열의 명품 정장을 빼입은 관장은 책상 앞에 앉아 통화하고 있었다. 민 교수가 들어서자 관장은 손가락을 까딱이며 소파에 앉으라고 손짓했다. 마치 개를 다루는 주인 같았다. 민 교수는 잘 훈련된 강아지처럼 자리에 가서 앉았다. 통화를 마친 관장이 소파 상석에 앉자 민 교수는 공손하게 무릎을 오므렸다.

"서지윤 그 친구, 완전히 아웃시켰습니다. 미술계 쪽엔 이제 얼씬도 못할 겁니다. 한상현 그 꼬마도 마찬가지이고요. 어수선했던 것들을 말끔하게 정리했습니다."

"그런가요?"

"그럼요! 해외 학계 쪽도 수습하고 있습니다. 그날 학회 영상이 유튜브로 나간 게 좀 문제가 됐는데, 그건 그 친구들 열등감 때문에 물의를 일으킨 걸로 마무리했습니다. 한상현이 무례하게 질문한 부분도 있어서 학자들도 수긍하는 분위깁니다."

관장은 아무 반응이 없었다. 표정조차 읽을 수 없었기에 민 교수는 애가 탔다.

"아무 염려 마시고 〈금강산도〉, 대대적으로 전시하시죠."

"잘하셨네요."

잠자코 있던 관장이 천천히 입을 열었다. 그제야 민 교수가 한

시름 놓았다는 듯 빙긋이 웃었다. 얼마 후 관장의 싸늘한 목소리가 이어졌다.

"……라는 칭찬이라도 들을 줄 알았나요?"

"네?"

"이번 일. 좁게는 우리 갤러리 선, 크게는 그룹 차원에서 함께 움직인 프로젝트예요. 언론도 주시하고 있고. 작은 소음이라도 있었다간 시끄러워질 여지가 다분했죠. 그런데 왜 이렇게 조용히 마무리됐을까? 민 학장 덕분에?"

관장이 민 교수를 노려보며 덧붙였다.

"그룹 홍보팀이 전방위로 뛰었어요. 주요 언론과 포털 일대일로 마크했고요."

"감사합니다……."

민 교수가 몸 둘 바를 모르겠다는 듯 고개를 숙였다.

"둘 다 민 학장 제자들이었다죠? 제자 관리, 그렇게밖에 못해요?"

민 교수의 등허리에 식은땀이 흘렀다.

"죄송합니다……."

"딱 지금 그 자리에서 어영부영 정년만 채울 거면, 계속 그렇게 하든가."

관장이 찬바람을 일으키며 자리에서 일어났다. 안절부절못하던 민 교수가 벌떡 일어나 관장 앞에 허리를 굽혔다.

"절대 이런 실수 없을 겁니다! 정말입니다!"

"나가보세요."

"시간 내주셔서 감사합니다! 다시 찾아뵙겠습니다, 관장님!"

관장은 민 교수에게 눈길도 주지 않은 채, 책상 앞으로 돌아갔다. 민 교수는 관장의 등 뒤로 꾸벅 인사를 하고 밖으로 나왔다. 때아닌 소나기가 주룩주룩 내리고 있었다.

●

비오는 날 이사를 하면 잘산다던가. 빛바랜 벽지와 곰팡이 슨 벽을 멍하니 바라보던 정희는 헛웃음이 났다. 강남 한복판의 아파트에서 서울 변두리의 허름한 연립주택으로 뚝 떨어진 마당에 별생각을 다 하는구나. 세월이 뒤집어지고 세상이 뒤바뀐 것 같았다. 이럴 수는 없었다. 어떻게 일궈온 재산인데, 어떻게 키운 자식인데. 이 악물고 살아온 육십 평생이 한순간에 사라져버렸다. 누가 삶이라는 커다란 지팡이로 정희의 뒤통수를 후려친 것 같았다.

"어머님……"

짐을 정리하던 지윤이 정희를 불렀다. 정희는 돌아보지 않았다. 지윤의 목소리가 듣기 싫었다. 얼굴도 보고 싶지 않았다. 그러지 말자 다짐하는데도 미운 맘이 생겼다. 집안이 풍비박산 난 마당에 이탈리아로 학회인지 뭔지를 가버린 것도 마음에 걸렸다. 죽을상을 하고 돌아와서는 대뜸 민석이 집 얻으라고 줬다며, 앞뒤 설명 없이, 돈다발을 내놓은 것도 맘에 안 들었다. 그 돈으로 집을 구했다며, 데리고 온 곳이 이 모양이었다. 싱크대 문짝 하나 제대로 달려 있지 않았다. 정희는 싱크대를 부여잡고 있던 손을 떼고 물을 틀어보았다. 핏물 같은 녹물이 쏟아졌다.

"어머님……."

지윤의 목소리에 물기가 가득 고여 있었다. 눈에도 눈물이 그렁그렁 맺혀 있을 것이다. 정희는 그 꼴도 보고 싶지 않았다. 자꾸만 마음이 꼬여갔다. 이렇게 꼬인 채 며느리를 대할 수 없었다. 정희는 수도꼭지를 잠그고 욕실로 들어가버렸다. 등 뒤에서 욕실 문이 쾅 소리를 내며 닫히자 그것이 신호탄이 된 듯 정희의 눈에서 눈물이 콸콸 쏟아졌다. 닦을 생각도 못 하고 주저앉아 소리 없이 흐느꼈다. 서러웠다. 미웠다. 미운 마음이 미안했다. 원망스러웠다. 무엇보다 하나밖에 없는 아들이 걱정되었다. 어디서 밥이라도 먹고 있는지 잠은 어디에서 자는지 아픈 곳은 없는지. 그러다 정신이 들었다. '그래도 내가 어른이다. 버티고 있어야 아이들이 산다.' 정희는 애써 마음을 추스르고 일어나 얼룩진 거울을 바라보며 눈물을 닦았다. 욕실 문을 열자 싱크대를 정리하던 지윤이 그녀를 바라보았다. 정희는 지윤의 눈길을 피하며 손자를 찾았다. 은수는 짐 더미에 앉아 책을 읽고 있었다. 그녀는 부러 더 씩씩하게 웃으며 은수에게 다가갔다.

"호랑이한테 물려가도 어떡한다고?"

"정신만 바짝 차림 돼요."

책에서 눈을 떼지 않은 채 은수가 대답했다.

"그렇지! 어디에 있든 정신만 바짝 차리면 살길 열리는 거야. 알았지?"

정희는 스스로 다짐하듯 큰 목소리로 말했다. 그러고는 은수의 엉덩이를 토닥토닥 두들기며 물었다.

"근데 뭐 읽는 거야? 한문 책이네?"

"금, 강, 산, 도⋯⋯."

은수가 작은 손가락으로 글자를 하나씩 짚어가며 또박또박 읽어냈다.

"그렇지, 〈금강산도〉! 우리 은수는 한자도 술술 잘 읽어요!"

정희는 예뻐 죽겠다는 듯 은수를 꼭 껴안았다. 그때, 지윤이 정리하던 그릇을 내려놓고 황급히 달려왔다.

"은수야, 그거 이리 줘!"

지윤은 은수가 들고 있던 고서를 낚아채듯 받아들었다.

"왜요, 엄마?"

"왜 그러니?"

은수와 정희가 의아한 얼굴로 지윤을 보았다.

"저 좀 나갔다 올게요. 어머니!"

지윤은 말릴 새도 없이 가방과 고서를 챙겨들고 밖으로 나갔다.

은수가 눈을 동그랗게 뜨고 할머니를 바라보았다. 어린아이의 눈에도 엄마의 행동이 이상한 모양이었다. 정희는 얼마나 더 참아야 하나 싶어 무거운 한숨을 푹 내쉬었다.

3
...

지윤이 쏜살같이 찾아간 곳은 국립중앙박물관이었다. 혜정을
만나기 위해서였다. 복원 전문가인 혜정은 박물관 보존과학실에
서 근무하고 있었다. 볼로냐에서 돌아온 이후 지윤은 코앞에 닥친
문제들을 해결하느라 정신이 없었다. 아파트는 경매로 넘어갔고,
얼마 안 되는 돈으로 집을 구해야 했다. 징계 위원회에서 받은 정
신적인 충격과 냉랭해진 정희와의 관계에서 오는 스트레스, 아이
답지 않게 속내를 전혀 내비치지 않는 은수 걱정, 연락이 닿지 않
는 민석에 대한 불안. 그녀를 압박하는 문제들 때문에 토스카나에
서 가져온 고서와 미인도를 까맣게 잊고 있었다. 은수 입을 통해
'금강산도'라는 말을 듣는 순간, 기억의 창이 열리면서 한줄기 빛
이 들어오는 기분이었다. 만약 이 책에 적힌 〈금강산도〉가 안견의
〈금강산도〉가 맞다면, 그녀의 상황을 전복시킬 단서가 될 수도 있

었다. 그러자면 낡아 부서지기 일보 직전인 책을 먼저 복원해야 했다.

흰색 가운차림의 혜정이 지윤을 향해 뛰어왔다.

"이사는 어떡하고?"

혜정은 걱정 가득한 눈길로 지윤을 바라보았다. 누구보다 지윤의 상황을 잘 알고 안타깝게 여기는 친구였다.

"이 책."

지윤은 가방에서 고서를 꺼내 혜정에게 건넸다. 책을 받아든 혜정이 의아한 얼굴로 보자 지윤이 용건을 꺼냈다.

"네가 좀 복원해줄 수 있을까?"

"족히 몇백 년은 된 거 같은데……."

책을 요리조리 살펴보던 혜정이 중얼거렸다. 지윤은 혜정에게 고서를 얻은 경위에 대해 간단하게 설명했다. 혜정은 책을 자세히 살펴보자며 지윤에게 자리를 옮기자고 했다.

점심시간이라 그런지 보존과학실 안은 한산했다. 혜정은 지윤을 의자에 앉게 하고, 바로 작업에 들어갔다. 흰 장갑을 낀 혜정이 현미경 렌즈 아래에 책을 놓았다. 시간이 천천히 걸어가는 소리가 들리는 듯했다. 지윤은 혜정의 뒤에서 침만 꼴딱꼴딱 삼키며 쥐죽은 듯 가만히 있었다. 그렇게 반 시간쯤 지나 혜정이 고개를 들었다.

"시간이 꽤 걸리겠는데? 우선 먼지 털고, 말려 있는 부분 습기 조절로 펴고, 얼룩진 부분 안정시키고, 떨어져나간 부분도 메우자면…… 상태가 안 좋아. 해독 가능한 부분도 많지 않고."

"최대한 빨리 부탁할게! 복원된 부분부터 몇 장씩이라도 먼저 줘!"

혜정은 고개를 끄덕이며 다시 현미경으로 고개를 숙였다.

"〈금강산도〉…… 〈금강산도〉? 설마 안견? 안견의 〈금강산도〉 얘기야 이거?"

혜정이 고개를 번쩍 들며 물었다.

"만약에 이게 안견의 〈금강산도〉 얘기라면, 진품에 대한 단서가 있을지도 몰라. 지금 민 교수가 내세운 그림이 가짜임을 증명할 명확한 증거 말이야!"

지윤이 침착하게 설명했다. 머릿속에만 있던 생각을 말로 옮기자 좀 더 확실해지는 기분이었다.

"그 증거만 찾을 수 있다면야. 너, 명예 회복하고 학교로 돌아갈 수 있을지 모르지! 민 교수 그 인간 오징어 만들어버리고!"

"지금으로썬 어쩌면 이게 나한테 남은 유일한 희망일지 몰라!"

"어떡하든 해봐야지 그럼! 무슨 수를 쓰든 최대한 빨리 복원해볼게!"

혜정이 지윤에게 기를 불어넣듯 힘차게 말했다.

"부탁할게!"

"황변도 심한 데다 떡 지고 엉겨붙은 데가 많아서 뭐라 장담을 못하겠지만 그래도 앞부분 몇 장은 금방 될 것 같아. 가장자리 들러붙은 데만 떼면 돼!"

혜정은 핀셋을 들어 조심스럽게 낡은 책장을 넘겼다. 지윤이 마른침을 꿀꺽 삼키며 그 모습을 지켜보았다.

중종 14년(1519) 8월. 자연 만물이 그렇듯 바다도 계절마다 제 얼굴색을 바꾼다. 8월의 바다는 진청색이다. 바다와 하늘이 맞닿은 곳에서 시작된 은빛 물비늘이 파도에 끌려 육지로 가까워지면서 점점 자리를 넓힌다. 열네 살의 소녀 사임당은 짙푸른 바다 위로 쏟아지는 은빛을 황홀하다는 듯 바라본다. 저 청연한 바다색을 갖고 싶다고 생각한다. 오롯이 빛나는 자연 그대로의 색을 만들고 싶은 것이다. 자연에서 채취된 색이지만 인간의 손이 닿는 순간 색은 자연 그대로의 빛깔을 잃어버린다.

색에 대한 사임당의 집착은 강릉 북평촌에서 유명했다. 그녀가 바라보는 세상은 수백, 수천 가지의 총천연색으로 이루어져 있는데, 저자에서 파는 물감은 늘 반 푼 모자란다. 그래서 진사댁 자제로 비단옷을 걸치고도 색을 구하려고 나무를 올라타고 산으로 강으로 들로 천방지축으로 뛰어다닌다.

한번은 수박색을 얻겠다고 온 임영 고을을 헤매고 다닌 적이 있었다. 자신의 키보다 훨씬 큰 치자나무에 올라 야무지게 치자 열매를 따서 끓이고 말려 노란 염료를 얻었다. 미리 구해두었던 쪽

물에 노란 염료를 섞고 마지막으로 먹물 한 방울을 조심스럽게 떨어뜨린 뒤 한참을 기다렸다. 염료를 얻으러 산으로 들로 헤매고 다닐 때는 말괄량이이지만, 색이 제 모습을 드러내는 순간만큼은 도를 구하는 구도자보다 차분하고 엄숙해진다. 푸른색에 무색의 시간이 섞이고, 무형의 시간이 유색의 색깔을 다시 토해내면서 마침내 원하는 채도의 초록색이 나오는 것이다. 그 초록색을 얻는 순간에는 세상을 다 얻은 기분이었다. 색을 섞는 것은 사람이지만 색이 얻어지는 순간만큼은 하늘이 정해주는 것이라 여겼다. 하늘이 주신 그 색으로 여름 내내 미완으로 남았던 수박 그림에 합당한 색깔을 입히고 마침내 화룡점정을 이루어내는 것이다. 끼니때가 한참 지난 것도 까맣게 잊은 채 그림에 몰두해 있는 사임당은 어머니 용인 이씨의 큰 걱정거리였다.

이날도 이씨는 대문 앞에 서서 사임당을 기다리고 있다. 오늘만큼은 집에 있으라 신신당부를 했건만 그새를 못 참고 색을 구하러 밖으로 나간 것이다. 저 멀리 골목길을 돌며 행랑아범이 뛰어온다. 그 뒤로 하얀 도포를 입고 당당하게 걸어오는 신명화의 모습이 보인다. 멀리서도 까칠하고 여윈 모습이 선명하다. 이씨의 눈가에 눈물이 그렁그렁 맺힌다. 이씨는 얼른 눈물을 감추고 얼굴 가득 화사한 미소를 짓는다. 기묘사화에 연루되어 나흘간의 옥살이를 마치고 지칠 대로 지친 지아비에게 우는 모습을 보일 수는 없는 까닭이다. 신명화는 혼자가 아니다. 어디서 만났는지 사임당의 손을 꼭 잡고 걸어오고 있다. 다정하게 걸어오는 부녀의 모습을 보며, 이씨는 안도의 한숨을 쉰다.

한여름, 대낮의 고요가 헌원장 안마당에 스며들고 있다. 뒷산 나뭇잎으로 제 몸을 가린 매미들이 온몸을 바르르 떨며 맴맴거리고, 한줄기 바람이 나뭇가지를 흔들고 지나간다. 어디선가 변성기가 지나지 않은 소년의 청량한 목소리가 들려온다.

"자왈, 리인위미하니 택불처인이면 언득지리오. 자왈, 불인자는 불가이구처약이며 불가이장처락이니 인자는 안인하고 지자는 리인이니라子曰, 里仁爲美 擇不處仁 焉得知. 子曰, 不仁者不可以久處約 不可以長處樂 仁者安仁知者利仁……."

안채로 향하던 중년의 여인은 사랑채 앞에서 걸음을 멈춘다. 안에서 들려오는 조카 이겸의 글 외는 소리에 흡족한 얼굴로 고개를 끄덕인다. 그간 창살 없는 감옥에 갇힌 것마냥 답답해하더니, 이제야 마음을 잡은 모양인가 싶다. 여인은 먼 산을 바라보며 이겸이 헌원장에 오던 날을 되짚어본다.

어느덧 두 해가 흘렀다. 처음 헌원장 마당에 들어선 이겸의 행색은 부리는 하인들 앞에서 낯을 세울 수 없을 만큼 초라했다. 허나 그 총총한 눈빛만은 영락없는 왕손의 후예였다. 구성군의 손자요, 세종대왕의 넷째 아들 임영대군의 증손자인 이겸은 그간 시대를 잘못 만나 어린 나이에 집도 절도 없이 떠돌며 자랐다. 그런 그를 가엾게 여겨 거둔 것이 바로 여인이었다. 여인은 이겸에게 있어서 대고모뻘 되는 집안 어른이자, 헌원장의 당주였다.

길들이지 않은 들짐승처럼 마음 못 잡고 서성이더니 이제는 어느 대갓집 도련님보다 의젓해진 이겸이 대고모의 눈에는 기특해 보였다.

요깃거리나 챙겨줄까 싶어 사랑채 문을 연 대고모의 표정이 서서히 굳어진다. 책을 펴놓고 글을 읽는 줄 알았던 이겸이 염불 외듯 입만 벙긋거릴 뿐, 손으로는 귀한 서책에 낙서를 하고 있었기 때문이다. 방바닥엔 온통 강아지, 고양이, 토끼 할 것 없이 온갖 짐승들로 채워진 종이가 너저분하게 흩어져 있다.

"아니…… 이이이…… 이놈이 또!"

"고모님!"

놀란 이겸은 들고 있던 붓을 떨어뜨린 채 재빨리 몸을 피한다.

"이리 오지 못하겠느냐!"

회초리를 든 대고모의 서슬에 겁먹은 이겸은 요리조리 몸을 잘도 피한다. 때리려는 고모나 피하는 조카나 장단이 잘 맞는 것이 한두 번 해본 솜씨가 아니다. 그러던 차에 빈틈을 발견한 이겸이 바람처럼 쏜살같이 내달려 담벼락을 훌쩍 뛰어넘는다. 마당을 쓸던 늙은 아범이 빗자루를 팽개치고 이겸의 뒤를 쫓아간다. 허탈해진 대고모는 주인 없는 방에 털썩 주저앉아 이겸의 낙서들을 바라본다. 한눈에 봐도 보통 솜씨는 아니다. 어린 나이임에도 사물을 관찰하고 통찰하는 능력이 대단하다.

같은 시각, 버드나무처럼 낭창낭창한 사임당은 언덕배기 나무 위에 올라가 있다. 그녀의 시선 아래로 헌원장이 훤히 내려다보인다.

"조심하세요, 아기씨!"

담이가 노심초사하면서 사임당을 올려다본다. 하루 이틀도 아니고 사임당이 이럴 때마다 심장이 반으로 쪼그라드는 기분이다.

"저 안에 안견 선생의 〈금강산도〉가 있단 말이지?"

사임당은 노심초사하는 담이는 아랑곳하지 않고 호기심 가득한 눈빛으로 헌원장 담벼락 안을 내려다본다. 오직 〈금강산도〉를 보고 싶다는 일념뿐이다. 사임당은 나무 위에서 풀쩍 뛰어내린다.

"가자!"

"어디를요? 헌원장엘요?"

담이가 믿을 수 없다는 듯 눈을 동그랗게 뜬다.

"안견 선생 그림이 있다 하지 않느냐? 내 눈으로 꼭 봐야겠다!"

사임당은 당연하다는 듯 말하고 앞장선다.

"절대로 안 됩니다."

담이가 양손을 쫙 펼쳐 사임당을 막아서며 고개를 가로젓는다.

"절대로 안 되는 일은, 절대로 없는 법!"

사임당은 단호하다.

"아이고, 아기씨. 한양서 나리마님이 그리 고초를 겪고 돌아오신 지 얼마나 됐다고 이러십니까요. 이번에 또 사고 치시면 마님만 욕먹습니다."

"그러니까, 안 들키면 되지!"

사임당이 별일 아니라는 듯 명쾌하게 대답하고 언덕 아래로 내달린다.

"안 됩니다! 가시려거든, 이년을 밟고 가십시오!"

담이가 질색하며 후다닥 달려가 사임당의 앞을 가로막고서는 땅에 큰대자로 벌렁 드러누워버린다. 사임당은 그런 담이를 가볍게 뛰어넘어 헌원장 담 밑으로 뛰어간다. 담이는 어쩔 수 없다는 듯 몸을 일으켜 세우고 흙을 탈탈 털어내며 사임당을 뒤따른다.

사임당은 담이의 널찍한 등을 밟고 올라선다. 담벼락을 부여잡는다. 기어오르려 안간힘을 써보지만 허사다. 치렁치렁한 치마가 거추장스럽다. 이내 담이 등에서 풀썩 뛰어내린다.

"역시 안 되겠죠?"

담이가 손을 털며 일어선다. 그럴 줄 알았다는 얼굴로 사임당을 보다가 기겁한다. 사임당이 치마를 훌훌 벗어 던지는 것이다.

"이 무슨 해괴한! 누가 보기라도 하면 어쩌시려고요! 얼른 입으세요! 저 정말 마님께 죽습니다!"

담이가 급히 주변을 살피고 펑퍼짐한 몸으로 사임당을 끌어안는다.

"치마가 걸리적거려 못 넘겠단 말이다!"

사임당이 담이의 품에서 미끄러지듯 벗어나며 툴툴거린다.

"그러니까 담을 왜 넘어요, 담을! 애초에 넘지 말라고 두르는 게 담입니다요!"

"내가 들어가고 나면 안으로 던져줘, 알았지?"

사임당이 배시시 웃으며 담이에게 치마를 쥐여준다. 천진한 얼굴로 빨리 엎드리라고 채근한다. 담이는 속바지차림의 사임당과 손에 쥔 치맛자락을 번갈아 보면서 한숨을 푹 쉬며 어쩔 수 없다는 듯 땅에 엎드린다. 사임당은 담이의 등을 탁 밟고 올라서더니 담을 훌쩍 넘는다. 언덕 위에서 보던 헌원장 담벼락 안이다. 이 집 어딘가에 안견의 〈금강산도〉가 있는 것이다. 사임당은 뿌듯한 표정으로 몸을 일으키고 담장 밖을 향해 작게 소리친다.

"던져!"

사임당의 치마가 담장을 넘어 붉은 꽃잎처럼 펄럭 날아오른다. 사임당은 치맛자락을 잡으려고 손을 뻗으며 폴짝 뛰어오르지만 붉은 치마가 바람을 타고 사임당의 키를 훌쩍 넘어가버린다. 깜짝 놀라 뒤돌아선 사임당의 눈이 커진다. 허공에 뜬 치마폭을 낚아채는 손이 있으니 바로 이겸이다. 낯선 도령의 등장에 화들짝 놀란 사임당은 그대로 주저앉아 몸을 감싼다.

"그 차림이 무엇이냐? 혹 명나라에서 유행한다는 색목인의 복식은 아닐 테고?"

이겸이 장난기 가득한 눈빛으로 말한다.

"이리 주십시오!"

몸을 잔뜩 웅크린 사임당이 눈을 부라린다.

"네 치마냐?"

이겸이 사임당 가까이 다가오며 묻는다. 사임당은 치마를 낚아채려고 깡충거린다. 장난기가 발동한 이겸이 손을 더 높이 뻗는다.

"주십시오."

"뭐라? 잘 안 들리는데?"

이겸이 한 귀에 손을 대고 농을 친다.

"이리 달라 하였습니다."

이겸은 사임당의 손길을 이리저리 피하며 빼앗을 테면 빼앗아보라는 듯 도망친다. 재미난 표정이다. 약이 바짝 오른 사임당이 인상을 찡그리며 벌떡 일어난다. 이판사판이다. 사임당은 발을 동동 구르며 치마를 쫓아 달린다. 그녀가 폴짝 뛸 때마다 까치발로 더 높게 치마를 들어 올리는 이겸이다. 몇 번을 이리 뛰고 저리 뛴 끝에 성이 단단히 난 사임당은 씩씩거린다.

"귀한 집 도령께서 장난이 지나치십니다!"

"남의 집 담장을 몰래 넘어온 처자가 할 소리는 아닌 듯한데……."

"돌려주세요. 내 치마!"

"비록 바람을 타고 들어오긴 했으나 담 안으로 들어온 물건이니 이제 내 것이 아니더냐. 어디 보자, 우리 연세 높으신 고모님께서 입으시기엔 너무 밝고, 내가 입어볼까나?"

이겸은 치마를 제 몸에 둘러보며 여유롭게 웃는다. 그 틈에 사임당이 치마를 휙 낚아채 들고 후다닥 도망친다. 붉어진 얼굴을 붉은 치마로 가리며 뛰어가는 뒷모습에 이겸이 호쾌하게 웃는다. 속에서부터 터지는 웃음이다. 본디 여자를 알지 못하고 관심을 가져본 적이 없는 이겸은 이 순간이 몹시 생소하고 낯설다. 주위의 누구도 의식하지 않고 천연덕스럽게 치마를 벗어 던지고 남의 집 담벼락을 뛰어넘는 소녀 때문에 이토록 가슴이 뻥 뚫리듯 유쾌해지다니 이상할 따름이다. 웃음의 여운이 오래 남는다. 이미 사라지고 없는 소녀의 자취를 찾아 두리번거리던 그때 담장 밑에 떨어져 있는 화첩이 보인다.

화첩 속 그림들은 경이롭다. 화조와 초충, 물소 등 세밀한 필치가 신묘하기까지 하다. 그림 속 꽃은 향기가 날 듯 생생하고, 나비와 벌은 곧 살아서 움직일 것만 같다. 화첩을 보는 동안 이겸의 심장박동이 점점 빨라진다. 이겸은 화첩을 들고 사랑채 마당으로 뛰어간다. 반색하며 달려오는 늙은 아범에게 이겸은 다짜고짜 담벼락을 뛰어넘어온 소녀에 대해 묻는다. 아범은 누군지 알겠다는 듯 고개를 끄덕인다.

"유명하지요. 천재 화원으로 유명하고, 천방지축으로도 유명하고, 일곱 살 때 그 뭐냐…… 안견? 안견이지 아마…… 안견 그림을 똑같이 베껴 그려서 임영 고을에 모르는 사람이 없었으니까요.

아주 유명한 아기씨지요. 문이 아닌 곳으로 드나드는 걸로도 유명
하시고……."

늙은 아범이 걸걸한 목소리로 설명하고 허허 웃는다.

"그럼 이 화첩도 그 처자 것이겠구나."

"물론입죠. 이 정도로 그려낼 사람은 당연히 그 집 아기씨 말
고는 없다 할 것이지요. 아마 문 아닌 곳으로 들어오려 한 이유
도……."

"옳거니! 〈금강산도〉가 보고 싶었던 게로구나!"

이겸은 이제야 궁금증이 풀리는 느낌이다. 초록은 동색이라던
가. 그림을 좋아하는 이겸은 〈금강산도〉를 보고 싶은 소녀의 마음
이 누구보다 헤아려진다. 그림을 보고자 남의 집 담벼락까지 넘어
온 마음이 더없이 예뻐 보인다. 붉은 치맛자락을 손에 쥔 순간 그
의 마음도 붉게 달아올랐던 것이다.

그늘 한 점 없이 쨍한 이튿날 오후, 오죽헌 마당에는 새 지저귀
는 소리와 어린 학동들의 글 외는 소리가 가득하다. 기묘사화에
얽혀 옥살이를 마치고 집으로 돌아온 신명화는 오죽헌에 여서당
을 열어 문중의 소녀들을 가르쳤다. 그는 욕심이나 야심 따위와는
거리가 먼 청렴한 인물이었고, 백성의 안위와는 상관없이 눈앞의
이익에만 눈이 먼 위정자들에게 염증을 느꼈다. 벼슬에 대한 뜻을

완전히 접고 낙향한 그는 서당에서 훈장 노릇을 하거나 그림을 모본模本하면서 시간을 보냈다.

이날도 신명화는 '패랭이꽃' 시 원본을 놓고 모본하고 있다. 글귀를 외던 학동들이 어느 순간 잠잠해진다. 학동들은 저도 모르게 훈장의 붓놀림을 홀리듯 바라본다. 어린 눈에 봐도 신기할 노릇이다. 아무리 옆에 놓고 쓴다고 해도 어쩜 저렇게 한 획 한 획이 똑같을 수 있는지, 아니 오히려 원래 있던 글씨보다 더 잘 쓰인 것 같다. 신명화는 학동들이 읽으라 한 글은 외지 않고 자신을 바라보는 걸 알아채고 고개를 든다.

"세애목단홍 재배만원중世愛牧丹紅 栽培滿院中!"

신명화가 선창하자, 학동들은 그제야 앞에 놓인 책을 본다.

"세애목단홍 재배만원중!"

학동들이 다시 꾀꼬리 같은 목소리로 합창한다. 그런데 그중 사임당만은 건성으로 입만 벙긋거릴 뿐 딴생각에 빠져 있다. 신명화는 딸아이의 태도가 못마땅하다. 아까부터 눈치를 주었는데도 알아채지 못하고 계속해서 딴청이다.

"세상 사람들 붉은 모란을 사랑하여 뜰 안에 가득히 기르네, 누가 알리오, 황량한 들에도 아름다운 꽃떨기 피어 있음을."

시어를 해석하는 신명화의 목소리가 낮고 온화하다. 학동들이 귀를 쫑긋 세운다. 사임당만은 여전히 딴생각에 빠져 있다.

"이어서 해석해보아라!"

신명화는 사임당을 향해 엄하게 말한다.

"그 빛깔 마을 연못 달빛을 꿰고 나무 언덕에 향기 전하는데, 외진 땅 찾는 귀공자 적어 고운 자태 시골 노인이 차지하네……."

사임당은 망설임 없이 다음 문장을 잇는다. 생각은 저 멀리 다른 곳에 보냈어도 귀는 열어두고 있었던 모양이다. 속으로는 누구보다 똘똘한 여식이 기특하였으나, 이번 기회에 버릇을 고쳐야겠다고 생각한 신명화는 목소리에서 노기를 지우지 않고 누가 지은 시냐고 묻는다.

"고려 말 정몽주의 선조이신 정습명 선생의 〈패랭이꽃〉입니다. 세상 사람들이 자신의 재능을 알아보지 못함을 한탄하며 쓰신 시이지요."

어릴 적부터 하나를 가르쳐주면 열을 알던 여식이었다.

"한데 너는 지금 무슨 생각에 빠져 있는 게야!"

"금강산에 가보고 싶습니다!"

사임당은 수업 시간 내내 자신을 옭아매고 있던 생각의 매듭을 풀듯이 큰소리로 외친다. 그녀의 외침에 신명화의 눈살이 찌푸려진다. 또 금강산 타령이구나.

"여자라고 해서 금강산을 가보지 못한다는 건 불공평합니다!"

사임당이 떼를 쓰듯 말한다. 부녀간에 이런 실랑이는 한두 번이 아니었다. 신명화는 말이 길어지는 걸 염려해 딸에게서 시선을 거두고 학동들을 바라본다.

"오늘은 여기까지다. 과제 내준 것들 기억하고 있느냐?"

학동들이 그렇다고 대답하자, 명화는 이만 수업을 파한다며 자리에서 일어선다. 그때 행랑아범이 급히 달려온다.

"나리마님. 헌원장 도련님께서 뵙기를 청하십니다."

"헌원장 도령?"

명화가 의아한 듯 되묻는다. 책보를 싸던 여학동들은 헌원장 도령이라는 말에 호기심 가득한 눈빛을 주고받는다. 도령의 인물이 관옥冠玉 같다는 소문을 들어온 것이다. 유독 사임당만은 이맛살을 찌푸리며 아버지의 눈치를 살핀다. 혹여 도령이 아버지에게 담벼락 사건을 일러바치러 온 것은 아닐까 걱정이 되었다.

은은한 차향이 가득한 사랑채에 신명화와 이겸이 마주 앉아 있다. 나이가 어림에도 어딘가 왕족 특유의 고귀한 기품이 느껴지는 이겸을 신명화는 물끄러미 바라본다. 얼핏 중종과 닮은 듯도 하다. 오뚝한 콧날과 그린 듯 선명한 입술, 반듯한 이마에서 곧은 성품이 느껴지고, 호리호리한 몸에서 소년다운 활기가 뿜어져 나온다.

"한송정에서 길어온 물로 끓인 차입니다. 입에 맞으실지 모르겠으나 향이나마 즐기십시오."

이겸을 대하는 신명화의 태도는 흠잡을 데 없이 깍듯하다.

"다향이 아주 좋습니다."

의젓하게 허리를 곧게 펴고 앉은 이겸은 찻잔을 들고 향을 맡는다. 신명화의 다정한 시선이 느껴진다. 어쩐지 마음이 푸근해지는 것 같다. 이윽고 찻잔을 내려놓은 이겸은 조심스레 말을 꺼낸다.

"다향만큼 일품인 안견 선생의 귀한 그림이 있어, 이웃끼리 인사도 나눌 겸 갑자기 걸음을 하였사온데 혹여 결례를 범한 것은 아닐는지요."

"정해진 약조 없이 시절인연에 따라 만나는 것도 선비의 풍류가 아니겠습니까? 결례라니 당치 않습니다."

"어르신께서 너그럽게 보아주시니 제 허물이 반은 덜어지는 듯합니다. 이 그림을 보시고 나머지 허물도 흘려주십시오."

〈금강산도〉 족자가 방바닥에 펼쳐졌다. 하늘 높이 치솟은 산봉우리, 태곳적부터 흘러내린 것 같은 계곡물, 산허리를 에워싼 안개는 마치 실경을 보는 듯하다. 한눈에 봐도 안견의 솜씨다. 신명화가 그림에 빠져 있는 사이 이겸이 주변을 살피며 목소리를 낮게 내리간다.

"그런데 듣자 하니, 이 댁에 그림 보는 눈이 남다른…… 그……
저……"

이겸은 여인을 만나러 왔다는 속내를 들키고 싶지 않다. 지금껏 선비로서 품위를 지키느라 공을 들였건만 기껏 여자아이를 만나러 왔다 하기가 어째 민망하다. 이에 차마 소저라는 말은 못 하고 우물쭈물한다. 그런 이겸의 속사정을 뻔히 알겠다는 듯 명화가 빙긋이 웃으며 행랑아범을 부른다.

행랑아범의 전갈을 받고 사랑채로 걸어가는 사임당은 울상이다. 발목에 바윗덩이를 달고 걷는 듯 걸음이 무겁다. 서당에서 딴청을 부려 아버지의 눈총을 받은 것으로도 모자라 그 헌원장 도령인지 헌 옷장 도령인지가 와서 자신이 치맛자락까지 벗어 던지고 담벼락을 넘었다는 사실을 고해바쳤을 게 분명하니, 이번에는 필경 회초리라도 맞을 것이다. 천천히 걸었음에도 어느새 사랑채 앞에 당도했다.

사임당은 한숨을 푹 내쉬고 행랑아범이 열어준 문 안으로 쭈뼛거리며 들어선다. 그런데 방 안으로 들어선 순간 그녀의 안색이 달라진다. 눈 밑에 자욱했던 그림자가 사라지고 햇살이 비친 듯 환해졌다. 꿈에 그리던 〈금강산도〉가 눈앞에 있는 것이다. 아버지도 헌원장 도령도 안중에 없다. 그림 앞에 털썩 주저앉은 사임당은 그 속으로 빨려 들어갈 것 같다. 신명화는 그런 여식의 행동이 민망하여 헛기침을 했지만 이겸은 그저 황홀한 눈빛으로 사임당을 바라볼 뿐이다. 그녀의 솔직한 행동 하나하나가 재미있고 예쁘다.

"굽이치고 휘몰아 꺾이고 어우러지는 것이 마치 산세에 신령이 깃든 듯합니다. 곽희풍 화법이지만 같다고도, 다르다고도 할 수 없는 오묘한 준법이 아닙니까? 안견 선생은 최고의 화가임에 틀림이 없습니다."

사임당은 좀처럼 흥분이 가라앉지 않는 듯 들뜬 목소리로 중얼거린다. 이겸은 그녀의 평이 마음에 든다. 그의 눈길이 그녀의 보송보송한 볼에 닿는다. 사임당이 고개를 슬쩍 들어 그를 바라본다. 두 눈이 마주치는 순간 두 사람의 볼이 살굿빛으로 물든다. 사임당은 괜히 새침을 떨면서 입술을 오므리며 시선을 피한다. 이겸도 고개를 돌리며 눈길을 천장에 비끄러맨다. 두 사람의 하는 양을 지켜보던 신명화가 빙긋이 웃으며 찻잔을 든다. 이미 식었으나, 은은한 향은 여전하다.

사랑채에서 나온 사임당은 〈금강산도〉의 여운을 그대로 간직한 채 뒷마당으로 달려간다. 오죽헌 뒷마당에는 색색의 염료를 입힌 천들이 빨랫줄에 걸려 바람에 나부끼고 있다. 그녀는 펄럭이는 천들 사이로 걸어간다. 그곳에 그녀만의 작은 화실이 있다. 곳곳에서 구해온 색색의 염료가 평상 위에 가지런하다.

"분명 여기에는 없는 빛깔이었어. 〈금강산도〉를 옆에 두고 오래오래 볼 수 있으면 얼마나 좋을까? 분명 그 색을 찾아낼 수 있을 텐데……."

사임당은 청색 계열의 염료들을 보며 혀를 찬다. 〈금강산도〉에서 본 오묘한 빛깔이 보이지 않는 것이다.

"그래서, 이번엔 또 어느 산을 헤매고 다니시게요. 염료를 찾는답시고 앞산 뒷산 옆 산, 북평촌 산이란 산은 죄다 헤매고 다니시면…… 쉰네도 이제 힘들다고요. 밤마다 찬바람이 휭휭 불면 도가

니가 얼마나 쑤시는데…….”

옆에서 천을 염색하던 담이가 생각만 해도 막막하다는 듯 구시
렁거리지만 사임당의 귓가엔 들리지 않는다. 사임당은 이미 색 만
들기에 여념이 없다. 평상 위에 가지런히 나열된 백자에 담긴 색
색의 물감 중에서 청색 계열 몇 가지를 이리 섞고 저리 배합하며
〈금강산도〉의 청록빛을 재현해본다. 실패다. 몇 번을 반복해도 마
찬가지다.

“이렇게 섞어 쓰면 비슷한 색이 나오지 않겠느냐?”

바람에 천이 나부끼듯 부드러운 음색이다. 사임당은 남자의 목
소리에 놀라 고개를 든다. 이겸이다. 이겸은 쥘부채로 얼굴을 반
쯤 가린 채 그녀를 향해 다가온다.

“여기까지는 어인 일이십니까?”

사임당은 붓을 든 채 주춤 뒤로 물러선다. 당황스럽다. 등 뒤에
있던 담이는 이미 사라지고 없다. 기척도 없이 사라지다니 괴씸
하다. 이겸은 그녀를 놀리듯 지그시 바라보며 한 걸음 앞으로 다
가온다.

“내 생각엔 거기 두 번째 청록색에다 일곱 번째 황색을 좀 섞어
야 될 듯싶다.”

“네?”

“어찌 말귀를 그리 못 알아듣는단 말이냐?”

이겸은 답답하다는 듯 부채를 내려놓고, 붓을 쥔 사임당의 손을

덥석 잡아 쥔다. 붙잡힌 손이 청색과 노란색을 능숙하게 배합해 청록색을 만든다. 그곳에 흰색을 섞는다. 모든 선택에 망설임이 없다. 손을 빼려던 사임당은 눈앞에 펼쳐지는 색을 보고 매혹되고 만다. 〈금강산도〉와 흡사한 청록색이다.

"흡사하지 않느냐?"

이겸이 흐뭇하게 웃으며 사임당의 손을 놓아준다.

"맞습니다. 이 색입니다!"

사임당은 새로 배합한 청록색 염료로 선을 그어보며 끊임없이 감탄한다. 그녀가 황홀경에 빠져 있는 사이 이겸은 어딘가로 사라진다. 고개를 든 사임당은 목을 길게 빼고 이리저리 둘러본다. 바람에 나부끼는 천들 사이로 얼핏 사내의 그림자가 보인다. 사임당은 붓을 내려놓고 뭔가에 홀린 듯 천을 헤치고 걸어간다. 그림자에 다가가자 실체는 사라지고 없다. 등 뒤로 기척이 들린다. 사임당은 소리에 이끌린다. 그렇게 두 사람은 한참 동안 색색의 천들 사이로 서로를 찾아다닌다. 고요하다. 바닥을 스치는 발소리와 바람에 흔들리는 나뭇가지 소리, 그리고 어린 소년 소녀의 숨소리만이 뒷마당을 채운다.

"이걸 돌려주려 왔다."

어느새 사임당의 코앞에 선 이겸이 화첩을 내민다.

"어, 내 화첩!"

가까이 닿는 이겸의 체취에 뒤로 움찔 물러나던 사임당이 화첩을 반갑게 받아든다. 그렇지 않아도 잃어버려 속상하던 참이었다. 이겸이 가지고 있을 거라고는 꿈에도 생각지 못했다. 화첩을 펼쳐 보던 사임당은 중간에 끼워진 분홍빛 색지를 보고 깜짝 놀란다. 색지에는 어여쁜 소녀가 그려져 있다. 사임당의 초상화이다. 그림 아래로 첨시添詩도 보인다.

"풍대화편거 금규소염래風帶花片去 禽窺素艶來…… 바람은 꽃잎을 품고 가고 새들은 흰 꽃송이 엿본다?"

사임당의 얼굴이 수줍게 붉어진다.

"내 이름은 겸이다. 이겸!"

이겸이 따뜻한 시선으로 사임당을 바라본다.

"사……임당. 사임당입니다."

두 사람의 시선이 맑은 햇살 아래 쨍 하고 부딪힌다. 그들은 서로의 눈에 각인된 서로를 확인한다.

여기까지가 혜정이 복원해서 가져다준 고서에 있던 내용이었다. 혜정은 복원한 영인본을 건네며 안견의 〈금강산도〉 얘기가 초반부터 곧장 나온다며 흥분했었다. 지윤은 그 말을 듣자마자 집으로 달려와 방 안에 틀어박힌 채 2박 3일 동안 밤잠을 설치며 한자들을 해석해나갔다. 단순한 한자풀이가 아니라 문장의 의미를 해석하는 일이라 생각보다 어려웠다. 그리고 드디어 해석을 마쳤다.

방 안에는 옥편과 노트북, 각종 논문자료들이 가득 널브러져 있었다. 지윤은 굳은 어깨를 주무르며 해석본을 다시 읽었다. 밤을 새웠으나 피곤이 느껴지지 않았다. 토스카나에서 가져온 낡은 고서는 그녀의 앞길을 열어줄 단 하나의 희망이었다.

　사임당의 하루하루를 담은 듯한 일기 형식의 고서에는 안견의 〈금강산도〉 외에도 뜻밖의 이야기들이 담겨 있었다. 지금까지는 단순히 율곡 이이의 어머니이자 현모양처의 대명사로 알려진 사임당과 왕족 화가로 알려진 이겸의 사랑 이야기였다.

　작은 창밖으로 여명이 터오고 있었다. 하늘을 여는 새벽빛처럼 지윤의 심장에도 희망이 싹트기 시작했다.

4

"어떻게 된 거야?"

지윤은 같은 말만 몇 번째 반복하고 있었다. 사임당의 일기를 읽느라 이틀 밤을 지샌 탓에 눈가에 핏줄이 곤두서 있었다. 남편을 향한 원망으로 심장 또한 터질 지경이었다. 은수를 학교에 데려다주고 집으로 돌아가던 지윤을 납치하듯 차에 태운 민석은 왕상 해변까지 내달리고 있었다. 언제나 그랬듯이 앞뒤 설명도 없었다. 화가 난 지윤은 입을 꾹 다물고 차창을 노려보았다. 아무리 캐물어도 남편에게서는 아무런 답도 얻을 수 없을 것 같았다. 카 오디오에서는 별다를 것 없는 뉴스가 보도되고 있었고, 창밖에는 식상한 바다가 펼쳐져 있었다. 모든 것이 뻔했다.

"사고가 났어. 큰 사고……."

마침내 민석은 덥수룩해진 수염을 손으로 훑으며 괴로운 듯 입을 열었다.

"그렇게만 말하지 말고 뭐가 어떻게 됐는지 정확히 말해보라고! 하루아침에 집에서 내몰렸어. 집이며 통장이며 전부 당신 명의라 난 손도 못 대. 어떻게 이리 무책임할 수가 있어!"

"미안하다……."

민석이 갈라진 목소리로 말했다.

"미안해? 그게 다야? 그게 지금 할 소리냐고!"

지윤이 씩씩거렸다.

"임 전무가 대형사고를 치고 자살해버렸어. 투자금 중에 블랙머니, 러시아 마피아 돈까지 들어 있었어."

"뭐?"

"나랑 다른 임원들 모두 수배령 내려져 있어. 그러니까……."

민석이 말을 다 마치기도 전에, 지윤이 차 문을 벌컥 열고 뛰쳐나갔다. 민석이 그녀를 뒤쫓았다.

텅 빈 차 안에서 라디오 뉴스만 낮게 이어지고 있었다. 백령도 근해에서 규모 4.9의 지진이 발생했다는 특보였다. 그러나 민석과 지윤은 바닷가에서 실랑이를 벌이느라 뉴스를 듣지 못했다.

"감정적으로 대처하지 말고!"

민석이 지윤의 어깨를 잡아 거칠게 돌려세웠다.

"지금 이 판국에, 어떻게 이성적일 수 있는데! 날더러 어떡하라고! 말도 안 되는 동네에서 어머니, 은수 데리고 그나마 강사 자리

83

까지⋯⋯."

급기야 지윤의 눈에서 눈물이 후두둑 떨어졌다. 아내의 눈물에 민석이 무너져내렸다. 민석은 지윤의 어깨를 끌어안고 정수리에 얼굴을 묻었다. 그마저 눈물을 보일 수는 없었다. 그들은 그렇게 한참 동안 익숙한 체온을 나누며 서로를 위로하고 모래밭을 천천히 걸어 차로 돌아왔다. 그 뒤로 파도가 조금씩 몸을 불리고 있었다.

때아닌 안개가 인천대교를 덮쳤다. 한 치 앞도 보이지 않았다. 대교 위를 달리는 자동차들은 헤드라이트를 밝혔다. 사방이 푸른 안개였다.

"무슨 안개가 이렇게⋯⋯."

운전하던 민석이 투덜거렸다.

"조심해서 천천히⋯⋯."

지윤이 조수석 창밖을 바라보았다. 그 순간, 쾅 하는 굉음과 함께 차가 앞으로 튕겨 나갔다. 거센 충격이 민석과 지윤을 강타했다. 민석은 반사적으로 조수석에 앉은 지윤을 오른손으로 감쌌다. 그때 또다시 강한 충격이 가해졌다. 차체가 앞으로 밀리면서 대교 난간을 들이받았다.

"지윤아!"

민석이 절규하며 지윤의 이름을 부르짖었다. 지윤은 이미 정신을 잃고 앞으로 고꾸라져 있었다.

패랭이꽃 만발한 계곡 앞이다. 분홍빛 패랭이꽃에 물안개가 어려 신비롭다. 푸르스름한 안개를 바라보던 지윤은 화들짝 놀란다. '여기가 어딘가.' 주위를 둘러본다. 앞에는 계곡물이 흐르고 뒤로는 숲이 우거져 있다. '꿈을 꾸는 것인가.' 분명 그녀는 민석과 함께 인천대교를 달리고 있었다. 인천대교를 삼켜버린 자욱한 안개 때문에 운전하기가 힘들다던 민석의 투덜거림도 생생하다. 꿈인 듯 생시인 듯 어리둥절한 지윤은 자신의 복색을 보고 또다시 놀란다. 하마터면 뒤로 넘어질 뻔했다. 자신이 한복을 입고 있었던 것이다. 결혼식 이후로는 입어본 적도 없는 한복이었다. '꿈이구나. 꿈이 분명하구나.' 한복을 입고 산기슭을 헤매는 꿈이라니. 안개 낀 계곡 저편에서 아이들의 웃음소리가 아련하게 들려온다. 그러고 보니 아까부터 물장구치며 첨벙거리는 소리도 들리는 듯했다.

"아씨. 아씨. 사임당 아씨……"

인기척에 지윤이 고개를 돌린다. 안개 속에서 무명옷을 입은 여자가 종종걸음으로 뛰어온다. 그 뒤로 네 살쯤 되어 보이는 사내아이가 어머니를 외치며 신나게 달려온다. 그러더니 어떻게 준비할 겨를도 없이 품에 와락 안긴다. 얼떨결에 아이를 안은 지윤은 중심을 잃고 뒤로 넘어진다. 아이를 보호하기 위해 반사적으로 바위를 짚는다. 바위에 부딪힌 손바닥이 따끔거린다. 찰과상을 입은 것이다. 아이는 해맑게 웃으며 그녀의 가슴팍에 앞머리를 비빈다.

사랑스럽다. 어딘가 은수 어릴 때 모습과 닮았다. 아이의 미소와 온기는 지윤의 마음에 따스한 감동을 안긴다. '꿈에서도 아픔이 느껴질까? 꿈에서도 사랑스러움이 전해질까?'

지윤은 얼떨결에 무명옷의 여자를 따라간다. 그 뒤로 네 명의 아이들이 쫓아온다. 아이들은 지윤을 어머니라고 부른다. 자연스럽다. 거짓 없이 천진하다. 아이들은 무명옷의 여자를 '향이'라고 부른다. 이십 대 초반으로 보이는 향이는 몸종인 듯하다. 이 꿈속의 배경은 조선이다.

숲을 벗어나자 마을 입구가 나온다. 표지판도 알림판도 없다. 멀리 비릿한 바다 내음이 바람을 타고 코끝을 간질인다. '이곳은 어딜까?' 지윤은 자신이 대한민국 지도 어디쯤에 있는지조차 짐작할 수 없다. 콘크리트 건물은 물론이고 그 흔한 아스팔트 도로조차 없다. 초가집과 기와집, 포장되지 않은 흙길, 진흙탕길이 전부다. '이 꿈의 끝에는 뭐가 있을까?' 주변을 둘러보던 지윤의 마음에 조급증이 인다.

"저기…… 여기가 어디예요? 저 아이들은 누구고?"

급기야 지윤은 해서는 안 될 질문을 하고야 만다.

"예……? 왜 이러세요? 그 이상한 말투는 뭐고요. 고뿔로 몇 날 며칠 고생하시더니…… 헛것이 보이세요?"

향이는 난감한 표정으로 지윤을 바라본다.

"그런 거 같기도 하고……."

아무래도 원하는 대답을 듣기는 글러먹은 것 같다. 지윤은 가던 길을 가자며 손짓한다. 다행히 아이들은 지윤의 말을 듣지 못했는지 저희끼리 장난을 치며 씩씩하게 걸어간다. 어디선가 뜨거운 시선이 느껴진다. 골목길 저편에서 한 남자가 지윤을 바라보고 있다. 언뜻 봐도 훤칠하고 잘생긴 남자다. 남자 옆에 있던 시종이 그에게 걸음을 재촉한다. 그녀를 향한 남자의 시선은 거둬지지 않는다. 비애와 절망이 뒤섞인 애절한 눈빛이다. 껄끄럽다. 지윤은 외면하고 무심히 지나친다. 느낄 수 있다. 등 뒤에서 자신을 하염없이 바라보는 그의 시선을.

오죽헌 마당에 이르러서야 지윤은 자신이 누구의 옷을 입었는지 알게 되었다. 사임당이다. 며칠 동안 사임당의 일기에 몰입해 있다 보니 꿈으로 재현된 모양이다. 꿈이라고 하기엔 지나치게 현실적이지만, 누구에게도 여기가 혹시 꿈속이냐고 물어볼 수 없다.

마당은 사람들로 복작거린다. 남자들은 이삿짐을 나르고, 여자들은 음식 준비에 여념이 없다. 아낙들이 주고받는 대화를 통해, 지윤은 오늘이 사임당의 아버지인 신명화의 제삿날이자, 사임당의 이삿날임을 알았다. 손주들에게 간식을 챙겨주던 용인 이씨가 어리둥절한 표정으로 멍하니 서성이는 사임당을 걱정스레 바라본다. 가까이 다가와 딸의 손을 잡고 방으로 이끈다. 지윤은 이씨의 따뜻한 손에서 난생처음 엄마의 체온을 느낀다.

안채, 어머니 이씨의 방이다. 향이를 시켜 자리를 펴게 한 이씨는 지윤에게 누워 쉬라며 문을 닫고 나간다. 혼자 남은 지윤은 드라마 속에서나 볼 법한 조선시대 여인의 방을 둘러본다. 모란과 나비가 어우러져 화사하면서도 단아한 병풍 앞에 작은 서탁이 하나 있고, 한쪽 구석에 사방탁자가 있다. 고급스럽고 우아하다. 주인의 소박하고도 단정한 성격이 느껴진다. 지윤은 병풍을 조심스레 젖혀본다. 누런 벽지의 일부가 오래되어서인지 벽면에서 조금 벗겨지려 한다. 그 틈으로 거무스름한 무언가가 보인다. 어떤 기시감이 지윤을 압도한다. 지윤은 뭔지 모를 긴장감에 벌어진 벽지 일부를 조심스레 떼어낸다. 벽지 뒤로 눈을 사로잡는 산수화가 보인다. 〈금강산도〉! 심장이 세차게 뛴다. 그림 한쪽에 안견의 호인 '지곡가도작池谷可度作' 인장이 찍혀 있다. 지윤은 제 눈을 비벼본다. 꿈인지 실제인지 구분할 수 없다. 모든 감각이 살아 있다. 눈앞에 진짜 안견의 〈금강산도〉가 있는 것이다. 그 순간 방문이 벌컥 열린다. 막내 아이가 뛰어 들어와 지윤의 품에 안긴다.

"어머니, 어머니가 좋아하는 꽃입니다!"

아이가 작은 주먹을 펼치자 그 속에서 패랭이꽃 한 송이가 피어난다. 아이는 지윤의 손바닥 위에 꽃을 올려놓으며 배시시 웃는다. 그 순간 어디선가 지윤의 이름을 부르는 민석의 목소리가 들려온다. 지윤은 꽃을 꼭 쥔 채 소리 나는 쪽으로 고개를 돌린다.

"외상도 하나 없고 내출혈이 있는 것도 아니라며! 사람이 안 깨어난다는 게 말이 됩니까!"

민석이 의사에게 고함을 질렀다.

"CT, MRI 다 해봤지만 발견된 게 없습니다. 지금으로서는 기다리는 수밖에……"

의사가 난감하다는 표정으로 뒷말을 흐렸다.

"어떻게 좀 해보라고요! 무작정 기다리라는 게 할 소리야!"

민석은 애가 닳았다. 의사와 간호사는 안타깝지만 어쩔 수 없다는 얼굴로 잠시 바라보다가 다른 환자를 향해 걸음을 옮겼다.

인천대교에서 일어난 추돌사고로 병원 응급실은 인산인해였다. 민석과 지윤도 그들 중 일부였다. 민석은 핸들에 부딪혀 이마만 조금 찢어졌을 뿐, 별다른 외상은 없었다. 문제는 벌써 몇 시간째 의식불명 상태로 누워 있는 지윤이었다.

민석은 창백한 얼굴로 잠자듯 누워 있는 지윤의 얼굴을 바라보았다. 미칠 것 같았다. 이렇게 만들려고 만난 건 아니었다. 그저 걱정하지 말라고 말하고 싶었다. 그러나 얼굴을 마주하자 어떤 말도 꺼낼 수가 없었다. 마음과 달리 입 밖으로 나가는 말들은 모래처럼 깔끄러워서 아내의 맘을 더 상하게 하고 말았다. 더군다나 이렇게 다치게 하다니, 그는 스스로가 원망스러웠다. 그녀가 영영 깨어나지 않으면 어쩌나 싶어 하늘이 무너지는 것 같았다. 그 순간, 지윤의 손가락이 움직였다.

"여보! 지윤아!"

민석은 지윤의 손을 잡고 정신없이 주물렀다. 지윤의 속눈썹이 파르르 떨리는가 싶더니 눈이 떠졌다.

"정신 들어? 여기 어딘지 알겠어?"

민석의 목소리에 물기가 어려 있었다. 지윤은 마치 꿈에서 깨어난 듯 몽롱한 표정으로 한동안 그의 얼굴을 바라보다가 화들짝 놀라 자신의 손바닥을 펼쳤다. 손바닥에 상처가 나 있었다.

지윤은 민석의 반대에도, 의사와 간호사의 만류에도 퇴원하겠다고 고집을 부렸다. 급기야 민석이 이해를 못하겠다고 화를 내자, 그녀는 자신의 손바닥 상처만 골똘히 내려다보면서 설명해도 이해하지 못할 거라고 했다. 민석은 혹여 지윤이 정희와 은수 걱정에 그러나 싶어, 집 근처 병원에라도 입원해 있으라고 했다. 지윤은 못 들은 척했다. 결국 민석은 퇴원수속을 밟았다.

지윤은 병원 로비 의자에 앉아서 어딘가로 전화를 걸었다.

"혹시 오죽헌에서 이사 나가던 날 얘기도 그 책에 나오니?"

지윤의 목소리가 떨렸다. 누구랑 통화를 하기에 그러나 싶어, 민석은 가까이 다가갔다. 휴대전화 너머로 낯익은 목소리가 들려왔다. 혜정이었다.

"돗자리라도 깐 거야? 방금 복원한 부분을 어떻게……."

전화선 저편에서 들려오는 혜정의 목소리가 떨렸다.

"그날이 아버지의 제삿날이었고! 벽 속에 〈금강산도〉……."

지윤이 갑자기 말을 멈추고 주변을 살폈다. 그녀의 이상한 행동에 민석은 눈을 가늘게 떴다. 그렇지 않아도 창백한 지윤의 얼굴이 파리하게 질려 있었다. 뭔가에 크게 놀란 것 같았다. 사고 후유증인지도 몰랐다.

　"얼굴 보고 얘기하자. 지금 그리로 갈게!"

　지윤은 전화를 급하게 끊더니 자리에서 벌떡 일어섰다. 그 몸으로 혜정을 만나러 간다는 것이다. 민석이 말리자 지윤은 한시가 급하다며 발을 동동 굴렀다.

　"민 교수 쪽 그림 가짜란 증거, 찾아낼 수 있을 것 같아."

　"백중 추돌 교통사고로 죽다 살아났어, 당신! 내출혈 있을지 모른다고 절대 안정하란 소리 못 들었어? 가긴 어딜 간다고 그래!"

　"당장 가야 해! 지금 가야 된다고!"

　지윤은 막무가내였다.

　"적당히 해. 적당히! 아프면 자고, 다쳤으면 쉬고! 이 판국에 그깟 그림이 다 뭔데?"

　민석이 폭발할 듯 화를 냈다.

　"이게 생명줄이 될지도 모른단 말이야!"

　지윤도 지지 않았다.

　"넌 무슨 생각으로 사는 거니? 네 속을 모르겠다!"

　"언젠 알았어?"

　"뭐?"

"쭉 몰랐잖아! 알려고 한 적도 없었지, 결혼하고 내내! 어떤 수모를 견디고 버텨내며 전임 자리까지 올랐는지, 당신은 몰라! 절대 모른다고!"

지윤이 그동안 꾹꾹 눌러왔던 말들을 한번에 쏟아냈다.

"넌 아냐?"

민석이 차갑고 나직하게 되쏘았다.

"뭐?"

"너는 아느냐고! 내가 어떤 심정으로 살고 있었는지!"

"처자식에 어머니까지 던져놓고 내뺀 가장이 할 소리야, 지금!"

지윤은 급하게 말문을 닫고 시선을 돌렸다. 선을 넘었구나 싶었다. 민석이 한숨을 푹 내쉬며 돌아섰다. 남편의 어깨가 여느 때보다 작아 보였다. 어깨 너머로 민석의 옆얼굴을 바라보던 지윤은 나중에 보자는 말을 남기고 병원을 빠져나갔다. 민석은 택시에 오르는 아내의 뒷모습을 바라보았다. 모든 것이 어긋나고 있었다.

●

하루가 너무 길었다. 어둠이 옥인동 골목길에 접어들었다. 지윤은 터덜터덜 좁은 골목길을 걸어갔다. 가방에는 혜정이 복원한 영인본 텍스트가 들어 있었다. 그녀가 꿈에 보았던 향이라는 여자와 네 아이들, 오죽헌 마당 풍경, 그리고 어머니인 용인 이씨의 방에서 본 〈금강산도〉까지 복원된 내용에 있을 터였다. 아직 한문을

해석하진 않았지만 틀림없었다. 해석되는 부분만 읽었다는 혜정
도 비슷한 내용일 것 같다고 했다. 한문을 잘 아는 전문가가 필요
했다. 책 한 권을 제대로 번역하려면, 전문가 여럿이 달라붙어도
몇 년씩 걸리는 일이 다반사였다. 지윤은 도움을 청할 사람이 없
을까, 골똘히 생각에 잠겨 걸었다. 미술사학과 쪽 사람들은 제외
시켜야 했다. 물어보지 않아도 대답은 뻔했다. 민 교수 눈치를 보
느라 지윤의 도움을 거절할 것이다.

뒤에서 탈탈거리는 스쿠터 소리가 들려왔다. 골목이 좁아 지윤
이 한쪽으로 비켜섰다. 그러나 스쿠터는 속도만 늦출 뿐, 앞서가
지 않고 천천히 따라오는 것 같았다. 문득 신문 사회면에서 본 사
건들이 머릿속을 스쳤다. 지윤은 걸음을 재촉했다. 예상대로 스쿠
터도 그에 맞춰 속력을 냈다. 덜컥 겁이 난 지윤은 숄더백을 앞쪽
으로 안은 채 후다닥 뛰기 시작했다. 스쿠터가 속도를 올려 바람
소리를 내며 그녀를 앞서가더니 급브레이크를 밟아 앞을 가로막
았다. 지윤이 기겁을 하며 들고 있던 가방을 휘둘렀다.

"나예요!"

스쿠터를 몰던 남자는 헬멧을 벗으며 외쳤다. 상현이었다. 하지
만 겁에 질린 지윤은 두 눈을 꽉 감은 채였다. 상현은 가방을 휘두
르는 그녀의 손목을 덥석 잡았다.

"깡패예요? 볼 때마다 사람을 패!"

"뭐, 뭐하자는 거야, 지금!"

그제야 상현을 알아본 지윤이 버럭 화를 냈다.

"선배야말로 뭐하는데 여기서?"

"스토커니? 당장 경찰 부를 거야!"

"허참…… 살다 살다 별! 여기 우리 동네거든요?"

상현은 어이없다는 듯 피식 웃으며 헬멧을 쓰고 스쿠터에 시동을 걸었다. 그러더니 지윤을 홀로 남겨두고 쌩 하고 골목길을 빠져나갔다.

그를 다시 만난 곳은 연립주택 현관 앞이었다. 주차장에는 상현의 스쿠터가 버젓이 주차되어 있었고, 상현은 어느새 운동복으로 갈아입고 현관 앞에서 재활용품을 버리고 있었다. 지윤이 다가오자, 상현은 미간을 좁히며 한번 힐끗하더니, 현관 안으로 쏙 들어가버렸다. 그야말로 엎어지면 코 닿을 데 산다는 말이 이 상황이지 싶었다. 아니면 원수는 외나무다리에서 만난다는 말이 더 어울릴까. 상현은 지윤이 새로 이사한 집 바로 위, 옥탑방에 살고 있던 것이다. 상현이 밟고 올라간 계단을 따라 밟던 지윤은 원치 않던 악연에 실소가 터졌다. 그러다 계단에 떨어져 있던 복사용지를 발견했다. 상현이 떨어뜨린 게 분명했다. 그냥 지나치려 했으나 결국 양심으로 쓰레기를 주워 들었다. 그리고 무심코 보았다. 복사용지에 적힌 한문을. 그저 한자를 외우기 위해 써놓은 낙서들이 아니었다. 당장 알 수는 없지만 해석 가능한 문장들이 분명했다. 지윤의 눈이 커졌다. 생각해보니 민 교수 밑에서 함께 수학하던 당시 상현이 한문 번역을 도맡곤 했다. 지윤은 그대로 계단을 뛰어 올라갔다.

상현은 빨래를 걷고 있었다. 지윤이 옥상 문을 열고 들어와도 본체만체하며 하던 일을 계속했다. 지윤은 가방 속에 있던 영인본 중 일부를 꺼내 상현에게 내밀었다.

"읽어봐!"

"예?"

상현은 어이없다는 듯 지윤을 보았다.

"읽어보라고!"

"뭔데 이게?"

상현은 불만스럽다는 얼굴로 뭐라고 투덜거리더니, 빨래를 평상에 내려놓고 종이를 받아들었다. 지윤은 그런 상현의 얼굴을 뚫어질 듯 주시했다.

"당부지기일 오향북평촌 고향지로 원이험난비고……."

"다음 줄!"

"도북평촌두 부아교수 호아 여편기유아시절사모지온정……."

상현은 청산유수였다.

"……한문은 언제부터 공부한 거야?"

"부생아신하고 모국오신!"

"뭐?"

"아버지 내 몸 낳으시고 어머니 내 몸 기르시니, 알파벳보다 이런 걸 먼저 배웠어요."

상현이 대수롭지 않게 대답했다.

"다섯 살 때부터 사자소학 배웠고, 나이 들어서는 가문 족보 달달 외우게 하고, 다 커서는 4대 조 제사까지 책임지라는 유별난 집안에서 자랐고. 안동 쪽엔 우리 같은 집안 여럿 있는데, 몰라요?"

"직독직해 가능한 거야? 읽으면서 바로 해석이 되냐고!"

지윤이 대답을 재촉하자, 상현은 성가신 듯 이맛살을 찌푸리더니 곧바로 해석에 들어갔다.

"북평촌에 이삿짐을 챙기러 가던 날, 그는 나를 보았다 한다. 하지만 나는 그를 보았던 일이 도무지 기억이 나지 않는다. 참으로 기이한 일이다. 매창, 선, 현룡, 우를 데리고 한양으로 나를 짐을 챙기러 마지막으로 강릉에 들어가는 길이었다."

상현의 해석을 들으며, 지윤은 꿈에서 본 그 길들을 떠올렸다. 매창, 선, 현룡, 우의 얼굴을 떠올렸다. 상현의 해석이 이어졌다.

"지난달 폭우로 돌다리가 끊어지고 안 그래도 편치 않던 산길이 더욱 험해졌다기에 걱정이 많았던 차인데, 하늘이 도우셨는지 길이 생각보다 평탄했다."

사임당과 이겸이 처음 만난 그날 이후 이십 년이 흘렀다. 세월은 그냥 흐르지 않았다. 관옥 같은 모습은 여전하였으나, 이겸의 눈가에는 보이지 않는 그늘이 졌고, 마음속에는 구멍이 뚫렸다. 사임당을 다른 이의 품으로 떠나보낸 이겸은 그림도 놓고 공부도 파하였다. 그저 산과 들로, 바다로 바람 따라 떠다니며 세월을 탕진했다. 탐라에서 고기 잡는 어부들과 한세월 보내고, 금강산에서 호걸들과 어울려 또 한세월을 보냈다. 그야말로 파락호, 난봉꾼이다. 그럼에도 이겸이 떴다 하면, 기방 기생들은 물론이고 동네 아녀자들까지 몰려와 이겸의 얼굴을 한번 보겠다고 힐끔거린다. 그러나 그 아무도 이겸의 구멍 난 가슴을 메우진 못했다.

이날도 어김없이 이겸이 기방에 있다는 소문을 듣고 찾아온 기녀들이 사랑채에서부터 솟을대문 코앞까지 길게 줄지어 있다. 저마다 커다란 가체를 이고 화려한 비단옷을 걸쳤다. 누구는 곰방대를 뻐끔거리며 연기를 뱉고, 몇몇은 눈이 게슴츠레 풀린 채 황홀경에 빠져 있다. 뜰 한쪽에는 또 다른 기녀 무리도 있다. 저고리를 풀어헤치고 어깨를 훤히 드러낸 기생, 치마를 허벅지 위까지 말아 올린 채 벽에 기대어 있는 기생까지 가지각색이다. 줄지어 서 있는 기녀들은 그 무리가 부러울 뿐이다. 그들의 동그란 어깨, 곧은 뒷목, 가는 손목, 버선 위로 드러난 발목, 치마 사이로 아슬아슬 보이는 속살에는 매란국죽부터 나비, 토끼, 강아지, 고양이, 이름 모를 들꽃까지 다양한 그림들이 그려져 있다. 모두 이겸의 솜씨다. 어디선가 야릇한 신음이 들린다.

화려한 병풍과 붉은 휘장이 드리워진 방 안. 방바닥에는 사군자와 동물, 춘화를 비롯한 온갖 그림이 그려진 종이들과 화구들이 어지럽게 널려 있다. 아무렇게나 벗어 던진 옷가지도 지저분하다. 방 한가운데에 강렬한 색깔의 치마폭 사이로 하얀 종아리를 드러낸 여인이 서 있다. 신음의 주인공이다. 여인의 손끝에 잡힌 치맛자락은 점점 올라가다가 허벅지에서 아슬아슬하게 멈춘다. 그 위로 세필붓을 쥔 이겸의 손이 마치 날갯짓하듯 가볍게 움직인다. 붓이 지나는 곳마다 난이 살아난다.

"아잇, 오라버니 간지럽습니다."

기녀의 목소리가 간드러진다.

"어허! 움직이지 말라 하지 않았더냐. 선이 흐트러진다."

이겸은 저고리를 풀어헤친 채 온통 붓끝에 집중해 있다.

"이리도 예쁜 매화 그림인데, 곧 지워질 것을 생각하니 아쉽습니다."

"지지 않는 꽃이 어디 있다더냐."

이겸이 자조적인 목소리로 말한다.

"예?"

"세상 그 어느 것도 영원할 수는 없다는 말이다."

"어머, 말씀도 어쩜 너무너무 멋져요, 오라버니!"

기녀가 치마 매듭을 풀어헤치며 이겸의 품으로 뛰어든다.

"어허, 나는 네 오라비가 아니다!"

이겸이 뒤로 물러나려는 순간 문이 벌컥 열린다.

"형님!"

갑작스레 들이닥친 사내는 마치 연인을 재회하듯 절절한 몸짓으로 이겸의 품에 안긴다.

"후야……."

이겸은 사내를 격정적으로 끌어안는다. 두 사내는 눈빛을 주고받는가 싶더니 목을 꺾어 얼굴을 부딪친다. 입술을 탐하는 듯도 보인다.

"꺄악! 남색가야! 어떡해 어떡해!"

이겸을 유혹하던 기녀가 소리를 지르며 밖으로 뛰쳐나간다. 대문까지 줄을 서 있던 기녀들이 열린 문 안으로 두 사내의 모습을 보고 기겁하며 흩어진다.

그사이, 이겸과 이후는 재빨리 빠져나와 담장을 훌쩍 넘는다.

"휴, 살았다!"

이후가 고개를 설레설레 젓는다.

"너는 집으로 돌아가라! 파락호 당숙이 조카 하나 버려놨다고 종친들 사이 원망이 대단하다더라! 가서 좀 다독여드려라!"

이겸은 옷매무새를 대충 정리하며 발길을 뗀다.

"어디로 가시는데요?"

대답은 없다. 이겸은 손만 한번 흔들어 보이더니 훌훌 털고 가버린다. 이후는 한숨을 푹 쉬며 그의 뒤를 바라본다. 이후가 당숙인 이겸의 뒤를 쫓아다니는 이유는 단 하나다. 그의 그림에 반해서다. 어린 시절, 집에 놀러 온 이겸이 그려준 그림은 단번에 그를 사로잡았다. 따뜻하고 재미있고 아름다운, 말로 형용할 수 없는 그림이었다. 그렇게 그림을 잘 그리고, 푸르고 환하게 웃던 이겸은 어느 순간, 먹구름이 잔뜩 낀 하늘처럼 어두워졌다. 언젠가 단 한 번이라도 어린 시절 이겸의 그림에서 느꼈던 그 감동을 다시 느낄 수 있기를 후는 기다렸다.

헌원장 마당은 잔칫집처럼 들떠 있다. 이십 년 만에 헌원장 안마당에 들어선 이겸은 모란도 병풍을 보자마자 인상을 찌푸린다. 초례청이 차려져 있고 멍석도 펼쳐져 있는 것이, 혼사를 준비하는 게 틀림없다.

금강산에서 주야장천 허송하던 이겸은 대고모가 위독하다는 전갈을 받고 강릉 북평촌으로 돌아왔다. 미우나 고우나 혈육이고, 비렁뱅이인 그를 거둬주신 분이 사경을 헤맨다는 소식에 내려오지 않을 도리가 없었다. 그런데 혼례라니! 뒤통수를 제대로 맞은 것이다.

"왔으면 들어올 일이지 무얼 하고 있는 게야!"

대고모의 목소리가 쩌렁쩌렁 들려온다. 이겸은 한숨을 쉬고 안채로 들어간다. 대고모는 세월이 무색할 정도로 여전히 꼿꼿하다.

"네 안사람 될 김 판서댁 여식 사주다."

대고모가 이겸 앞으로 봉투를 탁 내려놓는다.

"개돼지 합방시키는 것도 아니고…… 강제로 신방에 밀어 넣기라도 하시려는 겁니까?"

대고모 앞에 무릎을 꿇고 앉은 이겸이 냉소적으로 묻는다.

"십 년이면 강산도 변한다 했다! 무려 이십 년이다! 비렁뱅이 돼서 떠돌던 어린 걸, 불쌍하다 거둬서 사람 만들어놨더니, 파락호가 웬 말이더냐! 내 더는 못 참겠다! 이 혼사 물리고 다시 훌쩍 떠날 거라면, 차라리 네놈 앞에서 콱 죽어버리겠다!"

대고모는 품에서 은장도를 꺼내 자신의 가슴팍에 겨눈다.

"원체 풍만하신지라, 그만한 은장도로는 어림도 없습니다."

"이이이런……."

"말씀 끝나셨으면 그만 가보겠습니다."

이겸은 자리를 털고 일어선 채 말을 잇는다.

"누구보다 잘 아시잖습니까. 이런다고 바뀌는 건 없습니다."

돌아서서 문고리를 잡으려는 이겸의 등 뒤로 대고모의 노기 띤 목소리가 들려온다.

"그럼! 네가 이런다고 뭐가 바뀌느냐? 신 진사댁 여식은 진즉에 출가해 애를 몇씩이나 낳고 잘만 살고 있다더라! 왜 아직 인정을 못하는 게야? 이런다고 뭐가 달라진다더냐, 어디 말을 해보아라!"

사임당의 얘기가 나오자, 문고리를 잡은 이겸의 손이 부르르 떨린다. 이십 년이 지나도, 이백 년이 지나도 변하지 않는 게 있다.

사임당이라는 이름이 은장도보다 아프게 그의 심장을 찌른다는 것. 그것은 결코 변하지 않을 모양이다. 세월이 약이라더니, 이겸에게 세월은 그저 독일 뿐이다.

5
...

오죽헌 뒤뜰에서 서로의 이름을 확인한 후 사임당과 이겸은 급속도로 가까워졌다. 그들에게 이제 헌원장 담벼락 밑에서의 엉뚱한 첫 만남은 아름다운 추억이 되었다. 그 풋풋하고 영롱한 사랑이 갓 쪄낸 떡살처럼 눈부시다. 두 사람은 손목에 똑같은 팔찌를 나눠 끼고 앞서거니 뒤서거니 아름다운 강릉 벌판을 거닐고 숲길을 산책한다. 강릉의 대자연 속에서 소년 소녀의 사랑은 한여름 숲처럼 짙어간다. 야생화 만발한 초록 들판에 나란히 누워 풀잎을 구경하거나, 푸르르 날아가는 오색 빛 풍뎅이와 풀썩풀썩 뛰어다니는 방아깨비, 꽃과 나무, 소를 몰고 가는 농부의 모습까지 눈에 보이는 삼라만상을 화첩에 그리며 시간을 보낸다. 서로의 화첩을 바꿔보고 첨시를 주고받는가 하면, 마주 앉아 서로의 모습을 그리기도 한다. 두 어린 예술가는 이렇게 서로의 영혼을 이해하고 예술을 견인하며 사랑을 키운다.

⁕

사임당과 함께 그림 그리기에 열중하던 이겸은 실력이 일신우
일신하여 마침내 그 화명畵名이 임금의 귀에까지 들어간다.

구중궁궐에서 중종은 마음 둘 곳 없이 외롭고 고독한 나날을 보
내고 있다. 예술을 통해서라도 위무받길 원했지만 혹시라도 그런
자취가 이복형 연산의 그림자를 떠올리게 하지나 않을까 극도로
조심하고 있다. 이런 그의 갑갑한 처지를, 천 리 밖 강릉의 헌원장
에서 참나무같이 꼬장꼬장하게 늙은 대고모가 헤아린 것일까. 한
날은 중종에게 대고모의 편지가 전해진다.

'왕손 아이가 그린 그림이니 왕손을 돌아본다는 명분으로 일람
하시면 누구도 연산을 걸고 들지는 못할 것입니다.'

편지에는 재미있는 그림이 첨부되어 있었다. 이겸에게는 '우리
집안에 천한 환쟁이 따위는 없다'라며 대놓고 싫은 소리를 하던
대고모였지만 실은 누구보다 먼저 이겸의 화재를 알아보고 그 재
능을 아끼며 귀애했던 것이다. 비록 비렁뱅이에서 왕손으로 복권
되어 양자로 입적된 아이였지만, 친손자처럼 아끼는 이겸에게 앞
길을 터주고, 고립무원이나 다름없는 처지의 중종에게도 숨구멍
을 열어주고 싶었다.

마침내 중종은 북평촌으로 친서를 보내 이겸을 궁으로 초대했

다. 사임당과 떨어지는 게 싫었지만 왕명을 거역할 수 없었기에 이겸은 울며 겨자 먹는 심정으로 입궐한다. 중종은 이겸을 시험코자 편전에 화구를 준비해놓고 그를 기다렸다. 대고모가 칭찬해 마지않는 그 화재와 재치를 보고 싶어서다.

이윽고 이겸이 편전으로 들어섰다. 가만히 있어도 주눅이 드는 대궐에서 임금을 포함한 연로한 대신들이 지켜보는 가운데, 어린 아이가 홀로 그림을 그린다는 것은 쉬운 일이 아닐 터였다. 하지만 이겸은 별다른 긴장감을 내비치지 않고 붓을 든다. 무엇을 그릴까 잠시 궁리하더니, 이내 붓을 움직인다. 몇 번의 붓질로 화폭 한가운데에 황룡 한 마리가 서서히 살아난다. 중종은 그림 솜씨에 살짝 호기심이 동했으나 부러 심드렁한 표정을 짓는다. 드디어 그림이 완성된 듯 상선이 중종에게 그림을 올린다.

"황룡도라…… 황룡은 중국의 황제를 뜻하는 게 아니더냐. 이런 그림을 그린 이유가 무엇이냐?"

"황룡을 그렸으나 황룡을 그린 것이 아니기도 하옵니다."

이겸이 고개를 뻣뻣이 들고 퍽 맹랑하게 대꾸한다.

"뭐라?"

"황룡은 오행의 토, 오성의 신, 오방위의 중을 의미하옵니다. 즉 만물의 근원인 흙이옵고 중심이 되고 그 위에서 시작되는 믿음을 뜻하지요. 그러니 중국 황제를 뜻하는 것이 아니오라, 이 나라 조선의 중심, 만백성의 근원이신 전하를 상징하는 것이옵니다."

"천재 소년이 났다 하더니 말주변 하나는 가히 천재라 하겠다."

중종의 냉소적인 말에도 이겸은 별다른 표정 변화 없이 가만히 앉아 있다. 중종은 그런 이겸의 얼굴을 유심히 관찰한다. 재미있는 녀석이구나. 그때 이겸의 소맷자락 밑으로 비죽이 나온 종이가 살짝 보인다.

"소매 춤에 감춘 그건 무엇이더냐?"

"아, 아무것도 아니옵니다."

이겸이 황급히 종이를 감춘다.

"아니기는 무엇이 아니란 말이냐. 꺼내 보아라!"

중종이 엄중한 투로 명한다. 이겸은 하는 수 없이 소맷자락에 넣어두었던 종이를 꺼내어 상선에게 건넨다. 중종은 거칠게 종이를 펼쳐든다. 이겸은 은밀한 곳을 들켜버린 듯 얼굴이 새빨개진다. 종이에 담긴 것은 그림이다. 황룡도 같은 화려한 그림이 아니라, 거지 소년과 강아지가 바가지 속 동냥밥을 함께 나눠먹는 그림이다. 또 한 장의 그림은 배가 부른 거지 소년과 강아지가 사지를 펼치고 낮잠을 자는 모습이다. 이겸이 아니라면 결코 그릴 수 없는 그림을 보던 중종의 얼굴이 점점 환해진다. 대고모의 혜안대로 이겸의 천진하고 따뜻한 그림은 중종에게 깊은 위안을 주었던 것이다. 그림에서 풍기는 온화한 성심을 눈여겨본 중종은 어느새 다정한 눈길로 이겸을 바라본다. 그 순간 꼬르르르 하는 소리가 들려온다. 편전에 있던 대신들이 민망한 듯 서로의 눈치를 살피는 가운데 황급히 배를 움켜쥐고 고개를 푹 숙이는 이겸이 보인다. 얼굴이 붉어져 있다.

"너에게서 나는 소리이더냐?"

중종이 짐짓 문책하듯 이겸에게 묻는다.

"여정이 길어 아직 식사를……."

이겸은 쥐구멍에라도 들어가고 싶다.

"하하하하."

중종이 파안대소한다.

"참으로 오랜만에 들어보는 사람의 소리로구나. 아니 그러한가, 상선? 오랜만에 궐이 사람 사는 곳처럼 느껴지는구나, 오늘은. 하하하하하."

중종은 이겸에게 완전히 경계를 푼다. 그 눈길이 흐뭇하고 다정하다.

이날 이후, 중종은 이겸을 즐겨 만났다. 이겸을 대할 때마다 그의 얼굴에 웃음꽃이 피었다. 함께 바둑을 두거나 다과를 들고, 말을 타며 격구를 했다. 중종이 강녕전에 앉아 책을 읽으면 이겸은 그 앞에 앉아 그림을 그렸다. 중국의 그림을 모사하거나 광활한 산수화를 그렸고, 강아지 같은 따뜻한 그림도 그렸다. 중종은 이겸의 그림을 좋아했다. 티 없이 맑은 심성과 천진한 기질, 대궐의 격식에 주눅 들지 않는 당돌함까지 겸비한 이겸은 생존에 급급해 온 중종에게 큰 위안이자 휴식이 되었다. 그들은 형제처럼 가까워졌다. 허심탄회하게 웃고 즐기며 허물없이 장난을 치고 농담을 주고받는 사이가 된 것이다.

이겸은 어느새 유명인사가 되었다. 거문고, 그림, 춤까지, 못하는 것이 없는 그의 재능은 세간의 화제였다. 그러나 세인의 주목은 이겸에게 중요치 않았다. 그에게 중요한 것은 강릉의 사임당에게 매일 편지를 쓰는 일과 그녀가 좋아할 만한 귀한 물감이나 염료를 보내는 일이었다. 중종과 함께 있는 시간이 즐거웠지만, 하루하루 지날수록 사임당이 보고 싶어 미칠 지경이었다. 그리움이 깊어갈수록 사임당을 향한 마음도 깊어갔다.

중종 또한 이겸이 흠모하는 처자가 있다는 사실을 알게 되었다. 시간이 갈수록 이겸이 해바라기마냥 멍하니 앉아 있는 일이 잦아지자, 이제 그만 보내야 하나 싶었지만 마음의 위안이 되는 그를 쉬이 놓아주고 싶지 않다. 맘 같아서는 궐에 자리를 마련해 옆에 두고 싶었다.

그러던 어느 날 엉뚱한 일이 벌어지고 말았다. 이겸이 중종에게 혼서를 써 달라고 청한 것이다. 중종은 어이가 없어 웃음을 터트린다. 임금이 직접 혼서를 쓰는 법은 고금에 없으나 사임당을 생각하는 이겸의 마음이 예쁘고 귀하다. 해서 중종은 혼서 대신 귀한 귤과 명나라에서 진하사*가 가져온 용매묵을 이겸에게 내리며

---

* 進賀使, 조선시대에, 중국 황실에 경사가 있을 때 축하의 뜻으로 보내던 사절.

퇴궐을 허락했다.

⬤

　강릉에 도착한 이겸은 헌원장에 짐을 풀자마자 귤을 가지고 오죽헌으로 달려갔다. 귤이 담긴 보자기에는 이겸이 직접 쓴 혼서도 있었다. 신명화는 이겸이 가져온 귤과 혼서를 보며 난감한 표정을 지었다. 다름 아닌 사임당과 이겸 자신의 혼인을 허락해달라는 것이다.

　"당사자가 혼서를 가지고 오는 법도도 있소이까?"

　신명화는 당황스러움을 감추지 않았다.

　"신공께서도 아시다시피, 저희 집안에는 혼서를 써주실 아버지도 할아버지도 아니 계십니다. 하여 주상 전하께 청을 넣었사온데, 일국의 지존께서 사사로이 혼서를 쓰는 법은 없다 하시며 가납치 않으셨사옵니다. 하여, 부득이 시생이 직접 쓰게 된 것입니다."

　이겸의 대답은 당당하고 조리 있다. 신명화의 입장이 더욱더 난처해진다. 어떻게 말해야 좋을지 몰라 몇 번이나 헛기침을 하며 괜스레 수염만 쓰다듬고 있다. 이겸이 성에 차지 않는 것은 아니다. 사위가 아닌 아들을 삼고 싶을 정도로 마음에 쏙 든다. 그러나 왕손이다. 비렁뱅이 출신이라고는 하나 이겸은 왕손이다. 왕친이 된다는 것은 목숨 줄을 내놓고 사는 일이었다. 더군다나 신명화는 기묘년 이후 중종과 위정자들에게 미운털이 박혔다. 배경 없이 사람만 본다면야 당장이라도 허락하고 싶지만, 그 화려한 배경이 마음에 걸린다. 신명화는 복잡한 심경이 담긴 눈빛으로 곁에 앉은 아내를 바라본다. 용인 이씨의 눈빛 또한 흔들린다.

"아직 허혼을 하신 것은 아니나, 주상께서 내리신 귀한 귤을 나누고자 가져왔습니다. 작은 마음이라 생각하시고 받아주십시오."

이겸은 예쁜 보자기에 싸인 귤을 이씨 쪽으로 내민다. 공손히 귤을 받아 들던 이씨가 담담히 입을 연다.

"혼사에 가장 중요한 것은 사람의 마음일 것이나, 혼담에는 절차가 있고 순서가 있는 법입니다. 돌아가 기다리시면 답을 드리겠습니다."

"허면 시생은 물러가 답을 기다리겠사옵니다."

이겸은 희망찬 목소리로 당당하게 말하고 일어선다.

문을 열고 밖으로 나가자, 마당 모퉁이 너머에서 사랑채를 몰래 엿보던 사임당의 얼굴이 보인다. 이겸과 눈이 마주치자 사임당의 얼굴이 홍시처럼 붉어진다. 귀엽다. 이겸은 함박웃음을 지으며 사임당에게 달려간다.

"사임당!"

"뭐라셔요?"

"기다리라 하시지."

이겸이 다정하게 말하며 사임당의 귀밑머리를 쓸어준다. 사임당이 쑥스러운 듯 수줍게 웃으며 이겸의 가슴팍을 슬쩍 밀어낸다.

"얼른 가세요."

"왜?"

"혼서가 들어와 많이 놀라셨을 겁니다. 이런 때일수록 작은 몸가짐도 주의하셔야 합니다."

사임당이 현명한 아녀자처럼 또박또박 말한다. 이겸은 홍안미소로 고개를 끄덕인다. 사임당은 그런 이겸의 등을 가볍게 떠밀며 재촉한다. 헤어지는 게 영 안타까운 이겸은 연신 뒤를 돌아보고, 사임당은 어서 가라며 미소로 손짓한다.

이겸이 떠난 빈자리, 권신들로 가득한 궁중에 홀로 남겨진 중종은 오뉴월 가마 속보다 답답하고 숨이 막힌다. 임금이면서도 신하들의 눈치나 보며 그들의 비위를 맞추는 비루한 현실, 이겸의 부재는 중종이 처한 현실을 환기시키며 질식할 것 같은 갑갑함을 안겼다.

이에 고민하던 중종은 온행을 결심한다. 갑작스런 온행 준비로 온 대궐이 부산하고, 부랴부랴 떠난 온행 길이라 수행원들 역시 분주하다. 그런 정신없는 틈에, 중종은 미복으로 갈아입고 남몰래 가마를 빠져나온다. 이겸이 그토록 그리워하던 사임당을 보기 위함이다.

중종을 태운 말은 강릉을 향한다. 그를 호위하는 내금위장이 뒤따른다. 한송정의 그윽한 솔 내음과 강릉 앞바다의 짠바람이 중종의 답답하던 속을 뚫어주는 듯하다. 비로소 숨통이 트이는 기분이다. 임금이라는 허울을 벗고, 이역이라는 이름을 가진 보통 인간이 된 것이다. 중종은 말을 멈추고 내금위장을 바라본다.

"강릉 북평촌이라 했더냐?"

"그러하옵니다, 전하."

"겸이 녀석, 어떤 처자에게 빠졌는지 가서 보자꾸나!"

중종이 다시금 말고삐를 잡아당기며 앞서 달려나간다. 내금위장의 말이 그 뒤를 따른다.

농염한 놀빛이 강릉 벌판에 긴 그물을 친다. 새들이 포르르 소리를 내며 날아간다. 해풍이 거센 듯 갯바위에 부딪치는 파도 소리가 떠들썩하다. 바닷가를 지나 마을 어귀에 접어든 중종과 내금위장은 오죽헌 솟을대문 앞에 선다.

"이 집이옵니다."

내금위장이 오죽헌을 가리킨다.

"듣자 하니, 금강산 유람을 떠나는 시인 묵객치고 이 집을 거치지 않은 이가 드물다 하던데, 어서 청을 넣어라. 지나는 과객이 하룻밤 묵어가겠다고."

"그러시다가……"

내금위장이 걱정이 된다는 듯 말끝을 흐린다.

"겸이랑 마주치기라도 할까봐?"

"예."

"하하하. 염려할 것 없다. 몇 달 만에 만난 정인에 온통 마음이 팔려 있을 터인데, 주위 돌아볼 틈이 있겠느냐. 어서 청을 넣기나 해라."

중종의 호탕한 말에 내금위장은 깍듯이 목례를 하고 말에서 내려 대문 앞에서 목청껏 하인을 부른다. 그러는 사이 중종은 호기심 어린 시선으로 집 주위를 여기저기 살펴본다. 담 너머로 사랑채 마루에 앉아 있는 선비가 보인다. 붓을 들고 뭔가를 써내려가는 선비의 옆얼굴이 낯익다. 어디서 보았을까 생각하던 차에, 대문이 열리고 하인이 나온다. 중종은 갓을 내려 얼굴을 깊이 가리고 대문 안으로 들어선다. 하인이 중종과 내금위장을 사랑채로 안내한다. 어여쁜 소녀가 사랑채 가는 길목 마당 평상에 앉아 있다. 어떤 그림을 모사하는 듯싶다. 중종은 소녀가 앞에 둔 그림을 보고 눈을 동그랗게 뜬다.

"저건 내가 내린 그림이 아니더냐? 안견의 〈금강산도〉!"

중종이 작은 목소리로 내금위장을 향해 묻는다. 평상을 흘낏 돌아본 내금위장이 그런 것 같다고 고개를 끄덕인다. 중종이 혀를 끌끌 차며 말을 잇는다.

"저 귀한 그림을! 겸이 이 녀석, 아주 사랑에 눈이 멀어 죄다 퍼나르는구먼……"

중종은 그림을 모사하는 소녀를 눈여겨본다. 이겸에게 내린 〈금 강산도〉를 차지한 소녀라면, 사임당이 분명하다. 반듯한 이마에 초롱초롱한 눈망울, 적당히 솟아오른 콧대, 새하얀 얼굴과 자그마 한 체구가 사랑스럽다. 무엇보다 집중해서 그림을 옮겨 그리는 모 습이 보기 좋다. 그림 그릴 때의 이겸과 어딘가 닮았다. 중종은 내 친김에 사임당과 대화를 나누고자 평상으로 다가간다. 마지막 필 선을 남겨놓고 깊은 생각에 빠진 사임당은 무언가가 마음에 안 드 는지 그리던 그림을 확 엎어버린다.

"아니, 잘 그렸는데 왜 그러시오?"

중종이 의아하게 묻는다.

"어?"

사임당이 놀란 토끼 눈으로 중종과 내금위장을 바라본다.

"뉘신지요?"

"이 댁에 신세를 지기로 한 객이오만…… 이것은 혹 안견의 〈금 강산도〉가 아니오?"

중종이 〈금강산도〉 족자를 가리킨다. 단번에 안견의 〈금강산도〉 를 아는 것이 신기하여 사임당은 중종을 유심히 쳐다본다.

"모사하는 솜씨가 예사롭지 않던데, 왜 그리다 말고 엎어버린 것이오?"

"본 적도 없는 금강산을 그저 따라 그린 것 뿐입니다. 제가 그린 그림에는 영혼이 없습니다. 가짜입니다!"

사임당이 낙심한 목소리로 대답한다.

"어쩌겠소. 아녀자의 몸으로 금강산에 오를 수도 없는 노릇인데……."

"똑같은 나뭇잎이라도 봄의 연녹색과 여름의 진녹색, 가을의 단풍이 다 다릅니다. 햇살에 따라 바람에 따라 시시각각 다른 빛을 품는 것이지요. 그 모든 걸 제 눈으로 직접 보고, 저만의 느낌으로 그려내고 싶습니다! 왜 여인은 하지 말아야 할 일이 이리도 많단 말입니까!"

사임당은 당찬 어조로 속내를 드러낸다. 중종이 잔잔한 미소로 사임당을 바라본다.

"나랏법이 그러한 걸 어쩌겠소. 그리 불만이면 상소라도 한번 올려보든가?"

중종이 농을 친다.

"그래도 된다면야 백 번도 더 올렸을 것입니다! 어찌하여 여인은 상소조차 올릴 수 없는 것입니까?"

"하하하. 그림솜씨뿐만 아니라 말솜씨 또한 빼어나구려!"

마침내 중종이 파안대소를 터트린다. 사임당의 볼이 저녁놀처럼 붉어진다. 중종은 사임당에게 소원을 꼭 이루길 바란다는 말을 남기고 내금위장과 함께 자리를 뜬다. 사임당은 그 뒷모습을 바라보며 고개를 갸웃거린다. 처음 보는 사내이지만 어쩐지 예전부터 알던 사람처럼 느껴진다. 어딘가 모르게 이겸을 닮은 듯도 하다.

이겸이 그토록 연모하는 사임당을 만난 후 중종은 아주 유쾌해졌다. 아무리 생각해도 이겸의 짝으로는 사임당만 한 처자가 없는 듯하다. 임금이 혼서를 쓰는 법도는 없다 했더니 제 손으로 자기 혼서를 써버린 녀석이나, 아녀자도 금강산에 오를 수 있게 해달라 상소라도 올리겠다는 규수나, 참으로 잘 어울리는 한 쌍이 아닌가. 그림과 음악에도 뜻이 통한다 하니 금상첨화에 천생배필이다.

중종은 사임당뿐 아니라 오죽헌도 마음에 든다. 시중드는 하인들은 물론이거니와 마당에 있는 풀 한 포기조차 마음을 편안하게 한다. 사임당의 부모인 집주인 내외가 궁금하다. 대나무처럼 꼿꼿하고 푸르고 단단하고 청렴할 것 같다. 생각이 거기까지 미치자, 불현듯 담 너머로 잠깐 본 선비가 떠오른다. 동시에 그의 이름도 뇌리를 스친다. 사임당의 아버지이자 오죽헌의 당주, 장차 이겸의 장인이 될 선비가 신명화임을 깨달은 중종의 안색이 어두워진다. 그가 알기로 신명화는 소신 있고 기개 있는 선비였다. 기묘년에 소신을 굽히지 않고 바른말을 했다 하여, 참혹한 고문을 당하고 옥살이를 했을 터였다. 중신에게 휘둘려 제 안위만을 염려하는 나약한 임금 때문이었다. 중종은 달빛 훤한 오죽헌 마당을 향해 무거운 한숨을 내뱉었다.

이튿날 오죽헌 사랑채에 날이 밝았다. 신명화는 창호지를 뚫고 들어오는 따사로운 아침 햇살을 받으며 서책을 읽고 있다. 그때 담이가 인기척을 내며 방 안으로 들어선다.

"여기 있습니다."

담이는 신명화에게 시가 적힌 종이를 건넨다. 오죽헌에 묵은 선비들이 주인을 향한 감사의 마음을 전하는 시이다.

"손님은 가셨는가?"

담이는 그렇다고 공손히 대답한 후 밖으로 나간다. 신명화는 받아든 시를, 으레 그렇듯 옆으로 치워놓고 보던 책으로 시선을 떨군다. 담이가 밖에서 투덜거리는 소리가 들려온다. 손님이 종이 사치를 하더라는 말인 듯했다. 종이 사치라는 말에 명화는 무심코 치워둔 종이를 힐끗 본다. 운평사 종이공방에서 만들어낸 고려지가 분명하다.

고려지는 몇 곱절이나 값이 비싸서 여느 선비들은 쉬이 쓰지 못하는 종이다. 호기심이 인 명화는 종이를 펼쳐 시를 읽어본다. 그리고 얼마 지나지 않아 뜻을 헤아리던 그의 눈에 물기가 어린다. 종이를 든 손도 덜덜 떨린다.

"슬프도다…… 가엾은 우리 백성들, 하늘의 도리마저 다 잃었구나. 기묘년에 쫓겨난 이들, 내 마음만 애닯도다. 나라에 사람은 없고 아무도 날 알아주지 않으니 내 홀로 답답한 맘을 누구에게 말할까······."*

신명화는 시의 말미에 적힌 이역이라는 이름을 보고 눈물을 뚝 떨어뜨린다. 그리고 버선발 그대로 달려나간다. 하인들이 미처 말릴 새도 없이, 대문을 지나 동구 밖까지 뛰어간다. 저 멀리 중종과 내금위장이 말을 타고 멀어지는 모습이 보인다. 명화는 멀어지는 중종의 뒷모습을 향해 큰절을 올린다.

"성은이 망극하옵니다! 그 깊은 뜻 미처 깨닫지 못하고······ 성은이 망극하옵니다!"

명화는 바닥에 엎드린 채 굵은 눈물을 뚝뚝 흘리며 외친다. 그 충심 어린 울부짖음을 듣기라도 한 듯이 중종이 잠시 멈춰 서서 지나온 길을 한참 동안 뒤돌아본다.

•

같은 시각, 사임당은 자신의 처소에서 이겸에게 선물할 인장을 만들고 있다. 인장의 문양은 비익조다. 반드시 두 마리가 합쳐 날개를 나란히 해야만 하늘을 날 수 있다는 전설을 가진 비익조는 남녀의 깊은 인연이나 사이좋은 부부를 상징한다. 혼서에 대한 그

---

* 哀此下民喪天彝
　己卯逐客心斷絶
　國無人莫我知兮
　予獨壹鬱其誰語

녀만의 대답인 것이다.

비익조 문양 날개 부분을 섬세하게 마무리하던 중에 칼날이 툭 부러지며 사임당의 손가락으로 미끄러진다. 사임당은 칼을 떨어뜨리고 핏방울이 맺힌 손가락을 재빨리 입으로 빨아 지혈한다. 다친 손가락보다 무뎌진 칼날이 더 속상하다. 한시라도 빨리 비익조 인장을 완성해서 이겸에게 건네고 싶다. 사임당은 베인 손을 헝겊으로 대충 감싼 채, 벌떡 일어선다.

밖으로 나온 사임당은 그대로 사랑채로 달려간다. 아버지에게 전각 칼을 빌리기 위함이다.

신명화는 경건한 자세로 앉아 중종의 시를 베껴 쓰고 있다. 너무 골똘한 나머지 인기척도 듣지 못한다.

"애차하민상천이, 기묘축객심단절哀此下民喪天彝, 己卯逐客心斷絶?"

사임당은 아버지가 옮겨 쓴 시구를 천천히 소리 내어 읽는다. 그 소리에 화들짝 놀란 신명화가 얼른 시를 덮으며 딸을 본다.

"언제 왔느냐?"

"누구의 시입니까?"

사임당의 호기심 어린 눈망울이 말똥말똥 빛난다.

"아무것도 아니다!"

"기묘축객이라면 기묘사화에 쫓겨난 이들을 이르는 것입니까?"

"어허! 네가 잘못 본 것이래도! 어쩐 일로 온 것이냐?"

신명화는 당황한 기색을 감추며 나무라듯 말한다.

"전각 칼을 좀 빌려주십시오. 제 것은 날이 무뎌져 굴신이 되질 않습니다."

전에 없이 당황한 아버지가 어쩐지 이상해 잠시 의아한 얼굴이던 사임당이 이내 용건을 말한다. 신명화는 그제야 한숨을 내쉬고 서랍에 있던 전각 칼을 내어준다. 사임당은 배시시 웃으며 칼을 받아들고 허리를 굽혀 인사한 후 밖으로 나간다. 이들 부녀는 아직 모르고 있다. 이 짧은 순간이 훗날 어떤 끔찍한 일을 불러오는지. 가끔 아무렇지도 않게 지나가는 찰나가 세상을 발칵 뒤집어놓기도 하고, 무심코 넘긴 사건이 소중한 이의 목숨을 앗아갈 수도 있음을.

검푸른 바다 위로 하늘이 검기울기 시작한다. 해가 떠난 자리를 달이 차지하고 집집마다 호롱불이 일렁인다. 이겸은 자홍빛 꽃잎이 만발한 배롱나무 아래에서 사임당을 기다리고 있다. 그는 사임당과 만나기로 약조한 이래 설렘과 떨림으로 아무것도 하지 못하고 이 순간만을 기다려왔다. 얼마쯤 지나자 환한 달빛 아래 사임당이 모습을 드러낸다. 꽃처럼 아름다운 모습으로 나비처럼 사뿐사뿐 걸어온다. 이겸은 반가운 마음에 한달음에 달려가 그녀를 와락 끌어안고 싶다. 하나 체면이 그를 막아선다. 그런 마음을 아는지 모르는지 사임당은 거리를 두고 서서 멀거니 그를 바라본다.

애타는 마음으로 이겸이 한발 다가서자, 사임당은 두 발 물러선다. 다가오지 말라는 듯 손바닥을 펼치며 막는 시늉을 한다. 그러더니 눈을 감아달란다. 별을 따달라면 그걸 못해줄까 싶은 이겸은 선선히 눈을 감는다. 사임당이 다가오는 기척이 느껴진다. 그녀의 손이 그의 손에 닿는가 싶더니, 그의 손바닥에 작고 뭉툭한 무언가가 쥐여진다.

"이제 눈 떠도 되겠느냐?"

"예……."

이겸은 천천히 눈을 뜬다. 손바닥 위에는 비익조가 아로새겨진 백옥 인장이 놓여 있다. 그는 감탄하는 눈빛으로 인장을 들어 살펴보다가 문득 무명천이 감긴 사임당의 손을 보고 깜짝 놀란다.

"다친 것이냐? 어쩌다 그랬느냐!"

이겸은 애간장이 녹는 듯 사임당의 손을 턱 잡으며 묻는다.

"살짝 스친 것뿐입니다. 선물이 마음에 드십니까?"

사임당은 민망하여 잡힌 손을 빼며 묻는다.

"아니 든다!"

이겸의 목소리가 토라진 듯 퉁명스럽다.

"아니 드십니까?"

사임당이 실망 가득한 음색으로 되묻는다.

"정인의 손을 이리 상하게 했는데 뭐가 좋단 말이냐! 그리고 어찌 날개가 하나뿐인 새란 말이더냐?"

"비익조입니다. 눈과 날개를 하나씩만 가지고 태어나는 전설의 새이지요. 도련님의 겸자는 산이름 겸자이지만 비익조 겸자와 음이 같지 않습니까? 나머지 비익조는 도련님께서 직접 새겨주세요. 혼례식날…… 둘이 하나되어 훨훨 날아갈 수 있도록."

사임당의 눈길이 정겹다.

"알았다. 내가 꼭 새겨주마!"

이겸이 부드러운 시선으로 사임당을 바라보더니 옷소매에서 뭔가를 꺼내 내민다.

"그 대신, 오늘은 우선 이거!"

보석이 박힌 뒤꽂이이다.

"곱네요……."

뒤꽂이를 받은 사임당은 그저 싱긋 웃을 뿐이다.

"그렇지? 이게 요즘 한양서 최고로 꼽히는 장인의 작품이다! 예약을 해도 몇 달씩 기다린다는데, 내가 떼를 좀 심하게 썼다!"

이겸이 호들갑스럽게 자랑하는 모습에 사임당이 풋 하고 웃음을 터트린다.

"그렇습니까?"

"그리고 또! 바로 이것!"

이겸이 보물을 꺼내듯 옷소매에서 또 무엇인가를 꺼낸다. 중종이 하사한 용매묵이다. 용매묵을 받아든 사임당의 눈이 점점 커진다. 뒤꽂이를 받을 때와는 전혀 다른 반응이다.

"이게…… 무엇입니까?"

"전하께서 내리신 귀한 먹이다. 너에게 주고 싶어 어찌나 안달이 나던지……."

"말로만 듣던 그 용매묵입니까…… 이것이?"

"그렇다! 조선에서 구하려야 구할 수가 없단 말이지. 그리고 이게 화룡점정이다!"

이겸이 기대에 차서 함박꽃이 그려진 연지색 댕기를 내민다. 하지만 이미 용매묵에 매료된 사임당은 댕기는 볼 생각도 않고 중얼거린다.

"이것 좀 보십시오! 어찌 이런 오묘한 빛깔이 날 수 있습니까? 고운 흑색이면서도 푸르스름한 빛이 나다니! 이걸로 필선을 그리면 대체 어떤 빛깔이 나올까요?"

사임당은 용매묵을 달빛에 비추어 보면서 춤을 추듯 한 바퀴 돌려보며 기뻐한다.

"아니, 지금 그것이 중요한 게 아니라……."

이겸이 댕기 든 손이 무안한지 입술을 삐죽거린다.

"상상만으로도 벌써 설렙니다! 내일 당장, 아니, 지금 당장 그려보고 싶습니다! 화구를 챙겨올까요?"

동상이몽이다. 사임당은 용매묵 삼매경에 빠졌다. 용매묵으로 그림을 그릴 수 있다니, 상상만으로도 황홀하다. 이겸은 더 참지 못하고 사임당 앞에 댕기를 펼쳐 보이며 툴툴거린다.

"아니! 이걸 좀 보아라! 이 함박꽃은 그냥 함박꽃이 아니다! 너를 떠올리며 내가 한 획 한 획 직접 그려넣은, 이 세상에 하나뿐인 댕기란 말이다! 그것도 밤새도록! 이 세상에서 오직! 하나밖에 없는 댕기라니깐!"

하지만 사임당의 시선은 오로지 용매묵이다.

"이런 묵은 태어나서 처음 보는 것 같아요! 꼭 한번 써보고 싶던 것인데! 이 귀한 것을 제게⋯⋯!"

사임당이 기쁨을 이기지 못하고 자기도 모르게 이겸의 입술에 입을 맞춘다. 기습적인 입맞춤에 놀란 이겸은 들고 있던 댕기를 떨어뜨린다. 빨갛게 물든 사임당의 얼굴을 바라본다. 순간 이겸의 얼굴도 달아오른다. 손으로 입술을 만져본다. 입술을 스치고 지나간 부드러움이 그대로 남아 있다. 꽃잎이 바람에 날려 입술 위에 잠시 앉았다 떠난 것 같다. 이겸은 천천히 사임당에게 다가간다. 사임당이 멈칫 뒤로 물러선다. 그가 한 손을 사임당의 어깨에 올리자 그녀의 어깨가 파르르 떨린다. 그의 다른 손이 그녀의 턱을 들어 눈을 맞춘다. 달빛 아래 두 사람의 시선이 얽힌다. 두 심장이 같은 속도로 뛴다. 사임당의 눈이 스르르 감긴다. 나비가 꽃잎에 내려앉듯 두 사람의 입술이 맞닿는다. 배롱나무 꽃잎이 바람에 흩날린다.

6
...

햇살이 가득한 날 운평사 관음전 창살은 그 어떤 꽃보다 아름답다. 운평사 창살의 영롱한 빛을 보는 것은 사임당의 기쁨이다. 창살문은 계절마다 시시각각 다른 빛깔로 변한다. 그 색을 보이는 그대로 표현하고 싶다.

사임당은 문살이 가장 잘 보이는 곳에 자리 잡고 앉는다. 바랑을 옆에 내려놓고 화첩을 꺼내든다. 화구통에서 붓을 꺼내 그림을 그리기 시작한다. 문살을 자세히 보려고 고개를 드는 순간, 문이 스르르 열린다. 열린 문틈으로 보이는 눈부신 그림이 사임당의 시선을 사로잡는다. 사임당은 벌떡 일어나 문 쪽으로 다가간다. 심장이 벌렁거린다. 그것은 불화佛畵이다. 그림은 그림이되 무언가 다른 그림, 가슴을 울리고 생각을 멈추게 하는 그림이다. 그림 속 여인은 물방울 속에 핀 한 송이 연꽃 같다. 머리에 쓴 금관에서부터 발끝까지 내려오는 옷은 화려하되 천하지 않다. 비단의 투명한 흰색과 찬란한 금빛 장신구가 서로 조화를 이루어 밝고 따뜻하다. 손에 살포시 든 버들가지와 여인의 시선이 가리키는 곳 어딘가로 그 따뜻하고 자비로운 기운이 전해질 것 같다.

그림에 넋이 나가 있던 사임당은 뒤늦게야 방 안에 주지스님이 계시다는 걸 깨닫는다. 착잡한 얼굴로 한참 동안 그림을 바라보던 스님은 벽에서 그림을 떼어낸다. 그리고 그것을 두루마리 형태로 말더니 마루판 속 돌항아리에 숨기듯 집어넣는다. 그 모습을 지켜보던 사임당은 침을 꼴깍 삼키며 긴장한다.

스님이 나오자 사임당은 그 뒤를 바짝 쫓아간다.

"스님!"

사임당이 당찬 목소리에 스님은 놀라서 뒤를 돌아본다.

"그림을 보여주십시오!"

"그림이라니…… 무슨 그림 말씀입니까?"

"아까 스님께서 감춘, 그 그림 말씀이옵니다. 물방울 안에 들어 있는 아름답고 존귀한 부인 말입니다!"

"잘못 보신 겝니다."

스님이 단호하게 대답하고 뒤돌아선다. 사임당은 스님을 붙잡고 늘어진다.

"아닙니다! 똑똑히 봤습니다! 세상에서 제일 아름다운 그림이었습니다. 세상 누구보다 아름답고 슬픈 귀부인이었습니다. 황홀하도록 존귀한 모습이었습니다. 중생 앞에 나타나 자비를 베푸신다는 관음보살님 맞지요? 보여주십시오. 보여주십시오!"

사임당은 스님의 팔에 매달려 조르기 시작한다.

"잘못 보셨습니다. 그런 그림은 없습니다."

스님은 애써 팔을 빼며 빠른 걸음으로 멀어진다. 사임당은 굴하지 않고 스님의 뒤를 쫓아 내처 달린다.

스님이 간 곳은 절 내에 있는 종이공방이다. 공방 안으로 들어간 사임당의 눈이 휘둥그레진다. 종이 만드는 모습을 처음 본 것이다. 닥나무를 삶아 껍질을 벗기고, 잿물을 내리고, 세척한 다음 잡티를 제거하고, 종이 본을 뜨고 말리고를 반복해야 한 장의 종이가 만들어진다. 한여름 무더위에도 뜨거운 훈김을 맡으며 보살들과 어린 스님들은 얼굴 한번 찌푸리지 않는다. 그야말로 장인의 모습이다. 스님은 사임당이 쫓아오거나 말거나 신경쓰지 않고 닥종이를 만드는 스님들에게 이런저런 지시를 내린다. 작업대 한쪽에는 완성된 종이가 높이 쌓여 있다.

"와, 이게 말로만 듣던 고려지입니까?"

사임당은 손등으로 종이를 어루만지듯 쓸어본다. 고급 종이인 고려지는 오죽헌에서도 특별한 날에만 사용한다. 종이 감촉은 감탄이 절로 나올 만큼 부드럽다. 그렇게 사임당이 고려지에 빠져 있는 사이, 스님은 기척도 없이 사라진다. 뒤늦게야 깨달은 사임당은 얼른 종이에서 손을 떼고 밖으로 뛰어간다. 저 멀리 후미진 움막으로 들어가는 스님의 모습이 보인다.

스님을 따라 움막에 들어선 사임당은 움찔 뒤로 물러선다. 움막에는 비참한 몰골의 유민들이 누워 있다. 병든 자, 다친 자, 아사 직전인 자, 배고파 울고 몸이 아파 우는 아이들은 썩어가는 거적때기 위에서 살이 다 드러나는 헤진 옷을 걸치고 쓰러져 있다. 사임당으로서는 난생처음 보는 광경이다. 그녀는 말문이 막힌 채 그 자리에 그대로 굳어버렸다. 스님은 헝겊으로 병자들의 종기를 닦아준다. 어린 소녀가 무심한 눈길로 사임당을 쳐다본다. 갈기갈기 찢어져 겨우 형태만 남아 있는 옷을 입은 소녀는 사임당이 입은 비단옷을 멍하니 바라본다. 그 시선에는 시기도 질투도 없다. 그저 보이는 것을 볼 뿐이다. 허름하고 까칠한 겉모습과 달리 눈동자만은 별이 빛나는 밤하늘처럼 새까맣고 밝다. 사임당은 가슴속 깊은 곳에서 까닭 모를 슬픔이 울컥 치밀어 오른다. 소녀의 시선에 얼굴이 화끈거리고 숨이 가빠온다. 움막 입구에 눈물을 그렁그렁 달고 서 있는 사임당을 본 스님은 한숨을 푹 내쉰다.

"얼른 내려가십시오. 아기씨."

"스…… 스님……"

"곧 무뢰배들이 들이닥칠 것입니다. 아기씨께서 보셔서는 아니 되는 광경들이 펼쳐질 것입니다."

스님은 사임당의 손을 잡고 움막을 나와 절 마당으로 이끈다.

"스님."

"보지도 듣지도 말고 당장 내려가십시오."

"저 사람들은 다 무엇입니까? 왜 여기 와 있는 것이며, 왜 저리 아픕니까?"

혼란스러운 속내가 사임당의 입술을 비집고 고스란히 나온다. 스님이 대답을 찾는 사이, 어디선가 여자들의 간드러지는 웃음소리가 들려온다. 색색의 비단옷으로 한껏 치장한 기생들이 온갖 악기를 들고 낭창거리며 절 마당으로 들어선다. 그 뒤로 옷자락을 풀어헤친 사대부들이 보인다. 종복들은 술동이와 안줏거리를 이고 지고 끙끙거리며 걸어온다. 스님은 보지 말아야 할 것을 보았다는 듯, 장삼자락으로 사임당의 눈을 가리더니 등을 떠밀며 어서 내려가라고 재촉한다.

사임당은 차마 돌아갈 수 없었기에 운평사가 한눈에 내려다보이는 산등성이에 올라선다. 바위 뒤에 몸을 숨기고 절 마당을 내려다본다. 움막에서와는 다른 느낌으로 심장이 벌렁거린다. 부처님을 모시는 대웅전, 바로 그 앞에서 벌어지는 양반 사대부의 역겨운 작태를 보게 된 것이다. 상다리가 부러질 듯 차려진 음식들, 가야금과 장구가 울리는 풍악 소리, 그 소리에 맞춰 어깨를 들썩거리며 춤추는 기생들, 굽실거리며 시중드는 하인들, 곤드레만드레 취해 기생들의 젖가슴을 주무르는 사대부들, 그 품에 안겨 온갖 교태를 부리는 여자들까지…… 사임당은 눈앞의 광경이 현실인지 꿈인지 분간되지 않는다. 눈을 비벼본다. 목불인견目不忍見,

참을 수 없을 만큼 끔찍한 현실이다. 대웅전 마당을 지나면 바로 움막이 있고, 그 움막에는 굶주림에 지쳐 인간으로서의 존엄마저 잃은 유민들이 모여 있다. 한 식경 만에 전혀 다른 두 세계를 목격한 사임당은 혼란스러움에 하늘이 팽글팽글 돈다.

"한쪽에선 사람들이 굶어 죽어가는데…… 또 한쪽에선 먹을 게 넘쳐나다니. 어떻게 저럴 수 있는 거야? 말도 안 돼…….'

허탈하다. 불현듯 삶이 무상해진다. 바위에 등을 기대고 멍하니 앉아 있던 사임당은 별안간 바랑에서 화첩을 꺼내든다. 그리고 뭔가에 취한 듯 그림을 그리기 시작한다. 화첩을 채우는, 버들가지를 든 관음보살은 관음전 문틈으로 엿본 그림을 모사한 것이다. 산등성이 너머로 해가 너울너울 넘어간다. 어느덧 그림이 완성된다. 사임당은 씁쓸한 기분으로 그림을 내려다본다. 하늘을 가린 핏빛 노을처럼 서글픈 생각이 그녀의 가슴을 적신다. 갑자기 뇌리에 시구 하나가 스친다. 전날 아버지 방에서 보았던 시구다. 그녀는 망설임 없이 붓을 들어 그림 옆에 시를 채워 넣는다.

"슬프도다! 가엾은 우리 백성들, 하늘의 도리마저 다 잃었구나. 기묘년에 쫓겨난 이들, 내 마음만 애닯도다."

애달픈 마음으로 시를 해석해본다. 입술을 비집고 나오는 목소리가 비탄으로 떨린다. 어떤 시선이 느껴진다. 움막에서 본 소녀다. 유난히 까맣고 맑은 눈동자에 호기심이 가득하다. 사임당은 고개를 들어 소녀를 바라본다. 이름을 묻는다. 소녀는 말이 없다.

그저 사임당이 들고 있는 그림을 볼 뿐이다. 순간 사임당은 소녀가 벙어리임을 깨닫는다. 용매묵의 먹빛처럼 깊은 소녀의 눈동자가 더없이 슬퍼 보인다. 소녀가 매혹된 듯 사임당의 그림을 보더니 한참 후 손가락으로 가리킨다.

"달라고?"

끄덕끄덕.

"자⋯⋯."

사임당이 잠시 망설이다가 관음보살을 모사한 그림을 말아 소녀에게 내민다. 소녀가 놀란 눈으로 사임당을 올려다본다. 차마 그림을 받아들지 못하고 손가락만 움찔거린다. 사임당이 받아도 된다는 듯 고개를 끄덕이자 한참을 망설이던 소녀가 배시시 웃으며 그림을 받아든다. 그림이 좋은 것이다. 사임당은 바랑에서 귤을 꺼내 소녀의 손에 쥐여준다. 이겸이 혼서와 함께 가져온, 아까워서 먹지도 못하고 며칠째 들고만 다니던 것이다. 귤을 받아든 소녀는 멀뚱히 바라만 본다. 사임당이 손으로 귤 껍질을 벗기는 시늉을 해 보인다. 소녀는 사임당이 하는 대로 따라한다. 노을빛에 물든 귤 알맹이가 소녀의 손에서 입으로 넘어간다. 허기진 배 속으로 새콤달콤한 귤 향이 간지럽게 퍼진다. 그 모습에 사임당의 가슴이 불에 덴 듯 뜨겁게 저려온다.

사임당은 집으로 돌아온 뒤에도 운평사에서 본 그 참혹하고 부조리한 광경을 잊을 수 없다. 무엇보다 굶주린 유민들이 눈에 밟

헌다. 생각 끝에 집에 있는 양식이라도 가져다주자는 결심을 한
다. 그녀는 이겸에게 날이 밝는 대로 당산나무 아래에서 만나자
는 편지를 쓴다. 아무래도 곡식자루와 다른 먹을거리를 챙겨 가려
면 혼자보다는 이겸과 동행하는 게 나을 듯싶다. 이겸에게 전해
달라며 담이에게 편지를 맡기고 사임당은 골똘히 생각에 잠긴다.
'왜 저들은 저렇게 비참하게 살아가는 걸까?' 한쪽에서는 음식이
넘치다 못해 썩어가고, 다른 한쪽에서는 끼니조차 이어갈 수 없는
부조리한 현실에 분노가 치민다. 풀리지 않는 의문과 분노로 일렁
이는 뜨거운 가슴을 품고 사임당은 아버지가 있는 사랑채로 간다.

신명화는 촛불을 밝히고 책을 읽고 있다. 문을 열고 들어서는
사임당의 기척에 신명화가 고개를 든다.

"안색이 어찌 그러하냐? 어디 몸이라도 안 좋은 게냐?

"아닙니다. 실은……"

사임당이 아버지 앞에 앉으며 무거운 한숨과 함께 입을 연다.

"운평사에 올라갔었습니다."

신명화의 표정이 자못 어두워진다.

"사대부들과 기녀들이 한데 어울려 있고 절 마당에는 고기와 술
이 넘쳐났습니다. 바로 옆 움막에는 유민들이 병들어 죽어가고 있
고요. 너무 이상합니다. 흥청망청 먹고 마시는 음식들, 조금만 나
누어도 죽어가는 이들을 구할 수 있을 텐데, 왜 죽게 버려두는 것
입니까! 어찌하여 이런 일이 일어나는 것이옵니까?"

사임당의 목소리에 물기가 어린다.

"말씀해주십시오! 어찌 이런 일이 일어나는 것입니까?"

"다시는 거기 가지 마라!"

신명화의 단호한 말끝에 한숨이 묻어난다.

"아버지!"

"어허! 부녀자 상사 금지법이 엄연하다! 다시는 운평사에 걸음하지 말래도!"

전에 없는 아버지의 엄한 기세에 놀란 사임당이 입을 다문다.

오죽헌에서 헌원장으로 가는 길목에 주막이 있다. 그 주막에는 마흔이 넘은 주모와 그녀의 딸 석순이 산다. 사임당과 동갑내기인 석순은 십여 년 전 주막을 찾은 이름 모를 양반의 씨라고 했다.

밤늦은 시각, 주모는 마지막 손님을 보내놓고 설거지를 하고 있다. 하루 종일 앉았다 섰다를 반복하느라 허리가 휠 지경이다. 하나 있는 딸년은 방에서 뭘 하고 있는지 코빼기도 보이지 않는다. 목청껏 딸의 이름을 불러보지만, 들은 척도 안 한다. 성이 난 주모는 씻다 만 국자를 들고 벌컥 문을 연다. 석순이 배를 깔고 엎드려 어디서 주워들었는지 사자성어를 중얼거리고 있다. 그렇게 가지 말라 일렀는데 또 오죽헌 서당에 다녀온 모양이다.

"개발에 편자 꼴이지! 네깟 년 주제에 공부는 얼어 죽을 무슨 공부야 이것아!"

주모가 국자를 휘두르며 언성을 높인다. 두 번 다시 오죽헌에 가지 말라는 말도 잊지 않는다. 그 말을 듣던 석순이 벌떡 일어나 앉는다.

"오죽헌 아기씨가 와서 배워도 된다.그랬어! 매일 와도 된다 했단 말야!"

"그깟 글공부에 밥이 나와 쌀이 나와? 어디서 쓰잘머리 없이 허파에 바람만 잔뜩 들어가지고!"

"싫어! 공부할 거야! 엄마처럼 살기 싫다고!"

석순은 있는 힘껏 고함을 빽 지르더니 밖으로 뛰쳐나간다. 주모는 어둠 속으로 사라지는 딸의 뒷모습을 보며 허탈하게 주저앉는다. 딸이 안타까운 것이다. 채워주지 못하는 딸의 욕심이 못내 아픈 것이다. 아는 것이 많아봐야, 사는 것만 고달플 뿐이다. 세상은 변하지 않고 삶은 더욱 변하지 않는다. 딸은 못난 어미 팔자를 그대로 물려받을 것이다. 어미처럼 살기 싫다는 말이 귓가에 쟁쟁 울린다. 주막에 깃든 달빛도 서글픈 얼굴로 주모를 내려다본다.

집 밖으로 뛰쳐나온 석순은 막상 갈 곳이 없다. 그저 집 주변을 배회하며 시간이 흐르기를 바라고 있다. 그때 골목 저편에서 아는 얼굴이 헐레벌떡 달려온다. 담이이다. 한 손에 시전지 봉투를 든 담이는 배를 움켜잡고 똥 마려운 강아지마냥 달렸다 멈췄다를 반복하고 있다. 그 모습이 퍽 고약스러워 석순이 웃음을 터트린다. 그렇지 않아도 배가 아파 죽을 지경인데, 어린것이 자신을 비웃자, 담이는 달리기를 멈추고 언짢다는 얼굴로 석순을 노려본다. 석순은 웃음기를 거두고, 담이에게 어디 가는 길이냐고 묻는다. 쓴소리를 하려던 담이는 배가 훅 아파오자, 진땀을 흘리며 말을 버벅거린다.

"아이고 죽겠네…… 하이고, 얼른 헌원장 도련님께 전해드려야 하는데……."

담이가 급기야 온몸을 바들바들 떨며 봉투를 흔든다.

"헌원장요? 제가 대신 전해드릴까요? 보아하니 배도 아프신 것 같은데."

"네가?"

담이가 의심스럽다는 듯 석순을 본다. 석순은 담이를 향해 살갑게 웃는다. 그 미소에 맘이 풀어진 담이가 봉투를 넘긴다. 꼭 헌원장 도령에게 전해주라는 당부도 잊지 않는다. 석순은 걱정하지 말라는 말을 남기고 잽싸게 헌원장 쪽으로 달린다. 이겸의 얼굴을 볼 생각에 벌써부터 심장이 두근거린다. 석순의 볼이 붉게 달아오른다. 뺨을 스치고 지나가는 밤바람도 그 열기를 식혀주지 못한다.

석순이 이겸을 처음 만난 것은 오죽헌 담장 밑이었다. 그날도 석순은 어머니 몰래 집을 빠져나가 오죽헌 담장 밑에서 도둑 공부를 하고 있었다. 서당에서 들려오는 학동들의 말소리를 따라하고, 나뭇가지로 흙바닥에 글자를 쓰면서 하는 공부였지만, 그것조차도 남몰래 숨어서 해야 했다. 오죽헌에서 일하는 하인들이 보면 싸리비를 들고 쫓아내기 때문이었다. 담장에 손을 짚은 석순은 까치발을 들고 서당에서 들려오는 글귀를 듣고 있었다. 소리가 잘 들리지 않아 귀를 쫑긋 세우고 발끝을 세우는데 그만 돌부리에 걸려 넘어지고 말았다. 엉덩방아를 찧고 뒤로 발라당 넘어진 석순의 눈에 눈부신 햇빛이 쨍하니 비쳤다. 눈이 부셔 흙 묻은 손으로 눈두덩을 비비는데, 누군가의 그림자가 햇빛을 가려주었다. 혹여나 오죽헌 사람인가 싶어 놀란 석순이 눈을 동그랗게 뜨고 보는데, 짙은 눈썹에 새하얀 얼굴을 가진 관옥 같은 도령이 그녀를 내려다보며 환하게 웃고 있었다.

"일어나라."

도령은 햇빛보다 더 찬란한 미소를 띠며 손을 내밀었다.

"고…… 고맙습니다."

석순은 그 손을 잡고 취한 듯 일어섰다. 도령은 또 넘어지지 않게 조심하라 이르고 오죽헌 안으로 들어갔다. 그 뒷모습을 바라보던 석순은 자신의 손바닥을 내려다보았다. 도령의 손길이 닿았던 손바닥이 화끈거렸다. 그날 이후, 석순은 도령의 이름이 이겸이라는 것도, 이겸이 헌원장에 산다는 것도, 이겸이 사임당을 연모한다는 것도 알게 되었다. 그러나 해를 향하는 해바라기의 얼굴을 돌릴 수 없듯 누구도 이겸을 향한 석순의 마음을 막을 수 없었다. 석순 자신조차도.

석순이 벅찬 가슴으로 밤길을 달려오는 동안, 이겸의 가슴속에는 사임당을 향한 그리움이 벅차오르고 있었다. 배롱나무 아래에서의 첫 입맞춤 이후 이겸은 앉으나 서나 사임당 생각뿐이다. 서책을 읽어도 그림을 그려도 온통 사임당이다. 삶의 중심에 오롯이 한 사람이 있다는 것, 그것은 황홀한 슬픔이다. 늦은 밤, 이겸은 그 황홀한 슬픔에 젖어 헌원장 뒤뜰을 거닐고 있다.

"화려한 누각에 봄이 오길 기다리건만, 더디기만 하네. 제비 쌍쌍이 날아드니 버들이 흐느적거리고 복사꽃 흩날린다. 가랑비 끝없이 내리고 정원에는 바람만 몰아치니……."

이겸은 시를 외며 사임당을 처음 만난 담장 밑에 선다. 그녀와의 첫 만남이 눈에 선하다. 그는 알고 있다. 붉은 치마가 꽃잎처럼 흩날리던 그 순간, 그녀가 그의 가슴에 각인된 것을. 빗물로도 눈물로도 지워지지 않는 낙인으로 찍힌 것을.

"눈가에 수심만 느는데, 기다리는 사람은 보이지 않네……."

이겸이 사임당과의 첫 만남을 생각하며 미소 짓고 있는데, 담 너머로 여인의 목소리가 들려온다. 이겸이 외우던 시구의 뒷부분이다. 이겸은 반색하며 담장 너머로 고개를 쓱 내민다.

"누구? 사임당? 사임당이냐?"

이겸은 확신에 찬 목소리로 되묻는다. 급기야 후다닥 뛰어 담장을 짚고 날렵하게 월담을 한다.

"분명 시 읊는 소리가 들렸는데……."

이겸은 사임당을 찾아 사방을 두리번거린다. 갑작스럽게 담장 밖으로 튀어나온 이겸을 보고 놀란 석순이 바닥에 넙죽 엎드린다.

"송구합니다! 이년이 주제를 모르고 주둥이를 놀렸습니다."

석순의 말에 이겸이 등을 돌려 바닥에 엎드린 소녀를 바라본다. 주막집 딸이다. 지나다가 한두 번 마주친 기억이 난다. 허탈해진 이겸은 석순에게 일어나라고 한다. 석순은 고개를 푹 숙이고 자리에서 일어난다.

"그 시를 어찌 알고 있는 것이냐? 글을 아는 것이냐?"

"조금……."

"조금이라…… 어떻게 배웠느냐?"

"오죽헌…… 여서당에서…… 허락을 받았습니다. 발치에서 귀동냥해도 된다고요."

"그래? 방금 읊은 시가 누구 시인 줄은 아느냐?"

"구양수의 '접연화蝶戀花'라고……."

"오호라! 주막집 딸이 구양수를 알다니…… 쓸 줄도 아느냐?"

"땅에만 써봐서……."

"종이도 붓도 없이 맨땅에 글공부라니."

이겸의 안타까운 시선이 석순을 향한다.

"가만 있자…… 여기! 받아라."

이겸은 옷소매를 뒤적이더니 세필붓 한 자루를 꺼내 석순에게 내민다.

"이…… 이런 귀한 것을 어찌 제게……?"

석순은 붓을 받을 생각도 못하고 눈이 휘둥그레져서 이겸을 바라본다.

"부족한 형편에도 스스로 배우고자 하니 그만큼 기특한 일이 어디 있겠느냐. 자, 얼른!"

이겸은 망설이는 석순의 손을 턱 잡아 붓을 쥐여준다.

"고…… 고맙습니다, 도련님. 정말 고맙습니다."

석순이 세필붓을 안고 고개를 주억거린다. 그런 석순을 가만히 보던 이겸은 손을 뻗어 그녀의 머리에 붙은 복사꽃 이파리를 떼어준다. 그 손길에 당황한 석순이 뒤로 움찔 물러난다. 어둑한 밤이지만 얼굴이 붉어진다. 허나 무심한 이겸은 손을 탈탈 털 뿐 그녀의 달아오른 마음을 눈치채지 못한다.

"한데, 야심한 시각에 넌 여기서 뭘 하고 있던 게냐?"

"아! 담이 아주머니가……"

"담이가? 혼서에 대한 회신을 주신 것이냐? 그런 것이냐? 사임당이 미리 귀띔을 해주는 게냐?"

편지를 꺼내려던 석순은 혼서라는 말에 멈칫한다. 부풀었던 가슴에 바늘이 꽂히는 것 같다. 묵묵부답으로 서 있는 석순을 본 이겸은 제 풀에 민망하여 머리를 긁적인다.

"하긴…… 너한테 그런 전갈을 보낼 리가 없지."

"심부름 가는 길에 도련님께서 시 읊는 소리가 들려 저도 모르게……."

석순은 혀가 제멋대로 굴러가는 것처럼 느껴진다. 질투하는 마음이 거짓말을 만들어낸 것이다. 이겸은 실망한 듯 어깨를 축 늘어뜨리더니 알겠다며 헌원장 안으로 사라진다. 석순은 등 뒤로 감춘 사임당의 편지를 구겨버리고, 이겸이 쥐여준 세필붓을 끌어안는다.

이튿날 새벽, 경포 앞바다에 해가 솟아오르고, 바위틈에 잠자던 바닷새가 일어나 먹이를 찾아 날갯짓을 시작하던 시각, 운평사에는 피바람이 불기 시작한다.

하루가 지나도록 술판이 벌어진 가운데, 대웅전 앞마당은 배반낭자杯盤狼藉하다. 술에 취해 여기저기 아무렇게나 누워 있는 사내들, 옷고름을 풀어헤친 채 사내들 품에 안긴 기생들……. 난장판인 술자리에서 유일하게 멀쩡한 이는 바로 이 술자리를 만든 장본인 민치형이다. 강릉에서 한직으로 근무하고 있는 민치형은 중앙 정계에 줄을 댈 속셈으로 영의정의 아들 윤필을 데리고 관동팔경 유람을 다니는 중이다. 정치적 야심으로 똘똘 뭉친 그는 결코 술에 취할 수 없다. 정신을 바짝 차리고 원하는 바를 얻어내야 하기 때문이다. 한데, 윤필은 양팔에 기생을 한 명씩 끼고 앉아 시시덕거리며 술을 마실 뿐, 민치형에게 눈도 돌리지 않는다. 취기가 머리끝까지 올라 이미 제정신이 아니다.

그런 와중에 허름한 몰골의 소녀가 술상 곁을 기웃거리고 있다. 사임당의 기억에 아로새겨진, 먹빛의 눈동자를 가진 바로 그 소녀다. 소녀의 검은 눈은 술상에 놓여 있는 귤 접시에 고정되어 있다. 한번 맛본 귤 맛을 잊지 못한 것이다. 한참 동안 바라보고만 있던 소녀는 급기야 귤에 손을 대고 만다. 그 모습을 본 한 기생이 기겁하며 비명을 지른다. 여자의 괴성에 놀란 윤필이 휘청거리며 일어나 고함을 지른다. 겁에 질린 소녀는 도망가려고 재빨리 돌아서다가 상다리에 발이 걸리고 만다. 소녀는 고꾸라지고 술상은 무시무시한 소리를 내며 엎어진다. 상 위에 있던 그릇들이 바닥으로 내팽개쳐지고, 술잔이 날카로운 소리를 내며 깨진다.

"이런 더러운 년이! 술맛 떨어지게! 어디 더러운 손을 잔칫상에 올린단 말이냐?"

만취한 윤필은 엎어진 술상을 가로질러 두려움에 떨고 있는 소녀의 등허리를 발로 짓밟는다. 소녀는 비명도 지르지 못한 채 몸을 둥글게 말고 그 매를 다 맞는다. 그때 소녀의 옷깃에 있던 종이가 바닥으로 떨어진다. 사임당이 준 그림이다. 제 풀에 지친 윤필이 발길질을 멈추고 몸을 가누지 못해 휘청거리다가 바닥에 뒹구는 그림을 본다.

"흥, 꼴에 그림?"

게슴츠레한 눈을 뜨고 그림을 보던 그의 낯빛이 어두워진다. 그림을 든 손이 부들부들 떨린다.

"슬프도다. 가엾은 우리 백성들, 하늘의 도리마저 다 잃었구나. 기묘년에 쫓겨난 이들…… 내 마음만 애닯도다……?"

그림 옆에 적힌 시를 읊조리던 그는 분노하며 몸을 파들파들 떤다.

"이이이이! 찢어죽일 년! 기묘축객이라니, 어디서 감히! 기묘년의 역도들을 어디서 감히!"

숭유억불의 나라에서 불화를 지니고 있는 것도 요망한데, 거기에 쓰인 시는 주지육림에 빠져 있는 사대부의 행태를 비난하는 글이었다. 게다가 기묘사화에는 영의정과 그의 식솔들이 깊이 연관되어 있지 않은가. 이성을 잃은 그는 근처에 있던 무관의 장검을 뽑아든다. 그 서슬에 놀란 사대부들이 하나둘 자리에서 일어난다. 근처 움막에서 자고 있던 헐벗은 유민들도 무슨 소란인가 싶어 밖으로 나온다. 민치형은 매의 눈으로 사태를 지켜보고 있을 뿐 별다른 행동을 취하지 않는다. 발길질에 이미 만신창이가 된 소녀는 버려진 쓰레기더미처럼 온몸을 웅크리고 쓰러진다.

"네년이 감히, 누구의 사주를 받고!"

윤필이 칼을 번쩍 들어 소녀의 목에 갖다 댄다. 그때 유민들 사이에 있던 누더기 입은 여자가 달려와 온몸으로 소녀를 감싸며 말을 못하는 아이이니 한 번만 봐달라고 싹싹 빈다. 눈물 콧물을 흘리며 발목을 붙잡는다.

"이런 더러운 것들!"

이미 눈이 뒤집힌 윤필은 여자의 배를 걷어차고, 소녀의 목을 칼로 베어버린다. 아직 꽃도 피워보지 못한 소녀의 피가 운평사 마당에 흩뿌려진다. 죽은 딸을 품에 안은 가련한 엄마의 울부짖음이 밝아오는 하늘로 공허하게 퍼진다.

피를 본 윤필은 더욱 미친 듯 날뛰고, 들고 있던 그림을 칼끝으로 발기발기 찢는다. 그 순간 어딘가에서 날아온 돌멩이가 윤필의 이마를 정통으로 맞힌다. 피가 솟구친다. 멀리에서 떨고 있던 유민 중 하나가 분을 참지 못하고 돌을 던진 것이다. 이를 계기로 유민들의 소요騷擾가 시작된다. 어느새 유민들의 손에 곡괭이와 낫이 들려 있다. 종이공방에서 일하던 승려들도 하나둘 모여들어 윤필과 민치형 일행을 에워싼다.

그때 허공을 가르는 날카로운 바람 소리가 들리는가 싶더니, 돌멩이를 집어 던진 유민이 피를 흘리며 그 자리에서 쓰러진다.

"한발만 움직여도 이 칼이 용서치 않을 것이다!"

민치형이 핏물 낭자한 칼을 번득이며 유민들 앞을 가로막는다.

그러나 이미 때는 늦었다. 굶주림에 뼈가 시린 고통에 시달릴 대로 시달린 사람들, 악에 받친 자들, 태어나면서부터 지금껏 억울하다 생각도 못하고 숨죽여 살던 유민들의 눈이 난생처음으로 이글이글 타오른 것이다.

윤필은 돌멩이 하나에 곤죽이라도 된 듯 불쌍한 눈으로 민치형을 바라본다.

"어찌하면 좋단 말이오?"

"없던 일로 하고 싶소이까?"

"방도가 있소?"

"내겐 지략이 있고, 공에겐 뒷배가 있지요."

"돌아가서 내 아버지에게 잘 말씀드리리다. 이 자릴 모면하게 해주시오!"

윤필의 말에, 민치형이 눈을 번뜩이며 윗입술을 비죽 틀어 웃는다. 원하는 바를 얻은 것이다. 민치형은 영의정의 아들을 보호하듯 막아서고, 수하들을 향해 외친다.

"지금 이 순간을 잘 기억해둬라! 너희 인생이 달라지는 순간이다! 저들을 하나라도 살려 보내면 우리는 모두 살인마가 될 것이요, 몰살하면, 영의정 대감께서 너희의 공을 잊지 않으실 것이다!"

수하들의 눈빛이 순식간에 허기진 육식동물의 그것으로 변한다. 무자비한 도륙屠戮이 시작된다. 칼날이 번뜩일 때마다 사람이 죽어간다. 피가 튀고 살이 찢어지는 참상이다. 낫과 곡괭이가 나뒹굴고 손목이 잘리고 내장이 쏟아진다. 아비규환이다.

막상 벌어진 대학살에 사대부들은 넋이 나간 듯 손을 덜덜 떤다. 윤필은 반쯤 정신이 나간 듯 땅바닥에 엎드려 있지만, 민치형은 냉혈한 얼굴로 사태를 바라보고 있다.

드디어 대학살이 끝났다. 몇 분 전까지만 해도 두 발로 서 있던 사람들이 시쳇더미로 변했다. 수하가 횃불을 가져다 민치형에게 건넨다.

"죽은 자는 말이 없다! 오늘 여기서 있었던 일은 아무도 모른다. 아니, 몰라야만 한다!"

민치형은 들고 있던 횃불을 시쳇더미로 던진다. 그것을 신호로 수하들이 기다렸다는 듯 운평사 건물마다 불을 지른다. 대웅전 지붕이 무너지고, 관음전 문살이 치솟는 불길에 사라진다. 까만 밤하늘의 눈빛을 가진 소녀도, 소녀의 어미도, 그들의 가족과 친구들도 화염이 삼키고 만다.

7
...

　음식과 곡식자루를 잔뜩 짊어진 사임당과 석순이 운평사 경내
로 들어선 것은 피바람이 불기 직전이었다. 동이 틀 무렵 당산나
무 아래로 사임당을 만나러 온 이는 이겸이 아닌 석순이었다. 석
순은 편지를 이겸에게 전해주지 않은 대신, 자신이 약속 장소로
나간 것이다. 전날 밤 운평사에서 본 처참한 광경을 화첩에 그려
넣느라 날밤을 지샌 사임당의 얼굴빛은 창백했다. 마음이 급한 사
임당은 이겸을 더 기다리겠다는 생각을 접고 더덕을 캐러 간다는
석순과 동행하기로 했다.

　사임당과 석순이 운평사 경내로 들어서려는 순간 심장을 에는
울음소리가 들린다. 누군가를 향해 잘못했다고 용서를 비는 처절
한 울부짖음이다. 심상치 않은 소리에 사임당의 걸음이 빨라진다.
남자의 칼이 소녀의 목을 내려치던 일촉즉발의 순간, 사임당은 칼

을 든 자의 손에 들린 그림을 본다. 관음보살을 모사한 자신의 그림이다. 칼 밑에서 바들바들 떨고 있는 이는 먹빛의 눈을 가진 소녀다. '내 그림이 소녀의 목숨을 위태롭게 만들었구나!' 사임당은 본능적으로 알아차렸다.

"내가…… 내가 그린 그림이다! 저 아이는……"

사임당이 덜덜 떨리는 목소리로 말한다. 그 순간 석순이 사임당의 팔을 잡아끌며 담벼락 뒤로 몸을 숨긴다. 이윽고 잔악한 칼이 소녀의 목을 향해 내리꽂힌다. 핏물이 대웅전 마당을 적신다. 눈앞에서 살인을 목격한 사임당은 충격에 휩싸여 온몸을 바들바들 떤다.

"나 때문이다…… 내가 그린 그림이란 말이다……!"

"안 돼요! 지금 나가면 죽어요!"

석순은 이성을 잃고 뛰쳐 나가려는 사임당의 허리를 뒤에서 끌어안고 죽기 살기로 입을 틀어막는다. 석순에게 붙들린 사임당이 팔다리를 버둥거리며 눈물을 터트린다. 눈 뜨고 볼 수 없는 대학살이 시작된다. 유민들의 처절한 비명과 민치형의 수하들이 휘두르는 칼부림 소리가 운평사를 가득 메운다.

"가야 해! 나 때문에…… 사람들이……."

"정신 차려요! 우리까지 죽어요! 도망쳐야 해요!"

석순은 사임당을 붙잡고 숲을 향해 내처 달린다. 고작 열네 살 소녀에 불과한 것은 석순도 마찬가지다. 무자비한 살인을 목격한

석순도 사임당만큼이나 무섭고 떨린다. 그러나 살아야 한다는 본
능이 그녀를 움직이게 한다. 돌부리에 치이고 나뭇가지에 찢기면
서도 멈추지 않는다. 혹여 쫓아오는 이가 없나 뒤를 돌아보니 저
멀리 운평사가 불에 타고 있다. 살육의 증거를 소멸하기 위해 불
을 지른 모양이다. 치솟는 불길을 본 사임당은 이내 정신을 잃는
다. 석순은 하는 수 없이 그녀를 업고 이를 악물며 걷는다.

　맨몸으로 가도 험한 산길이다. 어느샌가 짚신 한 짝은 사라졌
고, 나뭇가지에 찢긴 손등에는 피가 질질 흐르고 있다. 살아야 한
다는 의지가 고통조차 잊게 한다. 만약 어젯밤 이겸에게 편지를
전했더라면, 이런 곤경에 처하진 않았을 텐데. 후회해도 때는 늦
었다. 석순은 악착같이 앞만 보고 걷는다. 그때, 저만치에서 사임
당을 부르는 이겸의 목소리와 말발굽 소리가 들린다.

　"도련님! 여깁니다!"

　이제 살았구나 하는 안도감에 석순은 갑자기 힘이 빠진다. 사임
당을 바닥에 눕히고 두 손을 흔들며 이겸을 부른다. 이겸을 태운
말이 지척으로 다가온다. 이겸을 보자, 그동안 참아왔던 눈물이
왈칵 쏟아진다. 석순은 눈물을 글썽이며 이겸을 향해 뛰어간다.

　"도련님! 도련님!"

　"사임당! 사임당!"

　말에서 뛰어내린 이겸은 정신없이 사임당을 찾는다. 그를 부르
며 달려오는 석순은 눈에도 들어오지 않는 모양이다. 석순을 지나

쳐 사임당에게 달려간 이겸은 새파랗게 질린 얼굴로 그녀를 둘러업고 말에 오른다. 석순은 망연자실 서서 그 모습을 바라본다. 흐느낌이 멈추지 않는다. 이겸은 단 한 번도 뒤돌아보지 않는다. 그대로 사임당만을 데리고 사라진다. '나는 안 보이는구나. 나도 이렇게 아픈데. 아니, 내가 더 아픈데.' 서러움이 석순의 심장을 갈기갈기 찢는다.

"도련님……."

석순은 그대로 주저앉아 피가 철철 흐르는 손등을 보며 펑펑 운다. 그때, 땅바닥에 떨어져 있는 사임당의 댕기가 눈에 띈다. 함박꽃이 그려진 댕기다. 운평사에 오르던 길, 그림도 그림이거니와 색이 너무 고와서 석순이 눈을 떼지 못하자, 사임당은 그 색의 이름이 연지색이라고 알려주었다. 연지벌레의 똥과 똑같은 색이라 자신이 그렇게 이름 붙였다고 했다.

해가 서산으로 기운다. 산속에 어둠이 내려앉는다. 서러움에 울고 무서움에 울고 아파서 울고, 그렇게 울고 또 울면서 석순은 사임당이 떨어뜨린 댕기와 화첩을 챙겨 어둠 속을 걷는다.

석순은 북평촌 마을 어귀에서 이겸을 다시 만난다. 만신창이가 된 몸으로 절뚝거리며 골목길에 접어드는데, 반대편에서 말을 탄 이겸이 달려오고 있다. 뒤늦게나마 자신을 구하러 온 것은 아닐까 하는 기대에 울먹이며 뛰어간다.

"도련님!"

"비켜라! 한시가 급하다!"

이겸은 오죽헌에 사임당을 데려다주고, 급히 의원을 찾아나선 길이다. 생사를 헤매는 사임당을 생각하자 심장이 터질 것 같다. 그런 이겸 앞을 석순이 가로막고 선다.

"저도 다쳤습니다! 저도 아픕니다!"

비명에 가까운 외침에 이겸은 멈칫한다. 잠시 석순의 몰골을 살핀 이겸은 소매에서 금전이 든 주머니를 꺼내 바닥으로 던진다.

"이걸로 약을 사서 바르도록 해라."

"도련님 눈에 저는 안 보이십니까? 산중에다 던져놓고 늑대 밥이 되든 말든 아무 상관이 없단 말씀이십니까?"

석순이 떠나려는 말고삐를 움켜잡는다. 독이 오른 얼굴이 일그러진다.

"그러니 약을 바르란 말이다. 네 노고는 돌아와 다시 사례할 것이다! 비켜라!"

이겸은 석순의 손을 털어내고 말고삐를 당긴다. 그 바람에 휘청거리며 바닥으로 나동그라진 석순은 치욕스러움에 몸을 떤다. 만약 삶을 선택할 수 있었다면, 이 꼴로 태어나진 않았을 것이다. 이겸도 그녀를 이리 함부로 대하진 않았을 것이다. 단 한 번이라도, 그녀를 여자로 바라봐주었을 것이다. 사임당을 품에 안고 달렸듯, 그녀를 안고 달렸을 것이다. 만약 스스로 삶을 선택할 수 있었다면. 석순은 서러움에 꺼이꺼이 울면서 주머니를 줍는다.

마지막 자존심까지 무너진 석순은 분노에 치를 떨며 주막으로 돌아온다. 마침 주막에는 한 무리의 보부상이 왁자지껄 떠들면서 술을 마시고 국밥을 먹고 있다.

"어딜 쏘다니다가 이제야 들어오는 게야? 밀린 설거지부터, 어여어여!"

주모는 딸 석순을 보자마자 대뜸 소리부터 지르며 다그친다. 다친 손을 치료할 틈도 없이 떠밀려 밀린 설거지 앞에 선 석순은 피가 뚝뚝 떨어지는 손을 보며 서러운 눈물을 흘린다. 그때 등 뒤에서 보부상들이 떠드는 소리가 들려온다.

"운평사에 난리가 났다며?"

"그 사달을 일으키고도 영월에 뱃놀이를 하러 간다지? 사람도 아니여!"

소문에 밝은 보부상들이 저마다 한마디씩 거들었다.

대화를 엿듣던 석순의 눈에 핏발이 서는가 싶더니 급기야 사임당의 화첩과 댕기를 들고 주막을 뛰쳐나간다.

석순이 사임당의 바랑을 들고 달려간 곳은 다름 아닌 영월이다. 민치형 일당은 아무 일 없었다는 듯 강에 배를 띄워놓고 풍악을 울리며 뱃놀이를 즐기고 있다. 석순은 손에 든 사임당의 바랑에서 화첩과 댕기를 꺼내 내려다본다. 화첩 안에는 영의정 아들을 비롯한 사대부들의 난잡한 잔치 모습이 있는 그대로 그려져 있다. 뿐만 아니라 피골이 상접한 유민들의 모습이 대조적으로 그려져 있다. 석순은 본능적으로 짐작했다. 이 화첩과 댕기가 그녀의 모멸감을 씻어주리란 것을. 그리고 어쩌면 이것으로 삶이 달라질 수도 있으리라는 것을.

강 너머를 바라보는 석순의 눈빛이 복수심으로 묘하게 번뜩이고 있었다.

화첩과 댕기를 손에 넣은 민치형 일당은 북평촌 곳곳을 뒤지고 다니면서 화첩과 함박꽃 댕기의 주인을 찾기 시작한다. 살육의 증거를 말살하기 위함이다.

한편, 운평사에 관한 피 묻은 소문은 삽시간에 퍼진다. 소문을 몰고 다니는 보부상들은 운평사 대학살의 원인이 관음도와 기묘사화에 얽힌 시 때문이라고 이야기한다. 그들이 퍼트린 소문은 산을 넘고 강을 건너 온행 중이던 중종의 귀에까지 미친다.

"내가 내린 시가 새어 나간 거라면…… 어찌 되는 것이냐? 권신들이…… 권신들이 이 사실을 알면 어찌 되는 것이야! 기묘년에 사림을 들어낼 때는 언제고, 단죄된 죄인들을 뒤에서 추켜세우며 시를 써서 뿌리고 다녔다고 나를…… 나를…… 연산 형님처럼……."

중종의 얼굴이 사색이 된다.

"전하! 어찌 폐주의 일을 입에 담으십니까? 진정하시옵소서."

내금위장이 목소리를 낮춰 다그친다.

"어찌 진정하란 말이냐! 시를 받은 자를 흔적 없이 처단하고, 다 회수해 오너라! 내가 내린 시를 말이다!"

"사방에 귀가 있습니다! 고정하십시오! 지금 전하께선 온행 중이십니다. 평온하게! 아무 일도 없었던 것처럼요!"

내금위장이 아이를 달래듯 말한다. 중종은 숨을 고르려고 애쓰며 이마에 흐르는 식은땀을 닦는다.

"제가 처리하고 오겠습니다. 의성군이 신명화의 여식에게 푹 빠져 있습니다. 물불을 안 가릴 나이입니다. 혹시……?"

내금위장이 이겸과 사임당을 언급하자, 중종의 미간이 찌푸려진다.

"만약 혼사를 파한다면 살려주고, 아니면……."

중종이 차마 뒷말을 잇지 못하고 입을 다물자, 내금위장은 알겠다는 듯 목례를 하고 밖으로 나간다.

쥐 죽은 듯 고요하게 잠들어 있는 북평촌, 오죽헌만은 대낮처럼 환하게 불이 밝혀져 있다. 여종 남종 할 것 없이 집안 사람들 모두가 우왕좌왕한다. 종복들은 집 안 곳곳에 숨겨져 있던 그림이란 그림은 다 가져와 마당 한가운데에 급히 쌓는다. 흉악한 무리들이 댕기 주인을 찾고 있다는 소문이 파다한 가운데, 신명화가 결단을 내린 것이다. 신명화는 댕기의 주인이 사임당임을 직감한다. 어떻게든 딸을 살려야 한다. 운평사에서 잔인한 살육을 목도한 이래로 식음을 전폐하고 몸져누운 사임당을 다른 곳으로 피신시킬 수도 없는 노릇이다. 신명화는 마당에 망연자실 서 있는 아내에게 눈짓을 보낸다. 용인 이씨는 남편이 보내는 신호에 참담한 표정으로 아랫입술을 깨물더니, 이내 사임당의 방으로 간다.

이씨는 황급히 사임당의 방문을 열고 들어와 사방탁자 서랍을 뒤져 그림 두루마리와 화첩, 화구들을 마구 주워 담는다. 이불 속에 누워 창백한 얼굴로 말없이 눈물만 흘리고 있던 사임당은 이씨의 손이 벽에 걸린 〈금강산도〉에 닿자, 그것만은 안 된다며 기다시피 일어나 이씨의 발목을 붙잡고 절규한다. 그토록 보고팠던 안견의 〈금강산도〉였다. 무엇보다 이겸이 준 선물이다. 목숨만큼 소중한 그림이다. 이씨는 발목을 붙잡고 바들바들 떨고 있는 딸을 애처롭게 내려다본다.

이씨는 결국 〈금강산도〉를 안채로 가져온다. 병풍을 걷어내고 벽에 그림을 붙인 다음 새 도배지로 그림을 덮는다. 마치 앞날이 창창한 딸아이의 미래를 덮어버리는 것 같아 마음이 무겁고 참담하다.

마당에 산처럼 쌓인 그림과 화구를 불태운 신명화도 아내와 같은 마음이다. 딸의 삶이 활활 타서, 끝내 잿더미가 되어버릴 것만 같아 두렵다.

"사임당은 단 한 번도 그림을 그린 적이 없다! 다들 알겠느냐!"

종복들을 단속한 후 사랑채로 걸음을 옮긴 신명화를 기다리고 있던 것은 내금위장의 날카로운 칼날이다.

"은밀히 내리신 시가 어찌 허망하게 새어 나갔단 말인가. 이는 스스로 죽음을 자초한 것이다!"

검이 목을 겨누고 있음에도 신명화는 흐트러짐 없이 당당하게 내금위장을 마주 본다. 이내 눈을 감는다. 이미 각오하고 있던 일이다. 그때 문밖에서 아내 이씨의 목소리가 들려온다. 안에서 아무런 기척이 없자, 이씨는 문을 열고 방 안으로 들어선다. 내금위장은 재빨리 칼을 거두고 병풍 뒤로 몸을 숨긴다. 그러나 이씨는 방 안에 또 다른 그림자가 있다는 사실을 눈치챈다. 남편의 흔들리는 눈동자도 그렇거니와 병풍 옆으로 살짝 보이는 옷자락을 봐도 그랬다. '아, 올 것이 왔구나.' 이씨는 그대로 병풍을 향해 무릎을 꿇고 엎드린다.

"댕기 주인을 찾겠다는 서슬 퍼런 무리가 몰려오고 있습니다. 부디 아이를 살릴 시간을…… 하루만…… 하루만 주십시오."

병풍 뒤에 선 내금위장은 칼자루를 쥐고 있던 손에 힘을 푼다. 아무런 기척이 없자, 신명화는 아내의 어깨를 일으켜 세운다.

"집에 있는 그림이란 그림은 다 태웠으니, 이젠 서둘러 댕기 없는 여자로 만들어야 하오!"

"혼례를 치르자는 말씀이십니까?"

이씨가 눈물을 닦으며 되묻는다.

"아이를 살리자는 게요!"

"당장 의성군에게 연통하겠습니다!"

"아니 되오! 의성군은……"

"무슨 말씀이십니까? 혼서가 오가던 아이들입니다!"

"전하와 가장 가까운 종친이기도 하오!"

"그렇다면 더더욱 권력의 비호를 받을 수도 있지 않습니까?"

"기묘사화의 일을 못 보았소? 바로 전날까지 귀이 여기던 선비들을 단칼에 내친 사람이 전하요! 스스로 내린 시를 거두고자, 돌아선 그 즉시 살생을 저지르는 이가 바로 전하란 말이오!"

신명화의 목소리에 울분이 묻어난다. 이내 감정을 가라앉히고 낮은 목소리로 말을 잇는다.

"내 여식 살리자고 의성군까지 위험에 빠트릴 순 없소!"

병풍 뒤에 숨어 있던 내금위장은 아프게 고개를 끄덕인다. 신명화의 말이 일점일획도 틀리지 않다.

"모릅니다! 아무 소리도 들리질 않습니다. 내 새끼 말고는 아무것도 안 보입니다! 의성군을 부르러 가겠습니다!"

이씨가 눈물을 흘리며 자리를 박차고 일어섬과 동시에 문이 열리고 파리한 얼굴의 사임당이 쓰러지듯 주저앉으며 울음을 터트린다.

"저와 혼사를 치르면…… 의성군도 위험해집니까?"

사임당이 허옇게 마른 입술을 덜덜 떨며 묻는다. 그 처연한 모습에 이씨도 주저앉아 흐느끼기 시작한다. 신명화가 딸아이를 아프게 바라보며 고개를 끄덕인다.

"목숨까지도?"

사임당이 서럽게 울며 묻는다. 신명화가 눈물이 가득한 눈으로 다시 고개를 끄덕인다.

"아아…… 그분이 다치는 건 안 됩니다…… 그분은…… 의성군은 그냥 두세요……. 다른 이와 혼인을 하겠습니다. 의성군을 지켜주세요. 약속해주세요……. 다른 이와 하겠습니다. 의성군 말고 다른 누구라도 좋아요……."

사임당이 오장육부를 뱉어낼 듯 대성통곡한다. 두 손을 모아 싹싹 빈다. 이겸을 지켜달라고, 목숨보다 소중한 사람을 지켜달라고. 그 참담한 모습에 부모의 가슴도 찢어진다. 그렇게 오죽헌은 가장 참혹한 새벽을 맞이하고 있었다.

푸른 여명이 내려앉은 오죽헌 앞마당에 초례청이 마련되고 멍석이 깔린다. 하룻밤 사이 북평촌에서 한량으로 소문난 이원수라는 사내가 사임당의 정혼자로 낙점되었다. 실속 없이 신분만 양반인 이원수는 이십 대 초반으로 외모는 번듯하나 꿈도 욕심도 없는 사내다. 그는 평소 사임당에게 호감을 보여온 터였다. 이런 사달이 나지 않았다면 사임당과의 혼례는 꿈도 못 꿀 위인이다. 그럼에도 신명화와 용인 이씨는 딸의 목숨만은 살리고자 늦은 밤 이원수를 찾아가 사임당과의 혼인을 부탁했다.

이원수는 이게 웬 떡인가 싶어 눈을 뜨자마자 사모관대를 쓰고 오죽헌 마당으로 뛰어온다. 넋이 나가고 말문이 막힌 사임당은 허깨비 같은 몰골로 연지 곤지를 찍고 수모들의 부축을 받아 신부 자리에 선다. 축복하고 축하받아야 마땅한 자리이지만 혼례식에 참석한 누구도 입을 열지 않는다. 오직 집례만이 혼례식을 진행하고 어머니 이씨는 더할 나위 없이 슬픈 눈으로 딸아이의 혼례를 지켜본다.

그 시각, 살기등등한 민치형과 그의 수하들이 오죽헌 앞에 도착한다. 대문이라도 부수고 들어갈 기세다. 신명화는 눈썹도 꿈쩍하지 않고 위풍당당하게 대문 앞에 서서 무리들을 노려본다.

"사사로이 군졸들을 이끌고 다니는 것도 대죄라 할 것인데, 성리학을 국시로 하는 나라에서 사대부 집안의 혼례를 범하려 하다니, 모두 천륜지죄로 참형을 당하고 싶은 것이냐!"

신명화의 위엄에 민치형의 수하들이 주춤 뒤로 물러선다. 뒤에서 말을 타고 있던 민치형은 가소롭다는 듯 윗입술을 비틀더니, 수하들을 향해 칼을 빼라는 신호를 보낸다. 이내 칼을 빼든 수하들이 신명화 곁을 지키고 선 종복들의 배를 가르고, 신명화의 목에 칼을 겨눈다. 그 순간, 어디선가 날아온 화살촉이 칼날에 꽂힌다. 놀란 수하들이 고개를 쳐들자 얼굴을 가린 무사가 비호같이 날아들어 현란한 칼 솜씨로 수하들의 목을 벤다. 신명화는 그가 사랑채에 매복해 있던 내금위장임을 알아본다. 그의 고강한 내공에 민치형의 안색이 어두워진다. 민치형을 호위하던 무사들도 벌써부터 겁을 먹어 슬금슬금 뒤꽁무니를 빼기 시작한다. 사태를 파악한 민치형은 더는 안 되겠다 판단하고 퇴각하라는 수신호를 보낸다. 지금은 문제를 일으키는 게 불리할 수도 있다는 동물적인 판단이다. 내금위장은 도망치는 민치형 일당을 지켜보다가 오죽헌 앞에 대나무처럼 서 있는 신명화의 꼿꼿한 눈을 본다. 신명화가 말없이 천천히 고개를 끄덕인다. 때가 된 것이다. 담장 너머로 집례의 목소리가 우렁차게 들려온다. 보지 않아도 보이는 듯한 혼례식 풍경. '부디 살아내라! 어떻게든 살아내야 한다. 삶을 선택해야 하느니! 몸을 낮추어 부질없는 일에 휩쓸리지 말고 네게 주어진 삶을 전력을 다해 살아라.' 신명화는 자신의 목숨이 끊기는 것은 두렵지 않다. 그저 딸아이가 겪을 앞날과 가족들의 안위가 걱정될 뿐이다.

불을 밝히지 않은 사랑채에 신명화가 의관을 정제한 채 딸의 혼례 소리를 들으며 앉아 있다. 그 앞에는 비단보에 싸인 중종의 시가 놓여 있다. 문살을 통과해 들어온 푸르스름한 여명이 중종의 시에 내려앉는다. 신명화는 모든 것을 내려놓은 듯 얼굴에서 표정을 지운다. 서서히 눈을 감는다. 그 위로 내금위장의 칼이 공기를 가르고 내리꽂힌다.

✦

한편, 이겸은 청천벽력과도 같은 사임당의 혼례 소식을 전해 듣고는 말을 타고 오죽헌으로 미친 듯 내달린다. 그러나 동구 밖까지 달려온 이겸은 신명화가 미리 대기시켜 놓은 하인들에게 붙잡힌다. 한발도 움직일 수가 없다. 그는 믿기지 않는 현실에 몸부림치며 사임당의 이름을 부르짖는다. 어느덧 해가 태연하게 솟아오른다. 언제나 그렇듯이 땅 위에서 일어난 일에는 아무 관심이 없다는 듯, 무표정한 낯빛으로 환한 햇살을 내리비추고 있다. 이겸은 땅바닥에 무릎을 꿇고 앉아 자신의 머리카락을 쥐어뜯는다. 텅빈 하늘을 향해 절규한다. 마치 광인처럼. 그렇게 세상이 끝날 것처럼.

●

여기까지의 내용으로 보아 〈금강산도〉는 오죽헌 안채 병풍 뒤에 숨겨져 있었다. 만약 그것만 찾는다면 민 교수의 〈금강산도〉가 위작이라는 것을 밝힐 수 있을 것이다. 이른 아침, 지윤은 상현과 함께 강릉행 버스를 탔다. 두 눈으로 오죽헌 안채에 있는 〈금강산도〉를 확인하기 위해서였다. 지윤의 반강제적 부탁으로 한문 번역을 한 상현은 지윤만큼이나 흥분해 있었다. 아니 오히려 더했다. 후회하는 것은 아니었지만, 지윤이 학교에서 퇴출된 게 자신의 탓인 것 같아 내심 마음이 무거웠다. 이 책이 정확히 어떤 경로로 입수되었는지는 알 수 없었지만, 허구가 아닌 사실이라면 지윤에게 큰 도움이 될 수 있겠다 싶었다. 무엇보다 그 내용이 흥미로웠다. 신사임당과 이겸의 사랑이야기라니, 놀랍도록 신선했다. 사임당이 이겸의 목숨을 구하겠다는 일념으로 얼굴도 모르는 사내와 결혼하겠던 대목을 번역할 때는 울컥할 정도였다. 곁에서 그의 해석을 듣고 있던 지윤도 눈시울을 적시는 것 같았다.

정오 무렵, 강릉에 도착한 지윤과 상현은 대충 끼니를 때우고 오죽헌으로 걸음을 옮겼다. 하지만 기대했던 오죽헌 안채에서는 〈금강산도〉를 찾을 수 없었다. 안내판에는 원래 있던 안채와 부속 건물을 모두 허물고 1970년대 중반에 새로 지었다는 내용의 글이 적혀 있었다. 별채인 오죽헌만이 16세기 건물 그대로라는 설명이었다. 낭패였다. 지윤은 허망한 얼굴로 안내판만 뚫어져라 노려보았다. 상현은 남은 흔적이라도 찾겠다는 듯 오죽헌 이곳저곳을 둘러보았다.

"〈금강산도〉는 대체 어디로 사라진 거야…… 1970년대에 재건축할 때 그때 뭐 나온 거 없나?"

상현이 아쉽다는 듯 입맛을 다시며 중얼거렸다.

"나왔다면 희대의 발견이 됐겠지……."

지윤은 허탈한 듯 한숨을 내쉬며 말했다.

늦은 밤, 오죽헌에서 허탕을 치고 돌아오는 길, 상현은 말없이 걷고 있는 지윤의 얼굴을 바라보았다. 노란 가로등 불빛이 꽉 다문 입술을 짙게 물들이고 있었다.

"끝까지 말 안 할 거예요, 그 책 어디서 난 건지?"

상현이 뚱하게 물었다. 지윤은 무슨 생각에 빠져 있는지 도통 입을 열지 않았다.

"진짜 치사하네. 밤 꼴딱 새면서 번역해주고 강릉까지 달려갔다 왔는데, 정말 이러기예요? 묻지마 범죄는 알아도, 묻지마 연구는 처음 들어보네! 나 아님 딱히 도와줄 사람도 없으면서!"

"토스카나……."

"이탈리아? 볼로냐 학회 갔을 때? 그러니까 이탈리아에서 사임 당의 비망록이 발견됐단 소리잖아! 그 책엔 민 교수가 갤러리 선 이랑 짝짜꿍해서 국보추진하고 있는, 〈금강산도〉 진본에 대한 단서가 들어 있고! 이거야말로 세기의 발견, 미술사학계가 발칵 뒤집힐 대박사건이잖아요! 토스카나 어디? 고미술상? 아님 개인수집가? 누가 준 건데요?"

상현은 흥분을 감추지 못하고 숨 가쁘게 쏟아부었다.

"조용히 가자."

지윤은 차가운 목소리로 일갈하고 총총 앞서 걸었다. 그녀에게서 원하는 답을 듣는 건 무리였다. 상현은 투덜거리며 그녀를 뒤쫓아갔다.

연립주택 앞에 다다랐을 무렵, 지윤은 뭔가에 놀란 듯 우뚝 걸음을 멈췄다. 그녀의 등 뒤에서 바싹 붙어 걷던 상현도 덩달아 멈춰 섰다. 정희가 굳은 얼굴로 지윤을 보고 있었다. 상현은 뭔가 난처한 기분에 머리를 긁적이며 정희를 향해 허리를 숙여 인사했다. 정희는 매서운 눈길로 상현을 한번 보더니 지윤을 노려보았다.

"너, 나 좀 보자!"

정희가 찬바람을 일으키며 몸을 돌렸다. 상현은 걱정스런 얼굴로 지윤을 보았다. 지윤은 상현에게 그만 들어가라는 손짓을 하고, 정희를 뒤따라갔다. 상현은 난감한 얼굴로 멀어지는 두 여자를 바라보았다.

정희는 연립주택 뒤에 있는 정자에 앉았다. 지윤은 정희 옆에 앉으며 입을 열었다.

"죄송해요, 어머님……"

"다 필요 없고, 새벽 댓바람부터 뛰쳐나가 오밤중에 들어온 이유, 시간별로 세세하게 얘기해봐!"

정희가 지윤의 말을 자르며 단호하게 말했다.

"그게 좀 복잡해요…… 어디서부터 어떻게 말씀드려야 될지."

"그러니까 뭐! 윗집 총각이랑 쭉 같이 있었던 거니? 그런 거야?"

"그렇긴…… 한데요."

"내가 만만하니? 그래? 나, 네 에미 아니다. 시어머니야!"

정희가 버럭 소리를 질렀다. 지윤이 그런 정희를 섭섭하다는 듯 바라보다가, 이내 오해를 풀어야겠다는 생각에 입을 열었다. 상현은 그녀의 연구를 도와주는 대학 후배라는 설명에도 싸늘하게 굳은 얼굴은 풀리지 않았다. 지윤은 왈칵 서러워졌다. 정희의 매서운 눈길이 눈물을 흘리는 지윤에게 쏠렸다.

"힘드니? 남편 없어져서? 그런데 우리 민석이! 너한테는 그냥 남편이지만, 나한텐 세상에 하나뿐인 아들이자 남편 대신이야! 그러는 거 아니다! 나는, 매일 아침 눈뜰 때마다 하늘이 무너져내리고 땅이 꺼져버리는 심정이야. 그래도 어떻게든 견뎌내고 이겨보려고 아등바등하는데, 너 요새 왜 이러니? 정신을 어디에다 빼놓고 사는 거야? 그 연구인가 뭔가가, 그렇게 중요해?"

"죄송해요. 어머니 힘드신 거 알고요, 중심 잡아주시느라 애쓰시는 거, 잘 알아요…… 그런데……."

"당장 때려치워! 공동연구인지 뭔지!"

"어머니!"

"죽고 사는 일 아니면 당장 관둬라. 아니! 죽고 사는 일이래도 하지마!"

"어머니……."

"너 공부하는 거, 내가 한 번이라도 뭐라 한 적 있니?"

"……없습니다."

지윤이 고개를 떨궜다. 대꾸할 말이 없었다.

"근데 이번엔 아니다! 새겨들어! 공동연구인지 뭔지, 당장 관 둬!"

정희는 지윤을 밀치듯 거칠게 일어나 가버렸다. 지윤은 막막한 얼굴로 눈물을 닦으며 정희의 뒷모습을 하염없이 바라보았다. 한 때 엄마라고 부르고 싶을 정도로 다정했던 모습은 더는 찾아볼 수 없었다. '어떻게 해야 예전으로 돌아갈 수 있을까.' 무슨 말을 해 도 정희를 납득시킬 수 없을 터였다. 고부간에 골이 깊어가는 밤, 옥인동 골목에도 어둠이 짙게 내려앉았다.

거실 등은 꺼져 있었다. 굳게 닫힌 정희의 방 안에서 깊은 한숨 소리가 새어 나왔다. 지윤은 무거운 마음으로 캄캄한 거실을 둘러 보았다. 미처 정리하지 못한 이삿짐들이 낡은 거실 곳곳에 쌓여 있었다. 집 안은 그녀의 복잡한 마음만큼이나 어수선했다.

"서지윤, 어디로 가고 있는 거니……."

지윤은 착잡한 심정으로 혼잣말을 중얼거리고 방 안으로 들어 갔다. 옷을 갈아입는데, 휴대전화가 진동했다. 혜정의 문자메시 지였다. 복원 작업이 끝난 원문을 이메일로 보냈다는 내용이었 다. 노트북을 열어 이메일을 확인하려는데, 방문이 조심스럽게 열렸다. 돌아보니 베개를 꼭 끌어안은 은수가 지윤을 바라보고 있었다.

"엄마랑 잘래요."

"어서 와!"

지윤이 두 팔을 벌리자 은수가 뽀르르 달려와 안겼다.

"엄마 냄새 좋아."

"은수 냄새 좋아. 아이스크림처럼 달콤해."

지윤의 품에 꼭 안긴 은수가 배시시 웃었다.

"오늘은 엄마랑 꼬옥! 껴안고 자자!"

"책도 읽어주고?"

은수의 말에 지윤의 가슴이 아려왔다. 그동안 아들에게 너무 무심했던가. 눈앞의 문제를 해결하는 일에만 급급했던가. 지윤은 은수를 껴안은 팔에 힘을 주었다. 품 안으로 쏙 들어오는 아들이 눈물겨웠다.

품속에서 잠든 은수의 머리를 쓰다듬고 있자니 상현에게 문자가 왔다. 묻지도 따지지도 않고 사임당의 일기를 해독할 것이며 〈금강산도〉에 대한 연구를 무조건 함께하겠다는 내용이었다. 문자를 확인한 지윤은 얕은 한숨을 내쉬었다. 은수를 위해서라도 포기할 수 없었다. 〈금강산도〉 연구에 얽힌 불명예를 씻어내고 싶었다. 지윤은 은수를 바닥에 눕히고 이불을 덮어준 후, 노트북을 열었다. 혜정이 보낸 이메일을 상현에게 전달하고 번역을 촉구하는 문자를 보냈다.

얼마쯤 지나자 상현에게서 답장이 왔다. 사임당의 일기를 번역한 내용이었다.

'아버지를 기억하는 일은 여전히 나에게 지극한 슬픔이며 형벌이다. 내 마음 이러할진대 자식들마저 다 떠나보내고 홀로 남으실 어머님의 적적함과 슬픈 마음은 얼마나 클꼬……'로 시작되는 내용은 오죽헌 마당에서의 혼례식 이후 이십 년이 훌쩍 지나 성인이 된 사임당의 이야기였다.

第二部

어둠의 일기

8

기억의 골짜기는 깊고 험준하다. 시간과 장소를 불문하고 불쑥 떠오르는, 그날 새벽의 쓰라린 기억. 조각조각마다 찢어지는 고통과 슬픔이 수반된다. 생채기에 소금을 뿌린 듯 몸서리치는 고통의 연속이다. 이십 년이 지난 지금까지도 기억의 바람이 휘몰아칠 때면 어김없이 숨이 막혀온다. 기억이 상처가 되고, 상처가 다시 기억으로 남는다. 그날 새벽, 아버지는 내금위장의 칼을 맞고 비명에 가셨고, 사임당 자신은 낯선 이와 혼인을 했다. 그로부터 이십 년이 지나 사임당은 어느덧 네 아이를 둔 어머니가 되었다. 곧 아이들을 데리고 한양으로 이사를 간다. 그러기 전 아버님께 하직 인사를 드리기 위해 강릉 산마루에 있는 묘를 찾아왔다.

신명화 묘에 도착한 사임당은 담이의 도움으로 간소한 제사상을 차리고 그 앞에 절을 올린다. 그 모습을 지켜보던 담이가 웃고

름으로 눈물을 찍었다. 어느새 지천명의 나이를 훌쩍 넘긴 담이의 뇌리에 지나간 세월이 주마등처럼 스쳐간 것이다. 담이의 울음소리를 들으며 사임당은 아버지 묘 앞에 앉아 잡풀을 뜯어내며 상념에 잠긴다.

"아버지…… 한양으로 이사를 가요……. 이제 가면, 언제 다시 올는지…… 올 수는 있을지…… 기약이 없습니다. 부디 홀로 남으실 어머니…… 무탈하시도록, 거기서 잘 살펴주셔요."

사임당의 목소리에 설움이 섞여 가느다랗게 떨린다. 어디선가 날아온 호랑나비 한 마리가 무덤 위에 앉더니 팔랑팔랑 날갯짓을 한다. 마치 사임당의 말을 알아들은 양, 알겠다는 듯이, 걱정하지 말라는 듯, 그렇게 환한 날갯짓이다.

성묘를 마치고 오죽헌에 돌아온 사임당은 대청마루에 쪼르르 도열해 있는 아이들을 본다. 한 부모 밑에서 태어난 네 아이는 제각각의 색깔을 지니고 있다. 네 남매 중 가장 개구지면서 단순한 성격을 지닌 첫째 선은 외모도 하는 짓도 아버지 이원수를 빼닮았다. 선은 열다섯이라는 나이에도 비석치기를 했는지 옷매무새가 흐트러져 있고, 손에는 흙이 잔뜩 묻어 있다. 나이에 비해 속이 깊고 정이 많은 열한 살의 둘째 딸 매창은 안채에서 몰래 화장품을 가지고 놀았는지 얼굴 가득 붉은 연지가 떡칠되어 있다. 똑똑하고 야무진 사임당을 그대로 빼닮은 여덟 살의 셋째 아들 현룡은 밖에서 동무들과 어울리는 것보다 집 안에서 혼자 책 읽는 걸 좋아한다. 지금도 손에 들고 있는 책에서 눈을 떼지 못하고 있다. 네 살배기 아들 우는 아이답게 귀엽고 영특하다. 우는 들기름과 메밀 가루로 눈사람이 된 채 배시시 웃으며 엄마 품으로 가겠다고 손을 휘젓는 중이다. 그 옆에 선 담이의 딸 향이가 우를 어르고 달래느라 애를 먹고 있다. 아이들 하나하나를 훑어보던 사임당이 한숨을 푹 내쉬며 숙제는 하였느냐고 묻는다. 선과 매창은 얼굴을 찌푸리더니 꿀 먹은 벙어리마냥 입을 꾹 다물고 발끝만 내려다본다. 현룡은 책에서 눈을 떼고 의기양양한 표정으로 고개를 든다. 숙제를 다 했다는 자신감이다. 사임당은 인색한 얼굴로 현룡에게 왜 우를 돌보지 않았느냐고 되묻는다. 그것을 지키지 못했으니 숙제를 다 한 게 아니라며 꾸짖는다. 현룡의 입이 뾰로통하게 튀어나온다.

"관직에 오른 이가 태만해지는 것은 업적을 이룬 뒤부터이며, 질병이 심해지는 것은 늘 호전된 직후이고, 화는 게으르고 삼가지 않는 데서 생긴다고 하였다. 왜 그런 것 같으냐? 처음과 끝이 한결같지 않음에서 나오는 연유이니라. 너희도 마찬가지다. 이사를 앞두고 환경이 잠시 어수선하다 하여 항상 하던 숙제를 미뤄서야 되겠느냐?"

사임당이 아이들과 눈을 맞추며 엄하게 꾸짖는다.

"저는 숙제를 다했습니다. 불공평합니다. 어째서 저에게만 우를 돌보라 하십니까? 우, 저 녀석 때문에 도무지 글 읽을 시간이 나질 않습니다. 형님은 글도 안 읽고 밖에서 놀기만 하는데 차라리 형님이 우를 돌보는 게 마땅한 게 아닌지요?"

현룡이 불만 가득한 목소리로 투덜거린다. 선이 도끼눈을 뜨고 동생을 노려본다.

"아직도 그 이유를 모르겠느냐?"

사임당이 현룡을 보며 묻는다.

"알고 있습니다. 알아요! 어머닌 제가 형님보다 글을 잘 아는 것이 싫으신 것이지요. 그래서 저는 글공부를 못하게 막으시는 것입니다. 어머니는! 형님밖에 모르시니까요!"

현룡의 눈에 눈물이 그렁그렁 맺힌다.

"그 이유에 대한 답을 찾을 때까지 계속 우를 돌보아라."

사임당은 단호하다. 그때 어머니 이씨가 마당으로 들어선다.

"우리 강아지들 여기서 뭐하구 있누?"

아이들은 외할머니를 보자 서러움이 북받친다. 너나 할 것 없이 눈물을 뚝뚝 흘리며 품으로 달려가 안긴다. 이씨는 한없이 다정한 손길로 아이들을 보듬어 안는다.

"들어가자, 내 강아지들. 할미가 너희 좋아하는 곶감 가져왔다."

아이들이 언제 울었냐는 듯 일제히 환호성을 지른다. 사임당이 이씨를 말리듯 바라본다. 이씨가 내버려두라는 듯 고개를 끄덕이며 아이들을 데리고 안채로 들어간다. 사임당은 그 모습을 보며 어쩔 수 없다는 듯 한숨을 내쉬고 별채로 걸음을 옮긴다.

짐 정리가 끝난 방은 휑하다. 어린 시절부터 지금까지 단 한 번

도 떠나본 적이 없던 방이다. 이 방에서 공부를 했고, 그림을 그렸
구나. 지나간 시간들이 고스란히 배어 있는 방을 훑어보던 사임당
은 벽장 문을 열고 먼지 쌓인 묵은 짐을 정리한다. 그때 눈에 들어
온 낡은 함 하나. 까맣게 잊고 있던, 이겸이 준 용매묵이다. 사임
당은 떨리는 손으로 함을 열고 용매묵을 집어든다. 가슴속에 회한
이 밀어닥친다. 그 참혹하던 새벽 이후 이겸에 관한 모든 기억은
벽장 속에 감춰둔 채 살아왔다. 염색 천이 흩날리는 오죽헌 뒷마
당에서 염료를 만들며 장난치던 시간도, 야생화 만발한 초록 들판
에서 나란히 누워 있던 시간도, 경포대 정자에서 거문고와 비파로
합주하던 순간도, 배롱나무 아래에서 입 맞추던 시간도, 눈을 감
으면 현실보다 더 생생하게 떠오르는 그 순간들도 마음의 벽장에
꼭꼭 숨겨두었다. 그리고 이제는 벽장이 아닌, 결코 열어볼 수 없
는 곳에 묻어야겠다고 생각한다. 사임당을 부르는 담이의 목소리
가 들린다. 어머니가 찾는다는 것이다. 사임당은 들고 있던 용매
묵을 벽장 안에 넣어두고 문을 닫는다.

　사임당이 안채로 들어서자 정갈하게 앉아 책을 읽던 이씨가 딸
을 바라본다. 이제 곧 머나먼 길을 보내야 한다 생각하니 마음이
아려온다. 사임당은 사임당대로 어머니를 바라보는 마음이 편치
않다. 영원히 그대로일 것 같던 어머니는 젊음을 세월에 떠나보내
고 어느새 백발노인이 되어 있었다. 늙으신 노모를 홀로 두고 떠
날 생각에 착잡하기만 하다.

이씨가 서안 아래에서 봉투를 꺼내 사임당 앞에 내어놓았다.

"살다 보면 아무도 모르게 필요할 일이 생길 것이다."

"아니요, 어머니! 수진방 집만으로도 충분합니다. 차고 넘치게 받았어요."

사임당이 얼른 봉투를 밀어낸다.

"멀리 보내는 이 어미 맘은 그렇지 않구나."

이씨의 안타까운 눈길이 사임당에게 머문다. 벌써 남편과 아이를 둔 어엿한 성인이지만, 이씨에게 사임당은 언제까지나 배 아파 낳은 금쪽같은 새끼일 뿐이다.

"죄송합니다. 어머니 홀로 두고 떠나게 돼서……"

사임당은 목이 메어 말을 끝까지 잇지 못한다.

"당당하게 살아라! 그저 당당하게!"

이씨가 딸의 손을 가만히 잡는다. 사임당이 어머니 품에 얼굴을 묻는다. 가슴속에 차오르는 서글픔이 눈물로 쏟아진다. 어머니는 딸의 어깨를 가만가만 쓸어준다.

"큰 이사를 하다 보면 생각지 않은 돈이 나가기도 할 게야. 정 걸리면 할미가 손주 챙겨주는 용돈이라 생각하고, 잘 넣어놨다가 필요할 때 써라."

이씨가 사임당의 손에 봉투를 쥐여준다. 할 수 없이 봉투를 받아든 사임당이 어머니의 얼굴을 가만히 바라본다.

"어머니…… 청이 하나 있습니다."

이씨가 무엇이든 말해보라는 듯 애틋한 눈길을 보낸다.

"〈금강산도〉······ 이제 그만 주인에게 돌려주십시오."

이씨의 눈이 둥그렇게 커진다.

"원래가 헌원장의 물건입니다."

"휴······ 네 말이 맞다. 세월이 이리 흐르도록 우리가 갖고 있는 게 말이 안 되긴 하지. 아범 시켜서 조용히 돌려줄 터이니 너는 더 신경 쓸 것 없다."

이씨가 사임당의 손등을 가만가만 토닥인다. 말하지 않아도 딸의 마음은 짐작하고도 남는다. 사임당은 어린아이가 감당하기에는 너무 큰 고통과 슬픔을 겪어왔다. 어른도 감내하기 힘겨웠을 상실 앞에 딸은 나이답지 않게 묵묵했다. 차라리 떼를 쓰고 울기라도 했으면 보는 입장에서 편했으련만, 딸은 오히려 어머니를 위로하느라 바빴다. 두 모녀는 힘겨웠던 지난 세월을 가슴에 묻은 채 서로의 손등만 쓰다듬는다.

이른 아침부터 헌원장 마당에는 혼례 준비가 한창이다. 마당 한가운데에 초례상이 차려져 있다. 일찍부터 당도한 하객들도 혼례가 열리기를 기다리고 있다. 이겸의 혼례다.

이겸은 사랑채에서 하인들의 도움으로 신랑 의관을 정제하는 중이다. 혼례를 앞둔 신랑답지 않게 나무토막처럼 무표정한 얼굴로 종복들이 입혀주는 순서에 맞춰 팔을 꿰고 옷을 입고 있다. 대고모의 뜻에 따라 억지로 혼례를 하는 것이다.

사모관대를 쓰고 신랑 의복을 입은 이겸은 방에서 나와 대청마루를 가로지른다. 마당으로 내려서는데 한쪽 구석에 덩그러니 놓인 보따리가 보인다. 못 보던 것이다. 무심코 지나치려던 이겸의 눈에 삐죽 튀어나온 족자가 보인다. 머리부터 발끝까지 찌릿한 전율이 인다. 황급히 보따리를 풀어 족자를 펼친다. 예상대로 〈금강산도〉다. 그 옆에는 용매묵까지 가지런히 들어 있다. 머리를 세게 맞은 듯 현기증이 일고 온몸에 힘이 풀린다. 이겸은 대청마루에 털썩 주저앉아 〈금강산도〉를 내려다본다. 〈금강산도〉 밑에 적힌 첨시를 본다. 이십 년 전 기억이 되살아나 이겸 앞에 선다. 달빛 환하던 배롱나무 아래에서의 입맞춤, 용매묵을 보며 좋아하던 사임당, 〈금강산도〉를 앞에 펼쳐놓고 나란히 앉아 용매묵을 갈던 모습, 〈금강산도〉에 첨시를 써넣던 시간, 차문강조여해수借問江潮與海水, 하사군정여첩심何似君情與妾心. 서로의 시를 귓가에 속삭이며 뜻을 헤아리던 순간들.

'강물과 바닷물에 잠시 묻노니, 어쩌면 님의 마음과 제 마음이 이리도 같을까요.'

이겸은 첨시 옆에 찍힌 비익조 인장을 찬찬히 쓸어본다. 손끝이 저리다. 모든 기억이, 한순간에 되살아난다. 아니다. 한시도 잊은 적 없던 기억들이 한꺼번에 소용돌이치듯 밀려온다. 다시금 엄습하는 상실과 분노로 얼굴이 시뻘게진 이겸은 자리에서 벌떡 일어선다. 주위에 있던 종복들이 기겁을 하며 물러선다.

"아범! 아버엄!"

이겸이 격분하여 외친다. 늙은 아범이 발을 절룩이며 뛰어온다.

"찾으셨습니까."

"이게 왜 여기 있는 것이냐! 이십 년 전, 이 집을 떠났던 물건이 왜 여기 되돌아와 있느냐 말이다!"

이겸의 카랑카랑한 목소리가 마당을 울린다.

"오죽헌에서, 본래 주인에게 돌려주라 하시어……."

아범의 말에 이겸은 신경질적으로 〈금강산도〉와 용매묵을 챙겨 든다. 안절부절못하고 서 있던 아범과 종복들이 당황하여 이겸의 소매를 붙잡는다. 마당에서는 신랑을 부르는 집례의 목소리가 우렁차게 들려온다. 이겸은 하인들을 뿌리치고 마당을 향해 뚜벅뚜벅 걸어간다. 초례청을 둘러싼 구경꾼들과 손님들이 관옥 같은 신랑의 얼굴을 보겠다고 까치발을 들고 웅성거린다. 연지 곤지 찍은 신부 또한 슬그머니 머리를 들어본다. 그 순간 신부의 얼굴이 창백하게 질린다. 당연히 자신의 맞은편에 멈춰 서야 할 신랑이 사모관대를 벗어 던지고 그대로 초례청을 가로질러 나가버린 것이다. 신부는 물론이고 하객들도 대경실색하여 야단법석이다. 이겸의 혼례만을 손꼽아 기다리던 대고모는 그만 그 자리에서 혼절해버린다.

그렇게 초례청을 박차고 나온 이겸은 혼례복도 벗어던지고 오죽헌을 향해 달려간다. 앞뒤 생각할 겨를이 없다. 이성을 잃은 지이미 오래다. 그저 원인 모를 분노만이, 까닭 모를 슬픔만이 차고넘친다. 참을 도리가 없다. 머릿속에는 온통 사임당에 대한 원망과 그리움, 〈금강산도〉와 용매묵이 간직하고 있는 아름답고 슬픈추억만이 가득하다.

오죽헌 대문 앞에는 짐을 가득 실은 소달구지가 여러 대 줄지어있다. 이겸은 멈춰서 숨을 고르고는 대문 앞에 펼쳐진 광경을 망연자실 바라본다. '떠나는구나.' 가슴이 철렁 내려앉는다. 이미 이십 년 전 다른 사내의 아내가 되어, 자식 넷을 둔 신사임당이지만, 그래도 오죽헌 담장 너머에 그녀가 있다는 생각에, 만날 수는 없어도 그녀가 지척에 있다는 사실에 안도하며 살아갈 수 있었다. 애써 견디며 살아갈 수 있었다. 그런데 이제 알 수 없는 곳으로 떠나려는 것이다. 〈금강산도〉와 용매묵까지 돌려주고, 갖고 있던 추억까지 내던지고 영영 떠나려는 것이다. 그 순간 아이들을 이끌고대문을 나서던 사임당은 모퉁이에 서 있던 이겸과 눈이 마주친다. 허공에 부딪힌 두 사람의 시선에 비애가 가득하다.

사임당은 오죽헌 뒤뜰로 이어진 검은 대나무 숲으로 천천히 걸어간다. 그 뒤로 이겸이 터벅터벅 걸어온다. 아이들과 종복들의 귀를 피해 숲으로 들어선 것이다. 선연한 햇살이 대나무 사이로 비쳐든다. 햇살 아래에서 걸음을 멈춘 사임당이 뒤를 돌아본다. 이겸이 멈칫 물러선다. 비단처럼 내리비치는 햇살을 사이에 두고 두 사람은 마주 선다. 사임당은 표정 없는 얼굴로 이겸을 물끄러미 바라본다. 그 무심한 얼굴에 이겸의 분노가 되살아난다.

"이별에도 예의라는 게 있는 법이오! 혼서를 넣었고 평생을 함께하자 약조한 사이였소! 어떻게, 어찌 단 한마디 변명조차 없이 다른 이의 아낙이 될 수 있단 말이오!"

지난 세월, 이겸이 단 한 번도 입 밖에 내지 않았던 원망을 쏟아놓는다. 그의 말들이 사임당의 가슴에 돌로 얹힌다. 그 돌이 그녀를 꼼짝 못하게 짓누른다. 사임당은 무연無緣한 얼굴로 이겸을 바라본다.

"말해보시오! 말을 해보란 말이오!"

이겸이 돌부처처럼 서 있는 사임당을 다그친다.

"부질없는 일입니다. 이제 와 뭐가 달라지겠습니까."

사임당의 목소리가 갈라진다.

"허! 부질없는 일? 그대에겐 그 시간이 부질없을 수 있단 말이오? 나는, 이십 년간 단 한 순간도 잊어본 적이 없었소. 어떻게 잊을 수 있단 말이오! 당신의 기억은 그리 편리하게 지워진단 말이오? 우리 사이에 있던 그 많은 시간, 행복, 추억, 약조들은!"

이겸은 솟구치는 분노와 슬픔을 참을 수 없다. 울분을 토해내듯 말을 잇는다.

"당신이 다른 사내의 여인이 되어 아이들을 낳고, 그림을 버리고, 그저 그런 아낙으로 살아간단 소식에 괴로웠소! 미웠소! 골수가 녹아내리도록 밉고 또 미워서, 어떻게든 잊으려 발버둥쳤소. 그래서 다 잊었다 생각했소!"

"……."

"그런데 아니었소. 그날! 북평촌 어귀에서 마주쳤을 때, 당신은 아무렇지도 않은 듯 내 옆을 스쳐 지나갔지만!"

이겸은 그때 일이 생각나는 듯 자신의 가슴을 움켜쥔다. 이겸의 말에 사임당은 잠시 멈칫한다. 기억에 없는 일이다. 북평촌 어귀에서 그를 마주친 기억은 그 어디에도 없다. 그러나 그녀는 내색하지 않고 이겸의 다음 말을 기다린다.

"나는, 이 가슴이 갈가리 찢겨나가는 것 같았단 말이오! 이십 년의 시간도 당신을 지워내진 못했소. 술을 마시고 그림을 버리고 취해 파락호라 손가락질받으며, 갖은 발광을 다 해봤어도 당신은 그대로 여기, 여기 있단 말이오!"

이겸이 끝내 자신의 가슴을 쾅쾅 치며 눈물을 흘린다. 그의 눈물이 고스란히 상처가 되어 사임당의 가슴을 적셔온다. 하지만 이제 돌이킬 수 없다. 그녀는 혼자가 아니다. 남편이 있고, 그녀가 품어 낳은 네 아이가 있다. 거기다 오매불망 자식의 안위만을 걱정하는 늙은 어머니가 있다. 이에 사임당은 그저 바라만 볼 뿐이다. 냉정하고 야멸차다 오해받을지라도, 슬픈 기색을 감추는 것, 감정을 얼굴 이면에 숨겨두는 것, 그것만이 그를 위하고 그녀를 위하는 길이다. 모두를 위하는 길이다. 사임당은 아랫입술을 질끈 깨문다.

"어리석었으나, 한때는 내 진심이었소! 내다 버리든 불 싸지르든 맘대로 하시오!"

이내 이겸은 무심한 듯 가만히 서 있는 사임당에게 〈금강산도〉와 용매묵을 거칠게 떠안긴다. 그리고 무슨 말인가를 더 하려는 듯 입을 열었다가, 그녀의 차가운 시선에 이내 입을 다물고 뒤돌아 성큼성큼 걸어간다. 이겸이 뒤돌아선 그 순간에야, 사임당의 눈에서 소리 없는 눈물이 흘러내린다. 완전히 끝난 것이다. 서로가 서로에게 속해 있던 두 영혼은 이제 완전히 틀어진 두 개의 길 위에서 예전의 모습과 빛깔을 잃은 채 영원히 퇴색하고 만다.

근정전 마당에는 양로연의가 펼쳐지고 있다. 악공들의 풍악이 신명나게 울리고 기생들이 춤을 춘다. 그늘막 아래로 각상各床을 받은 노인들이 보인다. 흥에 겨운 노인들은 풍악에 맞춰 어깨춤을 덩실덩실 춘다. 한없이 태평한 풍경이다.

월대 위 임시 용상에 앉은 종종이 양로연의를 지켜보고 있다. 어느덧 세월의 더께가 덮인 얼굴이다. 중종 곁으로 영의정과 좌의정을 비롯한 대신들이 허리를 굽히고 서 있다. 그 가운데에 날카로운 눈매의 민치형이 보인다. 영의정의 입김으로 이조참의에 오른 민치형은 야심대로 지위보다 높은 권세를 가지고 있다.

"매달 사재를 털어 노인들을 위해 양로연의를 베풀고 있다고?"

중종이 심드렁한 얼굴로 민치형을 바라보며 묻는다.

"대단한 것은 아니옵니다."

민치형이 고개를 바짝 숙이고 아뢴다.

"작건 크건 백성을 위하는 그 마음이 중한 것이지. 이 얼마나 좋은가."

중종이 민치형을 내려다본다. 아직도 자신의 고독과 고통에만 골몰한 중종은 간신과 충신을 분별할 능력이 없다. 아니 있어도 없는 척했다. 조정은 점점 권세 있는 사람에게 빌붙어 아부하는 자들로 넘쳐났다. 중종은 그저 편승하듯 소신 없는 정치로 일관했다. 조정 신료들은 저들끼리 편을 갈라 싸우고 화해하기를 반복하며 왕을 허수아비로 삼았다.

"저들이 돌아가 전하의 공덕을 높이 칭송할 것이니, 그 또한 좋은 일입니다."

영의정이 성심을 헤아리듯 말한다.

"그게 또 그렇게 되는가?"

중종은 심드렁하게 대꾸한다. 내금위장이 가까이 다가와 귀엣말로 이겸이 광화문에 당도했다는 말을 전한다. 중종의 안색이 갑자기 환해진다.

"의성군? 지금 의성군이라 했느냐?"

중종은 금세 임금이라는 허울을 벗고 인간 이역으로 돌아간다. 파락호로 떠돌던 저간의 사연이야 어쩌하든 이겸은 중종에게 있어서 세상에 하나뿐인 벗이자 마음을 열 수 있는 유일한 골육이다. 그런 이겸이 자그마치 이십 년 만에 자신을 찾아온 것이다.

"내 지금 이러고 있을 때가 아니다. 남은 일정은 경들이 마무리 짓도록 하시오."

중종은 이겸을 맞이하기 위해 자리를 털고 일어선다. 상황을 파악한 민치형이 만류한다.

"전하, 귀한 잔칫날 귀한 손님이 오시니 이 또한 전하의 성덕이옵니다. 의성군께서 함께하여 이 뜻깊은 자리를 빛내준다면 이 보다 더한 광영이 없을 것이옵니다!"

"그래그래! 경들의 뜻대로 하시오."

듣고 보니 그것도 맞는 말이어서, 중종은 다시금 용상에 앉아 마당으로 시선을 던진다. 하지만 이미 그의 머릿속은 이겸을 만날 생각으로 가득하다. 이제나저제나 근정문을 애타게 바라보며 이겸을 기다리고 있는데, 마침내 문을 열고 들어선 이겸이 보인다. 중종은 한달음에 달려와 이겸의 손을 덥석 잡는다.

"이 녀석, 이제야 얼굴을 보여주는구나!"

"전하께선 많이 늙으셨습니다."

이겸이 농을 친다.

"얼굴에 근심이 서려 있구나, 그간의 사연은 차차 나누기로 하고 어서 가자. 어서!"

중종은 친형제를 대하듯 이겸의 어깨를 툭툭 두드리고는 앞서 걸어간다. 이겸은 한발 물러나 뒤따르며 좌우로 펼쳐진 양로연의를 냉소하듯 바라본다.

"어떠냐? 이제 이 형님이 임금노릇 좀 하는 것 같아 보이느냐?"

근정전 월대 위에 오른 중종이 용상에 앉으며 묻는다.

"전하께선 늙으셨지만, 궁은 그대로인 듯합니다."

이겸이 예를 갖추고 있는 대신들을 향해 카랑카랑하게 말한다. 중종이 무슨 뜻이냐고 묻자, 이겸이 대수롭지 않게 대답한다.

"너무 뻔하지 않습니까? 북촌 대갓댁 할배들에게 잘 보이고 싶은 누군가가 준비한 양로연의라! 춘추 여든 이상이면 신분고하를 막론하고 누구나 모시는 것이 양로연의 아닙니까? 한데 제 눈에는 양반 아닌 자들이 하나도 없어 보입니다."

이겸의 말에 민치형이 흠칫하며 돌아본다. 중종은 의아한 듯 고개를 갸웃거리며 그렇게 보이는 연유가 무엇이냐 되묻는다. 이겸의 말이 길게 이어진다.

"저기 정삼품 품계석 옆, 비단 도포 대신 무명옷 입으면 못 알아본답니까? 갖춰 신은 가죽신, 수표교 갖바치에게 맞춘 것이 틀림없습니다. 못해도 스무 냥은 줬을 겁니다! 그 옆자리! 입영을 호

186

박으로 장식했군요. 그 뒤쪽 할배는 옆에 놓은 부채의 변죽이 거북 등껍질입니다. 갓 입영을 호박 산호로 장식하고 부채 변죽을 거북 등껍질로 만들 수 있는 사람, 조선 팔도에 몇이나 되겠습니까? 모르긴 몰라도…… 여기 잔치에 모아놓은 어르신들, 대부분이 여기 계신 대신들의 친인척쯤 되겠지요?"

이겸의 날카로운 지적에 예를 갖추고 서 있던 대신들이 뜨끔한지 눈을 질끈 감는다.

"하하하! 이래야 의성군이지! 눈썰미 예리한 것은 예나 지금이나 변함이 없구나! 하하하."

중종이 속에서 나오는 웃음을 터트린다. 이겸이 그의 간지러운 곳을 긁어준 것이다.

"한데, 무슨 바람이 불어 예까지 걸음하였더냐? 내가 그동안 그리 다녀가라 연통을 해도 답이 없더니……."

"용안이 그리워 왔다면 믿으시겠습니까?"

"네가 필시 어려운 청을 하러 온 게로구나!"

중종의 말에 이겸이 슬쩍 고개를 끄덕이더니, 이윽고 입을 연다.

"혼인을 취소해주십시오!"

이 얼토당토않은 말에, 중종은 과연 이겸답다는 듯 호쾌하게 웃는다. 반면에 좌우에 도열해 있던 대신들은 저마다 말도 안 된다며 난색을 표한다. 그중 중종과 이겸의 관계를 파악한 민치형만은 날카로운 눈초리로 좌중을 살피며 판단을 보류한다.

궁궐에서 양로연의가 한창이던 시각, 사임당과 아이들은 한양의 수진방에 위치한 기와집 앞에 도착한다. 북평촌과 판이한, 왁자한 한양의 분위기에 도취된 아이들은 번듯한 기와집 대문으로 뛰어가며 펄쩍펄쩍 뛴다. 그런 아이들의 모습을 보며 사임당이 흐뭇하게 미소 짓는다. 아이들의 티 없는 웃음을 언제까지고 지켜주고 싶다. 그때 대문이 벌컥 열리더니 양반 규수 옷차림을 한 여인이 나오며 눈을 동그랗게 뜬다.

"남의 집 앞에서 웬 소란이람?"

부인이 언짢다는 듯 인상을 찌푸리며 묻는다.

"뉘신지요?"

사임당은 어리둥절한 표정으로 되묻는다. 혹시 집을 잘못 찾아왔나 싶어 대문가를 훑어본다.

"댁은 뉘시오?"

부인이 쏘아붙이듯 묻자, 향이가 팔을 걷어붙이고 나선다.

"이 집의 주인마님이시오!"

"여긴 우리 집인데?"

두 여인의 대화에 사임당의 안색이 파리하게 질린다. 먼저 한양에 올라가 있겠다며 의기양양 앞장서던 남편 이원수의 얼굴이 뇌리를 스친다.

"언제부터 이 댁에 사신 겁니까?"

사임당이 불길한 예감을 누르며 침착하게 묻는다.

"급매로 나왔기에 달포 전에 사서 들어왔소만."

"누구한테 샀는지 여쭈어도 되겠습니까?"

"글쎄요. 이원……수라 했던 것 같은데."

남편의 이름을 들은 사임당은 다리에 힘이 풀려 휘청거린다. 선이 얼른 어머니를 부축한다.

"듣자 하니 급전이 필요하다던가 뭐라던가……."

부인의 말을 알아들은 아이들이 울 것 같은 얼굴로 어머니를 바라본다. 사임당은 충격으로 후들후들 떨리는 몸을 간신히 버티며 호흡을 가다듬고 아이들을 끌어안는다.

"걱정할 것 없다. 뭔가 착오가 있었을 것이야. 얘, 향아. 너는 이 근처 돌면서 바깥나리를 찾아보아라."

사임당의 말에 향이가 서둘러 골목길을 내달린다. 울먹이는 아이들의 머리를 쓰다듬으며 사임당은 애써 마음을 진정시킨다. 삶이 참 어렵다. 매 순간이 풀어야 할 문제 같다. 포기하고 싶을 만큼 막막하지만 어떻게든 살아내야 하기에 버틴다. 답을 찾고 문제를 해결해나간다. 딸이기에, 어머니이기에, 무엇보다 자신에게 주어진 것이기에. 아이들이 어머니의 품에서 안정을 되찾는다. 눈물을 그치고 기와집 담장에 피어 있는 분홍빛 패랭이를 보며 웃어본다. 북평촌에서 보던 꽃을 낯선 땅에서 보니 더욱 반가운 것이다.

지윤은 사임당 일기를 가방에 집어넣고 하늘을 바라보았다. 방금 읽은 사임당의 이야기가 남의 일 같지 않았다. 하루아침에 집도 절도 사라지고 나앉게 생긴 처지가 마치 자신의 일 같았고, 사임당의 셋째 아들 현룡은 하는 말이며 행동이 꼭 은수 같았다. 어디에서 뭘 하는지, 일만 저질러놓고 사라진 사임당의 남편 이원수는 지금의 민석과 닮아 있었다. 지윤은 사임당이 삶을 어떻게 헤쳐 나갔을지 다음 내용이 궁금해졌다. 이번에 읽은 내용에 따르면, 〈금강산도〉는 오죽헌을 떠나 한양으로 올라온 듯했다.

지윤은 몇백 년 전의 한양을 머릿속으로 상상하며 눈앞에 펼쳐진 복잡한 광화문 거리를 바라보았다. 끊이지 않고 줄지어 달리는 자동차들, 점심을 먹고 검은 커피로 입가심하며 서둘러 걸어가는 사람들, 하늘을 향해 비죽이 솟은 빌딩들. 그렇게 멍하니 거리를 바라보던 지윤은 엉덩이를 털며 벤치에서 일어섰다.

"그냥 가만히 계세요."

몇 분 전에 헤어진 변호사는 분명 그렇게 말했다. 민석의 대학 동창이라는 변호사는 남편의 행방을 묻는 지윤에게 퍽 냉정했다.

"현재로써는 가족이랑 떨어져 있는 게 맞습니다. 제수씨도 괜히 민석이 찾는다고 돌아다니고 그러지 마세요. 채권자들 눈에 불을 켜고 있는데, 자칫 자극할 수 있어요. 그냥 가만히 계세요."

"그렇다고 마냥 이러고 있을 수만은 없잖아요. 제가 지금 할 수 있는 일이 뭐가 있을까요?"

지윤은 지푸라기라도 잡는 심정으로 간절하게 물었다.

"……건강 잃지 마시고, 가족들 잘 이끌고 계세요. 어차피 개인 차원에서 해볼 수 있는 규모가 아니에요. 이 사건."

변호사의 단호한 말에 지윤은 마지막 생명줄을 놓친 듯 막막한 얼굴로 변호사 사무실을 나왔다. 벌써 몇 주 전부터 신용카드는 정지되었고, 통장 잔고도 바닥이었다. 학교에서 퇴출된 이후로 강사료도 받을 수 없었다. 은수의 학교에서 등록금 고지서가 날아왔고, 정희가 식료품을 사야 한다며 손을 내밀었다. 어떻게 알고 찾아냈는지 채권자들은 연립주택까지 쳐들어와 벽지라도 뜯어갈 기세로 몰아붙였다. 이 모든 참담한 현실이 광화문 거리를 걷는 지윤의 발목을 붙들었다. 지윤은 사임당 일기의 마지막 구절을 떠올렸다. 어쨌든 눈앞에 놓인 문제를 해결해야 했다. 삶은 포기하는 것이 아니라, 살아내는 것이므로.

9
...

 사임당은 낯선 한양의 깍쟁이 같은 가쾌*란 가쾌는 모두 찾아다
니며 동분서주한 끝에 마침내 폐비 신씨의 옆집이 비어 있다는 것
을 알게 되었다. 담 너머에 폐서인이 산다는 이유로 아무도 들어
가려 하지 않는 집이라고 했다. 사임당은 어머니가 비상금으로 준
돈과 얼마 되지 않은 폐물을 팔아서 폐가를 샀다. 그중엔 이겸에
게 돌려받은 용매묵도 있다. 얼마 전 용매묵을 돌려주며 전한, 이
겸의 뼈아픈 말들과 오래된 추억이 가슴에 맺혔지만 차마 아이들
을 차디찬 바닥에 세워둘 수는 없었다. 사임당은 심장 한 쪽을 떼
어놓는 심정으로 용매묵을 판다.
 오랫동안 비어 있던, 괴괴한 분위기의 폐가다. 문짝에 바른 창

---

* 家儈, 집 흥정을 붙이는, 오늘날의 공인중개사와 같은 일을 하는 사람.

호지는 다 뜯겨나갔고, 대문도 떨어질 듯 말 듯 아슬아슬하다. 마당에는 잡초가 수북한 것이 당장이라도 뭔가가 튀어나올 것만 같다. 생쥐 가족이 쪼르르 마당을 가로질러 어디론가 숨는다. 매창과 향이는 쥐를 보더니 서로 껴안은 채 비명을 지르며 자지러진다. 선은 나름 장남이라고 비장한 표정으로 두 주먹을 불끈 쥔 채 폐가를 올려다본다. 현룡은 공포를 느끼면서도 우의 손을 꼭 잡고서 침을 꿀꺽 삼킨다. 당장 도깨비라도 튀어나올 것 같은 으스스한 느낌이다. 하늘마저도 먹구름을 잔뜩 끼고 으슥한 분위기를 조성하고 있다. 머잖아 비가 쏟아질 것 같다.

"적어도 비는 피할 수 있지 않겠느냐. 어찌 됐건 들어가보자."

사임당이 들어가기 싫다는 아이들을 어르고 달래 대문 안으로 들어간다. 그 순간, 아니나다를까 하늘이 온몸을 떨며 우르르 쾅쾅 천둥번개를 내리친다. 그 바람에 아슬아슬하게 매달려 있던 서까래마저 무너져내린다. 놀란 아이들이 비명을 지르며 사임당 품으로 뛰어든다. 사임당은 그나마 비라도 피하자는 마음으로 아이들과 함께 방으로 들어선다.

과연 아이들은 아이들이다. 처음에는 벌벌 떨며 엄마 품에 옹기종기 모여 있던 아이들은 빗물이 듣는 천장을 재미있다는 듯 쳐다본다.

"빗소리가 음률 같습니다."

어머니를 바라보는 막내 우의 눈빛이 천진하게 빛난다.

"그렇구나……."

사임당이 우의 머리를 쓰다듬으며 슬픈 듯 웃는다. 우를 시작으로 아이들이 떨어지는 빗방울 소리에서 운율을 찾기 시작한다. 사임당은 음에 맞춰 '아아아아' 하고 합창하는 아이들을 사랑스런 눈길로 바라본다. 힘겨운 상황 속에서도 웃음을 잃지 않는 아이들이 고맙다. 이윽고 그녀도 아이들과 함께 빗방울을 따라 콧노래를 부르기 시작한다. 어리석은 남편을 원망하지 않겠다고, 곧 무너져 내릴 것 같은 현실 앞에서도 결코 절망하지 않겠다고, 자식들의 맑은 웃음을 기필코 지키겠다고 다시 한번 굳게 다짐한다.

사임당의 폐가와는 비교할 수 없을 만큼 으리으리한 민치형의 집 안마당에도 비가 내린다. 한 여인이 빗소리 시원한 마루에 앉아 초충도를 그리고 있다. 화려하고 세련된 한복을 입은 여인은 한 떨기 붉은 동백 같다. 스스로 당호를 휘음당이라 정한 그녀의 옛 이름은 석순이다.

이십 년 전, 민치형에게 사임당의 댕기와 화첩을 전해준 휘음당은 그를 따라 한양으로 올라와 그의 첩으로 들어앉았다. 얼마 후 소생이 없던 민치형의 본처 김씨가 의문의 죽음을 당하자 아들을 둘이나 낳은 휘음당은 당당하게 정실부인이 되어 입지를 굳혔다. 운평사 사건 이후 적시에 줄을 갈아타며 승승장구하던 민치형의 출세 뒤에는 휘음당의 조력도 큰 몫을 차지하고 있다. 휘음당은 장안 최대의 지물상을 실질적으로 관리하며 윗선에 갖다 바칠 정치 자금까지 조달했다. 민치형에게 있어 휘음당은 이용가치가 다분한 도구였다. 비천했던 과거를 완벽하게 세탁하고 장안 최고의 귀부인으로 자리매김한 휘음당은 중부학당의 자모회 부인들까지 손아귀에 넣고 쥐락펴락했다. 중부학당이란 중종의 사학 진흥책에 편승한 출세 가도의 시작이자 필수 단계로 인식되는 곳이다. 내로라하는 대감댁 자제들만 다닐 수 있는 곳이기도 하다. 휘음당의 아들인 지균도 중부학당에 다니고 있다.

요염하면서도 이글거리는 눈빛으로 자신이 그린 초충도를 내려다보던 휘음당은 중부학당 자모회 사이에 퍼진 소문을 떠올리며 피식 웃는다. 그녀가 그린 초충도를 들여놓으면 입신출세는 물론 자손 번창과 같은 길상吉祥이 생긴다는 소문이다. 어떻게 해서든 권세를 가진 그녀의 맘에 들고 싶어 안달이 나 있는 부인들이다. 절세미인이라느니, 신이 내린 재주를 가졌다느니, 입만 열었다 하면 혀에 기름칠이라도 한 듯 칭찬일색이다. 휘음당은 당연하다는 듯 그런 부인들 위에 군림하고, 입에 발린 그 말들을 즐겼다. 원하던 대로 돈도 권세도 손에 쥔 그녀였지만, 뭔가 채워지지 않는 것이 있었다. 안 그런 척 유연한 표정을 짓고 있지만 마음 한구석은 늘 불안했다. 그것이 무엇인지 도무지 정체를 알 수 없다. 그저 먹어도 먹어도 채워지지 않는 허기를 돈과 권세로 누르고 있을 뿐이다. 대감마님이 퇴청하셨다는 말에 휘음당이 붓을 내려놓고 자리에서 일어선다.

"그래, 용두회 준비는 잘되고 있소?"

사랑채에 든 민치형이 관복을 벗고 일상복으로 갈아입으며 묻는다. 용두회란 역대 장원급제자들의 모임으로, 나랏일을 좌지우지하는 핵심인사들이 모두 모이는 연회 자리이다.

"몇 가지 세부사항만 손보면 됩니다. 좌상께선 위장이 약하시니 식전 타락죽을 준비했습니다."

휘음당은 관복을 받아들면서 조신하게 대답한다. 민치형은 만족스럽다는 듯 고개를 끄덕이며 자리에 앉는다. 휘음당이 옷을 정리한 후 민치형의 맞은편에 앉아 용두회 준비에 대해 세세하게 설명한다. 그녀의 말을 가만히 듣고 있던 민치형이 제법이라며 웃는다. 그 특유의 섬뜩한 미소에 휘음당의 표정이 어두워진다. 민치형이 냉혹하고 잔인한 사람이라는 것을 누구보다 그녀 자신이 잘 알고 있다. 언젠가 그녀도 쓰임이 다하면 민치형의 전처처럼 폐기처분될 것이다. 그녀는 그것이 두렵다.

"전하께서 내 집으로 행차하신다는 건, 우리 가문이 권력의 핵심에 도달했음을 만천하에 선언하는 기회야."

민치형이 그런 휘음당의 마음을 꿰뚫어보듯 말한다.

"잘 알고 있습니다. 한 치의 실수도 없도록 할 것입니다."

휘음당이 다시금 평온한 얼굴을 되찾고 다소곳이 대답한다.

"아, 그리고 의성군…… 의성군이 문젠데……."

민치형이 골치 아픈 문제라도 떠올린 듯 이맛살을 찌푸린다.

"의……성군이라 하셨습니까?"

의성군이라면 이겸을 말하는 것인가. 휘음당의 머릿속에 세필 붓을 쥐여주던 이겸과 돈 주머니를 던져주던 이겸이 동시에 스친 다. 심장이 덜컥 내려앉고 손끝이 바르르 떨린다.

"유리걸식하다 구제된 임영대군 증손! 아, 부인도 알지 않소? 같은 북평촌 출신 아니던가?"

아무것도 눈치채지 못한 민치형은 대수롭지 않은 듯 묻는다.

"글쎄요…… 저는 잘……. 그런데 그분도 오십니까?"

"그렇다네. 주상의 총애를 독차지하던 왕가붙이…… 파락호로 팔도 기방을 떠돈다던 천재화가…… 그 식성을 어떻게 맞춘다?"

민치형의 냉소적인 말에 휘음당은 알아서 조치하겠다고 대답하 고 서둘러 자리에서 일어선다. 흔들리는 마음을 들키고 싶지 않다.

●

조정의 큰 논란이 된 이겸의 혼인 무효 청원은 중종의 강권으로 수락된다. 왕위에 오른 지 이레 만에 어쩔 수 없이 조강지처를 폐 위시킴으로써, 강제로 생이별한 오래전의 아픔이 떠오른 중종은 '강상의 도'가 무너진다는 대간들의 극렬한 반대에도 이번만은 전 에 없이 강경한 자세를 취하며 이겸의 청을 들어준 것이다.

중종에게 혼인 무효를 허락받은 이겸은 왕명에 따라 당분간 한양에 머물기로 한다. 사임당과의 마지막 만남 이후 헛헛해진 가슴을 가눌 길 없는 이겸은 술에 취하고 기생을 품에 안으며 여전히 삶을 낭비하고 있다. 어린 시절의 그 총명함과 재기를 알고 있는 중종은 그런 이겸이 안타깝다. 하루빨리 그가 모든 것을 훌훌 털어내고 옛 모습을 되찾기를 원하지만 다그치는 대신 묵묵히 기다릴 뿐이다.

그렇게 형제 같은 우애를 자랑하는 중종과 이겸은 나란히 민치형의 집에서 열리는 용두회에 참석한다. 중종과 이겸이 상석에 좌정하고, 민치형을 비롯한 대신들이 좌우로 도열해 앉아 음악을 듣고 음식을 먹고 술을 마신다.

"의성군이 참석하지 않는 연회는 제대로 된 연회가 아니라지요? 그래서 부러 의성군을 끌고 왔습니다."

중종이 껄껄 웃으며 호탕하게 말한다.

"영광입니다. 꼭 한번 모시고 싶었습니다."

민치형이 이겸을 향해 고개를 숙인다.

"제가 영광이죠. 듣자 하니, 용두회라는 게 장원급제한 수재들의 모임이라던데……."

이겸이 냉소적인 시선으로 민치형을 굽어본다.

"그렇습니다."

"장원급제자들의 모임이라…… 괴물들만 가득할 줄 알았더니,

너무 멀쩡들 하셔서 이거 실망입니다! 대체 어떻게 공부하면 장원 급제를 하는 겝니까? 비법 좀 알아 갑시다!"

이겸이 너스레를 떨자, 영의정이 수염에 묻은 술을 닦아내면서 최근에 과거를 치른 이조정랑이 대답해줄 거라며 웃는다. 이조정랑은 아직 약관弱冠의 청년이다. 그는 임금과 대신들의 눈치를 살피며 그저 선현들의 말씀을 읽고 새기기를 반복했을 뿐이라고 아뢴다. 목소리가 잔뜩 떨리는 것이 긴장한 눈치다.

"그래, 신입 관원이 보기에, 지금 조선에 고쳐야 될 가장 큰 문제가 무엇이라 생각하느냐?"

가만히 듣고만 있던 중종이 이조정랑에게 묻는다.

"그, 그게……."

"젊은 친구가 이렇게 수줍어서야! 이보다 더 좋은 기회가 어디 있겠느냐? 문제가 있으면 여기 계신 삼정승과 논의해 즉시 개선할 수도 있음이야!"

중종의 말에 좌중이 순식간에 조용해진다. 모두가 숨을 죽이고 이조정랑의 대답을 기다린다. 이겸만이 냉소적인 얼굴로 피식 웃으며 술잔을 기울인다. 왕은 아직 기름때가 묻지 않고 녹슬지 않은 젊은 목소리가 듣고 싶은 것이로구나. 허나, 누구도 그 목소리에 힘을 실어주지 않을 것임을 그는 알고 있다.

"어린 시절부터…… 주변에…… 방납으로 피폐해지는 백성들을 많이 보았습니다…… 방납의 폐단을 시정해, 백성들의 시름을 달래주시옵소서!"

이윽고 이조정랑이 바닥에 머리를 대고 넙죽 절하며 녹슬지 않은 목소리를 낸다.

"백성을 위하는 마음! 젊은 친구답구먼! 방납의 폐단에 대해 보고하고 개선책을 마련해보세요!"

중종이 기회를 놓치지 않고 삼정승에게 명한다.

"아니 될 말씀입니다. 신입 관원에게 너무 무리한 질문이었습니다! 그렇게 다 떠먹여주는 것이 백성을 위하는 게 아니란 걸, 젊은 친구도 곧 배우게 될 겝니다!"

당황한 영의정이 가래 끓는 목소리로 황급히 고한다.

"자고로 백성을 위한다면 물고기를 잡아주는 것이 아니라 낚시하는 법을 가르쳐야 한다지요!"

좌의정도 이마에 핏대를 세우며 목소리를 높인다.

"낚싯대 들 힘조차 없는 백성들에게 무얼 가르친단 말이오?"

가만히 술잔만 기울이고 있던 이겸이 불쑥 끼어든다.

"당장 방납제를 폐지하면 그에 따른 폐해는 어찌하실 겁니까!"

이 집의 주인이자 용두회 주최자인 민치형이 처음 입을 연다.

"방납을 위해 고용된 전국 장인들의 숫자가 몇인지, 알고는 계십니까? 그에 딸린 가솔의 숫자는요? 당장 그들의 생계는 어찌실 겁니까? 백성을 위하는 마음이 없어 못하는 것 같습니까? 제도를 개선하는 일은 책상에 앉아 생각하는 것처럼 결코 쉬운 일이 아니란 말씀입니다. 그러니 전하께서 계시고 그 아래 삼정승과 저희 같은 조정 대신들이 있는 것 아니겠습니까?"

민치형은 상당히 그럴 듯한 논리를 펼쳐놓는다.

"그 대신들이 자기 잇속만 챙기고 있으니 문제이지요!"

이겸은 그 논리의 빈틈을 너무도 쉽게 꿰뚫어버린다. 민치형의 눈썹이 꿈틀하며 올라간다. 삼정승을 비롯한 수구 세력들의 안색 또한 어두워진다. 중종만이 표정 없는 얼굴로 앞에 놓여 있던 술잔을 든다.

"전하! 종친이라고는 하나, 소신, 유리걸식하며 떠돌던 서자 출신에 전국 팔도 기방마다 이름을 자자하게 떨치던 파락호인라, 수재 중에 수재들만 모인다는 이 모임에는 영 어울리지 않는 듯합니다. 저는 이만 일어서겠습니다."

이겸이 어색한 자리를 털며 몸을 일으킨다. 중종은 그제야 피식 웃으며 이겸을 바라본다. 꽤 오래 참는구나 싶던 참이다. 이에 중종이 고개를 끄덕이자 이겸이 허리 숙여 인사하며 뒷걸음으로 문을 열고 밖으로 나간다.

문밖으로 나오는 순간 이겸은 음식상을 든 종복과 부딪힌다. 상이 엎어지면서 이겸의 비단 옷자락에 음식물이 튄다. 종복은 죄인처럼 고개를 조아리며 벌벌 떤다. 이겸은 털털하게 옷에 묻은 얼룩을 털어내며 괜찮다고 한다. 종복 뒤로 걸어오던 휘음당은 멈칫하고 서서 이겸을 바라본다. 세월이 무색하다 할 만큼 예전 그대로인 이겸의 모습에 휘음당의 심장이 두근거린다. 어디에서고 눈에 띄는 잘생긴 외모뿐만 아니라, 신분에 상관없이 사람을 사람으로 대할 줄 아는 모습이 그러하다. 휘음당은 떨리는 마음을 애써 감추며 차분히 다가간다. 주모의 딸이 아닌 어엿한 대갓집 여인으로써 이겸과 마주 서고 싶은 것이다. 그의 더러워진 의복을 갈아입히고 안부라도 전하려는 것이다. 하지만 이겸은 그대로 휘음당을 지나쳐버린다. 마치 저잣거리에서 낯선 이를 무심코 지나치듯이. 그녀를 기억하지 못하는 것이다. 남겨진 휘음당의 심장이 서늘해진다. 잊힌 여자의 얼굴이 장승처럼 굳어간다.

가을바람이 주단처럼 부드럽게 이겸의 얼굴을 어루만진다. 생량한 하늘은 높고 청명하다. 집에서 의복을 갈아입은 이겸은 용두회에서 상한 비위를 털어내려 산책하고 있다. 자기들의 잇속만을 챙기려는 양반들이 백성을 위한답시고 지껄이는 말들에 그의 속이 뒤틀린 것이다. 길섶에 만발한 가을 들꽃을 보고서야 이겸의 답답한 속내가 풀린다.

저잣거리는 장을 보러 온 사람들과 물건을 파는 사람들로 왁자지껄하다. 술도가에서 흘러나오는 시큼한 술 냄새가 코끝과 오장육부를 강렬히 자극하고 빈대떡 냄새도 차지고 고소하다. 이겸은 태평한 얼굴로 노점에 펼쳐진 물건들을 이것저것 구경하며 돌아다닌다.

"용매묵 사세요. 용매묵! 명나라에서 들여온 진짜 귀한 묵입니다. 조선을 다 뒤져도 이만한 묵은 없어요. 거기 선비님! 구경이나 하고 가세요. 돈 주고도 못 구하는 귀한 물건입니다!"

용매묵을 번쩍 들며 목이 터져라 호객을 하는 상인의 목소리가 이겸의 뒷덜미를 잡는다.

이겸은 내처 달려가 상인의 손에서 용매묵을 낚아채듯 빼앗는다.

"물건 볼 줄 아시네! 이 용매묵으로 말할 것 같으면."

상인은 잘 차려입은 이겸의 옷매무새를 훑어보며 말한다. 용매묵을 손에 쥐고 한참을 바라보던 이겸의 얼굴이 점점 어두워지더니 급기야 상인의 멱살을 잡고 벼락같이 외친다.

"네 이놈!"

"캑캑! 왜 이러십니까요?"

멱살 잡힌 상인이 놀라 묻는다.

"어디서 난 게냐! 훔친 것이냐!"

"캑캑! 훔치다니요! 어떤 아낙한테 산 것입니다."

"뭐라……?"

이겸의 심장이 철렁 내려앉는다. 상인이 말하는 아낙이 사임당이라는 확신이 든다. '이렇듯 가볍게 취급될 추억이었구나, 그녀에겐 그저 아무것도 아닌 기억이었구나.' 온몸에 힘이 빠져나가는 것 같다.

"정말입니다요! 급전이 필요하다 했습니다! 어떤 고운 부인네였습니다."

이겸의 손에서 풀려난 상인이 콜록대며 간신히 설명한다.

"그 여인네가 어디 산다더냐?"

이겸이 눈을 지릅뜨고 묻는다. 분노로 온몸이 바들바들 떨린다.

"수…… 수진방 어디라 했습니다."

이겸의 기세에 눌린 상인이 기어들어가는 목소리로 대답한다. 용매묵 값을 치르고 허탈하게 돌아선 이겸은 수진방으로 향했다.

며칠 동안 수진방 일대를 수소문한 이겸은 간신히 사임당의 집을 찾을 수 있었다. 그녀가 폐가나 다름없는 형편없는 누옥에 살고 있다는 종복의 말을 믿을 수 없어 이겸은 사임당의 집으로 달려갔다.

그리고 마침내 사임당의 집 앞에 선 이겸은 자신의 두 눈을 의심했다. 허물어지기 일보 직전인 서까래에 삭을 대로 삭은 기둥, 진흙투성이의 마당과 구멍이 숭숭 뚫린 창살. 이런 허름한 곳에 그녀가 살고 있다니. 사임당은 대대로 내려오는 사대부 가문의 규수이다. 신대감이 비명에 돌아가신 후 가세가 조금 기울었으나, 사임당을 이런 사지로 내몰 집안은 아니다. 더군다나 사임당에겐 그녀를 지켜줄 남편이 있다. 이겸은 차마 가까이 다가서지 못한 채, 혼란스러운 마음으로 담 너머를 기웃거린다. 그때, 어떤 여인의 목소리가 이겸의 시선을 잡아끈다. 담이의 딸 향이다. 북평촌

골목을 오가는 길에 몇 번 마주친 적이 있다.

"북평촌 마님께서 사주신 고래 등 같은 기와집을 코앞에 두고 이게 무슨 꼴입니까? 나리마님께서는 과거 공부는 안 하시고 쓸데없는 일만 벌이셔서 사기나 당하시고……! 한양 올라간다고 좋아라 따라나섰더니!"

마당 우물가에 앉아 빨래를 하고 있는 향이가 투덜거린다.

"향아!"

옆에서 빨래를 거들던 사임당이 향이를 엄하게 부른다.

"예…… 십 년도 넘게 비워둔 집이라 닦아도 닦아도 끝이 없습니다. 도련님들, 아기씨 빨래는 또 얼마나 쏟아져 나오고요."

향이는 산더미같이 쌓인 빨래를 보며 한숨을 내쉰다.

"다 그렇게 자라났다. 나도 그리고 너도……."

"제가 할 테니까 아씨는 들어가 쉬세요. 일도 안 해보신 분이……."

"너 혼자 어느 세월에 이 많은 걸……."

사임은 꼭 쥐어짠 빨래들을 함지박 가득 담고 탁탁 털어 빨랫줄에 널려다가 뜨거운 시선을 느끼고 고개를 돌린다. 이겸이 담 너머에 서서 형언할 수 없는 눈빛으로 사임당을 바라보고 있다. 생각지도 못한 이겸의 등장에 놀란 사임당은 들고 있던 빨래를 그만 바닥으로 떨어뜨리고 만다. 담을 사이에 두고 두 사람의 시선이 얽히고 빨랫줄에 널린 무명옷들이 바람에 흩날린다.

멀리 인왕산 뒤로 해가 저물어가고 있다. 이겸과 사임당은 노을 빛이 스며드는 길목에 마주 선다. 사임당을 바라보는 이겸의 눈빛에는 슬픔과 분노가 뒤섞여 있다.

"대체! 어떤 형편무인지경의 사내요! 어떤 사내이기에 자기 처자를 이딴 식으로 버려둔단 말이오!"

"함부로 말씀하지 마십시오! 아이들 아비이고 제 지아빕니다!"

"이것이오? 다 쓰러져가는 누옥에서 진일 마른일 손수 하며 그저 그런 아낙네로 살아가려고, 고작 이 따위 삶을 살려고 그리도 매몰차게 돌아섰느냔 말이오!"

이겸이 분통을 터트린다.

"말씀을 삼가세요!"

"무엇이 그리 당당하오!"

"부끄럽지 않습니다! 적어도 저는, 제가 선택한 삶을 온전히 책임지며 살고 있으니까요! 비가 새는 누옥에, 계집종 하나 겨우 거느리고, 물기 마를 새 없이 온갖 집안일을 직접 하고 살아도, 비겁하지는 않으니까요! 제가 선택한 삶을 당당하게 책임지고 있으니까요! 최소한 공처럼 삶을 낭비하며 허송세월하고 있진 않습니다!"

사임당은 제 입에서 나오는 말을 제 귀로 들으며 스스로 놀란다. 갑자기 몰아치듯 닥친 불행에 맞서 간신히 버텨온 세월이었을 뿐, 그 어떤 자부심도 없었다. 그저, 운명에 순응하며 어떻게든 살아내야 한다고 생각했을 뿐이다. 그런데 지금 이 순간, 이겸이 사임당 안에 있던 또 하나의 그녀, 진짜 그녀를 불러냈다. 운명에 맞서, 삶을 긍정하는 사임당 말이다. 놀라기는 이겸도 마찬가지다. 허송세월하고 있다는 그녀의 질책에 이겸은 아무 말도 할 수가 없다. 그녀의 말 한마디 한마디가 그의 가슴 한가운데를 깊고 예리하게 파고든다. 사임당은 눈물이 그렁그렁 고인 눈으로 뒷말을 잇는다.

"이십 년 전, 내가 사랑했던 재기 넘치던 그 소년…… 이제는 영원히 사라지고 없는 듯합니다! 누추한 가난보다도…… 그것이 더 슬프고 비참합니다!"

이겸은 아무 준비 없이 나선 길에 갑자기 쏟아진 소나기를 맞듯, 한마디 대꾸도 못하고 사임당의 질책을 고스란히 받는다.

"형편무인지경이라 하셨습니까? 지금 제 눈엔 공이 딱 그렇게 보입니다!"

사임당은 매섭게 쏟아붓고는 단호하게 돌아선다. 멀어지는 그녀의 등만 망연자실 바라보던 이겸은 고개를 든다. 시야 가득 하늘이 들어온다. 노을 지는 하늘은 마치 누군가 고운 염료를 흩뿌려놓은 것 같다. 난생처음 본 하늘처럼 낯설다. 아득한 하늘을 하염없이 바라보다가 무거운 걸음을 내디딘다. 첫발을 내디디는 아이처럼 밟고 선 땅이 어색하다. 그동안 도대체 뭘 보고 어디를 딛고 살아왔나. 허방을 짚은 듯 그렇게 휘청거리며 아무렇게나 살아왔구나. 이겸은 홍염한 낙조를 향해 힘없이 휘적휘적 걸어간다. 먼 길을 돌아온 나그네처럼.

●

다음 날, 하늘은 그 어느 때보다 맑고 쾌청하다. 마루에 앉아 볕 뉘를 바라보던 사임당은 전날 이겸에게 쏟았던 말들을 되새겨본다. 부디 그 말들이 그에게 독이 아닌 약이 되기를, 진심으로 그가 잘 살아주기를 바란다. 그녀 또한 잘 살아가고 있는 모습을 그에게 보여주고 싶다. 그녀가 가장 원치 않는 것은 어떤 식으로든 그에게 걱정을 끼치는 일이다. 사임당은 마당에서 놀고 있는 아이들을 불러 모은다.

"아무래도 이곳이 우리 집인 듯싶구나."

사임당이 아이들 하나하나와 눈을 마주친다.

"싫습니다! 이런 거지 같은 집에선 단 일 묘도 살고 싶지 않습니다! 당장 북평촌으로 돌아가요!"

선이 불만 가득한 표정으로 깃발을 빼들 듯 나선다.

"그래요, 어머니!"

매창이 오라버니의 말에 힘을 싣는다.

"현룡이도 같은 생각이냐?"

사임당이 시무룩한 현룡의 안색을 살핀다. 감수성이 예민하고 자존심 강한 현룡이 요새 들어 부쩍 말수가 줄고, 혼자 방 안에 틀어박혀 책 읽는 시간이 더욱 많아졌다는 것을 사임당은 알고 있다.

"읽을 서책만 많다면야 괜찮긴 한데…… 그래도 북평촌이 더 좋습니다."

현룡이 힘없이 중얼거린다.

"북평촌 외가는 선산을 돌보는 대가로 안동 이모에게 분재된 것을 너희도 알고 있지 않느냐. 이제 우리 집은 여기 이 집이다."

어머니의 단호한 말에 아이들이 침울한 얼굴로 고개를 끄덕인다.

"하나, 낙심하지 말아야 한다. 이 또한 우리가 아직 알지 못하는 어떤 뜻이 있을 수도 있음이야."

사임당이 결연한 목소리로 말한다. 아이들과 그녀 스스로에게거는 주문이다.

"저는 무슨 뜻인지 도무지 모르겠습니다! 알고 싶지도 않고요!"

선이 볼멘소리로 외친다.

"이사 오던 날을 한번 떠올려보아라. 비 가릴 곳조차 없어 얼마나 난감했느냐? 다들 기억하지?"

"그땐 정말 하늘이 무너지는 줄 알았습니다."

그날 일을 떠올린 듯 매창이 몸서리를 친다.

"그래, 이 어미도 그랬단다. 한데, 이 집에 살아야 하는 것이 우리의 운명이라면, 어찌 살아야 하겠느냐?"

사임당이 큰아들을 보며 묻는다.

"이건 집이 아닙니다. 최소한 여름에 더위를 피하고 겨울엔 추위를 피할 수 있어야 집이 아니겠습니까? 근데 여길 좀 보십시오! 창호도 엉망진창이고 기와는 다 무너져 비바람도 제대로 못 피하는 곳입니다!"

"그럼 우리가 더위도 피하고 추위도 피할 수 있는 제대로 된 집으로 만들면 되겠구나!"

"허!"

선이 말도 안 된다는 듯 헛웃음을 웃는다. 매창이 시무룩한 목소리로 끼어든다.

"어머니께서 늘 말씀하시지 않으셨습니까? 집 안에는 언제나 아름다움이 깃들어야 한다고요. 한데 어디를 봐도 아름다움이란 찾아볼 수 없습니다."

"더위와 추위를 피할 수 있고 아름다움이 깃들어 있으면서도 청결한 집으로 만들면 된다. 모두, 이 어미와 함께하겠느냐?"

사임당의 단호한 말에 아이들이 서로의 눈치를 살피며 입을 다문다.

그날 오후, 사임당과 아이들은 소쿠리를 하나씩 들고 뒷산에 오른다. 선이는 마당에 심을 풀을 캐고, 매창은 싱그러운 꽃모종을 캔다. 사임당과 향이는 먹을 수 있는 산나물을 캐고, 현룡과 우는 섬돌로 쓸 만한 돌들을 모은다. 처음엔 시큰둥하던 아이들의 얼굴이 시간이 갈수록 밝아지더니 이윽고 환한 웃음꽃을 피운다.

집으로 돌아온 사임당과 아이들은 집을 단장하기 위해 팔을 걷어붙인다. 뒷산에서 캐온 잔디를 마당에 고루 심고, 납작한 섬돌을 징검다리처럼 가지런히 놓는다. 선이는 흙을 물에 개어 허물어진 우물을 수습하고, 매창과 향이는 화단에 맨드라미와 패랭이꽃을 심는다. 사임당은 현룡과 함께 마당 한쪽에 밭을 만들어 가지와 오이 등의 채소를 심는다. 아이들은 손길 닿는 곳마다 밝아지는 집을 보며 기뻐한다. 불만 가득했던 선이도 제가 만들어낸 우물가를 보며 만족스러운 듯 환하게 웃는다. 곧 허물어질 것 같던 폐가는 사임당 가족에 의해 아름다움이 깃들어 있으면서도 청결하고 따뜻한 집이 되어간다. 이것으로 운명에 맞서겠노라 다짐한 사임당의 첫걸음이 완성된 것이다.

한편, 이겸은 사임당을 만난 이후 칩거에 들었다. 햇빛이 싫었다. 해 아래 서 있는 자신이 끔찍했다. 모든 것이 적나라하게 드러나는 현실을 보고 싶지 않았다. 벌써 달포째였다.

발을 내린 방 안은 대낮인데도 마치 밤의 웅덩이처럼 어둑하다. 화구들이 어지러이 널려 있고 선이 죽죽 그어진, 형체를 알아볼 수 없는 그림들이 방바닥에 그득하다. 이겸은 핏발선 눈으로 하얀 종이를 뚫어질 듯 노려보고 있다. 그리고 또 그려보지만 손이 덜덜 떨릴 뿐 필선이 매끈하지 않다. 도무지 맘에 들지 않는다. 미칠 지경이다. 다시 벼루에 물을 붓고 먹을 간다. 마음은 급하고 손길은 초조하다. 다시금 붓에 먹을 묻힌다. 종이 위로 붓을 든다. 막막하다. 무엇부터 시작해야 하는지도 모르겠다. 붓끝에 맺힌 까만 먹물이 눈물처럼 뚝뚝 떨어진다. 이겸은 붓을 집어 던지고 손을 휘저어 종이를 치워버린다. 그것도 성에 차지 않아 종이를 발기발기 찢어서 던져버린다. 아무것도 그려지질 않는다. 아무것도 떠오르지 않는다. 자괴감에 몸과 마음이 부들부들 떨린다. 사임당의 말이 귓가에 쟁쟁 울린다. 머리가 깨질 듯하고, 심장이 터져버릴 것 같다. 숨조차 쉴 수가 없다. 사임당이 말한 이십 년 전의 그 사랑스러운 소년이 과연 존재했었는지조차 의심스럽다. 이겸은 아무것도 그리지 못하는 자신의 손을 혐오스러운 듯 노려본다.

"이 빌어먹을 손이 어떤 그림을 그렸는지 도무지 기억나질 않는데! 대체 날더러 뭘 어쩌란 것이냐!"

이겸은 끝내 손으로 자신의 머리를 쥐어뜯으며 미친 듯 울부짖는다.

그렇게 좌절과 절망과 회한과 고통이 가득 채워진 밤들이 지난다. 그러던 어느 날 아침, 이겸은 핏발선 눈빛으로 휘적휘적 집을 나선다. 그는 사임당의 집 대문 앞에 이르러서야 정신을 차린다.

"미친 게로구나 내가…… 여기가 어디라고 다시 이곳에 발걸음을 한단 말이냐!"

이겸은 비참한 심정으로 중얼거리며 등을 돌린다. 그 순간 무엇인가가 그의 시선을 사로잡는다. 그는 다시금 천천히 고개를 돌린다. 사임당의 소담한 집 풍경이 한눈에 들어온다. 분명 달포 전에 왔을 때는 처량하기 그지없던 누옥이었는데, 지금은 완전히 다른 집으로 변해 있다. 처마 밑에 앙증맞게 매달려 있는 풍경은 바람에 딸랑이고, 무너지고 깨진 기왓장들은 목판으로 메워져 있다. 창호지로 말끔히 도배된 방문마다 꽃잎이 아기자기 배접되었고, 황무지 같던 마당엔 고운 풀이 깔려 있고, 그 위로는 섬돌이 징검다리처럼 놓여 있다. 한쪽엔 채소밭이, 다른 한쪽엔 화단이 싱그럽다. 사임당은 잘 닦여 윤이 반질반질한 대청마루에 걸터앉아 기둥에 등을 기댄 채, 막내아들을 품에 안고 토닥토닥 재우고 있다. 그녀의 얼굴엔 마당을 비추는 아침 햇살만큼이나 따스한 미소가 가득하다. 등 뒤에는 한 남자아이가 어부바하듯 매달려 재롱을 떨고, 여자아이는 엄마 곁에 바싹 붙어 앉아 막내의 발을 만지작거리며 천진하게 웃는다. 집과 사람이 하나의 풍경으로 어우러진다. 그들이 발산하는 따스함과 다정함이 이겸의 가슴에 더운 바람을 일으킨다. 따뜻한 기운이 온몸에 번진다. 초췌해진 이겸의 얼굴에 슬픈 미소가 어린다. 핏발선 눈동자에 더운 눈물이 가득 차오른다. 스스로도 감당치 못할 슬프고 아린 감동이 몰아친다.

"저 아이들이 내 아이였어야 했는데, 저 여인 옆에 내가 있어야 했는데……!"

쓸쓸한 혼잣말을 남기고, 이겸은 힘없이 돌아선다.

집으로 돌아온 이겸은 마당을 비척비척 가로지르다가 우뚝 걸음을 멈춘다. 마당 한구석에서 햇살을 받고 있는 강아지들을 발견한 것이다. 하인들이 키우는 바둑이 일가였다. 검정 바둑이와 밤색 바둑이는 어미를 꼭 닮았다. 어미는 새끼 강아지들을 소중히 품은 채 젖을 물리고 있다. 어미의 등 위로 올라가려고 낑낑거리는 새끼 강아지도 보인다. 그들만의 한가롭고 평화로운 오후를 보내고 있는 듯하다. 어떤 미려한 감동이 가슴속에 스며든다. 이겸은 그 자리에 주저앉아 바둑이 일가를 한참 동안 내려다본다.

10

갤러리 선은 새로운 전시를 준비하느라 어수선했다. 푸른색 작업복을 입은 남자들이 큐레이터의 지시를 받아 그림을 나르고, 걸려 있던 그림을 내리고, 새로운 그림들을 빈자리에 걸었다. 분주한 틈에 직원으로 위장한 민석은 다른 사람들의 눈을 피해 관장실 쪽으로 걸음을 옮겼다.

블라인드 때문에 빛이 차단된 관장실은 어두컴컴했다. 민석은 작은 손전등을 비추며 조심스럽게 관장의 책상 앞으로 다가섰다. 혹시 누구라도 들어오지 않을까 심장이 두근거렸다. 그는 긴장을 떨치기 위해 크게 심호흡을 한 후, 책상에 놓여 있는 노트북 전원을 켰다. 짐작대로 암호가 걸려 있었다. 미리 준비한 비밀번호 리스트가 있었으나 무용지물이었다. 등에서 식은땀이 흘렀다. 그때 탁상 달력에 동그라미가 그려진 날짜가 눈에 띄었다.

회사가 부도 위기에 몰리자 목매달아 자살한 임 전무의 유품을 건네받은 것이 며칠 전의 일이다. 민석은 물건을 정리하다가 유서 한 장을 발견했다. 모든 것을 떠넘기고 가서 미안하다는 말과 함께 선진그룹이 짜놓은 판에 우리 회사가 걸려들었다는 내용의 유서였다. 머리를 망치로 얻어맞은 것 같았다. 두 사람이 설립한 R텍 컴퍼니와 선진그룹이라니, 생각지도 못한 연결고리였다. 왜 미리 말하지 않았던가. 이미 저승꽃이 되어버린 친구가 원망스러웠다.

드디어 암호가 풀렸다. 탁상 달력에 표시해둔 날짜들을 조합한 숫자가 비밀번호였다. 민석은 손목시계를 확인하며 파일을 뒤지기 시작했다. 전시관 정리가 마무리될 시간이었다. 파일을 일일이 확인하기엔 시간이 너무 촉박했다. 마음이 조급해진 그는 USB를 꽂고 전체 파일을 복사하기 시작했다. 복사 완료까지 총 오 분 사십 초. 컴퓨터에 있던 파일들이 그의 USB로 무사히 전달되고 있다는 초록색 불빛을 보면서 민석은 숨통이 조여드는 것 같은 기분에 사로잡혔다. 복사 완료 십 초 전, 갑자기 관장실 문이 벌컥 열렸다.

당황한 민석은 황급히 USB를 뽑아 책상 아래로 몸을 숨겼다. 전등이 켜지고, 누군가 소파에 털썩 주저앉는 소리가 들렸다. 두 사람이었다. 관장과 그녀의 남편인 선진그룹 회장이 분명했다. 옷자락이라도 보일까 싶어 몸을 잔뜩 웅크리고 있던 민석의 주머니에서 쪽지 한 장이 바닥에 떨어졌다. 옥인동 240번지, 지윤의 주소지였다. 쪽지를 줍기 위해 손을 뻗었지만, 마치 발이 달린 듯 쪽지는 조금씩 물러났다. 민석은 하는 수 없이 카펫을 살짝 들어 쪽지를 덮어버렸다.

"무슨 일이에요, 여기까지? 〈금강산도〉 국보추진 때문에 기자들 기다려요. 금방 나가봐야 해."

바짝 날이 선 관장의 목소리가 들렸다. 〈금강산도〉? 〈금강산도〉라면 지윤이 연구한다는 그림이었다. 안건이라고 했던가. 민석은 아내의 말을 제대로 귀담아듣지 않은 게 후회가 되었다. 회장의 노기 어린 목소리가 들려왔다.

"들어와, 그만 까불고! 언제까지 호텔 펜트하우스 차지하고 개길 건데!"

"상스럽기는! 바쁜 사람 찾아와 괜히 시비 걸지 마!"

"흥, 바빠? 뭘 하시느라 그리 바쁜데? 저따위 가짜 〈금강산도〉에 수십 억씩 쏟아붓느라 바쁘셔?"

회장이 빈정거렸다.

"누가 그딴 소릴 해! 〈금강산도〉는 국보급 문화재야!"

관장의 목소리가 파르르 떨렸다.

"시끄럽고! 무조건 우겨! 수십 억 처들였는데 가짜라도 무조건 진짜 만들어!"

"이거 갖고 내 목줄 조일 생각 하지 마! 나도 다 생각이 있으니까! 비자금 세탁 리스트, 그리고 R텍 컴퍼니까지!"

관장이 앙칼지게 쏘아붙였다. R텍 컴퍼니라는 말에 민석의 주먹에 힘이 들어갔다. 임 전무가 남긴 유서 내용이 모두 사실이었던 것이다. 선진그룹 회장은 자신의 비리를 숨기기 위해 아내가 운영하는 갤러리 선을 이용해온 것이다. 갤러리 선은 자금세탁 창구나 마찬가지였다. 민석의 회사를 포함한 투자회사들이 선진그룹의 주가 조작으로 줄줄이 도산을 맞았다. 그 주가 조작의 이중 장부는 갤러리 선 관장이 가지고 있을 것이다. 민석은 손에 든 USB를 꽉 쥐었다. 어쩌면 이 작은 칩 안에 이중 장부 기록이 있을지도 모른다. 그것은 민석에게는 동아줄이나 마찬가지였다.

●

민석이 갤러리 선 관장실에 숨어든 그 시각, 지윤은 은수와 함께 연립주택을 열심히 단장하고 있었다. 〈금강산도〉에 관한 단서를 찾기 위해 사임당 일기 연구를 시작했지만 지윤은 어느 순간부터 삶을 배우기 시작했다. 사임당이 아이들과 함께 낡은 폐가를 꾸미는 대목을 읽을 때, 지윤은 자신을 보며 반성했다. 얼마를 살든 어차피 살아야 할 곳이라면, 쾌적하고 밝게 사는 게 옳았다. 집이 우중충하면 사람도 우중충해지는 법이다. 당장은 돈 문제가 시급했지만, 하나씩 차분히 풀어가자고 생각했다. 하루를 시작하고 끝마치게 될 집, 소중한 가족들이 함께할 집부터 살 만한, 살고 싶어질 만한 공간으로 만들고 싶었다.

흰색 페인트로 벽을 칠하고, 주방 창가는 레이스 커튼으로 장식했다. 창틀엔 작은 꽃 화분을 올려놓아 아늑한 느낌을 살렸고, 씽크대도 리폼 시트지를 발라 깔끔하게 정리했다. 처음엔 얼마나 살거라고 그렇게 꾸미느냐며 시큰둥했던 정희도 한결 넓고 훤해진 집을 둘러보며 내심 흐뭇해했다.

집 안 정리를 마친 지윤은 은수와 마주 앉아 화분에 씨앗을 심었다. 토스카나 고택에서 미인도와 함께 가져온 패랭이 꽃씨였다. 은수는 꽃씨가 담겨 있던 자수 주머니를 구경하다가 내려놓으며, 씨앗을 심고 있는 엄마를 유심히 보았다.

"아주 오래된 주머니 같아요."

"오래됐지…… 아마 몇백 년은 됐을 거야……."

은수가 환호성을 질렀다.

"우리 은수는 무슨 꽃이 제일 예뻐?"

"엄마요!"

은수가 천진하게 웃으며 지윤의 품으로 파고들었다. 지윤은 사랑스런 아들을 품에 꼭 껴안았다. 문득 이겸이 보았다는 그 따스한 장면이 떠올랐다. 자식들을 품에 안고 재우는 사임당의 모습과 새끼 강아지들에게 젖을 물리는 어미 개의 모습. 그것은 몇 백 년이 지난 지금까지도 후손들의 마음을 어루만지는 모견도의 탄생 비화였다.

마당 한구석에서 햇살을 받고 있는 바둑이 일가를 바라보던 이 겸은 옷자락을 휘날리며 사랑채로 뛰어갔다. 화구들이 널려 있고, 찢어지거나 구겨진 종이들이 널브러져 있는 방 안에 털썩 주저앉 은 이겸은 새 종이를 펼쳐든다. 가슴 밑바닥에서부터 몽글몽글 솟 아오르는 욕구로 입안이 바싹바싹 타들어가는 것 같다. 당장이라 도 그림을 그리지 않으면 온몸에 부스럼이 날 것 같다.

종이 위에 점 하나 찍지 못하고 방황하던 세월이 얼마던가. 그 의 붓이 제멋대로 춤을 춘다. 어미 개 한 마리가 화폭에 들어서고, 곧이어 새끼 강아지 두 마리가 어미 품에 안긴다. 이겸의 붓은 쉼 없이 움직인다. 어미의 등 위로 한 발을 올린 채 잠이 든 새끼 강 아지가 나타난다. 어디선가 소리 없는 음률이 흐르고, 그 음률에 맞춰 이겸의 붓이 종이 위에서 춤을 춘다. 산수화의 기개를 담은 나무 한 그루가 하늘을 향해 솟는다.

안마당에 땅거미가 내려앉을 무렵, 이겸은 붓을 내려놓는다. 완 성된 모견도를 바라보는 그의 얼굴은 환희로 가득하다. 옷자락과 얼굴에 흙과 물감이 덕지덕지 묻었지만, 눈빛만은 형형하게 빛나 고 있다. 살아난 것이다. 사임당이 말한, 이십 년 전의 그 빛나는 재기가 다시 되살아난 것이다.

환희로 마음이 한껏 부풀어 오른다. 당장이라도 날아오를 것 같 다. 단번에 담장을 넘어 북촌 거리를 지나 수진방으로 달려가고 싶다. 사임당에게 그림을 보여주고 싶다. 그림을 보면서 그녀는 어떤 표정을 지을까. 그녀는 분명 그가 느끼는 것을, 그가 말하고자 하는 것을 볼 것이고 느낄 것이다. 이겸은 모견도를 두루마리 형태로 둘둘 만다.

이겸의 모견도는 곧 사임당에게 전해진다. 이겸의 종복에게 그림을 전해받은 사임당은 호기심에 눈을 번뜩이는 향이를 물리치고 방 안으로 들어간다. 자리에 앉아 두루마리를 펼치는 그녀의 손길이 미세하게 떨린다.

그림을 본 순간, 아! 소리 없는 탄식이 메마른 입술을 비집고 새어 나온다. 그가 살아났구나. 그의 화재가 살아났구나. 마음이 울렁거린다. 가슴 깊은 곳에서 기쁨의 눈물이 맺혀 흐른다. 목숨처럼 사랑했던 천재화가 이겸의 재능이 부활한 것이다. 그의 손끝에서 느껴지는 다정함과 따스함이 그림에 고스란히 녹아 있다. 사임당은 기쁨과 감격으로 모견도를 끌어안는다.

모견도는 섬광이다. 오랫동안, 아주 오랫동안 딱딱한 부싯돌 속에 갇혀 있던 빛들이 한순간의 부딪침으로 그 빛을 얻듯이, 모견도에는 켜켜이 쌓여 있던 세월이 빛으로 폭발한 흔적이 고스란히 묻어나 있다. 감상에 젖어 있던 사임당은 그림을 내려놓고 호흡을 가다듬는다. 자신이 느낀 이 뜨거운 감정을 그에게 서둘러 전하고 싶다.

붓을 들지 않은 세월이 얼마던가. 사임당은 빈 종이를 앞에 두고 막연해진다. 마음을 차분하게 가라앉히려 수없이 먹을 갈아보지만, 붓을 든 그녀의 손길은 종이 위에서 움직일 줄 모른다. 얼마쯤 지났을까. 붓에서 먹물 한 방울이 종이 위로 떨어져 검게 번진다. 빈 종이를 마주하고 앉은 그녀의 가슴속에 번지는 회한처럼.

이윽고 그녀의 붓이 천천히 움직인다.

　지일강산려遲日江山麗
　춘풍화초향春風花草香
　이융비연자泥融飛燕子
　사난수구자沙暖睡狗子

'나른한 햇살에 강산은 아름답고, 바람이 불어와 풀꽃 향기 날리네. 젖은 진흙 물고 제비 바삐 날고, 따뜻한 모래밭엔 강아지 잠든다.'

다음 날, 그림을 돌려받은 이겸은 그녀가 적어 보낸 답시를 수십 번 반복해서 읽는다. 정성스럽게 써내려간 필체에서는 온기가, 그 내용에서는 살뜰한 마음이 읽힌다. 이십 년 전, 서로의 그림에 대한 시를 주고받던 소중한 시간이 떠오른다. 배롱나무 아래 나란히 앉아 〈금강산도〉에 첨시를 써넣던 순간이 어제 일처럼 생생하다. 세월에 가려 보이지 않던 기억의 윤곽이 선명하게 되살아난 것이다. 또다시 그림을 그리고 싶은 욕구가 샘솟는다. 몸에 열꽃이 피는 듯하고, 손끝이 저릿하다. 이겸은 사임당의 답시를 곱게 접어 서랍에 넣어두고, 하얀 종이를 펼쳐든다.

그림을 향한 열망은 압도적으로 그를 지배한다. 밤을 새워 수십 장을 그리고 또 그려도, 속에서 타오르는 불길이 사그라지지 않는다. 지난 세월 갇혀 있던 열정이 폭발하듯 터져 나온다. 그의 붓이 스치는 곳마다 활기가 넘치고, 생기가 돈다. 그의 붓끝이 닿는 곳에선 나무가 살아나고, 산새가 노닌다. 꽃이 피고 강물이 흐른다. 기존의 화풍을 닮았으면서도 그의 필치와 색감은 남다르고 구도 또한 새롭다.

그의 그림에 대한 소문은 도성 안팎으로 일시에 퍼진다. 내로라 하는 화가들도 이겸의 그림을 보려고 한양으로 올라온다. 그림을 즐기는 양반은 물론이고 중인들도 이겸의 산수화에 열광한다. 그의 인기가 치솟고 그를 따르는 사람들이 많아지는 만큼, 질시하는 세력 또한 늘어난다. 그를 비방하는 사람들은 산수화의 법도를 따르지 않는 이겸의 화풍을 문제시하고, 분별 없이 의성군을 추종하는 우매한 백성이 늘고 있다며 목소리를 높인다.

도화서 관원들이 상소문을 올리고, 조정 대신들 사이에서 비판 여론이 들끓어도 중종은 이렇다 할 판단을 내리지 않고 가만히 상황을 지켜보기만 했다.

이겸을 곁에 두고자 한 것은 오로지 중종 개인의 사사로운 의지였다. 기묘년 사건 이후로 영의정을 비롯한 늙은 공신들은 중종이

고립무원의 상태로 존재하길 바랐다. 중종은 그런 늙은 여우들의 손아귀에서 벗어나길 원했고, 무엇보다 아무런 계산 없이 허심탄회하게 속내를 털어놓을 벗이 필요했다. 이겸이 바로 그러한 존재였다. 이에 중종은 무리를 해서라도 이겸을 곁에 두고 싶었다. 대내외적으로 특별한 문제가 없었기에 조정 대신들도 왕의 뜻에 따라 이겸의 존재를 묵과할 수밖에 없었다. 그러나 눈엣가시 같던 이겸이 문제를 일으켰다. 정확히 말하면, 문제가 될 수 있는 여지를 만든 것이다. 영의정과 민치형은 이 기회를 놓치지 않고 문제를 확대 해석하기에 이르렀다.

"당장 안국방을 폐쇄해야 합니다. 그 외엔 방법이 없음이에요."

영의정이 결의에 찬 목소리로 말한다.

"이조참의는 어찌 생각하시오?"

중종이 난감한 낯빛으로 민치형을 바라본다.

"의성군이 사소한 법도를 무시하는 것은 문제가 되지 않습니다."

민치형이 중종의 안색을 살피며 은근한 목소리로 아뢴다.

"그렇다면 무엇이 문제란 말이오?"

"근자에 어떤 자들이 의성군 주위에 모여드느냐가 문제이지요. 법도에서 자유롭고 싶은 사람들이 모여 정치에 관심 없는 의성군을 어떻게 선동할는지 알 수 없는 노릇이옵니다."

"과인이 직접 봐야겠소. 얼마나 문란한 그림들을 그려내고 있는지!"

중종은 상선에게 안국방에 기별을 넣으라 이른다.

"불시에 시찰하시는 게 어떠실는지요? 그래야 그런 그림인지 아닌지 판단이 설 듯합니다."

민치형의 말에, 편전에 도열해 앉아 있던 대신들이 모두 허리를 굽혀 찬성을 표한다. 중종은 하는 수 없이 자리를 털고 일어난다.

생각지도 못한 왕의 행차에 안국방 하인들은 정신이 하나도 없다. 종복들은 황급히 대문 밖으로 달려 나와 길가에 무릎을 꿇는다. 이겸은 종복들 앞에 서서 고개를 숙여 중종을 맞이한다. 어가御駕가 안국방 대문 앞에 멈춰 선다. 그 뒤로 대신들을 태운 말들이 일렬로 줄을 잇는다.

"근자에 네 그림 때문에 조정에서 이런저런 논의들이 많다. 대체 어떤 그림을 그리는가 싶어, 내 친히 보러 왔다."

중종이 안국방 대청마루 상석에 앉자마자 부러 엄한 목소리로 이겸에게 묻는다. 이겸은 법도에 따라 예를 행한 후 내관을 향해 눈짓을 한다. 내관이 이겸의 산수화들을 목반에 담아 중종 앞에 내려놓자, 중종은 그림을 한 장씩 넘기며 찬찬히 내려다본다.

"생전 들도 보도 못한 그림들이옵니다!"

영의정이 불편한 기색을 드러낸다.

"칭찬으로 들어도 좋습니까?"

이겸이 여유 있게 받아치며 보일 듯 말 듯한 미소를 짓는다. 예술가에게 있어서 새로움이란 욕이 아닌 칭찬인 것이다.

그때까지도 이렇다 할 내색 없이 산수화를 감상하던 중종이 고개를 들어 마루 벽에 붙어 있는 그림에 시선을 고정시킨다. 모견도다. 중종은 모견도에 시선을 비끄러맨 채 자리에서 천천히 일어선다.

"대체 네게 무슨 일이 있었던 게냐?"

한참 동안 모견도를 감상하던 중종이 환한 얼굴로 이겸을 바라본다.

"이제야 진짜 겸이가 돌아왔구나!"

중종은 이겸의 어깨를 얼싸안으며 호탕하게 웃는다. 영의정과 민치형의 표정이 순식간에 일그러진다. 계산에 없던 상황이다. 당황한 대신들은 구겨진 얼굴로 서로의 눈치를 살핀다.

"이십 년 전, 의성군이 그린 강아지 그림을 보고 크게 마음을 위로받은 일이 있소이다. 몇몇 분들도 기억하실지 모르겠소만, 그 그림도 역시, 생전 듣도 보도 못한 그림이었소."

중종은 영문을 모르겠다는 듯 뚱한 얼굴로 서 있는 대신들을 향해 입을 연다.

"이 녀석…… 경들도 아시다시피 녹록지 않은 어린 시절을 보냈소. 그래서 생각하는 것이나 그림이 남달리 자유로운데, 그것이 과인의 마음을 위무해주더이다. 그것이 누굴 해하는 것은 아니지 않소이까?"

이겸을 비호하는 말이 거슬리지만 그 누구도 토를 달지 못한다. 심기가 불편한 대신들 사이로 정적이 감돈다.

"본디 태평성대에 문장과 그림이 꽃피는 것은 당연한 이치이거니와, 이는 또한 종친으로서의 의무이기도 한 줄로 아뢰옵니다."

상황을 재빠르게 파악한 민치형이 정적을 깨며 말한다.

"종친으로서의 의무라! 옳거니!"

중종이 뭔가를 크게 깨달았다는 듯 고개를 끄덕이며 이겸을 바라본다.

"앞으로 네가 바빠지겠구나! 조선의 예악을 꽃피우는 것! 그것이 종친의 의무라 하지 않느냐! 가만…… 그러기엔 여기 거처가 너무 비좁은 것 같은데…… 옳거니! 수진방에 왕실 소유의 널찍한 기와집이 있다. 내일이라도 당장 수진방으로 거처를 옮기도록 해라. 그리고 또! 그럴 듯한 현판 하나가 필요할 터인데!"

중종의 이 같은 명에 대신들의 얼굴이 순식간에 굳어진다. 정작 자신을 향한 명임에도 이겸은 다른 생각에 빠져 있다. 수진방으로 거처를 옮기라는 말에, 반사적으로 사임당이 떠오른 것이다.

"조선 예악의 중심에 어떤 말이 어울리겠소이까?"

중종이 못마땅한 얼굴로 서 있는 대신들을 향해 묻는다.

"비익당…… 비익당으로 하겠습니다!"

이겸이 고개를 숙여 예를 표하며 답한다.

"비익당이라!"

"두 개의 눈, 두 개의 날개가 합쳐져야 날 수 있다는 전설의 새, 비익조 말입니다. 이는, 재주는 있으나 형편이 어려워 그 뜻을 펼칠 길이 없는 예인에게 눈과 날개를 달아준다는 의미이기도 합니다. 또한 재주 있는 예인이라면 누구에게나 반상의 차별, 성별의 차별 없이 비익당을 개방할 것입니다."

이겸의 청산유수 같은 설명에 중종이 흡족한 듯 웃는다. 혹 떼러 왔다가 혹 붙인 대신들은 시기 어린 눈빛으로 이겸을 노려본다. 그중 민치형의 낯빛이 가장 어두운 것은 말할 것도 없다.

한강을 가로지르는 수포교 아래에는 한양 거지들이 모여 사는 움막이 있다. 사임당의 남편이자 네 아이의 아버지인 이원수는 거지들이 사는 그 움막에도 들어가지 못하고, 양반들이 지나다니는 수포교에 서지도 못한 채, 다리 밑에 널브러져 있다. 며칠을 굶었는지 눈은 퀭하고 얼굴은 누렇게 뜨고, 상투는 산발이 되어 영락없는 거지꼴이다. 소굴에서 나온 거지도 이원수의 몰골을 보고 '거지 같다'며 피해 다닐 지경이다.

집문서를 들고 가족들보다 먼저 한양으로 올라올 때, 이원수는 나름 포부가 있었다. 그동안 데릴사위라는 명목으로 처가에 얹혀 살면서 말은 안 했어도 제대로 기지개 한번 펴지 못했다. 한양으로 분가하는 김에 한 가정의 가장으로써 기를 펴고 싶었다. 아내와 아이들에게 존경받고 싶었다.

그러나 인생은 뜻대로 되지 않았다. 수십 번 응시한 과거에서 번번이 고배를 마실 때도, 그리고 지금도 천지신명은 그의 편이 아닌 것 같았다. 별궁으로 내정된 땅이라며 사두기만 하면 몇 배로 뛴다는 친구의 말을 철석같이 믿은 게 잘못이었다. 남산골 서당에서부터 수십 년간 동문수학한 글동무라 믿지 않을 도리가 없었다. 이원수는 집문서뿐만 아니라 가지고 있던 푼돈까지 다 털어 친구에게 맡겼다. 집문서를 받아든 친구는 한몫 보란 듯 챙겨서 가족들에게 큰소리 한번 쳐보라며 그의 어깨를 두드려주었다.

문제는 그 이후였다. 친구가 자취도 없이 사라진 것이다. 혹시나 하는 생각에 수진방 집으로 찾아갔으나, 역시나 남의 손에 넘어가 있었다. 그제야 이원수는 자신의 가슴을 치며 하늘을 원망했다. 자그마치 석 달, 친구를 찾는다고 온 한양바닥을 뒤지고 다녔지만 어디 쥐구멍에라도 들어갔는지 친구는 찾을 길이 없었다.

시간이 지나면 지날수록 친구를 찾는 건 요원해졌고, 그렇다고 가족들에게 돌아갈 수도 없었다. 그 누구보다 사임당의 얼굴을 볼 면목이 없었다. 하지만 언제까지고 비렁뱅이처럼 지낼 수는 없는 노릇이었다. 무엇보다 배가 고팠고, 자식들이 보고 싶었다.

이원수는 꼬르륵꼬르륵 요동치는 뱃가죽을 매만지며 일어나 앉는다. 아무래도 이대로는 굶어죽을 것 같다. 양반 체면이고 뭐고

동냥질이라도 해야 할 판이다. 그는 벌떡 일어나 수포교 위로 올라간다. 그렇게 주린 배를 움켜잡고 수진방 일대를 헤매고 돌아다니며 북평촌에서 올라온 일가를 찾아다녔다.

꼬박 이틀이 지나고, 이제 가족마저도 사라졌구나 싶어 땅바닥에 주저앉아 통곡을 하려는 순간 '아버지' 하고 부르는 익숙한 목소리가 들려온다. 그 반가운 소리에 눈물 콧물이 쏙 들어갔다.

"매창아!"

이원수는 그대로 등을 돌려 팔을 벌린다.

"보고 싶었잖아요!"

매창이 아버지를 와락 껴안으며 서러운 울음을 터트린다. 눈물 없이는 볼 수 없는 부녀상봉이다.

"아이고 우리 딸! 흑흑, 나도 보고 싶었어!"

"이 꼴이 뭐예요? 들어가요! 같이 가요!"

"그게 좀……."

"얼른 가요! 다들 기다려요!"

매창은 아버지의 손을 잡고 막무가내로 끌어당긴다.

"정말 그럴까? 어머닌 안 그러실 것 같은데?"

이원수는 못 이기는 척 슬슬 끌려가면서도, 아내를 만날 생각에 벌써부터 간이 쪼그라든다.

집까지 날리고 두문불출했던 남편이건만 사임당은 별말이 없다. 그저 갈아입을 옷을 내주고 향이를 시켜 따뜻한 밥을 짓게 한다. 이원수는 그런 아내가 되레 더 무섭다. 여느 아낙들처럼 바가지라도 긁고 잔소리라도 늘어놓으면 맘이 편하련만, 사임당은 마치 지나가는 길손 대하듯 그렇게 무심하고도 단정하다.

부부의 연을 맺고 한 이부자리를 덮고 산 지 이십 년이건만 이원수는 아직도 사임당이 어렵다. 그들 사이엔 보이지 않는 선이 있는 것 같았다. 이원수가 그 선을 넘으려고 제아무리 발버둥을 쳐도, 아내 앞에 세워진 냉랭한 벽을 뚫을 수는 없다.

"지나간 일은 잊으시고, 내일부터 과거 공부에 매진하십시오! 선이, 현룡이, 점점 머리가 굵어지고 있습니다. 다음 과시엔 어떻게든 꼭 합격하셔야 합니다. 집안 살림은 제가 꾸려나갈 것이니, 걱정하지 마십시오."

사임당은 이원수의 이부자리를 펴주면서 차분하게 입을 연다.

"부인…… 석 달 만에 본 것인데 우리……"

이원수는 아내의 치맛자락을 잡는다. 사임당은 부드럽게 치맛자락을 빼며, 다소곳이 일어나 편안히 주무시라는 말을 남기고 방을 나선다. 흡사 손님을 대하는 듯한 아내의 태도에 이원수는 쩝쩝 입맛을 다시며 이부자리에 벌러덩 자빠진다. 따뜻한 음식으로 배를 채우고, 폭신한 이부자리에 배를 깔고 누우니 천국이 따로 없다. 두 번 다시 수포교 다리 밑에는 가지 않으리, 다짐하고 또 다짐하는 이원수다.

다음 날 아침, 사임당은 마른걸레로 마루를 닦으면서 방 안에서 들려오는 아이들의 웃음소리에 귀를 기울인다. 마음이 심란하다. 아무리 못난 아비라도 어린 자식들에게 아버지는 존재하는 것만으로도 든든한 울타리가 되는 모양이다.

원수는 아침상을 물리자마자 좁은 방 안에 들어앉더니 한나절이 넘도록 아이들과 놀아주고 있다. 귀신놀이를 하는가 싶어 들여다보면 어느새 공기놀이를 하고 있고, 공기놀이를 하는가 싶으면, 옛날이야기를 해주고 있다. 남편으로써 의지가 되는 것도 아니고, 낭군으로써 연정이 생기는 것도 아니지만 금쪽같은 자식들에게는 하나밖에 없는 아버지이기에 마음을 열어야지 싶은 사임당이다.

같은 날, 이겸은 중종의 명에 따라 수진방에 있는 왕실 소유의 으리으리한 기와집으로 거처를 옮긴다. 활짝 열린 대문 사이로 짐을 옮기는 일꾼들의 분주한 모습이 보인다. 대문에는 중종이 친필로 쓴 〈비익당〉이라는 현판이 걸리고, 담장에는 예인을 모집한다는 방이 붙어 있다. 마당은 꽃과 나무로 아름다운 정원이 조성되어 있고, 맑은 연못에는 색색의 옷을 입은 물고기들이 구름다리 사이로 헤엄쳐 다닌다.

정리를 마친 서가는 방대한 서책으로 가득하다. 이겸의 가슴속에 새로운 포부가 가득 밀려든다. 머지않아 재능을 지닌 예인들이 비익당으로 몰려들 것이다.

그들은 서가에서 자유롭게 책을 읽을 것이며, 뜻이 맞거나 다른 선비들과 논쟁을 벌일 것이며, 시를 쓰고 그림을 그릴 것이다. 악공들은 경치 좋은 연못가에 모여 앉아 가야금과 거문고, 비파를 연주하고, 무기들은 그 음악에 춤을 출 것이다. 그 모습을 화폭에 담는 화공들도 있을지 모른다.

그런 상상을 하자 이겸의 가슴 한 자락에 하얀 솜털 구름이 몽실몽실 떠다니듯 설렌다. 기필코 이곳을 예술가들의 해방구로 만들겠노라 다짐하는 이겸의 귀에 반갑지 않은 목소리가 들린다. 민치형이다.

"전하께서 친필 편액까지 내려주시니, 이 나라 예악이 이제 의성군 대감 어깨에 달려 있습니다."

민치형이 이겸 가까이 다가오며 비꼬듯 말한다. 이겸은 민치형을 뒤따르는 종복들 손에 들린 새장을 본다. 새장에는 현란한 깃털을 자랑하는 공작새가 들어 있다. 집들이 선물이라고 가져온 모양이다.

"너무 과한 선물은 사양하겠습니다."

이겸이 마뜩찮은 얼굴로 말한다.

"의성군 대감께 드리는 게 아니라, 조선의 예악을 위한 선물입니다."

"공께서 생각하는 예악은 귀한 양반님네만을 위한 것인가 봅니다!"

"잘못됐습니까?"

"아니오! 무엇이든 좋습니다. 예악에는 귀천이 없고, 비익당은 누구에게나 열려 있으니까요."

이겸은 허허롭게 웃으며 말한다. 그 웃음의 의미를 파악하려는 듯 잠자코 있던 민치형이 헛기침을 하다가 벽에 걸린 그림으로 시선을 옮긴다. 잎이 풍성하면서도 요염한 빛을 가진 꽃 그림이다.

"무슨 꽃입니까?"

민치형이 이겸에게 묻는다.

"……함박꽃입니다."

이겸은 잠시 뜸을 들이다 대답한다. 불현듯 어린 시절 사임당에게 선물한 댕기에도 함박꽃을 그렸었다는 생각이 뇌리를 스친다.

"함박꽃이라…… 사대부에게 흔치 않은 소재입니다만?"

"사대부에겐 흔치 않은 소재인지 모르나, 여염집에는 흔한 꽃이지요."

"공께서 생각하시는 예악은 여염집 마당에 있나 봅니다!"

"예악은 모든 곳에 있는 게지요!"

이겸은 그림을 벽에서 떼어내 민치형에게 건넨다.

"어떻습니까? 귀한 공작새에 대한 답례로 딱인 듯합니다만, 꽃과 새…… 화조도의 완성이군요. 귀한 선물에 대한 답례로 영감께 드리겠습니다."

"허허허, 그렇습니까? 고맙소이다."

민치형은 썩 내키지 않는 표정으로 그림을 받으면서도 입으로는 예를 다한다.

"자주 찾아주시지요."

"진심입니까?"

"의심이 많으십니다."

"워낙에 농을 모르는 사람인지라 정말로 자주 올 수 있습니다."

"예악이 별겁니까? 마시고 놀고 즐기는 가운데 한 자락 읊는 것이지요. 진심이니 종종 걸음하셔도 좋습니다."

이겸은 살짝 고개까지 숙이며 자세를 낮추는 시늉을 한다.

민치형은 애가 탄다. 이겸의 속내를 좀체 파악할 수 없다. 북평촌에서 파락호로 살 때에는 무시할 수 있는 존재였지만, 이겸이 중종의 비호를 받고 있는 이상, 정치적으로도 무시할 수 없다. 민치형은 이겸을 적으로 돌려야 할지, 동지로 끌어안아야 할지 판단이 서지 않아서 답답하다.

찝찝한 기분으로 비익당을 나온 민치형은 대문 앞에 대기하고 있던 사인교에 오르려다가 자신의 발치에 넘어진 아이를 발견한다. 네 살배기 어린아이이다. 피도 눈물도 없는 냉혈한이었으나 아들을 키우는 아버지 입장이고 보니, 넘어져 우는 아이를 모른 척할 수 없어 두 손으로 아이를 일으켜준다. 그때, 아이의 어미로 보이는 아낙이 급히 뛰어오다가 민치형 앞에서 얼음처럼 굳어버린다. 초라한 복색과는 어울리지 않게 고운 얼굴이다. 어딘가 낯이 익은 듯도 하다. 민치형의 손에 잡혀 있던 아이는 제 어미를 보자마자 재빨리 뛰어간다. 그때까지도 아낙은 무언가에 놀란 듯 온몸을 부들부들 떨며 민치형을 바라보고 서 있다. 민치형은 의아한 눈빛으로 아낙을 일별하고 사인교에 오른다. 그제야 아낙은 치맛자락을 붙들고 늘어지는 아이를 품에 안고 급하게 어딘가로 뛰어간다.

머지않은 어느 날 민치형은 알게 된다. 비익당 앞에서 우연히 만난 이 아낙이 사임당임을. 이십여 년 전, 자신의 칼에 죽어야 했을 함박꽃 댕기의 소녀임을.

●

지윤은 햇살이 환하게 들어오는 거실 탁자에 앉아 사임당 일기를 읽고 있었다. 일기 속 이야기는 수만 광년의 아득한 우주에나 있을 법한 비현실적인 일들 같기도 하고, 지금 이 순간 그녀가 겪고 있는 현실 속 일들 같기도 했다. 민치형과 사임당의 우연한 만남. 지윤은 방금 읽은 내용을 생각하자, 온몸에 소름이 돋는 것 같았다. 얼마나 무서웠을까. 얼마나 치가 떨렸을까. 지윤은 사임당이 겪었을 일들에 감정이입을 하고 있었다. 그녀를 벌레처럼 짓밟은 민 교수에 대한 혐오감과 공포가 재생되는 기분이었다.

그녀는 일기를 내려놓고 방으로 들어갔다. 장롱을 열고 숨겨둔 미인도를 꺼냈다. 거울 옆에 박인 못에 미인도를 펼쳐 걸었다. 헤정의 말대로 그림 속 여자는 어딘가 지윤과 닮아 있었다. 지윤은 그림을 바라보던 눈길을 거두고 거울을 바라보았다. 화장기 없는 얼굴에 옅은 회색 카디건을 걸친 깡마른 모습을 한동안 들여다보던 그녀는 다시금 미인도 속 여자에게 시선을 돌렸다.

"왜 제 앞에 나타난 건가요? 당신…… 왜요?"

미인도 속 여자는 헤아릴 수 없는 슬픈 눈빛으로 지윤을 바라볼 뿐, 아무 말도 하지 않았다. 지윤은 진심으로 알고 싶었다. 그것이 꿈이든 환상이든, 사임당을 직접 만나서 대답을 듣고 싶었다. 그때 거실에서 휴대전화가 울렸다.

혜정의 목소리는 다급했다. 한시라도 빨리 보존과학실로 와달라는 말에 지윤은 허둥지둥 집을 나섰다. 골목길을 벗어나자마자 택시에 오른 그녀는 상현에게 국립중앙박물관 보존과학실로 오라는 메시지를 남겼다.

지윤이 택시에서 내려 박물관 계단을 오를 무렵, 저만치에서 기다리는 혜정이 보였다. 때마침 상현도 뒤따라 뛰어오고 있었다.

세 사람이 한자리에 모인 것은 이번이 처음이었다.

"나랑 동창. 그러니까 너한테도 선배야. 박물관 복원전문가이고. 남들 눈 피해서 조용히 도와주고 있어."

"선배님, 안녕하세요! 한상현이라고 합니다. 잘 부탁드립니다!"

상현이 깍듯하게 목례를 하자, 혜정이 사람 좋은 미소를 지으며 악수를 청했다.

인사를 나눈 후, 그들은 보존과학실로 걸음을 옮겼다. 혜정은 조직 개편과 인사 이동 때문에 일이 많아서 사임당 일기 복원이 늦어지고 있다고 했다. 지윤은 남의 눈을 피하면서까지 자신을 도와주는 혜정이 그저 고마울 뿐이다.

보존과학실에 도착하자, 혜정은 사임당의 일기에서 발견한 종이 한 장을 꺼내 보여주었다. 얇은 한지에 한글로 적힌 시였다. 한문과는 필체가 전혀 달랐다. 사임당의 글씨가 아닌 것이 분명해 보였다.

우리의 영혼은 하나이니
내가 떠난들 이별이 아니오.
두들겨 얇게 편 금박처럼
그저 멀리 떨어지는 것일 뿐.

지윤이 떨리는 음성으로 시를 읽어 내려갔다.

"이게 뭐야?"

혜정이 물었다.

"〈고별〉이라는 시야. 존 던. 16세기 영국 시인인데, 내가 참 좋아하는 시……."

지윤은 혼란스러웠다. 사임당이 아니라면, 누굴까? 지윤은 시를 몇 번이고 읽으며 답을 찾았지만, 어쩐 일인지 가슴만 답답했다.

그 순간, 불현듯 그녀의 뇌리에 어떤 이미지들이 데자뷰처럼 스쳐 지나갔다.

한복을 곱게 차려입은 여인이 색한지에 고별사를 쓰고 있는 모습, 망망대해가 펼쳐진 항구에 선 남자의 뒷모습, 남자의 등 뒤로 다가서는 여인, 여인에게서 색한지 편지와 패랭이꽃 씨앗이 담긴 자수 주머니를 건네받은 남자, 여인의 목에 비익조를 새긴 상아인장 목걸이를 걸어주는 남자, 그 목걸이를 만지작거리며 슬프게 미소 짓는 사임당의 얼굴.

"아……."

지윤이 쥐고 있던 색한지 메모가 바닥으로 떨어졌다. 현실과 비현실의 경계에서 현기증을 느낀 지윤은 쓰러지듯 의자에 주저앉았다.

"어지러워?"

혜정이 걱정스럽게 바라보며 물었다.

"아니야, 괜찮아…… 괜찮아……."

지윤은 무의식적으로 자신의 목덜미를 만져보았다. 마치 방금 전까지 비익조 상아인장 목걸이가 자신의 목에 걸려 있었던 것 같았다. 혼란스러웠다.

"서지윤!"

갑자기 보존과학실 문이 벌컥 열리며 민 교수의 쩌렁쩌렁한 목소리가 들려왔다.

"허……!"

지윤은 마치 저승사자라도 맞닥뜨린 얼굴로 민 교수를 바라보았다. 옆에 있던 혜정도 기겁하며 뒤로 물러섰다.

"너희 셋 여기서 뭐 하는 거얏!"

민 교수는 지윤을 집어삼킬 듯 노려보며 한 걸음씩 다가섰다.

"교수님이야말로 여긴 웬일이세요!"

지윤은 바닥에 떨어진 색한지 종이를 발끝으로 슬쩍 당기며 고개를 빳빳이 세웠다.

"그, 그러게요…… 오랜만에 뵙네……."

혜정이 현미경 앞에 있는 사임당 일기를 몸으로 가리며 더듬거렸다.

"서지윤이! 너 〈금강산도〉 갖고 무슨 꿍꿍이야! 세미나 초친 걸로 모자라!"

민 교수는 다 알고 있다는 듯 위협적으로 다가섰다. 그때였다. 열린 문틈에 숨어 있던 상현이 민 교수의 양팔을 포박하듯 잡아 돌려세웠다.

"교수님! 보고 싶었잖아요!"

민 교수가 저항할 새도 없이, 상현은 그의 어깨를 와락 끌어안았다. 그 틈에 지윤은 바닥에 떨어진 메모지를 혜정에게 건넸다. 혜정은 사임당 일기와 메모지를 자신의 허리춤에 감췄다.

"놔! 이거 안 놔!"

민 교수는 상현에게 포박당하듯 안긴 채 버둥거렸다.

"에이, 부끄러워하시긴⋯⋯."

상현은 상황이 정리된 듯 보이자 민 교수를 풀어주며 능청을 떨었다.

"미쳤나, 이것들이!"

민 교수가 상현을 향해 고함을 질렀다.

"너무 반가워서 그러잖아요! 그동안 안녕하셨죠?"

상현은 너스레를 떨었다.

"너희 셋! 뭔 작당을 하려고 이렇게 모였어? 말해봐!"

민 교수의 말에, 지윤은 안도의 한숨을 내쉬었다. 민 교수가 사임당 일기에 대한 구체적인 내용은 아직 모르는 것 같았다. 임기응변에 강한 혜정이 계모임이라며 넉살을 부렸다. 상현이 고개를 강하게 끄덕이며 맞장구를 쳤다.

"맞아요. 민사모!"

지윤이 두근거리는 심장을 누르며 빙긋이 웃었다.

"민사모?"

민 교수가 믿을 수 없다는 듯 얼굴을 찡그렸다.

"민 교수님을 사모하는 사람들의 모임! 저희가 학교 다닐 때부터 워낙에 교수님을 존경했잖아요!"

혜정의 말에, 상현도 고개를 끄덕이며 동의했다.

민 교수는 의심 가득한 눈으로 세 사람의 얼굴을 뚫어질 듯 노려보고, 보존과학실 내부를 스캔하듯 둘러보았다. 뭔가 께름칙한 냄새는 나지만, 증거가 없다. 직접 뒤져볼 수도 없는 노릇이라 답답했다.

"서지윤, 너! 똑바로 처신해!"

민 교수는 검지로 지윤의 이마를 정확하게 겨냥하며 경고한 후, 문을 부술 듯 박차고 나갔다. 보존과학실에 남은 세 사람은 다리에 힘이 풀려 의자에 털썩 주저앉았다. 회오리바람이 한바탕 휩쓸고 간 것 같았다. 혜정은 너무 놀라서 십 년은 늙은 것 같다며 옷 속에서 사임당 일기를 꺼냈다. 아무래도 복원장소를 옮겨야 할 것 같았다.

●

보존과학실을 급습하고 돌아온 민 교수는 연구실 책상 앞에 앉아 조교들이 입수해온 보존과학실 CCTV를 보고 있었다. 그는 몇 주 전 지윤과 상현이 이상한 고서를 들고 다니더란 소문을 듣고 조교들을 시켜 지윤과 상현을 뒷조사했다. 조교들이 가져온 정보들은 대부분 쓸모없는 것들이었다. 그중 유일하게 확인해봐야겠다 생각했던 정보가 바로 혜정의 보존과학실 건이었다.

컴퓨터 화면으로 보이는 보존과학실 CCTV 영상은 생각보다 화질이 좋지 않았다. 지윤과 혜정, 상현이 탁자를 가운데 두고 머리를 맞댄 채 뭔가를 열심히 읽고 있는 듯한 모습이 보였으나, 각도와 거리 때문에 탁자에 있는 자료는 확인할 수가 없었다. 도대체 뭘 읽고 있는 걸까. 상현이 CCTV 사각지대로 빠지고, 의자에서 일어나 현미경 앞으로 걸어가는 지윤의 모습이 보였다. 지윤은 혜정이 건네주는 종이를 들고 뭐라고 중얼거리더니, 갑자기 의자에 털썩 주저앉았다. 뭔가에 놀란 모습이 역력해 보였다. 도대체 뭘까. 같은 장면을 몇 번이고 리플레이해도, 그들이 읽고 있는 자료의 실체는 파악할 수 없었다.

민 교수는 짜증이 치밀어 마우스를 책상에 던지듯 놓았다. 스트레스로 뒷목이 뻣뻣해지는 것 같았다. 신경 써야 할 일들이 한두 가지가 아니었다. 꽉꽉 밀어주다던 갤러리 선 관장은 그의 연락을 피하는 듯했고, 차기 총장으로는 사회과학부 학장이 유력하다는 소문까지 돌았다. 그렇게 돈을 들여 접대를 했건만, 문화재 위원들 사이에서 〈금강산도〉 국보 추진을 망설이고 있다는 얘기도 흘러나왔다. 게다가 지윤 패거리가 들고 다니는 고서가 〈금강산도〉와 관련된 것일지 모른다는 추측까지 난무했다. 〈금강산도〉 국보 추진은 민 교수 일생일대의 기회이자 과업이었고, 명예와 자존심이 걸린 일이었다. 그렇게 중대한 일에 걸림돌이 된다면, 그게 누구든 무엇이든 결단코 가만두지 않을 것이다.

11
......

달빛이 환한 밤, 사임당은 잠들지 못한 채 마루에 앉아 있다. 해질녘에 우와 함께 수진방 골목길을 산책하다가 우연히 알게 된 두 가지 사실이 채 삼키지 못한 아픔이 되어 그녀를 잠 못 들게 했다. 비익당이라는 현판이 달린 기와집에 이겸이 살게 되었다는 것과 그 집에 민치형이라는 작자가 드나든다는 사실이다.

운평사에서 불쌍한 유민들을 학살했던 민치형, 조선 땅 어딘가에 버젓이 살아 있으리란 건 알았으나, 이렇게 코앞에 나타날 줄은 꿈에도 생각지 못했다. 오래된 붓글씨가 세월에 바래지듯 기억도 그렇게 흐릿해지면 좋으련만, 운평사에서 목격한 그 끔찍한 장면은 낙인처럼 남아 지워지지 않는다. 사임당은 당장이라도 이겸에게 달려가 민치형의 실체를 낱낱이 밝히며 두 번 다시 그자와 얽히지 말라 당부하고 싶다.

만약 모든 것을 털어놓을 수 있다면, 어디서부터 말해야 할까. 파혼하기 전날 밤, 이겸이 아닌 다른 이의 아내가 되기로 결정한 그날 밤부터 이야기해야 할까. 비익조 인장을 만들다 전각이 망가져 아버지를 찾아간 일부터 말해야 할까. 아니다, 그럴 수 없다. 사임당이 이러지도 저러지도 못하는 사이, 희뿌연 아침이 밝아왔다.

사임당은 치유되지 못한 상처를 주워 삼키고 아무 일도 없었던 듯 아침상을 차리고 마루를 닦는다. 이원수는 아침밥을 먹자마자 온다간다 말도 없이 휑하니 사라지고, 아이들은 제각각 흩어져 놀고 있다.

선은 나무를 깎아 뭔가를 만들고, 매창은 못 쓰게 된 헝겊을 펼쳐 그림을 그리고, 우는 나무 막대기로 항아리 뚜껑을 치면서 노래를 부르고 있다.

한편, 현룡은 책함이 가득 들어찬 골방에서 먼지 폴폴 나는 책더미를 뒤지고 있다. 집어 드는 책마다 족히 서너 번은 읽었기에 책을 집어드는 순간 술술 욀 지경이다. 새 책을 읽고 싶은 마음과 새로운 지식을 쌓고 싶은 열망이 가슴 한구석에서 물밀듯 올라온다.

사실 현룡은 오죽헌에서 한양으로 이사 올 때 한 가지 꿈이 있었다. 소문으로만 들었던 중부학당에 다닐 수 있다는 꿈이다. 그러나 그 꿈은 폐가나 다름없는 집으로 들어오면서 무참히 깨져버렸다. 매사에 의연한 어머니이지만, 가세가 기울자 얼굴도 핼쑥해지고 눈 밑에 수심도 가득해 보인다. 그런 어머니께 중부학당에서 공부하고 싶다는 말은 꺼낼 수 없다. 자신의 희망을 바윗덩이로 눌러놓은 채, 어린 현룡은 그저 어두침침한 공간에 틀어박혀 먼지가 켜켜이 쌓여 있는 책만 읽을 뿐이다.

뭔가 안 읽은 책은 없을까 싶어 책 더미를 뒤적이는 순간 책들이 우르르 떨어진다. 엎어진 책들 틈에 처음 보는 낡은 서책이 눈에 띈다. 《통감절요通鑑節要》. 아직 보지 못한 책이라 신바람이 난 현룡은 이리저리 책장을 넘기기 시작한다. 그때, 책장에서 반듯하게 접힌 종이가 발견된다. 종이에는 '애차하민상천이'로 시작하는 시가 적혀 있다.

"슬프도다. 가엾은 우리 백성들, 하늘의 도리마저 다 잃었구나…… 기묘년에 쫓겨난……."

시를 해석하던 현룡은 뭔지 모를 두려움에 심장이 쿵쾅거렸다. 어쩐지 알아서는 안 될 어떤 것을 알아버린 기분이었다. 이 시는 누가 쓴 것일까? 어머니 필체는 아니고, 아버지는 이런 글을 쓸 위인이 아니다. 그렇다면 자신이 태어나기도 전에 돌아가셨다는 외할아버지의 글씨일까?

현룡은 망설이다가 골방 문을 열고 밖으로 나갔다.

사임당은 마당에서 향이와 함께 절구를 찧고 있다. 향이는 절굿공이를 찧고, 사임은 옆에서 벼를 넣어주며 거든다.

"어머니, 어머니! 할아버지 책 더미에서 무슨 편지 같은 게 나왔습니다. 이게 할아버지 글씨입니까? 남기신 글들은 다 태웠다 하지 않으셨습니까?"

현룡은 종이를 흔들며 어머니의 대답을 기다린다. 사임당은 벼가 든 그릇을 내려놓고 아들이 내민 종이를 들여다본다. 아버지가 사용하시던 고려지, 그리고 왕의 시!

"이 종이, 어디서 났느냐!"

사임당의 손이 바들바들 떨린다. 현룡은 뭔가 잘못되었다는 생각에, 종이를 발견한 경위를 변명처럼 늘어놓는다. 아들의 대답을 듣자마자 사임당은 사색이 된 채 안방으로 들어간다.

사임당은 종이를 들고 방에 들어서자마자 숟가락을 꽂아 방문을 단단히 걸어 잠근다. 방구석에 쭈그리고 앉아 떨리는 손으로 종이를 펼쳐든다. 아버지가 필사해놓은 중종의 시가 분명하다. 민치형을 다시 만난 것으로도 모자라, 아픈 상처의 화근이 된 중종의 시까지 나오다니, 사임당은 엄습해오는 두려움에 숨통이 막혔다.

지난 이십 년간 몇백 번, 아니 몇천 번을 생각했다. 만약 그날, 이겸에게 줄 비익조 인장을 만들지 않았다면, 전각을 빌리러 아버지에게 가지 않았다면. 아버지가 필사하던 시를 보지 않았다면. 아니 그보다, 다음 날 운평사에 가지 않았다면 어땠을까? 그랬다면 운평사에서 일어난 그 참담한 장면을 보지 않았을 텐데. 알량한 의분으로 그림을 그리고 중종의 시를 옮겨 적진 않았을 텐데.

그 그림을 움막 소녀에게 건네지도, 그 불쌍한 유민들이 그렇게 비명에 죽지도 않았을 텐데. 만약 정말 그랬다면, 아버지가 그렇게 무참하게 돌아가실 일도 없었을 것이고 그리하였다면 이겸과 혼인을…… 여기까지다. 이미 지난 일이다. 돌이킬 수 없는 일이다. 가슴 밑바닥에 올라오는 죄책감과 회한은 삼켜야 한다. 그래야 산다.

사임당은 넘어가지 않는 밥을 억지로 삼키듯 애먼 가슴을 주먹으로 친다. 한참을 그러자 겨우 숨이 쉬어진다. 그녀는 깊은 숨을 몰아쉰 후, 종이를 접어 벽장 깊은 곳에 숨겨두고 밖으로 나간다.

현룡은 뚱한 얼굴로 마루에 걸터앉아 있다. 사임당은 두 손을 아들의 어깨 위에 올리고 두 눈을 마주치며 엄한 목소리로 이른다.

"현룡아, 아까 본 것을 절대로 발설해서는 아니 된다. 절대로! 골방에는 당분간 들어가지도 말고, 알아들었느냐?"

"학당도 안 보내주시고 집에는 더 읽을 책도 없고, 절더러 어쩌란 말입니까?"

골방에 들어가지 말라는 어머니의 말에 화가 난 현룡은 끝내 불만을 터트리며 집 밖으로 뛰쳐나간다.

현룡은 속상하다. 반항을 해서 어머니의 마음을 아프게 한 것도 속상하고, 어머니가 제 마음을 몰라주는 것도 속상하다. 너무 속상한 나머지 숨이 턱에 차오를 때까지 뛰기를 멈추지 않는다. 심장이 터질 것 같다.

그때 어디선가 글 읽는 소리가 들려온다. 소리를 따라 달려가던 현룡의 발은 크고 단정한 기와집 앞에서 멈춘다. 현관에 '중부학당'이라고 적혀 있다. 현룡의 가슴은 짝사랑하는 소녀를 만난 듯 두근거린다. 꿈에 그리던 중부학당이다. 열린 대문 안으로 살금살금 들어간다. 무언가에 홀린 듯하다.

서탁 앞에 앉아 훈도관의 강론을 듣고 있는 아이들이 보인다. 현룡은 문틈에 주저앉아 강론에 귀를 기울인다.

"단지소장자는 적하고 칠지소장자는 흑이라 시이로 군자는 필신기소여처자언이니라."*

학동들이 한목소리로 글을 읊는다.

"누가 뜻을 음미해보겠느냐?"

훈도의 질문에 학동들은 서로 눈치만 본다.

"선한 사람과 같이 거처하면, 향기로운 지초와 난초가 있는 방 안에 들어간 것과 같아서, 오래면 그 향기를 맡지 못하나 곧 더불어 향기와 동화되고, 선하지 못한 사람과 같이 거처하면, 생선 가게에 들어간 것과 같아서, 오래면 그 냄새를 맡지 못하나 또한 더불어 냄새와 동화되나니, 붉은 것을 지니고 있는 자는 붉어지고

---

* 丹之所藏者赤, 漆之所藏者黑, 是以君子必慎基所與處者焉.

검을 옷을 지니고 있는 자는 검어진다……."

현룡은 학당에서 공부하는 학동들에게 동화된 나머지, 자기가 도둑 공부를 하고 있다는 사실도 잊고, 작은 입술을 열어 그 뜻을 읊조린다. 때마침 마당을 비질하러 나온 백인걸이 이를 보고 다가 선다.

"《명심보감》이로구나."

"〈교우편〉입니다."

현룡은 똘망똘망한 눈빛으로 훈도복을 입은 백인걸을 바라보며 대답한다.

"못 보던 아이로구나."

백인걸이 기특하다는 얼굴로 유심히 현룡을 본다.

"북평촌에서 이사온 지 얼마 안 됐습니다."

"북평촌이라면 강릉을 말함이냐?"

"예. 강릉 외가댁에 살다가 달포 전 수진방으로 이사왔습니다. 원래 이곳 중부학당에 입학하고 싶었는데 집안에 피치 못할 사정 이 생겨 그럴 수 없게 되었습니다."

"혹시 외조부님께서 함자를 어찌 쓰시느냐?"

"신, 명자 화자를 쓰셨습니다. 일찍 돌아가셔서 저는 뵌 적이 없 습니다."

"네가…… 네가 신 진사 어르신 외손이로구나."

"외조부님을 아십니까?"

현룡이 신기하다는 듯 눈을 크게 뜨고 묻는다.

"그럼, 알다마다!"

백인걸의 목소리는 어딘가 촉촉하게 젖어 있다. 백인걸에게 있어서 신명화는 정치적 선배이자 학문적 스승이었다. 신명화가 기묘사화에 연루되어 유배되던 날, 백인걸 역시 파직되어 낙향해야 했다. 하지만 백인걸은 단 한 번도 신명화와 뜻을 함께했던 그 시절을 후회한 적이 없었다. 특별한 벼슬에도 들지 못하고, 중부학당의 교수에 만족해야 하지만, 지금도 때때로 신명화와 탁주를 나눠 마시며 밤새 정치와 학문에 대해 토론하던 때가 그립곤 했다.

"교수관 어르신."

백인걸이 현룡에게 뭐라 말하려던 순간, 훈도가 백인걸을 향해 두루마리 서류를 흔들며 수결을 요청한다.

"여기서 잠시만 기다리겠느냐."

백인걸은 현룡에게 당부하며 급히 자리를 뜬다. 현룡은 중부학당의 교수관이 자신의 외할아버지를 안다는 사실이 어쩐지 자랑스러웠다. 한시바삐 집에 가서 형과 누나, 아우에게 말해주고 싶다.

"이곳에서 대체 무엇을 하고 있는 게냐!"

집으로 가려고 돌아서던 현룡은 서릿발 같은 호통에 놀라 움찔한다. 고개를 들어 보니, 어머니만큼이나 고운 여인이 현룡을 날카롭게 쏘아보고 있다. 휘음당이다. 중부학당 결원 충원에 대한 자모회의 결정사항을 교수관에게 전하러 온 휘음당은 학당 앞에서 도둑 공부를 하고 있는 아이를 보자 속에서 천불이 인다. 불우했던 어린 시절, 사임당의 집 담벼락에 숨어 공부하던 자신이 떠오른 까닭이다. 지우고 싶은 어린 시절을 떠올리게 하는 광경에 본능적으로 저항감이 드는 것일까.

"지나는 길에 글 읽는 소리가 들려 그저 듣고 있었을 뿐입니다."

현룡은 당황한 얼굴로 변명하듯 말한다.

"들린다 하여 아무나 들을 수 있는 수업이 아니다. 귀한 댁 자제들에게만 허락된 것임을 눈으로 보고도 모르겠느냐!"

"자왈, 유교무류有教無類. 가르침에는 빈부나 귀천, 출신, 나이 등에 대하여 차등을 두지 않는다 하였습니다."

"글자 몇 개 깨우치고 나불대는지는 모르겠으나 어른 앞에서 어찌해야 하는지 듣고 배운 바가 없는 듯하구나, 어디 방자하게!"

"내어불미 거어하미來語不美 去語何美! 오는 말이 곱지 않은데 어찌 가는 말이 고울 수 있겠습니까?"

단 한마디도 안 지고 대꾸하던 현룡은 고개를 휙 숙여 인사하더니 대문 밖으로 걸어나간다. 그 당돌한 모습에 화가 난 휘음당은 치맛자락을 거칠게 잡아당기며 교수관실로 향한다. 강론을 하던 훈도관들이 그 향기에 한 번씩 고개를 돌려본다. 그러한 반응에 익숙한 휘음당은 고개를 빳빳이 쳐들고 콧대를 하늘로 치든 채 위풍당당하게 걷는다.

회의용 탁자 앞에 앉아 공문서에 수결을 하고 있던 백인걸은 휘음당이 들어서자 일어서서 맞이한다. 휘음당은 그의 인사를 받는 둥 마는 둥 하고, 탁자 정중앙에 턱 하니 걸터앉는다. 그녀의 이런 오만함을 익히 알고 있던 백인걸은 마음속으로만 혀를 끌끌 찰 뿐, 겉으로는 내색도 않고 맞은편 의자에 자리한다.

"학당 결원 충원에 대한 자모회 결정사항을 전달하려고 왔습니다."

휘음당이 용건을 꺼낸다.

"이거 공연히 자모회 학부형들께 심려를 끼친 것 같습니다만, 신입생 선발은 교수관과 훈도관이 결정할 문제입니다."

백인걸은 최소한의 예의를 지키며 단호하게 말한다.

"글쎄요. 자모회에선 중부학당에 아무나 들이는 것을 보고 있을 수만은 없습니다."

"아무나 들이다니요! 중부학당은 관에서 운영하는 학당이고, 자체적으로 학동 선발 기준을 갖고 있습니다."

"부임하신 지 얼마나 되셨죠? 아마 곧 다른 부처로 부임해 떠나실 테죠. 다른 교수관들처럼, 언제 떠나버릴지 모르는 교수관이니 중부학당에서 면면히 이어오는 전통을 알고 계실 리 만무할 것이며 또한 중부학당에 적합한 인재를 고를 안목을 갖고 계신지, 자모회는 아직 그에 대한 확신이 없습니다."

"그 정도밖에 믿음을 드리지 못했다니, 송구합니다."

"그렇게 들으셨다면, 오히려 제가 송구하지요. 학식과 강론에 대해 드린 말씀이 아니었습니다. 허나! 그간 중부학당의 대소사는 자모회에서 결정해왔으며, 앞으로도 그럴 예정입니다. 자모회의 간섭을 받고 싶지 않거든, 비렁뱅이 아이들이 도둑 공부하는 걸, 그대로 방치하는 일은 결코 없어야 할 겁니다."

여기까지 말한 휘음당은 더는 떠들 가치도 없다는 듯 자리에서 벌떡 일어선다.

"벌써 돌아가시게요?"

옆에 서서 대기하고 있던 훈도가 휘음당에게 묻는다.

"아! 작은 성의입니다. 교수관님 모시고 식사라도 함께하세요."

휘음당이 소맷부리에서 봉투를 꺼내 훈도에게 건네며, 꼿꼿하게 앉아 있는 백인걸을 곁눈으로 힐끗한다. 백인걸은 앉은 자리 그대로 꿈쩍도 하지 않고 있다. 그는 도둑 공부를 하고 있는 비렁뱅이라는 말에 신 진사의 외손을 떠올리고 있을 뿐, 휘음당에 대해서는 신경도 쓰지 않았다.

"어이쿠, 번번히 이거…… 감사히 받겠습니다."

봉투를 받은 훈도가 허리를 넙죽넙죽 숙이며 교수관실 밖까지 휘음당을 배웅한다. 휘음당이 나가자마자 백인걸은 현룡을 만났던 곳으로 달려간다. 하지만 그곳에 현룡은 없다. 잠깐만 기다려 달라고 이르고는 까맣게 잊어버린 것이 마음에 걸린다. 다시 만날 수 있을까. 꼭 신 진사의 외손이라서가 아니라, 이왕지사 신입생을 받으려면, 배움에 열의를 가진 아이였으면 하는 것이 백인걸의 마음이다.

헛헛한 마음을 달래며 교수관실로 돌아온 백인걸은 뜻밖의 손님을 보고 반색을 한다.

"어이쿠! 조선 예악을 양어깨에 짊어지신 분이 어인 일로 이 누추한 곳까지?"

책장에 꽂힌 서책을 구경하던 이겸의 어깨를 툭 건들며 백인걸이 농을 친다.

"학당 업무가 너무 과중한 건 아니오? 낯빛이 영…… 팔 년 못 본 새, 이십 년은 더 늙어지셨네. 칙칙해, 칙칙해. 형은 한양 체질이 아닌가 보오. 무릉도원 금강산을 떠나오셔서 그런가?"

이겸도 변죽 좋게 웃으며 농을 받아친다.

"낮도깨비 같은 녀석, 연통 한번 없다 팔 년 만에 나타나 하는 소리 하고는. 그래, 비익당은 잘 굴러가고 있다며?"

백인걸이 이겸에게 자리를 권하며 묻는다.

"내가 굴리나, 내버려두니 알아서 굴러가는걸, 뭐……."

"그 비법 좀 배워보자!"

"무슨 비법?"

"그냥 둬도 알아서 잘 굴러가는 비법 말이다."

처음엔 농담처럼 뱉은 말이었지만, 꺼내고 보니 사뭇 진지해진다. 백인걸은 고개를 쑥 내밀며 자못 심각한 표정으로 이겸을 바라보며 말을 잇는다.

"사부학당 학동들, 새벽부터 밤까지 사서삼경만 주야장천 외워 댄다. 꼬맹이 때부터 쭉 앵무새처럼. 여기 아이들, 모두 난다 긴다 하는 명문가 자손들이야."

"그래서요?"

"바깥 물정, 백성들 고초 따윈 본적도, 관심도 없는 녀석들이야. 애초에 출발선 자체가 달라. 이 아이들이 그대로 아버지 자리 물려받아 관원이 되고, 그 자식이 또 관원이 되고, 이래서야 나라 꼴이 어찌 되겠느냐? 너 하는 것처럼 중부학당에 와서 애들 좀 팍팍 굴려보란 말이다."

"날더러 훈장 노릇을 하라고?"

진지하게 얘기를 듣고 있던 이겸이 난색을 표한다.

"내키지 않으면 데리고 놀든가! 그래, 좀 놀려라 차라리! 데리고 나가서 세상 돌아가는 모습도 좀 보여주고."

백인걸은 말을 하면 할수록 어쩐지 더 답답해지는 것만 같다. 말이 나온 김에, 아이들의 닫힌 정신을 이겸이 좀 깨트려주면 좋겠다는 생각이 간절하다.

"누가 누굴 가르쳐? 나 몰라요? 공부는 내 체질이 아니야. 월담이 내 전공이라니깐!"

이겸은 고개를 흔드는 것으로 모자라, 손사래까지 친다.

"글쎄, 그런 걸 가르치라고!"

백인걸은 고집을 꺾지 않는다. 결국 옥신각신한 끝에 이겸은 생각해보겠다는 말을 남기고 중부학당을 빠져나온다.

날이 더디게 저물고 있다. 중부학당에서 나온 이겸은 소일거리라도 찾듯 수진방 일대를 산책하듯 느릿느릿 비익당으로 걸음을 옮긴다. 사임당의 집이 바로 지척에 있음에도 쉬이 찾아갈 수 없음이 그의 발길을 더욱 무겁게 한다.

비익당으로 들어서자 마당을 쓸고 있던 종복이 이겸을 향해 급히 뛰어온다. 어떤 아이가 전한 것이라며 편지 봉투를 건넨다. 대수롭지 않은 얼굴로 서찰을 받아든 이겸은 연못가 근처에 있는 바위에 걸터앉아 서찰을 읽는다.

의성군 전상서.

이름을 밝힐 수 없는 처지의 제가 공께 이 서찰을 보낸 연유는 혹여 불미스러운 일이 일어나지 않게 미리 주지시키고자 함입니다. 비익당이라는 곳은 수많은 예인들이 드나드는 곳이라 알고 있습니다. 허나, 그곳에 드나드는 사람들 중에 들이셔서는 안 될 인물이 있습니다. 민치형! 그자를 조심하십시오. 흔히 까마귀 노는 곳에 백로는 가지 말라 하였습니다. 그자는 언젠가 큰 해악으로 주변을 어지럽히고 공을 해칠 자가 자명합니다. 하오니 그자를 각별히 경계하시고 멀리 하시기 바랍니다. 공 앞에 나서서 말할 수 없는 처지를 해량해주시고, 다시 한번 부탁하오니, 절대 흘려 듣지 말고 명심, 또 명심하시기 바랍니다.

생각지도 못한 내용에 놀란 이겸이 바위에서 벌떡 일어선다. 도대체 누가 이 서찰을 보낸 것일까. 이겸은 서찰을 건넨 종복을 불러 세운다.

"이 서신을 아이가 주었다 했느냐? 어떻게 생긴 아이더냐!"

"허름한 거지 행색의 아이였습니다."

"거지 행색……?"

누군가 신분을 감추기 위해 길가의 비렁뱅이 아이를 시켜 편지를 전한 모양이다.

"나는, 가진 거라고는 사방에 적들뿐이로구나. 하…… 민치형, 민치형이라……."

이겸은 골똘히 생각에 잠겨 혼잣말을 중얼거린다. 곁에 섰던 종복은 뜻 모를 말에 고개를 갸웃거리다가 제 할 일을 하러 간다. 그 뒷모습을 멍하니 바라보던 이겸은 서찰을 접어 봉투에 넣고 사랑채로 향한다.

그날 밤, 이겸은 뜻하지 않은 손님을 맞이한다. 미복 차림의 중종이 내금위장만을 대동하고 비익당을 찾은 것이다. 이겸은 중종

의 뜻에 따라 종복들을 모두 물린 후, 사랑채에 마주 앉아 술잔을
기울인다.

"넓은 궁궐 안에 마음을 터놓고 의논할 사람이 하나도 없다. 내
가 그간 너를 얼마나 그리워했는지 알겠느냐?"

술을 두어 잔 마신 중종은 취기를 빌려 속내를 털어놓으며 한숨
을 푹 내쉰다.

"송구합니다. 전하."

이겸이 빈 잔을 채우며 말한다.

"대체 누가 이 나라의 임금인지 알 수가 없구나······."

"어찌 그런 말씀을······"

"나는······ 허수아비 왕이다."

중종이 자조적으로 뇌까린다.

"전하······."

이겸은 안타까운 눈빛으로 중종을 바라본다.

"노회한 훈구 대신과 그 일족들이 수십 년간 권세를 틀어쥔 채
국정을 좌지우지하고 있다."

"이 나라 조선의 군주이십니다. 하루빨리 위엄과 권위를 되찾으
셔서 기강을 바로 세우십시오. 무엇을 두려워하십니까?"

"내 무슨 힘이 있느냐? 조정의 만조백관들이 내 앞에서는 전하,
전하 하지만 뒤돌아서는 뒷방 늙은이 취급을 하고 있으니······."

"전하······."

"너는 궐 밖에 있고, 지난 이십 년간 마음 가는 대로 자유롭게 떠돌며 살아왔으니, 대신들도 너를 크게 주시하지는 않을 것이다. 내 팔과 다리, 눈이 되어다오! 삼정승과 민치형, 그자들이 권세를 이용해 어떤 비리와 부정을 저지르고 있는지 낱낱이 알아보아라. 놈들이 찌를 듯한 권세로 허물을 뒤덮고 눈을 가린다 한들, 명명 백백 드러난 죄상 앞에서는 죄인에 불과하지 않겠느냐?"

"그 뜻…… 잘 알겠습니다."

"특히! 민치형 그자는 얼굴만 봐도 구린 냄새가 진동을 하는 놈이니, 틀림없이 비리가 적지 않을 것이다."

말을 마친 중종은 이제야 홀가분해졌다는 듯 술잔을 들어 한입에 털어넣는다. 이겸은 흔들리는 촛불을 바라보며 골똘히 생각에 잠긴다. 사실 중종의 명이 아니라도, 민치형의 뒷조사를 해봐야겠다고 생각하던 참이었다. 누가 보냈는지는 알 수 없으나, 민치형을 조심하라는 편지가 내내 마음에 걸린 까닭이다. 그런 참에 왕의 은밀한 명은 이겸의 결심을 더욱 단단히 했다.

●

이튿날 오후, 사임당의 집은 난리가 났다. 선을 필두로 아이들이 저잣거리에서 곶감을 도적질하다 걸린 것이다. 아이들의 귓불을 잡아끌며 사임당의 집으로 쳐들어온 곶감 주인은 당장에라도 아이들을 포도청에 끌고 갈 기세다.

"너희가, 진짜 그랬느냐?"

사임당은 믿을 수 없다는 얼굴로 아이들을 향해 묻는다. 아이들은 아무 말도 못하고 고개만 푹 숙이고 있다. 그런 아이들의 모습에 사임당은 하늘이 무너지는 것 같다. 세상 사람 다 못 믿어도 자식만큼은 철석같이 믿는 것이 부모 마음인 것이다. 그러한 자식들이 도적질이라니, 마음이 천 갈래 만 갈래 찢어지는 것 같다.

"죄송합니다. 곶감 값은 변상할 것입니다."

사임당은 마음을 추스르고 곶감 주인을 향해 정중히 사과한다. 주인은 양반 신분임에도 고개를 숙이는 사임당의 모습에 화를 삭이고 돌아간다.

그러나 더 큰 문제는 그 다음이었다. 도둑질을 하다 걸렸음에도 아이들이 잘못을 인정하지 않고, 변명만 늘어놓는 것이다.

"배가 고파 그랬습니다! 북평촌에선 늘상 먹던 곶감이었는데, 한양으로 이사 와서는 곶감은커녕 배불리 먹어본 게 언제인지 기억도 나지 않습니다."

선이 종아리를 맞으면서도 이를 악물고 대든다. 배가 고파 그랬다는 큰아들의 처절한 한마디가 사임당의 가슴에 못으로 박힌다. 옆에서 안절부절못하고 앉아 있던 이원수가 큰아들의 역성을 들며 나선다.

"배가 고파 그랬다 하지 않습니까? 참으세요, 부인!"

"이게 다 아버지 때문입니다!"

선이 아버지를 쏘아보며 외친다. 그 말에 이원수는 금세 시무룩해진다.

"중부학당에 못 가게 된 것도 아버지 때문이에요!"

잠자코 종아리를 맞던 현룡도 큰형의 말에 동조하며 참았던 울분을 터트린다.

"아버진 왜 사기를 당해서…… 가난한 거 진짜 싫어요!"

잘못했다며 손바닥을 비비던 매창도 눈물을 뚝뚝 떨군다. 아이들의 말에 이원수가 얼굴을 붉히며 벽 쪽으로 시선을 피해버린다.

"그만들 못하겠느냐!"

사임당이 목청을 돋우며 엄하게 꾸짖는다. 도둑질보다 더 나쁜 건, 자신의 잘못을 인정하지 못하고 환경을 탓하는 것이요, 남을 탓하는 것이다. 그보다 더 나쁜 건 부모를 공경할 줄 모르는 아이들의 태도다. 이대로는 안 되겠다 싶은 사임당은 저미는 마음을 추스르며 자리에서 일어선다.

"옷을 갈아입어라."

사임당은 옷가지를 꺼내 아이들에게 나눠준다. 한참 혼이 나다가 갑자기 옷을 갈아입으라니, 아이들은 영문을 모르겠다는 멍한 표정이다.

"옷은 왜 갑자기……"

이원수는 아내의 눈치를 살피며 조용히 묻는다. 사임당은 말없이 옷가지를 꺼내 남편 앞에 놓고 밖으로 나간다. 이원수와 아이

들은 께름칙한 표정으로 한참 동안 옷자락을 만지작거리다가 이
내 입고 있던 옷을 벗어 던지고 새 옷으로 갈아입는다.

　　　　　　　　　　　●

　수진방 골목을 벗어나 저잣거리를 지나자 숲길이 나온다. 쓰개
치마로 얼굴을 살짝 가린 채 앞장서 걷던 사임당은 뒤처져 걸어오
는 남편과 아이들을 돌아보며 발길을 재촉한다. 이원수와 아이들
은 어디로 가는지도 모른 채 무작정 따라나선 터라 마음이 영 답
답하다. 발바닥도 아프고, 회초리 맞은 종아리도 아픈 아이들은
점점 불만을 터트린다. 이원수는 이원수대로 아이들과 아내의 눈
치를 보느라 심사가 말이 아니다.

　숲길을 지나자 험준한 오르막이 이어진다. 오르막을 다 오르자
사임당이 걸음을 멈추고 숨을 몰아쉬며 주변을 둘러본다. 아무것
도 없는 황량한 땅, 그저 닥나무 숲만 조금 있을 뿐 황무지나 다름
없는 곳이다.

　"여기가 대체 어딥니까?"

　이원수는 땀을 뻘뻘 흘리며 아내에게 묻는다.

　"여기서부터 저기까지가, 전부 우리 땅이다."

　사임당이 손을 높이 뻗어 보이지 않는 끝과 끝을 가리키며 선언
하듯 말한다.

　"정말요?"

263

숨을 고르던 아이들이 놀란 얼굴로 주변을 둘러본다.

"아버지께서 너희를 위해 마련해주신 거야. 우린 가난하지 않다. 우린 부자야!"

"부인⋯⋯."

아이들 앞에서 아버지의 위신을 세워주려는 것이구나. 이원수는 그런 아내의 마음이 고마워 눈시울을 붉힌다.

"설마 기와집 대신 사놓은 땅이 어딘지도 모르셨던 건 아니지요?"

"물⋯⋯ 물론 알고 있었소. 딱히 와본 적은 없지만⋯⋯ 여기였구나⋯⋯."

이원수는 부끄러움을 이기지 못해 고개를 푹 숙이고 만다. 그때 불쑥, 큰아들 선이 아무짝에도 쓸모없는 땅 같다며 불만을 토해낸다. 그것을 시작으로 매창과 현룡도 한마디씩 보탠다. 농사도 지을 수 없고, 집도 지을 수 없고, 그 흔한 감나무 한 그루 없다고 툴툴거린다.

"모두 잠시 눈을 감아보아라."

사임당이 시범을 보이듯 먼저 눈을 감는다. 아이들도 덩달아 스르르 눈을 감는다. 이원수와 향이만이 영문을 모르겠다는 얼굴로 멀뚱멀뚱 서 있다. 잠시 정적이 흐르는 가운데, 사임당이 나지막이 묻는다.

"무엇이 보이느냐."

"아무것도 안 보입니다. 온통 까맣습니다."

선이 뚱한 목소리로 대답한다.

"그럼 보려고 하지 말고 느껴보아라."

사임당은 안타깝다는 듯 큰아들의 머리를 쓰다듬으며 따뜻하게 말한다.

"음…… 하……. 꽃이 있는 것 같습니다! 향기가 아주 좋은 꽃이요! 치자 향기 같습니다."

매창이 숨을 크게 들이쉬며 외친다.

"뭔가 산짐승 기척도 들리는 것 같고요."

여전히 뚱하지만 전보다는 한결 풀어진 말투로 선이 중얼거린다. 이에 아이들은 저마다 느껴지는 것들을 하나하나 짚어가며 종알거린다. 현룡은 푸드덕 날아가는 새소리와 졸졸 흐르는 개울물 소리를 듣고, 우는 바람이 볼을 간지럽힌다며 두 팔을 쭉 펴고 천진하게 웃는다.

"자, 이제 눈을 뜨고 주위를 둘러보아라. 여기 이 풀벌레조차 주어진 자리에서 자기 몫을 열심히 살아내고 있다. 벌레도 꽃도 풀도 바람도 그리고 시냇물조차도. 지금은 아무것도 가진 게 없는 듯하나, 그렇지 않아. 이제부터 너희가 채워갈 세상을 생각하면, 이 어미는 벌써부터 가슴이 뛴단다."

사임당은 사랑스런 눈길로 아이들을 바라본다. 삶이 아름다워지고 추해지는 것은, 그 삶을 살아가는 사람이 어떤 희망을 갖고 사느냐에 따라 달라진다. 사임당은 부디 자신의 아이들이 아름다움을 향해 나아가는 삶을 살길 원한다. 그런 어머니의 뜻을 알겠다는 듯 아이들은 생기 가득한 얼굴로 주변을 둘러본다.

"회사후소繪事後素라, 《논어》〈팔일편〉에 나오는 말씀입니다. 그림을 그리는 일은 흰 바탕이 마련된 후라고 공자님도 말씀하셨습니다. 그러니 이 맹지盲地는 그림을 그리기 전의 하얀 종이에 해당되는 것입니다. 흰 바탕이 마련된 것이니 뭔가 그림을 그려야 할 듯합니다."

현룡이 사임당의 마음을 꿰뚫듯 총명하게 말한다.

"그렇지! 그래, 무엇을 채우고 싶으냐?"

사임당의 질문에 아이들은 저마다 감나무를 심자는 둥, 꽃을 심자는 둥, 나무를 심자는 둥 신나서 떠들어댄다.

"자, 이제 너희가 그릴 그림을 느껴보아라."

사임당이 따뜻한 미소로 아이들의 등을 떠민다. 천진하고 밝은 미소를 되찾은 아이들은 싱그러운 풀밭, 예쁜 꽃, 산짐승들, 흙바닥을 열심히 기어가는 풀벌레를 관찰하고 물장구를 치고 바람을 느낀다. 마치 소풍이라도 나온 양 즐겁다.

사임당과 이원수는 오랜만에 어버이로 하나되어 자식들이 생기발랄하게 뛰노는 모습을 흐뭇하게 바라본다. 막내 우가 신기한 걸 발견했다는 듯 나뭇가지를 들고 달려와 어머니 품에 안긴다.

"딱딱딱 소리가 납니다. 소리나뭅니다."

"닥나무란다. 종이를 만들 때 쓰는 나무이지."

사임당은 우의 볼에 자신의 볼을 비비며 대답한다. 우가 닥나무를 들고 꺄르르 웃으며 어머니 품을 빠져나가 형들에게 뛰어간다.

●

낮에는 학습지 교사로 밤에는 대리운전 기사로, 새벽에는 사임당 일기 연구로 지윤은 눈코 뜰 새가 없었다. 눈 밑 다크서클은 사라질 날이 없었고, 앉았다 일어날 때는 현기증으로 눈앞에 별이 보일 지경이었다.

몸이 피곤하고 힘든 건 견딜 수 있었다. 문제는 마음이었다. 집을 풍비박산 내고 연락도 없이 사라진 남편에 대한 원망과 걱정이 그녀를 괴롭혔다. 전에 없이 냉랭해진 시어머니 정희와의 불화는 그녀의 마음을 무겁게 했다. 아버지가 홍콩으로 발령받아서, 가족 여행을 다닌다며 친구들과 선생님에게 거짓말을 한 아들 은수 역시 가슴 아팠다. 언제고 그녀의 뒤를 쫓아다니며 위협하는 채권자들이 두려웠으며, 사사건건 꼬투리를 잡으며 그녀를 옥죄는 민 교수의 눈이 무섭고 끔찍했다. 이제는 혜정의 보존과학실도 안전지대가 아니었다. 혜정과 상현에 대한 고마움은 이미 염치의 도를 넘어서고 있었다.

늦은 밤, 대리운전을 마치고 집으로 귀가하는 지윤의 발걸음은 생기를 잃은 마음만큼이나 무겁고 처량했다. 버스 안에서 읽은 사임당 일기의 해석본이 그녀를 더욱더 착잡하게 만들었다. 일기를 통해 사임당의 면면을 볼 때마다 지윤은 집안은커녕 스스로의 마음조차 다스리지 못하는 자신이 한심스러웠다.

그렇게 어두운 옥인동 골목길을 터덜터덜 걷고 있는 지윤의 등 뒤로 까만 그림자가 다가왔다. 사임당 생각에 빠져 있던 지윤은 뒤늦게야 그림자를 자각하고 걸음을 재촉했다. 그 순간, 어둠을 뚫고 들어온 손이 그녀의 손목을 낚아챘다. 비명을 지르려는 그녀의 입을 다른 손이 틀어막고 모퉁이를 돌아 좁은 골목으로 끌고 갔다.

"읍! 으으윽!"

지윤은 공포에 질린 채 핸드백을 마구 휘둘렀다.

"쉿! 나얏!"

민석은 지윤을 돌려세워 눈을 마주치며 낮고 단호하게 말했다. 남편의 목소리와 얼굴을 확인한 후에야 지윤은 저항을 멈추고 숨을 헐떡였다. 민석은 지윤을 안았던 팔을 풀면서 골목 밖을 주시한 채 낮은 목소리로 누군가가 그녀를 미행하고 있다고 말했다. 지윤은 미심쩍은 얼굴로 남편이 가리키는 곳을 보았다. 과연 정체 모를 남자들이 갑자기 사라진 그녀를 찾아 사방을 헤매고 있었다. 민 교수의 똘마니이거나 채권자들 같았다. 하지만 어두워서 얼굴을 식별할 수 없었다. 민석은 지윤을 데리고 골목길을 빠져나가 인적 없는 공원으로 갔다.

공원이라고 해봐야 낡은 나무 벤치에 깡마른 소나무 한 그루가 전부였다. 사람의 손길이 오랫동안 닿지 않았는지 바닥에는 쓰레기가 널려 있었다. 달빛조차 비치지 않는 공원은 을씨년스러웠다. 민석과 지윤은 벤치에 나란히 앉아 한동안 아무 말도 하지 않았다. 지윤은 자신을 미행하는 이들이 누구인지, 언제부터 자신의 뒤를 캐고 다닌 것인지를 생각하고 있었다. 민석은 지금부터 지윤에게 해야 할 말의 무게를 생각하며 말을 고르고 있었다.

민석이 갤러리 관장실에서 복사해온 USB에는 증거가 될 만한 문건이 없었다. 월별 관람현황과 전시 계획, 홍보 자료가 전부였다. 마지막 폴더에는 갤러리 소장품이 이미지 파일로 묶여 있을 뿐이었다. 혹시나 싶어 이미지 하나하나를 클릭해서 열어보았지만, 평범한 그림사진과 갤러리 건설 계획 도면, 평범한 도시 골목의 풍경사진이 전부였다. 차라리 그때 관장과 회장이 나눴던 대화를 녹음하는 것이 좋았을 뻔했다. 그러나 선진그룹이 비자금을 조성하기 위해 민석의 회사를 총알받이로 썼다는 증거는 어디에도 없었다. 민석의 회사 외에도 수많은 개미 투자자들이 선진그룹으로 인해 파산했다. 파산한 회사의 임원들은 가정이 파탄 나고 노숙자로 전락했으며 자살한 사람들까지 있었다. 선진그룹의 만행에 대한 증거를 찾지 못한 이상, 민석의 미래도 장담할 수 없었다. 그나마 그동안은 지윤이 잘 버텨주었지만, 채권자들의 압박은 더 심해질 것이고, 결국엔 지윤도 나가떨어질 것이 분명했다. 그러기

전에 막아야 했다. 적어도 아내와 아들은 고통의 현장에서 구해야 했다.

민석은 참았던 한숨을 무겁게 내쉬며, 선진그룹과 관련된 사건 경위를 아내에게 설명했다. 지윤은 말없이 남편의 말을 들었다.

"그러니까 뭐야, 선진그룹이 일부러 주가를 떨어트렸고, 그 바람에 당신 회사가 망했단 소리야?"

"〈금강산도〉 담보로 대출을 오백 억이나 받았어! 그 자금이 실탄으로 쓰였고!"

"〈금강산도〉!"

지윤의 목소리가 높아졌다. 민석이 주변을 둘러보며 목소리를 낮추라고 당부했다.

"갤러리 선이 비자금 창구야! 우리 회사 말고도 수많은 개미 투자자들이 파산했어. 피해 액수가 어마어마해!"

"갤러리 선에 있는 그 〈금강산도〉는 가짜야!"

지윤이 단호하게 말했다.

"지윤아……."

"가짜 〈금강산도〉로 국보추진까지 밀어붙이고 있어. 불법대출까지 받은 그 〈금강산도〉가 가짜라는 게 밝혀지면, 갤러리 선, 그 뒤에 있는 선진그룹, 비리를 밝혀내는 건 시간문제야! 당신이랑 피해본 사람들이 회생할 길이 열릴 거야! 내가 그……."

"길게 얘기할 시간 없어."

민석이 아내의 말을 싹둑 자르고는, 품속에 있던 서류봉투를 꺼내 불쑥 내밀었다.

"뭐야?"

지윤은 의아한 눈빛으로 봉투를 받아들며 물었다.

"이혼서류야."

"뭐?"

지윤의 낯빛이 창백해졌다.

"당신 도장만 찍어서 이대로 접수시켜!"

민석은 부러 딱딱한 목소리로 차갑게 말하며, 그녀를 외면했다. 지윤은 참을 수 없다는 듯 봉투를 쥔 손을 부르르 떨더니, 이내 남편의 어깨를 떠밀며 울었다.

"진정 좀 해!"

민석이 지윤의 손목을 강하게 잡고 두 눈을 똑바로 응시했다.

"진정하게 됐니! 이혼? 어떻게 이럴 수가 있어!"

지윤은 흥분을 멈추지 못한 채 바들바들 떨었다.

"이성적으로 생각해! 내 부채, 전부 대부업체 쪽으로 넘어갔어. 그 사람들, 절대 포기 안 해. 당신을 끝까지 찾아내서 괴롭힐 거야. 이혼만 하면 당신은 벗어날 수 있어!"

민석이 울분 가득한 목소리로 말을 이었다.

"남은 가족이라도 살아야 될 거 아냐!"

"말도 안 돼……."

지윤이 눈물을 뚝뚝 떨어뜨렸다.

"나 혼자 끌어안고 끝낼게! 당신은 벗어나. 그래야 살길을 찾지!"

"싫어!"

"싫고 좋고 선택할 수 있는 상황이 아냐! 이성적으로 판단해! 이게 최선이야!"

민석이 슬픈 눈빛으로 지윤을 바라보았다. 지윤은 눈물이 그렁그렁한 눈으로 민석을 보았다. 그들은 더할 나위 없이 아픈 시절을 보내고 있었다. 그러나 이 고통에도 끝이 있을 것이다.

"나를 믿어!"

민석이 지윤의 어깨를 감싸 안았다. 그녀의 작은 어깨가 가련하게 떨렸다.

남편과 헤어지고 집으로 돌아온 지윤은 잠든 은수의 얼굴을 하염없이 쓰다듬으며 쏟아져 나오려는 눈물을 억지로 삼켰다.

어떻게 이럴 수 있는가. 삶이 어쩌면 이토록 처참하게 무너질 수 있는가. 이혼이라니. 마음껏 소리 내어 울어버릴 수도 없는 가혹한 현실 앞에 그녀의 가슴은 더욱더 참담하게 일그러졌다. 아들을 품에 꼭 껴안고 누운 지윤은 스르르 눈을 감는다. 내일 아침이 오는 게 두렵다. 이대로 영원히 눈을 뜨지 않을 수 있을까.

걸을 수 없을 정도로 질척거리는 꿈길을 걷는다. 자욱한 안개로 한 치 앞도 보이지 않는다. 새하얗게 표백된 초현실의 세계. 하지만 알 수 있다. 이곳은 산속이다. 아무것도 보이지 않아 그 어떤 것도 식별할 수 없지만, 그냥 자연스럽게 이곳이 금강산이라는 생각이 든다. 그렇게 하염없이 안개 속을 걷다가 움푹 팬 골짜기를 만난다. 주위의 깊은 정적으로 가슴이 답답해진다. 그 순간 눈앞으로 걷잡을 수 없는 불길이 솟아오른다. 활활 타오르는 장작더미. 누군가 그 속으로 그림을 집어 던지고 있다. 화염은 산수화, 초충도, 초상화를 삼켜버린다. 안 돼. 그러지 마! 손을 뻗어보지만 닿지 않는다. 그때, 불 속으로 또 하나의 그림이 던져진다. 비익조 인장이 선명하게 찍힌 〈금강산도〉이다. 그리고 그림을 구하려 불 속으로 뛰어드는 남자의 뒷모습. 간신히 불구덩이에서 건져낸 〈금강산도〉를 품에 안고 오열하는 남자의 울음소리.

퍼뜩 꿈에서 깨어난 지윤은 얼굴에 식은땀을 닦아내며 주변을 둘러보았다. 은수가 몸을 뒤척이며 이불을 발로 차고 있었다. 지윤은 은수를 똑바로 뉘여 이불을 덮어주고, 벽에 등을 기대고 앉았다. 꿈이라고 하기엔 너무나 생생했다. 불구덩이에 〈금강산도〉를 던진 이는 누구이며, 불 속에 뛰어들어 〈금강산도〉를 구해낸 이는 누구인가.

12

가을이 깊어가는 어느 날 오후, 사임당의 집에 뜻밖의 손님이 찾아온다. 중부학당 교수관인 백인걸이다. 그는 신명화의 손자이자 영특하기까지 한 현룡이 내내 마음에 걸려 직접 찾아온 것이다.

"저 아이를 중부학당 마당에서 보았습니다. 글을, 그저 앵무새처럼 외기만 하는 것이 아니라 어린 나이에 깊은 뜻까지 마음에 새기고 있더군요."

백인걸이 대청마루에 앉아 사임당이 대접하는 차를 마시며 말문을 연다.

"고맙습니다."

사임당이 찻물을 우리며 고개를 숙인다.

"신 진사 어르신의 외손이라고요. 아이에게 들었습니다."

"선친을 아십니까?"

"잘 압니다……. 사서삼경 줄줄 외는 재주 많은 여식 자랑을 그리 늘어놓으시더니…… 현룡이 저 아이가 어머니를 닮았나 봅니다."

"찾아오신 연유를 여쭈어도 되겠습니까?"

"마침 저희 중부학당에 결원이 생겼습니다. 집안 사정상 아이를 학당에 보낼 수 없다는 이야기는 들었습니다. 함께 해결할 방도가 있을지 모릅니다. 내일 아이와 함께 중부학당을 찾아주시겠습니까?"

백인걸이 찻잔을 내려놓으며 허심탄회하게 용건을 풀어놓는다. 사임당으로서는 생각지도 못한 제안이다. 하지만 섣불리 결정할 일은 아니다. 말 그대로 밑그림조차 그려지지 않은 백지 같은 집안형편 때문이다. 사임당이 고민에 빠져 쉽게 대답을 못하자, 백인걸은 잘 생각해보고 내일 중부학당에서 다시 이야기하자며 자리에서 일어선다.

그날 밤, 사임당과 이원수는 호롱불을 가운데 놓고 앉아 서로 말이 없다. 건넛방에서는 아이들의 잠꼬대 소리가 간헐적으로 들려온다.

"부인, 내 할 말이 있습니다!"

이원수가 작심한 듯 고요를 깨며 입을 연다.

"얘기해보십시오."

"안 되겠소. 내가 이번 과시엔 기필코 붙어야겠소!"

"……그러셔야지요."

현룡의 문제를 의논하려나 싶어 내심 기대했던 사임당은 실망한 표정으로 한숨을 내쉰다.

"아냐, 이번엔 진짜요! 전에는 사실 의무적인 게 더 컸는데 이번엔 다르오. 이 가슴 깊은 곳에서 반드시 돼야겠다는 신념! 그게 강하오. 이번에 떨어지면 머리 깎고 중이 될 각오로, 내일 날 밝는 대로 산에 들어가 공부에 정진할 것이오!"

이원수가 손으로 제 가슴을 탕탕 두드리며 호언장담한다.

"잘 생각하셨습니다. 그러셔야죠."

사임당은 마치 철없는 아이를 어르듯 말하고 호롱불을 꺼버린다. 순식간에 찾아든 어둠이 방 안을 가득 메운다. 어둠 속에 앉은 두 사람은 이제 서로의 표정을 살필 수 없다.

이원수는 한숨만 내쉬는 아내가 안쓰럽기도 하고 야속하기도 하다. 집안 말아먹은 못난 남편 때문에 자식 뒷바라지조차 마음껏 해주지 못해 힘들어하는 아내에게 미안하다. 그러나 또 한편으로는 아무리 못나도 똑같은 부모 입장인 것을, 옆에 있는 남편과 상의할 생각은 안 하고 한숨만 내쉬는 아내가 못내 서운하다. 결코 섞일 수 없는 두 가지 마음이 어둠 속에서 대립하는 동안 닭이 울고 아침이 밝는다.

민치형의 아침상 풍경은 가을 서리만큼이나 서늘하다. 저마다 8첩 반상을 받은 아버지와 두 아들은 말이 없다. 조용하다 못해 건조하다. 몇 달 후면 지학의 나이가 되는 큰아들 지균은 화초처럼 말쑥한 얼굴을 깊이 숙이고 앉아 아버지의 시선을 피하고 있다. 크게 잘못한 일도 없는데 아버지 앞에만 서면 주눅이 드는 것이다. 눈썹이 짙고 코끝이 반듯한 막내아들 지성 역시 마치 벌을 받듯 앉아서 숟가락질을 하고 있다. 그 옆에서 반찬 시중을 들고 있는 휘음당은 아들과 남편의 눈치를 살피느라 숨 한번 제대로 쉬지 못할 지경이다.

　"꼭꼭 씹어 먹어라."

　휘음당은 지성의 밥숟가락 위에 오이소박이를 얹어주며 말한다. 지성이 오이가 싫다는 듯 숟가락을 뒤로 살짝 뺀다.

　"오이는 피를 맑게 하니 기억력에 좋은 음식이다."

　민치형이 호통을 치자, 눈치를 보던 지균은 젓가락으로 오이소박이를 얼른 집어 우적우적 씹어 먹는다.

　"형님을 보아라. 이리 골고루 잘 먹으니 일등을 도맡아 하지 않느냐?"

　휘음당이 지균을 가리키며 지성에게 말한다.

　"중부학당 그 좁은 곳에서 일등, 대단한 것이 아니다. 중학 일등을 해도 과시는 낙방한 사례가 많아! 지금에 만족하지 말고 더욱 정진해야 할 것이야! 우리 가문엔, 싸워서 지는 사람은 필요 없다.

열심히는 기본! 무조건 이겨야 해!"

민치형의 목소리는 싸늘하고 비정하기 이를 데 없다. 두 아들은 손에 진땀이 나서 숟가락을 떨어뜨릴 지경이다. 휘음당은 숟가락을 내려놓은 민치형에게 휘건을 건넨다. 아내라기보다 잘 교육된 몸종 같다. 민치형은 휘건으로 입을 닦고 일어나 밖으로 나간다.

아버지가 나가자마자 지균은 입에 있던 오이를 토해버린다. 남편을 배웅하고 돌아온 휘음당은 못마땅한 얼굴로 지균 옆에 앉아 휘건으로 입을 닦아준다.

배 아파 낳은 자식들이니 그녀의 가슴속에도 들끓는 모정은 있다. 그러나 그 무조건적인 모정보다 더 큰 것이 바로 살아남고자 하는 욕망, 기어코 담벼락을 타고 높은 곳에 오르려는 넝쿨 같은 욕망이다. 그녀에게 자식들은 타고 넘을 수 있는 담벼락이고 밟고 건널 수 있는 징검다리였다. 한낱 주막집 딸이었던 그녀를 이조참의 정실부인으로 만들어준 것이 바로 자식들이다. 이제 그녀는 두 아들이 어서 빨리 자라 과시에 합격하고 벼슬에 오르길 기대한다. 그렇게만 되면 민치형에게 버림받을지도 모른다는 불안감에서 해방될 것이다.

두 아들은 그런 어머니의 욕심에 숨이 막히고, 아버지가 내뿜는 위압감에 몸이 움츠러든다.

그날 오후, 휘음당은 결원 충원에 관한 일을 매듭짓기 위해 중부학당으로 향한다. 그리고 그곳에서 예상치 못한 순간을 맞이한다. 현룡의 입학상담을 마치고 교수관을 나서는 사임당과 맞닥뜨린 것이다. 초라한 무명옷을 입었으나 붓으로 그려넣은 듯 선명하면서도 어딘가 청초한 분위기를 풍기는 여인을 보자마자, 휘음당은 그녀가 사임당임을 알아본다. 하지만 사임당은 눈앞에서 자신을 뚫어지게 바라보는 화려한 부인이 이십 년 전 오죽헌 담 밑에서 도둑 공부를 하던 주막집 딸 석순이라고는 상상조차 못한다.

사임당은 휘음당을 지나치려다가 무언가에 놀란 듯 우뚝 멈춰선다. 휘음당은 사임당의 시선을 따라 고개를 돌린다. 이겸이 교수관 앞 복도로 걸어오고 있다. 그의 눈길은 자연스럽게 휘음당을 지나쳐 사임당을 향한다. 사임당의 시선 또한 휘음당 뒤에 선 이겸에게 고정되어 있다.

사임당과 이겸 사이에 있는 휘음당은 벽이고 가구일 뿐이다. 그 누구도 휘음당이 누구인지 알아채지 못하고, 알아볼 생각조차 하지 않는다. 먹먹한 낯빛으로 서로를 말없이 바라보던 사임당과 이겸은 그대로 어깨를 스치며 지나간다.

휘음당은 모두가 사라진 복도에서 두 손을 부들부들 떨며 이를 간다. 또 한번 외면당했다는 수치심이 그녀를 압도한다. 이십 년 전 운평사에서 죽을 뻔했던 사임당을 온몸 다쳐가며 구해준 것이 누구인가. 몇 푼을 던지며 뒤돌아선 이겸을 애타게 그리워하던 이는 누구인가. 두 번 다시 무시하지 못하게 하리라, 휘음당은 두 눈을 부릅뜨고 텅 빈 복도를 노려본다.

백인걸과의 만남을 뒤로 미루고 집으로 돌아온 휘음당은 종복을 불러 사임당이 어디서 무얼 하고 사는지 낱낱이 보고하라 이른다. 아무리 생각해도 두 사람이 서로를 바라보는 눈길이 예사롭지 않았다. 이십 년 만에 처음 만난 사이는 아닌 게 분명했다.

"다른 이와 혼인해 아이까지 낳은 여인을 뭐 볼게 있다고! 의성군이 혼인을 파하고 올라왔다더니 설마……."

휘음당은 평소와 달리 감정을 주체하지 못하고 서안에 놓여 있던 화구를 쓸어 패대기치며 부르르 떤다.

얼마 후, 사임당에 대한 정보를 물고 온 종복이 휘음당이 있는 안채로 들어선다. 종복은 자리에 앉자마자 휘음당에게 자신이 알고 있는 사실을 모두 고한다. 사임당이 북평촌에서 이사 온 날짜와 남편 이원수가 수진방 기와집을 사기당한 일, 어쩔 수 없이 급전을 모아 폐비 신씨 옆의 흉가로 들어간 일, 게다가 백인걸이 사임당의 아들 현룡을 중부학당에 입학시키고자 하는 일까지 모두 일러바친다. 말없이 듣고만 있던 휘음당의 눈초리가 사납게 올라간다.

"자모회를 소집하게!"

휘음당이 고개 숙인 종복을 내려다보며 명한다. 중부학당 입교라니, 어떻게 해서든 막으리라. 이번에야말로 자신의 존재를 부각시킬 수 있는 절호의 기회였다.

그녀는 손대지 않고 코 푸는 방법을 알고 있다. 작은 불씨만 던져줘도 알아서 활활 타오르는 자모회를 움직이는것. 자식 일이라면 물불 가리지 않고, 잘하든 못하든 자식의 입신출세를 바라는 부인들은 늘 배고픈 승냥이 같았다. 한 학당에서 함께 동문수학하는 자식을 둔 입장에서 서로의 고충을 위로하며 도움을 주고받을 수도 있을 텐데, 그들은 절대 그러지 않는다. 앞에서는 웃지만 뒤에서는 서로를 할퀴고 물어뜯는다. 휘음당은 그런 그녀들을 길들이는 방법을 알고 있으며, 권세도 가지고 있다.

아나나 다를까, 휘음당의 부름을 받고 모인 자모회 부인들은 폐비 신씨 옆집이라는 말 한마디에 활활 타오른다.

"누구 맘대로요! 우리 자모회를 뭘로 알고? 중부학당이 어중이 떠중이 다 들어오는 데가 아니잖아요!"

휘음당 다음으로 위세를 떨치는 서씨 부인이 목소리를 높인다.

"이걸 두고만 보시려고요? 폐비 옆집이랍니다! 안 봐도 가세는 뻔한 거 아니겠습니까?"

서씨 부인 옆에 앉아 있던 부인이 제 말에 확신을 가하듯 무릎까지 치며 말한다. 그들은 얼굴도 모르는 사임당과 그의 일가를 도마 위에 올려놓고 다지고 저미고 채를 썰어댄다. 휘음당은 불씨만 던졌을 뿐이다. 그 불씨에 기름을 붓고 부채질을 해서 활활 타오르게 하는 것은 자모회 부인들이다. 대화는 점점 격앙되고, 격분한 감정들이 배가 된다. 결국 그들은 제 분에 못 이겨 현룡의 입교는 결사반대라며 자리를 박차고 일어선다. 휘음당은 은밀한 미소를 지으며 만족스런 눈길로 부인들을 배웅한다.

⁂

한편, 백인걸로부터 사임당의 아들에 대한 이야기를 전해들은 이겸은 속상한 마음에 몇 날 며칠을 잠 못 이루고 고민한다. 할 수만 있다면 사임당과 그의 식솔들을 모두 비익당으로 데려오고 싶다. 하지만 불가한 일이다. 사임당이 그 뜻을 받아줄 리도 없거니와 이겸 스스로 그녀의 자존심을 다치게 하고 싶지 않다. 무엇보다 그녀에겐 남편이 있다. 그렇다고 모른 척 지나칠 수도 없다. 마음이 그렇게 되질 않는다. 밥을 먹다가도 그림을 그리다가도 비익당에 드나드는 예인들의 작품들을 봐주다가도 어느 순간 돌이켜 보면 사임당을 생각하고 있다.

그렇게 며칠이 흐른 어느 날 아침, 이겸은 끼니도 거른 채 비익당을 나선다. 마침내 결심을 한 것이다. 중부학당에 도착한 그는 백인걸이 자모회 부인들에게 둘러싸여 곤혹을 치르는 광경을 목격한다. 자모회 부인들은 현룡의 입교 문제를 놓고 백인걸을 몰아붙이고 있다. 이겸은 교수관 문 밖에서 가만히 대화를 엿듣는다.

"교수관님, 저 돌려 말하지 않겠습니다. 대체 새로 들이려는 아이와 무슨 관계죠?"

서씨 부인이 말 한마디 한마디에 강세를 주면서 따져 묻는다.

"뭔가 오해가 있으신 듯한데…… 저는 중부학당을 책임지는 교육자로서 어디까지나 객관적인 판단 기준으로 뽑으려는 것이지 다른 이유는 정말 없습니다."

백인걸이 진땀을 흘리며 대답한다.

"좋아요. 그럼 중부학당 자모회로서, 저희의 객관적 판단 기준을 얘기하죠. 그 새로운 아이에 대해 조사해본 바, 절대 기준 미달입니다!"

서씨 부인의 단호한 말에 다른 부인들이 한목소리로 맞장구를 친다. 상황이 어렵게 흘러가자, 이겸은 문을 벌컥 열고 교수관 안으로 들어선다.

"뭐가 이리 시끄럽습니까? 제가 한번 들어보죠."

대화에 불쑥 끼어든 이겸이 자리에 앉으며 좌중을 둘러본다. 소문이 무성하던 관옥 같은 얼굴의 의성군이 들어서자 부인들의 얼굴이 상기된다. 서씨 부인은 눈꼬리를 길게 늘어뜨리며 논점이 되고 있는 사안을 나긋나긋 설명한다.

"음…… 교수관님과 자모회의 판단 기준이 상당히 다른 것 같네요?"

이겸이 골치 아픈 문제라는 듯 검지로 이마를 톡톡 두드리며 입을 연다.

"제 말이요, 역시 의성군과는 말이 통하는 것 같네요!"

서씨 부인이 콧소리를 섞어 말한다.

"그럼 이렇게 하는 건 어떨까요?"

이겸이 시선을 집중시키며 얼굴에 한껏 미소를 짓는다. 그 관능적인 미소에 부인들의 표정이 얼음 녹듯이 녹아내린다. 이미 현룡의 입교 문제는 안중에도 없는 듯하다. 이겸은 그런 부인들과 일일이 눈을 마주치며 경연을 통해 학생을 선발하자고 제안한다. 부인들은 양귀비꽃에 홀리듯 저도 모르게 고개를 끄덕인다. 순식간에 판이 뒤집힌 것이다. 백인걸은 천연덕스럽게 미인계를 쓰는 이겸을 보며 킥킥거린다.

부인들이 돌아간 후, 이겸은 백인걸과 마주 앉아 찻잔을 기울인다. 고민 끝에 결심이 서긴 했으나 막상 말을 꺼내기가 퍽 어렵다. 이겸의 속사정을 짐작조차 못하는 백인걸은 그저 이겸 덕분에 자모회 부인들의 고집을 꺾어놓은 것이 마냥 통쾌하다. 찻잔만 빙빙 돌리며 말머리를 찾던 이겸이 드디어 입을 연다.

"형이 사재라도 털어 도와주고 싶다던 그 아이 말이야…… 형편이 많이 어려운가?"

"왜 어려우면?"

"아니 그런 아이들이 많은가 해서…… 실력은 있는데 형편이 안 돼서 안타까운……."

"찾아보면 아마 꽤 많을 게다. 아까 봐서 알겠지만 사부학당* 돌아가는 모양새가 요즘 이래. 말이 국비지 날고 긴다하는 집안 아

---

* 사부학당은 동부학당, 서부학당, 남부학당, 중부학당으로 나뉜다.

이들 아니면 배겨내기가 어려워."

백인걸이 사뭇 진지한 어투로 말한다.

"이렇게 합시다. 형편이 어려워 사부학당에 다니지 못한다면 내가 후원하는 걸로. 나머지는 형님이 좀 알아보시오. 그리고 내가 후원하는 건 비밀로 하고."

이겸은 결심을 굳혔다는 듯 찻잔을 탁 내려놓는다.

"사람됐다?"

"내가 비렁뱅이 출신 아니오. 약자에 대한 애착이 좀 있지!"

이겸의 너스레에 백인걸은 껄껄 소리 내어 웃는다.

골치 아픈 숙제를 해결한 기분으로 중부학당을 나온 이겸은 저잣거리로 걸음을 옮긴다. 얼마 전 중종의 은밀한 명을 받은 그는 조카 이후를 시켜 민치형의 뒤를 캐기 시작했다. 이후가 알아낸 정보에 따르면 그의 악행은 이루 말할 수 없이 많았다. 그중 하나가 민치형이 조지서造紙署 납품을 독점해서 폭리를 취한다는 정보였다. 이에 이겸은 내친김에 지물전에서 확인코자 한 것이다.

그는 색색의 종이를 가판에 진열해놓은 한 지물전에서 종이를 한 장 한 장 꼼꼼히 살핀다.

"이 종이는 한 장에 얼마나 하는가?"

"닷 푼입니다."

주인은 콧구멍을 후비며 떨떠름하게 대답한다.

"이 정도 질의 과지가 닷 푼이라…… 꽤 날로 먹는 것 같소."

이겸은 종이를 만지작거리며 인상을 찌푸린다.

"무슨! 지방에 가보십시오. 우린 얼마 안 남기고 파는 겁니다."

주인이 콧구멍을 후비던 손가락으로 저만치 허공을 가리키며 언성을 높인다.

"육의전 독점이라고, 부르는 게 아주 값이구만. 이 종이들은 어디서 납품받은 거요? 공방은 어디 있고?"

"……호조에서 나오셨수?"

"흠……."

거짓말까지는 하기 싫은 이겸이 이렇다 할 대답을 찾지 못해 헛기침을 한다. 주인은 이 신호를 긍정의 의미로 받아들이고 돌연 태도를 바꿔 나긋나긋하게 다가왔다.

"그럼 진작에 말씀하시지…… 좋은 게 좋은 거라고…… 나랏일 하시느라 피곤하실 텐데 술이나 한잔……."

주인은 주변 눈치를 보다가 얼른 꾸러미 하나를 꺼내 이겸의 손에 쥐여준다.

"어허!"

이겸은 금전이 든 꾸러미를 내던지며 인상을 팍 구기고 자리를 뜬다. 주인은 바닥에 떨어진 꾸러미를 주우며 멀어지는 이겸의 뒷모습을 수상한 눈길로 바라보았다.

그날 밤, 비익당 대문 위에는 환한 등불이 걸렸다. 활짝 열린 대문 옆으로 종복들이 길게 줄지어 서서 누군가를 기다린다. 잠시 후, 중종이 말에서 내려 내금위장의 수행을 받으며 들어서고, 그 뒤로 삼정승과 민치형이 줄을 잇는다. 이겸은 중종에게 달려가 예를 갖춰 허리를 깊이 숙인다.

중종은 이겸의 안내를 받으며 비익당 마당을 휘휘 둘러본다. 연못가와 마당 곳곳에 앉아 있는 예인들은 환하게 밝힌 등불을 벗 삼아 끼와 재능을 마음껏 뽐내고 있다. 왕이 다가서자, 그들은 자리에서 일어나 예를 갖춘다. 중종은 손을 저으며 하던 일을 하라 이르고 이겸을 향해 고개를 돌린다.

"궁에 발걸음을 뚝! 끊은 것이 어디 금송아지라도 숨겨두었나 싶었는데, 이제 보니 비익당 무릉도원에서 날 새는 줄 몰랐던 게로구나!"

중종이 짐짓 인상을 찌푸리며 쓴소리를 한다.

"전하! 조선 예악을 책임지라 하실 땐 언제고, 의성군 몸이 열 개라도 모자라겠습니다."

좌의정이 수염을 한번 쓸어내리며 허허롭게 웃는다.

"슬슬 어슬렁거리며 그림이나 그리라고 비익당을 내렸건만, 늙은 임금은 아주 뒷전이 되어버렸으니, 경 같으면 섭섭하지 않겠소?"

말은 이렇게 했으나, 재기 넘치는 예인들로 그득한 비익당의 모습에 중종은 흡족한 미소를 짓는다. 멀찌감치 뒤따르던 민치형은 중종과 이겸의 다정한 모습에 괜스레 배알이 뒤틀린다.

"전하께서 이리 노여워하실 줄은 몰랐습니다. 난생처음, 일이란 것을 해보니, 조정 대신들의 노고를 반절이나마 헤아릴 듯합니다."

이겸이 중종과 대신들을 두루 바라보며 말한다.

"일이라니? 무슨 일 말이냐?"

중종이 연못가 근처 정자에 자리를 잡고 앉으며 묻는다.

"종친의 의무를 깊이 마음에 새기던 차에, 적합한 일을 발견했습니다."

이겸은 민치형을 잠시 일별한 후, 중종을 향해 아뢴다.

"종친의 의무에 적합한 일이라?"

중종이 묻는다.

"중부학당에서 아이들을 가르쳐볼까 합니다."

이겸의 말은 왕을 비롯해 정자에 앉아 있는 대신들의 반향을 불러일으킨다.

"학동들 훈육은 예조에서 파견한 교수관과 훈도관의 몫이오."

우의정이 못마땅한 얼굴로 쏘아붙인다.

"어허! 이건 종친의 의무가 아니라 월권이에요!"

좌의정도 거들며 나선다.

288

"그리 걱정하실 것은 없습니다. 뭐 대단한 것을 가르치려는 건 아닙니다. 가르칠 능력도 안 되고……"

이겸이 손사래를 치며 말한다.

"이렇게들 아직도 의성군을 모르십니다."

중종이 이겸을 감싸자, 대신들의 표정이 더욱 굳어진다.

"중부학당이 관학이라 국비로 운영되고 있으나, 과외로 들어가는 비용이 만만치 않은 모양입니다. 하여 사정이 여의치 않은 아이들은 입교를 꿈도 못 꾸는 형편이라 합니다."

이렇게 말문을 연 이겸은 이번 중부학당 결원을 충원하기 위하여 공정한 경연을 치러보기로 했다는 얘기까지 장황하게 늘어놓는다.

"공정한 경연이라?"

중종이 관심을 보이며 되묻는다.

"어떤 경연을 치르든 결과가 똑같을까 걱정입니다. 하여, 전하께 청이 하나 있사온데……"

"청이라……?"

이겸은 중종에게 경연 심사위원으로 참여할 수 있게 해달라 청한다. 몇몇 대신들이 반발하고 나섰으나, 중종은 그들의 말을 일언지하에 자르며, 이겸의 청을 수락한다는 교지를 내린다. 민치형은 부글부글 끓어오르는 화를 참느라 이마에 핏대가 선다.

"경연이라니! 일 처리를 어떻게 하는 겐가? 게다가 주상은 심사 위원 자리에 의성군을 앉힌다는 교지까지 내리셨네! 의성군이 중부학당까지 설치고 다닐 동안 자넨 대체 무엇을 한 게야!"

중종 앞에서 끽소리도 못하던 민치형은 집에 오자마자 휘음당을 닦달한다.

"송구하옵니다."

휘음당은 고개를 푹 숙인 채 말한다.

"지금으로 만족하겠다는 겐가? 나는 그럴 수 없네! 지방 현령 끄트머리에서 여기까지 올라오는데 이십 년! 그 수모를 다 감내하며 버텼는데, 고작 이조참의로 만족할 순 없지 않겠나!"

"물론입니다!"

"영의정 대감의 특별 청탁을 받은 아일세! 전라도 곡창에서도 그집 땅을 밟지 않고는 지나갈 수가 없다고 하더군. 이 민치형의 마지막 도약을 위해 반드시 필요한 자금줄이란걸…… 모르진 않겠지!"

"잘 알고 있습니다!"

"아는 사람이!"

민치형이 서안을 쾅 내리치며 언성을 높인다. 그는 전라도에서 올라온 양반가의 자제를 중부학당에 입교시켜 뒷배를 만들 요량이었다. 이 같은 일은 비일비재했고, 그동안 휘음당은 단 한 번의 실수도 없이 일을 처리해왔다. 휘음당이 자모회 단속을 철저히 했고, 위아래로 뻗은 민치형의 정치적 역량 덕에 뒤탈도 없었다. 그동안은 자모회의 추천을 통해 중부학당 입교가 가능했다. 적당한 선에서 자모회의 입에 기름칠만 해주면 문제될 것이 없었다. 허나 경연이라면 말이 달라진다.

"그 아이를 차질 없이 입교시킬 것입니다. 믿고…… 맡겨주십시오."

휘음당은 민치형에게 확신을 주기 위해 두 눈을 똑바로 쳐들며 말한다. 민치형은 한층 누그러진 표정으로 고개를 끄덕인다.

이튿날, 휘음당은 갖은 수단과 방법을 써서 학당 훈도관으로부터 경연에서 볼 질문지와 그에 대한 해답을 전달받아 전라도 양반가의 자제에게 외우게 한다.

사임당은 백인걸을 통해 좋은 소식과 나쁜 소식을 전해 듣는다. 좋은 소식이라 함은 학문에 대한 열의가 있고 우수하나 집안 형편이 어려워 고민하는 학생들을 위해 예조에서 특별예산이 편성되었다는 것이다. 물론 이 말은 거짓이다. 보이지 않게 돕겠다는 이겸의 뜻에 따라 백인걸이 지어낸 말이다. 하지만 사실을 알 리 없는 사임당은 내심 걱정했던 문제가 해결되어 마음이 편안해진다. 다만 현룡의 입교가 확정된 것이 아니라 다른 아이와 경연을 해야 한다는 나쁜 소식이 마음에 걸린다.

이 같은 사임당의 걱정에 현룡은 걱정하지 말라며 오히려 재미있을 것 같다고 자신 있게 말한다. 사임당은 그런 아들이 대견하여 머리를 쓰다듬어주며 마음에 걸리는 또 다른 문제를 생각한다. 바로 이겸이다.

중부학당 복도에서 이겸을 마주친 이후 사임당은 벌써 여러 날을 그 문제에 골몰하였다. 이겸이 중부학당과 무슨 관계일까. 혹여 현룡이 중부학당에 다니게 된다면 또다시 이겸과 마주치게 되지 않을까. 설렘과 불안이 사임당의 마음에서 교차했던 것이다. 끊어내야 하는 인연이거늘 단 한번의 부딪힘으로도 이렇듯 가슴이 타오르는 것이 불안하였고, 또 맞닥뜨릴지 모른다는 예감에 설렌다. 그러나 중부학당에 입교할 수 있다는 희망에 부풀어 경연 준비에 열을 올리는 현룡에게 내색할 수도 없었기에 그저 말없이 혼자 속앓이를 할 뿐이다.

드디어 경연 날 아침, 현룡은 상쾌한 가을바람을 맞으며 학당으로 신나게 뛰어간다. 시험을 앞두고 긴장감이 없진 않았으나, 무슨 문제가 나오든 현명하게 풀 수 있으리라는 자신이 있다.

반면, 현룡과 경연에서 겨룰 전라도 양반가의 자제인 태룡은 집을 나서기 전부터 얼어붙어 있다. 그동안 휘음당이 붙여준 독선생들에게 갖은 구박을 받으며 외웠던 답안들이 눈 녹듯 녹아 없어진 것 같다. 그야말로 머릿속이 티 한 점 없이 깨끗하다. 만약 떨어지면 밥도 간식도 없다는 엄마 공씨의 협박에 등 떠밀려 태룡은 눈물바람을 일으키며 학당에 도착한다.

"왔구나! 오늘의 주인공들."

교수관실에서 현룡과 태룡을 맞이한 이는 이겸이다. 이겸은 특별히 현룡의 머리를 쓰다듬으며 눈을 마주친다. 현룡의 총총한 눈빛으로 단번에 사임당의 아들임을 알았던 것이다. 이겸에 대해서는 까맣게 모르는 현룡은 그저 새로운 훈도관이구나 싶어 넙죽 허리를 숙여 인사한다. 그 옆에 벌벌 떨고 서 있던 태룡도 현룡을 따라 허리를 굽힌다.

"그래! 시험 준비는 열심히들 하였느냐?"

교수관실로 막 들어오던 백인걸이 아이들을 보며 다정히 묻는다. 현룡은 백인걸을 보자마자 반가워 꾸벅 인사를 하며 방실방실 웃는다.

"준비할 게 무에 있어? 기본 실력으로 보는 거지! 아이구, 이 녀석 안 그러냐?"

이겸은 긴장한 모습이 역력한 태룡을 귀엽다는 듯 보다가 툭 튀어나온 배를 손으로 콕 찌르며 농을 건넨다.

"목적을 이루지는 못했지만 항우만 한 인물은 앞으로 나오기 힘들 것이다!"

갑작스런 손길에 놀란 태룡의 입에서 속으로 외던 시험 답안이 툭 튀어나온다. 백인걸과 이겸의 낯빛이 동시에 어두워진다. 자신의 실수를 깨달은 태룡은 통통한 두 손으로 입을 틀어막고 두려움에 벌벌 떤다.

"문제를…… 알고 온 것이냐?"

백인걸이 태룡을 바라보며 엄하게 묻는다. 태룡은 닭똥 같은 눈물을 뚝뚝 떨굴 뿐 아무 말도 못한다. 이겸과 백인걸은 난감한 눈빛을 교환하다가 아이들만 남겨두고 밖으로 나간다.

어른들이 나가자 태룡은 더없이 서럽게 울기 시작한다.

"너도 중부학당에 엄청 들어오고 싶었구나!"

말없이 서 있던 현룡이 꺽꺽 소리 내며 우는 태룡을 안쓰럽게 바라본다.

"그런 거 아니야! 난 중부학당 같은 거 관심도 없다고!"

태룡이 손등으로 눈물 콧물을 닦으며 말한다.

"그러면 왜 우는 건데?"

"여기서 떨어지면…… 으아앙…… 나는 곧 죽게 될 거야!"

"진짜?"

현룡은 깜짝 놀라 눈을 동그랗게 뜨고 태룡을 바라본다.

"떨어지면 어머니가 밥도 간식도 안 주신다 하셨어."

"아…… 어머니가 다니라고 한 거구나…… 좋겠다!"

"……뭐가 좋아?"

태룡이 울음을 그치고 신기하다는 듯 현룡을 보며 묻는다.

"우리 어머닌 조르고 졸라도 안 된다 하셨어. 밥 안 먹어도 좋으니 제발 중부학당만 보내달라고 했는데도!"

"뭐? 밥을…… 안 먹어도 좋아?"

"응! 책 읽다 보면 밥때가 된 줄도 몰라. 밥보다 책이 좋아 나는."

"우리 어머니께서는 모든 해답이 밥에 있다 하셨어! 뭐니뭐니 해도 밥심이 최고라고!"

태룡의 엉뚱한 말에 현룡은 웃음을 터트리고 만다. 괜스레 머쓱해진 태룡도 손등으로 콧물을 쓱 닦으며 빙긋이 웃는다. 동갑내기 두 아이는 서로를 마주 보고 파안대소한다.

경연은 예정대로 진행된다. 답안 유출로 약간의 잡음이 있었으나, 자모회 부인들과 중부학당 학동들, 훈도관들이 참관하는 가운데 순조롭게 이루어졌다. 이겸이 새로운 문제를 출제한 것이다.

"여기 상자가 하나 있다. 각자 앞에 손잡이가 하나씩 있을 게다."

이겸은 현룡과 태룡을 상자 앞으로 오게 하며 설명을 잇는다.

"허나 잡아당기는 이가 없을 땐, 두 사람 모두 탈락이다! 시간은 일각* 준다!"

말을 마친 이겸이 뒤로 물러난다. 상자를 가운데에 놓고 마주
선 현룡과 태룡은 침을 꼴깍 삼키고 상자에 달린 손잡이만 뚫어져
라 본다. 엉뚱한 문제에 언짢은 기색을 비치던 자모회 부인들도
입을 닫고 상자와 아이들을 바라본다. 백인걸은 다소 흥미로운 표
정으로 상황을 지켜본다. 휘음당은 상황이 예기치 않게 흘러가자
못내 초조해진다. 그저 태룡이 상자의 손잡이를 한시라도 빨리 잡
아당기길 바랄 뿐이다. 마치 상자에 달린 손잡이가 생명줄처럼 보
인다. 하지만 그 누구도 상자의 손잡이를 잡아당기지 않는다. 아
니 그러지 못한다. 현룡은 중부학당에 들어가지 못하면 죽을지도
모른다는 태룡의 말을 떠올렸고, 태룡은 누구보다 중부학당에 들
어오고 싶었다던 현룡의 말을 떠올렸다. 우정의 꽃씨가 싹튼 아이
들은 어느새 서로를 위하고 있었다.

"그만!"

이겸이 시간이 경과했음을 알리며, 현룡과 태룡 앞으로 다가
선다.

"모두 탈락이구나!"

이겸의 말에, 현룡과 태룡의 눈에서 눈물이 또르륵 떨어진다.

"왜 잡아당기지 않았느냐? 그렇게 울고 있는 건, 이 학당에 들

* 一刻. 한 시간의 사분의 일, 즉 십오 분을 이른다.

296

어오고 싶어서가 아니더냐? 다른 아이보다 먼저 잡아당기면 됐을 걸, 왜 그러고들 있었어!"

이겸의 말에, 현룡과 태룡은 눈물을 뚝뚝 흘리며 차마 줄을 잡아당기지 못한 까닭을 얘기한다. 아이들의 대답을 다 들은 이겸은 빙긋이 웃는다.

"둘이 같은 답을 내어놓았으니 비긴 셈이구나. 둘 다 탈락이냐 둘 다 합격이냐. 되레 아이들이 우리에게 시험문제를 낸 꼴이 아니오? 자모회분들은 어떠시오? 둘 다 탈락시키겠소?"

이겸은 만면에 미소를 띤 채 자모회 부인들과 학동들을 바라보며 묻는다.

"모름지기 제대로 된 시험이어야 당락을 결정할 수 있는 것 아니겠습니까?"

휘음당이 간신이 화를 누르며 되묻는다.

"어명에 따라 철저하게 출제했던 문제가 사전에 유출되어 다시 시험을 치렀거늘, 그렇다면 저 아이에게 시험문제를 미리 알고 공부하여 어명을 유린한 죄를 물을까요?"

이겸은 태룡과 휘음당을 번갈아 보며 날카롭게 지적한다. 태룡은 차마 이겸과 눈을 마주치지 못하고 통통한 두 손을 툭 튀어나온 배 위로 꼭 잡고 덜덜 떨고 있다. 휘음당 역시 눈을 내리깔고 이를 앙다물 뿐 대답하지 못한다.

"좋습니다! 정원을 늘리고 두 아이 모두 합격으로 처리하시지요. 전하의 재가는 내가 이미 받았소이다!"

이겸이 최후통첩을 내리듯 단호하게 말한다. 현룡과 태룡은 서
로를 얼싸안고 뛰며 좋아한다. 백인걸은 그 모습을 흐뭇하게 바라
보며 미소 짓는다. 반면에 자모회 부인들은 낭패한 얼굴로 서로를
곁눈질하다가 붉으락푸르락해진 얼굴로 부들부들 떨고 있는 휘음
당을 힐끔거린다.

경연이 끝나자, 자모회 부인들은 휘음당의 안채로 우르르 몰려
간다. 그들은 휘음당을 중심으로 둥글게 모여 앉아 불평을 쏟아놓
는다. 그들의 불평불만은 자모회의 의견을 무시하고 결국 현룡을
입교시킨 교수관들에 대한 분노가 첫째요, 현룡 같은 가난한 아이
가 입교하면 학당 물이 흐려진다는 우려가 둘째다.

늘 그랬던 것처럼 불씨만 던져놓고 가만히 지켜보던 휘음당이
이번에는 기름을 한두 방울 더 떨어뜨린다. 의성군이 현룡이라는
아이를 후원하고 있다는 언질을 준 것이다. 과연 바로 효과가 나
타난다. 평소 의성군에게 호감을 품고 있던 부인들의 질투심이 활
활 타오른 것이다.

"제 발로 나가게 해야죠! 들어오는 건 맘대로 들어왔어도 배겨
낼지 어떨진 두고 보자고요! 중부학당을 뭐로 보고!"

남몰래 이겸에게 흑심을 품고 있던 서씨는 부르르 떨며 눈에 쌍

심지를 켠다. 휘음당은 자신의 농간에 또 한번 놀아나는 자모회 부인들을 보며 슬며시 미소를 짓는다.

"신입 어머니들, 자모회나 참석하게 하세요."

휘음당은 부러 여유롭게 찻잔을 들어 마시며 말한다.

휘음당의 집에서 나온 서씨 부인은 부화뇌동하는 부인들을 이끌고 사임당의 집으로 쳐들어간다. 향이와 함께 마당 텃밭을 돌보고 있던 사임당은 깜짝 놀라며 부인들을 맞이한다.

"뭐가 이리 조잡스러워?"

사립문을 열고 불쑥 들어선 부인들은 인상을 찌푸리며 집 안을 훑어본다.

"아후…… 근데 이게 무슨 냄새야? 염소 똥 냄샌가?"

서씨 부인은 코를 막는 시늉을 한다.

"어디서들 오셨는지요?"

사임당이 손에 묻은 흙을 털어내며 조심히 묻는다.

"중부학당이란 곳은 아이만 무책임하게 던져놓는 곳이 아닙니다. 학당의 모든 일은 저희 자모회와 관련이 있고요. 교육에 관한 모든 정보도 그곳에서 함께 나누고 소통해야만 합니다. 아이를 중부학당에 보낼 요량이면, 자모회에 나와 신고식을 하세요!"

서씨는 사임당의 눈을 똑바로 보며 말한다.

"네……?"

사임당이 당혹스러움을 감추지 않고 되묻는다. 서씨는 눈을 동그렇게 뜨고 자신을 바라보는 사임당을 위아래로 훑어보더니 혀를 끌끌 찬다.

"이런 식으로 우리 맘 약한 의성군 후원을 받아내셨구만?"

"의성군…… 후원이라니요?"

사임당의 표정이 순식간에 굳어진다.

"자모회 장소는 추후에 알려드리죠. 아! 비단치마 저고리 정도는 있으시죠? 중부학당에 면면히 내려오는 전통이에요. 자모회 첫 모임은 반드시 격식을 갖춰 비단옷을 입고 참석해야 합니다. 꼭이요. 그럼!"

집주인의 표정 따윈 아랑곳하지 않고 제 할 말을 마친 서씨는 치맛바람을 휘날리며 돌아선다. 그 뒤에 섰던 부인들도 도도한 몸짓으로 돌아서서 사립문을 빠져나간다.

날벼락을 맞은 듯 멍하니 서 있던 사임당은 사실 여부를 확인하기 위해 중부학당으로 간다. 그 시각, 이겸은 중부학당 교수관실에서 백인걸과 함께 차를 마시며 담소를 나누는 중이다.

"이번 일, 네가 수고 많았다."

백인걸이 담백한 어조로 말한다.

"맨입으로?"

이겸이 찻잔을 내려놓으며 피식 웃는다.

"예끼! 벼룩의 간을 떼어 먹어라!"

"원래 있는 놈들이 더 하다잖소. 난 가볼게. 수업 준비도 해야

300

하고."

이겸이 도포 자락을 툭툭 털며 자리에서 일어선다.

"듣던 중 가장 황당한 소리로구나. 아무것도 안 하겠다면서 무슨 준비를 한다고 생색이냐 생색은."

"원래, 아무것도 안 하기 위해서는 안 보이는 데서 더 많은 일을 해야 하는 법 아닙니까? 백조 몰라요? 물 위에 우아하게 떠 있는 듯하나 수면 아래에서는 열심히 발을 젓는다지 않습니까."

"말은……."

백인걸은 너스레를 떠는 이겸을 보면서 어이없다는 듯 픽 웃고 자리에서 일어선다. 그때, 사임당이 벌겋게 상기된 얼굴로 교수관실로 들어선다.

"아니 어쩐 일로."

백인걸이 놀란 얼굴로 사임당을 보며 묻는다. 허나 사임당은 아무 대답도 하지 않고 굳은 얼굴로 이겸을 바라볼 뿐이다. 이겸 역시도 그 자리에 붙박이가 된 듯 얼어붙어 사임당을 바라보고 있다. 두 사람 사이에 흐르는 묘한 기류를 느낀 백인걸은 고개를 갸웃거리다가 자리를 비워준다.

"도움은 받을 수 없습니다."

백인걸이 자리를 비우자, 사임당이 힘겹게 입을 연다.

"무슨 말인지 도통 모르겠군."

어떻게 알았단 말인가. 그렇게 비밀로 해달라 신신당부를 했거

늘. 이겸은 마음속으로 혀를 끌끌 찬 후, 딴청을 부린다.

"어떤 마음으로 도움을 주시려는 건지 모르겠으나…… 오해 살 행동은 하고 싶지 않습니다."

사임당은 단호하다.

"무슨 말이오! 난 그저 교수관께서 너무 아까운 인재가 있다기에 도와줬을 뿐이오."

시치미 떼서 될 일이 아니기에 이겸이 변명을 늘어놓는다.

"정말입니까? 정말 제 아이인지 모르고 그러셨습니까?"

사임당은 집요하다.

"대체 뭐가 문제요? 사부학당 전체를 후원하기로 했을 뿐이오! 당신 아이라는 이유로 그 기회를 놓쳐야 하는 거요? 듣자 하니 참으로 영특한 아이라 하더이다. 공부 욕심이 남달라 중부학당 들창 밑에서 도둑 공부를 하면서도 학당 안 그 누구보다도 실력이 뛰어나다 하던데. 그런 아이 앞길을, 단지 그대와 나의 악연을 이유로 막아버린다는 게 말이 된다고 생각하시오?"

말을 하면 할수록 감정이 격해진 이겸이 언성을 높인다.

"부족한 부모를 만난 게지요. 그러니 살면서 갚아나갈 겁니다. 제 아이들에겐, 제가요! 의성군은 더는 상관 마시고, 의성군 주변이나 잘 살피셨으면 합니다."

"……"

"가보겠습니다."

사임당은 침착한 얼굴로 고개를 숙이며 뒤돌아서 나가버린다.

"하……! 정말 잘났다, 사임당! 하나도 안 변했어!"

이겸은 야멸차게 돌아서는 사임당을 바라보며 탄식하듯 중얼거린다. 괜스레 가슴속에 서글픈 생각들이 몰아친다.

13

······

 아침 9시가 지나 느지막이 깨어난 정희가 거실로 나갔을 때, 지윤은 현관으로 들어서고 있었다. 은수를 학교까지 데려다주고 온 모양이었다. 지윤은 여느 때와 달리 인사를 하는 둥 마는 둥 하더니 제 방으로 쏙 들어가버렸다. 정희는 불쑥 치솟는 짜증을 애써 누르며 욕실로 들어갔다.

 욕실 바닥에는 어젯밤 빨다 만 아들의 와이셔츠가 대야에 그대로 담겨 있었다. 그녀는 잠이 안 오거나 아들 걱정에 마음이 심란할 때는 옷장에 걸려 있는 와이셔츠를 꺼내 빨고 또 빨았다. 정희가 민석의 와이셔츠를 빨래판에 올려놓고 힘껏 주무르고 있는데, 거실에서 기척이 들려왔다. 지윤이 외출을 하려고 나온 것 같았다.

 "다녀오겠습니다. 식사하세요."

건조하고 영혼 없는 목소리가 욕실 문을 뚫고 들어왔다. 그러고는 현관문이 철컥 닫히는 소리가 이어졌다. 정희는 들고 있던 아들의 와이셔츠를 대야에 던져버리고 자리에서 벌떡 일어났다. 갑자기 일어나는 바람에 현기증이 나서 손으로 벽을 짚은 그녀는 화를 삼키느라 심호흡을 했다.

공동연구를 그만두라는 시어머니의 말에도 콧방귀만 뀌고 제 고집만 부리는 며느리가 괘씸하고 또 괘씸했다. 하지만 지윤이 대학교수만 되면 그나마 살 방도가 생기겠지 싶어 그 문제를 놓고 더는 왈가왈부하지 않았다. 한편으로는 아등바등 건포도처럼 바싹바싹 말라가면서도 군소리 없이 제몫을 해내는 며느리가 대견하고 안쓰럽기도 했다. 그러나 불쑥 울화가 치밀어오를 때는 두 번 다시 보고 싶지 않을 정도로 밉고 야속했다.

그날 오후, 정희는 은수가 돌아오길 기다리며 저녁밥을 준비하고 있었다. 보글보글 끓는 된장국에 두부를 넣으려는데 초인종이 울렸다. 젖은 손을 행주에 닦고 황급히 현관문으로 달려갔다. '아이쿠, 내 새끼' 하며 문을 열자, 은수가 엉엉 울면서 비치적비치적 들어왔다. 얼굴은 여기저기 멍들고 쥐어뜯겨 피가 흐르고 있었다. 코피도 흘렸는지 코피 솜까지 틀어막고 있었다.

"누가 이랬어? 어떤 녀석이 이래놨어!"

정희는 품에 안겨 통곡하는 은수를 끌어안고 노발대발했다. 기절초풍할 노릇이었다. 한동안 꺼이꺼이 울던 은수는 눈물을 그치고 학교에서 있었던 일을 조근조근 이야기하기 시작했다. 같은 반 친구인 창민이라는 아이가 반 친구들에게 은수네 집이 망했다고 떠벌렸고, 은수네 엄마가 대학에서 잘려서 지금은 학습지 배달을 다닌다며 놀렸다는 것이다. 이에 발끈한 은수가 창민을 밀쳤고, 그때부터 치고받고 싸웠다는 내용이었다. 여기까지 다 들은 정희는 비상연락망 연락처를 보고 창민이네 집에 전화를 걸었다. 신호음이 몇 번 울리자 창민 엄마가 전화를 받았다. 정희는 다짜고짜 따지고 들었다.

"천금 같은 내 손자 은수 얼굴에 생채기를 냈어! 어디서 모여 앉아 없는 말들이나 지어내고! 우리 며느리, 그래. 대학 강사야. 아직은 교수 아니지만 이번 임용엔 꼭……"

"은수 엄마, 한국대학교 미술사 전공이죠? 우리 시숙이 그 학교 사회대 학장이거든요. 얼마 전에 교수징계위원회가 열렸다던데, 은수 엄마 때문에…… 학기 중에 해임된 거 아직 모르세요? 무슨 문제를 일으켰다나……"

"무…… 무슨……! 그런 말도 안 되는!"

충격을 받은 정희는 말까지 더듬거렸다.

"며느님한테 물어보세요. 아님 한국대학교 가서 직접 알아보시든가."

창민 엄마는 애들 싸움은 그냥 애들 싸움에서 끝내자는 말로, 한껏 교양을 떨며 전화를 끊었다. 수화기를 내려놓는 정희의 손이 부르르 떨렸다.

●

얼마나 길고 긴 밤이 되려는지 시간은 한없이 더디 흘렀다. 정희는 은수가 숙제를 하는 동안 먼지 하나 없이 닦아놓은 방을 닦고 또 닦으면서 치미는 부아를 꾹 눌러 참았다. 은수를 씻기고 재우는 동안에도 지윤은 들어오지 않았다. 정희는 잠든 은수의 얼굴에 연고를 덧바르고 거실로 나와 앉았다. 며느리를 향한 미움이 신물처럼 올라왔다.

"어머니."

밤 10시가 넘어서야 귀가한 지윤은 거실에 앉아 있는 정희의 안색을 살피며 인사를 건넸다.

"얏!"

정희는 자리에서 벌떡 일어나 지윤을 끌고 안방으로 들어갔다. 혹시나 큰소리에 은수가 놀라 깰 것을 염려해서였다.

"너 뭐야! 무슨 처신을 어떻게 하고 다니기에 학교에서 잘려! 제정신이니? 어! 정신이 있는 거야 없는 거야!"

정희는 참았던 울분을 터트리며 있는 대로 언성을 높였다.

"사정이 있었어요…… 제가 다 말씀드릴게요!"

"사정은 무슨 사정!"

정희는 자신을 붙든 지윤의 손을 거침없이 뿌리쳤다. 그 순간

지윤이 들고 있던 가방이 바닥에 나뒹굴었다.

"이래 놓고 깜찍하게! 뭐? 공동연구? 무슨 수작인데!"

정희는 새된 소리로 쏘아붙였다. 지윤은 바닥에 팽개쳐진 물건들을 주섬주섬 챙겨 가방에 주워 담았다. 어디서부터 어떻게 설명해야 할지 난감했다. 누구한테 무슨 소리를 들었는지 무턱대고 화부터 내는 정희가 야속했다. 그때, 바닥에 떨어진 서류봉투가 눈에 띄었다. 민석이 준 이혼서류였다. 지윤이 황급하게 서류를 집으려 손을 뻗었지만 정희가 더 빨랐다. 서류를 꺼낸 정희의 얼굴이 일그러졌다.

"어머니 그건요……."

"이혼? 이호온!"

"어머니 그게 아니라."

"내가 너, 이러라고 그 뒷바라질 한 줄 알어? 결혼하고 은수 낳고 석사, 박사…… 거의 십 년이다! 십 년이 짧니, 짧어? 답사에 학회에, 논문 쓴다고 집안일 소홀해도 나, 싫은 소리 한번 안 했다? 내 식구니까! 교수 될 사람이니까! 그런 줄 믿었으니까! 그런데 어떻게 이럴 수 있니? 네 남편은 죽었는지 살았는지…… 이 와중에, 이혼? 너 왜 이렇게 독하니? 왜 이렇게 이기적이야. 진짜 너 싫다! 지 남편은 어디서 밥을 먹고 다니는지, 걱정도 안 되디? 어떻게 이렇게 발칙하게!"

정희는 가슴속에 쌓여 있던 울분과 분노를 고스란히 토해냈다.

지윤은 아무 말도 못하고 서서 눈물만 뚝뚝 흘렸다.

●

　다음 날, 어김없이 날이 밝았다. 지윤은 창문으로 들이치는 햇빛을 멍하니 바라보며 앉아 있었다. 밤새 한숨도 못잔 그녀는 퉁퉁 부은 눈가를 손등으로 문지르며 거실로 나갔다. 너무 많은 일을 한꺼번에 겪어서 그런지 이상하게 침착하고 담담해진 기분이었다.

　그녀는 은수가 깨기 전에 서둘러 아침상을 차렸다. 입맛이 없을 정희를 생각해서 죽을 끓였다. 불린 쌀을 참기름으로 달달 볶아 물을 넣고 끓이며, 밥알이 다 풀어질 때까지 주걱으로 살살 저었다. 완성된 죽을 그릇에 담아 쟁반에 올려놓고, 은수를 깨웠다.

　아들의 상처 난 볼과 멍든 눈가를 보고서야, 지윤은 어젯밤 정희가 왜 그렇게까지 화를 내고 언성을 높였는지 알게 되었다. 은수는 옷을 갈아입다가 학교에 가기 싫다는 듯 지윤 품으로 파고들었다. 은수가 학교에서 겪은 일들을 전해 들은 지윤은 안타까운 마음으로 아들을 끌어안았다.

　"은수야……."

　지윤이 다정한 목소리로 아들을 불렀다.

　"엄마 이제…… 교수, 아닌 거예요?"

　은수가 흐느끼듯 물었다.

"아…… 그게…… 응……."

지윤의 힘겨운 대답에, 그렁그렁했던 은수의 눈에서 눈물이 또 르륵 흘러내렸다.

"은수 맘 아프게 해서 미안해. 엄마도…… 아빠도…… 다 미안 해. 엄마가 대신 사과할게."

지윤은 은수를 안고 토닥이며 애써 의연한 목소리로 말했다.

"엉엉엉……."

엄마 품에 안긴 은수는 서러운 듯 펑펑 울었다.

"엄마도 힘들어. 아빠도 할머니도 우리 가족 모두…… 그런데 엄만, 힘낼 거야. 우리 은수가 있으니까! 지금은 힘들어도 어떻게 든 이 고비, 이겨내고 넘어설 거야. 은수는 엄마 수호천사니까! 엄 마 믿지?"

은수가 고개를 크게 끄덕거렸다. 지윤이 아들의 눈물을 닦아주 고 더 세게 끌어안았다.

상처 입은 작은 새처럼 그녀의 품에 안겨 파닥거리는 아들을 겨 우 달래고서야 옷을 갈아입혀 집을 나섰다.

●

은수를 학교까지 데려다주고 지하철을 타러 가는 길, 지윤은 지 하철역 입구에서 걸음을 멈춰버렸다. 문득 어디로 가야 할지 갈피 를 잡을 수 없었다. 사방이 벽으로 꽉 막혀 있는 듯 숨이 막혔고,

출근길을 바삐 오가는 사람들이 무방비로 서 있는 그녀의 어깨를 툭툭 치고 지나쳤다. 그때, 가방 속에서 휴대전화가 울렸다. 상현이었다. 홍대에 있는 클럽에서 혜정을 만나기로 했다며 그쪽으로 오라고 했다. 통화를 마치자마자 지윤은 서둘러 지하철역 계단을 내려갔다.

민 교수가 알아버린 이상 국립중앙박물관에서는 사임당 일기를 복원할 수 없었다. 그래서 며칠 전부터 지윤과 혜정, 상현은 복원 작업에 적합한 장소를 찾기 위해 이곳저곳을 알아보고 다녔다. 마땅한 장소는 좀체 나타나지 않았고, 민 교수는 더욱더 밀착 감시를 해오던 참이었다.

클럽과 술집들이 즐비하게 늘어선 홍대 뒷골목, 그 아침풍경은 화려한 화장 뒤에 감춰진 민낯처럼 초라하고 쓸쓸해 보였다. 지하철역에서 나와 십 분쯤 걸어가자 상현이 알려준 클럽이 보였다. 상현과 혜정이 클럽 앞에서 기다리고 있었다.

"여기서 판독 작업을 하자는 거야?"

지윤이 설마 하는 표정으로 상현과 혜정을 번갈아 보았다.

"빙고! 민 교수 계속 감시할 텐데, 보존과학실은 물 건너 간 거잖아요."

상현은 자신을 따라오라며 앞장서서 클럽 계단을 내려갔다. 지윤은 혜정과 함께 그를 따라 내려갔다. 상현이 그들을 데려간 곳은 클럽 안쪽에 있는 창고였다.

문을 열고 들어서자, 벽에 붙은 낡은 소파와 철제 캐비닛이 보였다.

"여기에 대충 필요한 비품만 들여놓으면 아쉬운 대로 쓸만할 것 같은데, 어때요?"

상현이 낡은 소파에 털썩 주저앉으며 말했다.

"좀 좁긴 한데, 광학 현미경이랑 디지털 영상 현미경 정도만 들여놓으면 가능할 것 같아. 습온도 조절장치는 설치하는 거 어렵지 않고……."

혜정은 창고가 마음에 드는 눈치였다.

"여긴 마음대로 써도 되는 곳이야?"

지윤도 나쁘지 않다고 생각했다. 별다른 대안이 없는 이상, 이곳이 가장 적절해 보였다.

"아는 형이 여기 사장이에요. 홀도 좀 봐주고 디제잉도 하면서 내가 편히 드나드는 곳이니 안심해요."

상현이 호언장담했다. 그때, 창고 문이 벌컥 열리더니 긴 생머리에 기타 가방을 맨 여자가 들어섰다. 찢어진 청바지에 지록위마 指鹿爲馬라고 적힌 하얀 티셔츠를 입은 늘씬한 여자는 클럽에서 노래하는 가수, 안나였다.

"곡 준다더니 언제 줄 거야? 홀릭?"

안나는 상현을 보자마자 대뜸 눈웃음을 흘리며 물었다. 혜정과 지윤은 서로 눈길을 주고받으며 딴청을 피웠다.

"나중에 얘기해, 나중에!"

상현은 당황한 얼굴로 안나의 등을 떠밀었다.

"왜 그래? 저 아줌마들은 누군데?"

"나중에 얘기하자니까! 가라 좀!"

상현은 결국 안나를 내쫓고 문을 탁 걸어 잠갔다. 혜정이 눈으로 문 쪽을 가리키며 누구냐고 묻자, 상현은 대수롭지 않다는 표정으로 아는 동생이라고, 신경 쓰지 말라고 했다. 지윤은 다른 생각에 빠져 있었다. 안나가 입고 있던 티셔츠에 새겨진 글씨가 뇌리에 남았던 것이다.

지록위마. '사슴을 가리켜 말이라고 일컫는다'라는 뜻으로, 거짓된 행동으로 윗사람을 농락한다는 뜻의 사자성어였다. 어쩐지 가짜 〈금강산도〉를 진짜라고 우기며 세상을 농락하고 있는 민 교수가 떠올라 지윤은 쓴웃음을 지었다.

"참, 이거. 〈금강산도〉 국보추진에 의의를 제기한다는 탄원서랑 자료들이야."

혜정이 방금 생각났다는 듯 가방에서 주섬주섬 종이파일을 꺼냈다.

"어? 이거. 중초사지 삼층석탑 아니에요?"

상현이 탄원서와 자료들을 검토하며 고개를 갸웃거렸다.

"응. 원래 보물 5호였다가 강등됐어. 그리고 이건 국보 274호로 지정됐다가 해제된 귀함별황자총통. 거북선에 장착됐던 함포라고 속였다가 두고두고 치욕으로 남았지."

혜정은 지윤과 상현에게 자료를 보여주며 조목조목 설명했다.

"이유는?"

자료를 보면서 지윤이 물었다.

"잘 모르지. 아마 내부고발이나 사기극 가담자가 뒤늦게 불었거
나…… 공식적 이유는 안 밝히는 상태야."

"진짜 개념 없는 것들!"

"이런 거 제기한다 해도 계란으로 바위치기일 거야."

혜정이 회의적으로 말했다.

"다윗과 골리앗 싸움도 모르세요? 두고 보세요! 진짜 〈금강산
도〉가 다윗 손에 쥔 돌멩이 노릇을 톡톡히 할 테니까요!"

상현의 말에 지윤은 고개를 끄덕거렸다. 〈금강산도〉가 가짜란
사실만 밝혀내면 갤러리 선에 수사가 들어갈 것이고, 그러다 보면
선진그룹 비리가 도미노처럼 줄줄이 딸려 나오는 건 시간문제였
다. 이제 〈금강산도〉는 지윤 개인을 넘어 가족 전체의 운명이 걸
린 문제였다.

"휴우…… 그렇게 착착 된다면야 얼마나 좋겠냐, 근데 세상일
이란 게 어디……."

혜정이 고개를 설레설레 흔들었다.

"어떻게든 찾아내면 돼죠. 진짜 〈금강산도〉! 수진방 일기 판독
하면서 실낱같은 단서라도 끝까지 파헤치다 보면 뭐가 나오지 않

314

겠어요? 뜻이 있는 곳에 길이 있다! 하늘은 스스로 돕는 자를 돕
는다!"

상현이 씩씩한 목소리로 말했다. 지윤은 어쩐지 어깨 위의 짐
이 한결 가벼워진 것 같았다. 아침까지 출구 없는 곳에 갇힌 듯 답
답하게만 느껴졌던 세상이 조금은 살 만한 곳으로 보였다. 그렇게
느끼게 해준 상현과 혜정을 바라보던 지윤의 눈시울이 붉어졌다.

﹒

이겸을 만나고 돌아온 사임당은 고민에 휩싸여 아궁이 속의 불
꽃을 바라보며 번민을 추스른다. 몇 시진時辰이나 지났을까. 땔감
이 하얀 재를 남기며 까만 숯으로 변해가면서 타닥타닥 소리를
낸다.

"어머니! 아궁이 속에 소리나무가 있습니다! 딱딱 소리가 납니
다. 지난번에 놀러가서 본 나무입니다."

부뚜막에 앉아 발장난을 치고 있던 우가 골똘히 생각에 잠겨 있
는 사임당을 흔들어 깨운다.

"소리나무?"

사임당이 화들짝 놀라 아궁이 들여다본다.

"딱! 따닥! 따닥! 딱, 딱! 분명 소리나무입니다."

해맑게 웃던 우가 아궁이 속에서 들려오는 소리에 박자를 맞추
며 경쾌하게 말한다.

"닥나무란다. 종이 만드는 나무."

우에게 나무 이름을 알려주던 사임당은 갑자기 자리에서 벌떡 일어선다. 어릴 적 운평사 종이공방에서 본 광경이 머릿속에 벼락처럼 떠오른다.

"아궁이 안의 땔감, 어디서 해온 것이냐?"

사임당은 마당에서 비질을 하고 있던 향이를 불러 묻는다.

"지난번 맹지 갔을 때……."

"아이들을 돌보고 있어라. 저녁 준비 먼저 하고!"

사임당은 황급히 앞치마를 벗어던지고 사립문 밖으로 달려 나간다.

한껏 상기된 얼굴로 허겁지겁 수진방 골목을 지나, 숲길로 들어선다. 저 멀리 서산으로 해가 붉게 저물고 있다. 나무가 우거진 숲길로 금세 어둠이 내려앉는다. 사임당은 치맛자락을 움켜쥐고 뛰다시피 숲길을 벗어나 맹지에 이른다. 황량하리만치 드넓은 맹지를 둘러보던 그녀는 닥나무 군락 앞에서 걸음을 멈춘다. 어디선가 졸졸졸 시냇물 소리가 들려온다. 닥나무와 시냇물, 그리고 종이를 널어 말릴 수 있는 드넓은 땅.

"됐어! 종이를 만들어 파는 거야!"

사임당은 종이를 뜨기에 더없이 좋은 조건을 가진 맹지를 기쁨 가득한 얼굴로 바라본다. 까만 하늘 위로 별들이 그녀의 마음처럼 반짝거리고 있다.

같은 시각, 비익당 마당 정자에 별빛보다 밝은 등불이 밝혀지고 넓찍한 자리에 주안상이 놓여 있다. 술자리에 둘러앉은 예인들이 거문고 가락에 맞춰 춤추는 무희를 바라본다. 검은 전모氈帽아래 너울이 길게 드리워져 낯이 보이지 않지만 춤사위는 고혹적이다.

술을 두어 잔 들이켠 예인들은 무희의 손끝이 움직일 때마다 가슴이 울렁거려 온몸을 배배 꼬기 바쁘다. 검붉은 모란 자수가 새겨진 너울 아래 보일 듯 말 듯 아슬아슬하게 드러나는 갸름한 턱선, 붉은 입가에 보이는 작은 점 하나. 하늘거리면서도 묘하게 힘이 있는 춤이다. 꽃을 맴도는 나비처럼 사뿐거리다가도 어느 순간, 나뭇가지를 밝고 높은 하늘로 향하는 새처럼 힘이 있다. 살짝 들어 올린 치맛단 밑으로 외씨버선이 드러나자, 예인들이 허리를 꺾으며 감탄한다.

"누가 모란을 두고 향기가 없다 했습니까…… 향내가 예까지 진동하는 것을……."

"한다 하는 무희들은 다 봤어도 저런 자태는 처음이오."

"적모란도 아닌 흑모란이라……!"

예인들은 입에 침이 마르도록 칭찬을 늘어놓는다. 그때, 깊은 생각에 잠겨 마당으로 들어선 이겸이 거문고 가락에 고개를 들어 정자를 바라본다. 무심한 시선이다.

"당숙! 우리 비익당에 선녀가 하강했습니다. 한 떨기 모란 같은

묘한 매력을 뽐내는 여인이옵니다. 흑모란이라고……"

이겸 곁으로 쪼르르 달려온 이후가 입을 헤벌쭉 벌리며 말한다.

"알았다."

조카의 말을 듣는 둥 마는 둥, 이겸은 심란한 표정으로 한숨을 푹 내쉬며 사랑채로 발길을 돌려버린다. 그 순간, 흑모란의 춤이 끝난다. 흑모란의 무희는 저 멀리 등을 보이고 돌아서는 이겸을 한참 동안 바라보다가 치맛자락을 움켜잡고 획 돌아서서 어둠 속으로 사라진다.

사랑채로 들어온 이겸은 서안 앞에 앉아 손으로 이마를 짚으며 골똘히 생각에 잠긴다. 방금 중종을 알현하고 돌아온 일을 떠올리는 것이다.

"민치형 그자의 손길이 궐 안은 물론 저 아래 사부학당에까지 미치지 않은 곳이 없습니다. 전하, 학당과 학동은 우리 조선의 미래입니다. 민치형 같은 탐관오리에게 휘둘리도록 그냥 두어서는 안 됩니다. 민치형 그자가 벌이는 갖가지 비리와 부정이 속속 드러나고 있습니다. 조지서 납품을 독점해 폭리를 취할 뿐 아니라, 막대한 자금력을 바탕으로 전국 장시마다 매점매석을 자행해 또한 엄청난 폭리를 취하고 있습니다. 더구나 우려스러운 것은 전국의 왈패와 무뢰배 조직을 장악해 그 세를 넓히고 있어 장차 폭력적인 힘을 손아귀에 쥘 것이란 점입니다. 전하, 이것은 민치형 개인의 문제가 아닙니다. 애초에 그런 자가 생겨나지 못하도록 국가

체제를 개혁해야 합니다. 삼사의 기능을 강화하고 인사를 개혁해 민치형 같은 부패한 자가 다시는 발을 붙이지 못하도록 해야 합니다.”

이겸은 그간 조사한 내용을 중종에게 아뢰었다.

“지금…… 정치를 하려 드는 것이냐?”

중종이 언짢은 기색으로 말문을 열었다. 왕의 예상치 못한 반응에 이겸은 당황했다.

“뒷조사를 시켰지 정치를 하라 하지는 않았다!”

“전하…….”

“내가 그 모든 사실을 몰라 가만히 있는 줄 아느냐? 하기 싫어서 그런 자들을 두고 보고 있는 줄 알아? 과거에도 너 같은 이들이 있었다. 개혁을 내세워 나를 몰아붙인 자들이 있었지. 그들의 말로가 어찌 되었는지, 아느냐? ……함부로, 정치를 하려 들지 말아라!”

중종은 아무 말도 듣고 싶지 않다는 듯 고개를 돌렸다. 왕의 의중을 도무지 헤아릴 수 없던 이겸은 아무런 해결책도 찾지 못한 채 돌아올 수밖에 없었다.

이겸은 이마를 짚고 있던 손으로 서안을 툭툭 친다. 정치를 하려 들지 말라는 왕의 마지막 말이 귓가에 맴돈다. 말의 이면에 숨어 있는 왕의 의도는 무엇일까. 어쩐지 중종과의 관계에 작은 틈이 생긴 것 같다. 그 틈은 무엇으로 메울 수 있을까. 어쩐지 잡히지 않는 어떤 어둠이 그 틈새를 비집고 파고들 것 같아 불현듯 몸서리가 쳐진다.

어둠 속에서 바스락바스락 낙엽 밟는 소리가 들린다. 곧이어 검은 천으로 얼굴을 가린 사내가 민치형의 집 뒷문을 열고 쓱 들어선다.

"영감마님."

사내는 민치형이 든 사랑채 앞에서 작게 속삭인다.

"들라."

창호지 문을 뚫고 민치형의 목소리가 들린다. 얼굴을 가린 사내는 짚신을 벗어두고 마루에 올라 조심스럽게 사랑채 안으로 들어선다. 민치형은 서안 앞에 앉아 서책을 읽고 있다. 사내는 잔뜩 긴장한 자세로 민치형 앞에 꿇어앉는다.

"그래, 행적이 묘연한 이십 년간 어디서 무엇을 하며 살았다고 하더냐."

민치형이 건조하게 묻는다.

"예…… 강원도 강릉 땅에서 왕실 어르신인 대고모님 손에 자랐다 하는데……."

사내가 머리를 조아리며 이겸에 대한 내용을 아뢴다.

"강릉? 강릉이라 하였느냐?"

민치형이 고개를 들어 사내를 보며 되묻는다.

"예. 영감마님."

"……계속 하거라!"

"강릉에서 혼인이 파기된 직후, 머리를 깎고 금강산으로 들어가 수년을 칩거했다 합니다."

"금강산에 들어가 머리를 깎았다……!"

민치형이 윗입술을 비틀며 피식 웃는다.

"이후, 탐라나 우산 같은 인적 드문 섬들을 전전하느라, 세상으로 다시 나온 지는 채 오 년이 안 되는 듯합니다."

"흠…… 한데, 강릉에서 혼인을 파기했다 했느냐?"

"예."

"그래, 강릉에서 혼담을 맺었다가 파한 집안이 어느 가문이며 상대 규수는 누구였느냐?"

"예, 영감마님. 신명화의 여식과 연정을 나눈 사이였다고 합니다."

"신명화? 신명화라면……!"

민치형의 눈썹이 꿈틀거린다. 이십 년 전, 오죽헌 대문 앞에서 신명화와 칼부림하던 일이 뇌리를 스친다.

"흠…… 신명화의 여식과 혼담이라……."

"예. 하오나, 그 집 여식은 의성군과의 혼담을 갑작스레 파기하고 덕수 이씨 집안의 사내와 혼례를 올렸다 합니다."

"흠…… 의성군과 신명화의 여식이 연정을 나누던 사이였다? 허면, 그 여식은?"

"다른 이와 혼례를 올린 뒤 오죽헌에 살다가, 근자에 한양으로 이사를 왔다 합니다."

"한양? 한양이란 말이지? 의성군도 한양에 정착한 지 얼마 안 되고…… 그 여인도 한양으로 이사를 왔다?"

"예, 영감마님."

"비익당에 누가 드나드는지, 특히…… 여인이 있는지! 그 주위를 은밀히 지켜보아라!"

"네!"

얼굴을 가린 사내가 고개를 숙여 대답하고, 일어나 밖으로 나간다. 민치형은 탁자 서랍에서 종이 두루마리를 꺼내 펼쳐본다. 이겸에게 받은 함박꽃 그림이다. 꽃과 새, 화조도의 완성이라 했던가. 처음 본 그림이 분명한데, 어쩐지 처음부터 낯설지 않았다. 그림을 다시 꺼내보는 이 순간 역시, 그는 설명할 수 없는 기시감에 사로잡힌다. 어디서 봤을까. 생각날 듯 생각나지 않는다.

그가 이겸에 대해 뒷조사를 시작한 이유는 흠을 찾아내기 위해서다. 어차피 그의 사람이 되지 못할 바에야, 애초에 그 싹을 잘라버리는 것. 그것이 민치형의 방법이다. 하지만 왕의 전폭적인 지지를 받고 있는 이상 잘라내기란 쉽지 않다. 해서 그의 뒷조사를 시작한 것이다. 민치형은 함박꽃 그림을 노려본다. 기필코 이겸을 중종 곁에서 쳐내고야 말 것이다. 그의 결의는 촛불처럼 이글이글 타오른다.

　　　　　　　　　　　●

　민 교수가 라드Rade의 표적이 되었다는 소문은 문화재 위원들 사이로 삽시간에 퍼져 나갔다. 라드는 예술작품 가운데 위작을 밝혀내는 거물이었다. 미술계에서는 얼굴 없는 심판자로 유명했다. 누군가 라드 쪽으로 〈금강산도〉가 위작일지 모른다는 탄원서를 제출했고, 라드 쪽에서 그 탄원서를 승인했다는 것이 소문의 내용이었다. 〈금강산도〉가 라드의 새로운 표적이 되었다는 소문이 거의 확실시되자, 〈금강산도〉 국보추진위원으로 이름 올린 문화재 위원들은 라드가 쏘는 총에 집중 포화될 것을 염려해, 하나둘 발을 빼고 있었다.

　갤러리 선 관장은 미치고 팔짝 뛸 노릇이었다. 그녀의 남편인 선진그룹 회장은 벌써부터 〈금강산도〉와 그녀를 싸잡아 몰아붙이고 있었다. 머리끝까지 화가 난 관장은 민 교수를 불러들였다. 라드 문제를 해결하기 위해 동분서주하고 있던 민 교수는 관장의 전화를 받자마자 갤러리 선으로 뛰어왔다.

　"탄원서 문제, 얼마 필요해요?"

　갤러리 선 관장이 앙칼진 목소리로 매섭게 몰아붙이며 물었다.

　"예?"

민 교수는 일단 발뺌을 할 요량으로 모르는 척 눈을 동그랗게 뜨고 되물었다.

"얼마면 되겠냐고! 해결하는 데!"

관장이 신경질적으로 옆머리를 쓸어넘기며 언성을 높였다.

"탄원……서라니요. 그게 무슨……"

"정년도 못 채우고 이 바닥 뜨고 싶어요?"

"죄송합니다. 최대한 빨리 해결하겠습니다."

민 교수는 이실직고하는 것이 낫겠다는 판단에 고개를 숙였다.

"이 일 잘못되면, 이 모든 책임은 민 교수가 져야 하는 거, 똑똑히 기억하세요."

관장이 두 눈을 부릅뜨고 강조했다.

"알겠습니다."

"민 교수……."

"예……."

"요새 능력 있는 젊은 친구들, 참 많아요. 그렇죠?"

관장이 한쪽 눈을 치켜뜨며 떠보듯 물었다.

"절대 관장님께 누를 끼치지 않도록! 잘 처리하겠습니다."

간담이 서늘해진 민 교수는 식은땀을 흘리며 대답했다.

"나가보세요."

관장실을 나온 민 교수는 곧장 조교들에게 연락해 지윤의 집 주소를 물었다. 탄원서의 시발점이 지윤이라는 확신이 들어서였다.

그는 탄원서 문제와 함께 지윤이 들고 다니는 이상한 고서의 정체
도 확실히 알아내기 위해 그녀의 집을 급습하기로 했다.

●

현관문을 열어준 여자는 지윤의 시어머니였다. 민 교수는 정희
에게 신분을 밝힌 후, 문 안으로 성큼 들어섰다. 정희는 지윤의 지
도교수라는 말에 일말의 희망을 품고 극진한 자세로 민 교수를 맞
아들었다. 혹시나 지윤이 다시 학교로 돌아갈 수 있을지도 모른다
는 생각에서였다.

"집이 참…… 아담하네요."

거실 중앙에 서서 한눈으로 집 안을 둘러보던 민 교수가 냉소적
으로 말했다.

"부끄럽습니다. 사정이 있어 잠시 머무는 집이라 신경을 못 썼
어요."

정희가 낯을 붉히며 안절부절못했다.

"서 선생은?"

민 교수는 정희가 펴주는 방석에 거만한 자세로 앉으며 지윤을
찾았다.

"금방 올 거예요."

정희는 종종걸음으로 부엌 싱크대 구석으로 가서 며느리에게
전화를 걸었다. 지도교수가 집에 오셨다는 말을 전하자, 지윤은

알겠다고 대답하며 황급히 전화를 끊었다. 통화를 마친 정희는 민 교수에게 뭘 대접해야 할지 몰라 전전긍긍했다. 냉장고에는 과일 한쪽 없었고, 싱크대 서랍에는 그 흔한 인스턴트커피 한 봉지가 없었다. 게다가 부엌에서 종종거리는 모습이 거실에서 훤히 보일 걸 생각하니 민망하기 짝이 없었다. 하는 수 없이 정희는 민 교수에게 지윤의 방에서 기다려달라고 말했다. 민 교수는 흔쾌히 자리에서 벌떡 일어나 그녀가 안내하는 방으로 들어갔다.

십여 분이 지나고, 지윤이 현관문을 열고 헐레벌떡 들어왔다. 뛰어왔는지 얼굴에 땀이 흥건했다.

"교수님은요?"

지윤이 거실을 두리번거리며 민 교수를 찾았다.

"네 방에. 얼른 들어가봐. 내갈 게 아무것도 없다. 시들어빠진 사과 하나 겨우 찾았어."

식탁에서 사과를 깎으며 정희가 한숨을 푹푹 쉬었다. 하지만 지윤의 귀에는 시어머니의 푸념이 들리지 않았다. 민 교수가 자신의 방에 혼자 있다는 사실이 그녀를 경악케 한 것이다.

지윤은 자신의 방문을 벌컥 열고 들어섰다. 민 교수는 좁은 방 한가운데 떡하니 앉아 있었다.

"어쩐 일이세요. 여기까진?"

지윤은 살짝 열려 있는 장롱 문 쪽으로 시선을 둔 채 민 교수에게 물었다. 그녀의 얼굴은 이미 새파랗게 질려 있었다. 장롱에 감춰둔 미인도가 신경 쓰여 견딜 수가 없었다.

"앉지그래. 서서 얘기할 건가?"

민 교수는 고개를 뻣뻣이 쳐들고 나무라듯 말했다.

"얼른 용건이나 말하고 가세요! 허락도 없이 집까지 찾아오신 거, 몹시 불쾌합니다!"

지윤이 눈에 쌍심지를 켜며 말했다.

"국보추진 반대 탄원서가 들어갔더군. 굳이 알아보지 않아도 배후에 서지윤이 있다는 거, 알 만한 사람은 다 아는 사실이고."

민 교수가 자리에서 일어나 지윤을 정면으로 노려보았다.

"좋을 대로 생각하세요."

지윤은 민 교수의 시선을 피하지 않았다.

"이런 집, 얼마나 하나? 보증금 이천에 월 오십? 그런데 애는 계속 사립학교에 다니더군. 등록금만 일 년에 이천만 원. 게다가 수학여행과 각종 과외활동까지 하면, 못 들어도 삼사천은 들 텐데, 얼마나 버틸 수 있을까? 기껏 반년?"

민 교수는 그간 조교들이 조사한 내용을 바탕으로 지윤을 위협하고 있었다. 아이를 걸고넘어지자, 지윤의 눈동자가 흔들리기 시작했다.

"경제사범으로 종적 감춘 남편에, 빚쟁이들은 언제 들이닥칠지 모르고…… 보증금 이천 까먹는 것쯤은 순식간이겠지."

민 교수는 계속해서 빈정거리며 그녀를 압박해왔다.

"뭐가 두렵죠? 뭐가 불안해서, 보증금 이천에 월 오십 월세 사는 제자를 찾아와 이러시는 건데요?"

더 물러설 곳이 없다는 생각에, 지윤이 다시금 턱을 치켜들며 대들었다.

"나불대는 그 입은 여전하구만."

"당당하면 맞서시든가요! 탄원서든 뭐든 뭐가 그리 중요하겠어요. 〈금강산도〉만 진짜라면!"

"서지윤이 너, 굉장히 착각하는 거 같은데 말야. 싸움이란 건, 힘이 균등할 때나 가능한 거야. 너 따위 찌끄러기들, 밟아버리면 그만이야! 지금이 바닥이라고 생각하지? 곧 알게 될 거야! 여기가 결코 바닥이 아니란 걸!"

민 교수의 말이 끝나기도 전에, 문이 벌컥 열리고. 정희가 모습을 드러냈다.

"에미야! 뭐라는 거니, 이 사람!"

정희가 민 교수를 향해 버럭 소리를 질렀다.

"아니에요, 어머니."

지윤이 정희를 막아서며, 민 교수에게 당장 나가라고 소리쳤다.

"이봐요! 우리 애가 뭘 잘못했어요! 뭘 그리 잘못했기에 남의 집 안방까지 쳐들어와서 험한 말을 지껄여! 교수면 다야? 어디 경우없이! 찌끄러기? 당신 말 다했어? 봐봐, 좀!"

정희는 밖으로 나가는 민 교수의 등 뒤로 발악하듯 악을 쓴다.

지윤은 그런 정희를 진정시키려 꼭 부둥켜안았다. 민 교수는 그런 고부를 비웃듯 흘깃 보고는 집을 나섰다. 현관문이 쾅 소리를 내며 닫혔다.

"교수란 자가 집까지 쫓아와 갖은 모욕이란 모욕은 다 주고! 대체 학교에서 뭔 일이 있었기에! 어휴…… 내 팔자야! 신경질 나!"

정희는 민 교수가 사라진 뒤에도 한참 동안 화를 가라앉히지 못했다.

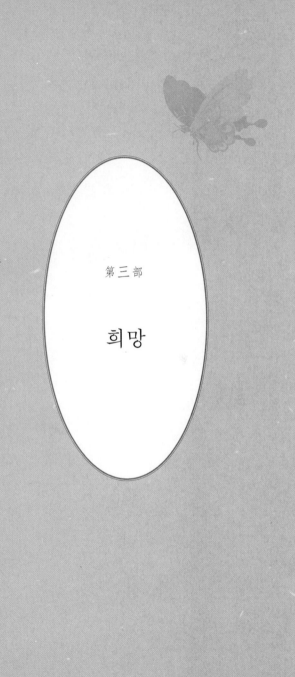

第三部

희망

14

종이를 만들기로 결심한 사임당은 달포가량 맹지 곳곳을 훑고 다녔다. 얼굴은 분홍빛으로 한껏 상기되고, 눈빛에는 희열과 집념이 차올라 반짝거린다. 병풍같이 둘러싼 능선에 해와 달이 뜨고 지고를 반복하던 어느 날, 사임당은 맹지 근처에 있는 화전민 집터에 종이공방을 차린다.

썩어 닳아빠진 나무 문, 허물어지기 직전인 낡은 벽들과 구멍이 숭숭 뚫린 지붕. 화전민이 버리고 간 움막은 건드리기만 해도 곧 무너질 듯 아슬아슬했다. 사임당은 향이와 함께 손발을 걷어붙이고 움막을 개조했다.

평평한 댓돌 위에 널빤지를 깔아 초지발*을 뒤집어 물기를 뺄

* 닥나무로 한지를 제작할 때 종이에서 물기를 빼고 편평하게 윤곽을 뜨는 틀.

곳을 만들고, 그 옆으로 종이를 보관하는 지통을 놓는다. 흙으로 만든 아궁이를 잘 닦아 그 위에 솥을 올린다. 잿물을 우리기 위해 항아리 밑에 구멍을 뚫고, 불순물을 거르기 위해 면으로 망을 만들어놓는다. 강릉 북평촌에서 가져온 오죽발, 부엌칼과 절굿공이, 대나무 바구니까지 준비하니, 종이공방의 구색이 얼추 갖춰진다.

모든 준비가 끝나자 사임당은 여기저기 수소문한 끝에 제지 기술자 만득을 섭외한다. 만득은 술독이 올라 벌게진 주먹코에 양 눈썹이 일자로 붙어 성깔깨나 있어 보이는 오십 대 초반의 남자로, 한때는 조지서 지장까지 지냈던 인물이다. 그는 술에 취해 행패를 부리다 조지서에서 쫓겨난 후, 술과 노름으로 일생을 탕진하던 차에 집주름의 소개로 사임당을 만난 것이다.

"지금 나더러 이런 부엌살림 나부랭이 갖고 종이를 만들라고? 나, 조지서 지장 출신이야! 어디서 격 떨어지게 여자들이 설치고 말이야!"

만득은 사임당이 만든 종이공방을 보자마자 맨손으로 코를 팽 풀며 소리를 지른다.

"처음이라 부족한 게 많소. 잘못된 게 있으면 어떤 부분이 잘못되었는지 세세히 알려주시오. 바로 고칠 테니."

사임당은 다소곳한 어조로 만득을 설득하려 애쓴다.

"그것부터가 틀려먹었다니까! 바로 고친다는 게 말이 돼? 종이

만드는 걸 얼마나 우습게 봤으면! 나 이런 앞뒤 분간 못 하는 여자들이랑은 일 못 해! 안 해! 에이, 암탉들이 쪼아대기만 하고 시끄러워 죽겠네!"

만득은 손사래를 치며 삐거덕거리는 나무 문을 벌컥 열고 밖으로 나간다.

"수익은 반반씩 똑같이 나눌 거요!"

사임당이 다급한 목소리로 만득을 막아선다. 만득이 슬쩍 뒤를 보며 입맛을 다신다.

"약조하리다! 일해서 번 수익은 똑같이 나누는 걸로!"

"흠…… 닥나무는? 닥나무나 제대로 확보하고 이 난리요?"

머리를 굴려보던 만득은 은근슬쩍 등을 돌리고 사임당을 마주 본다. 만득이 마음을 돌리자, 사임당은 만족스런 미소를 지으며 고개를 끄덕인다.

다음 날 아침, 사임당과 향이는 두꺼운 낫을 들고 열심히 닥나무를 베어낸다. 만득은 옆에 서서 입으로만 나불댈 뿐 낫질은 건성건성 하는 둥 마는 둥이다. 향이는 그런 만득의 횡포에 신경질이 나서 사임당에게 온갖 불평을 늘어놓는다. 사임당은 그저 말없이 구슬땀을 흘리며 낫질에만 온 신경을 기울인다.

사임당과 향이는 베어낸 닥나무를 솥에 재어 수증기에 쪄낸다. 다 쪄낸 닥무지를 건조한 후에 다시 물에 불려 흑피를 벗긴다. 그렇게 만들어진 백닥을 알맞은 크기로 잘라 천연 잿물을 넣은 솥에 삶는다.

사임당은 옷이 땀에 젖는 줄도 모르고 기다란 막대로 솥을 젓는다. 향이는 치맛자락을 걷어 올리고 개울가에 앉아 백피를 헹군다. 다 헹궈진 백피를 커다란 대야에 담아 잡티를 일일이 제거한다. 사임당은 티를 골라낸 깨끗한 닥을 널따란 닥돌에 올려놓고 방망이로 두들겨 곤죽을 만든다.

그때까지 옆에서 잔소리만 일삼던 만득이 드디어 팔을 걷어붙인다. 그는 완성된 곤죽을 지통에 넣고 물과 함께 잘 섞이도록 막대로 휘젓는다. 그렇게 이백여 번을 치댄 후, 대나무 초지발을 이용해 종이를 떠낸다. 넓고 판판한 판에 떠낸 종이를 쌓고 무거운 돌을 올려 서서히 물을 뺀다. 물이 다 빠진 종이를 흙벽에 걸어 말린다.

사임당과 향이는 잘 건조된 종이를 여러 장 겹쳐놓고 다듬이질을 한다. 다듬이질이 반복될 때마다 종이에 광택이 살아난다. 만득은 술병을 통째로 들이켜며 떨떠름한 표정으로 그 모습을 지켜본다.

드디어 종이가 완성된다. 몇 날 며칠 중노동에 시달리느라 초췌한 몰골이었으나, 완성된 종이를 바라보는 사임당의 눈빛만은 형형하게 빛났다. 그녀는 손끝으로 종이를 쓰다듬으며 결의 감촉을 가만히 느껴본다. 문득 텅 빈 종이에 무언가를 가득 채우고 싶다는 갈망이 인다.

"드디어 완성이네요. 이놈의 종이!"

향이의 목소리가 사임당의 사념을 깬다.

"그러게 말이다. 네가 고생 많았다."

사임당은 만감이 교차하는 마음을 수습하며 향이를 바라본다.

"고생이야 아씨가 하셨죠. 에휴, 종이가 아니라 금으로 보입니다. 종이 한 장 만들기가 이렇게 어려운지 정말 몰랐습니다."

향이는 손으로 자신의 어깨와 팔을 주무르며 투덜거린다. 말은 그렇게 하면서도 얼굴은 한껏 상기된 것이 제 딴에도 뿌듯한 모양이다.

"고생 많았소."

사임당은 술이 얼큰하게 오른 만득을 보며 치하한다.

"여자들이 입만 살아가지고 이게 어떻게 저게 어떻게…… 에잇 성가셔!"

사임당의 말에 괜히 민망해진 만득은 손으로 덥수룩한 턱수염을 한번 쓸어내리더니 밖으로 나가버린다. 그 모습에 향이는 정말 몹쓸 사람이라며 입술을 삐죽거린다.

사임당이 종이 만들기에 여념이 없던 그 시각, 이겸은 중부학당 강학실에 앉아 어린 학동들을 마주하고 있다. 처음 보는 훈도관이라 아이들은 호기심 어린 눈길로 이겸을 힐끔거린다. 스승의 잘난 외모를 두고 쑥덕거리는 아이들도 있다. 중부학당에 신입으로 들어온 현룡과 태룡은 잔뜩 긴장한 모습으로 앉아 있고, 지균은 서탁에 논어를 펼쳐놓고 읽고 있다. 이겸은 그런 아이들을 한 명 한 명 하나하나 꼼꼼히 살펴보다가 이윽고 모두 책을 덮고 눈을 감으라 이른다.

"스승님! 《논어》 강학 시간입니다. 오늘은 〈이인편〉을 나가기로 되어 있었습니다."

지균이 불만 가득한 눈빛으로 이겸을 보며 또박또박 말한다.

"그런 건 배워 어디에 쓰려나?"

이겸이 건성으로 되묻는다.

"예?"

지균이 어이없다는 듯 입을 벌린다.

"무엇을 위해 배우느냐는 말이다!"

"나라의 역량이 될 훌륭한 사람이 되기 위해서 배웁니다. 진정 지혜로운 사람이라면 행동 하나하나를 벗어나지 않도록 해야 하기 때문입니다."

"훌륭한 사람이라! 어떤 사람이 훌륭한 사람이더냐?"

이겸이 말꼬리를 잡자 지균은 말문이 턱 막히고 만다.

"가르쳐주십시오. 어떤 사람이 훌륭한 사람입니까?"

키가 가장 큰 아이가 손을 번쩍 들고 묻는다.

"맞습니다! 저희를 가르치러 오신 것 아니십니까?"

그 옆에 앉은 아이가 덩달아 입을 연다.

"스승이 왜 꼭 가르쳐야만 한다 생각하지?"

이겸이 반문하자, 아이들은 어리둥절한 표정으로 서로를 바라본다.

"너희 마음속에 답이 있다. 그걸 스스로 깨닫도록 도와주는 것! 그 또한 스승의 역할이다. 난 너희가 그 답을 깨우칠 때까진 아무것도 가르칠 생각이 없다."

이겸이 자리에서 일어나 뒷짐을 진 채 강학실 안을 돌아다닌다. 지균은 황당하다는 얼굴로 그런 이겸을 쳐다보고, 현룡은 고개를 갸웃거리며 생각에 잠긴다.

"그저 제 마음속에 있는 답을 말하면 되는 것인지요?"

현룡이 조심스럽게 말문을 연다. 웅성거리던 아이들의 눈이 일제히 현룡을 향한다.

"정답이 정해져 있는 질문이 아니다. 마음껏 답해보아라."

이겸은 사임당의 아들을 지그시 바라보며 대답한다.

"훌륭한 사람은 단연 공자님이십니다."

현룡이 입을 열려는 찰나에 지균이 선수를 친다.

"저희 어머니이십니다!"

지균의 대답이 끝나자마자 현룡이 마음속에 있는 답을 꺼낸다.

"어째서…… 그리 생각하느냐?"

이겸이 지균을 지나쳐 현룡에게 가까이 다가가 묻는다.

"어머니는 힘들어도 그 상황에서 최선의 선택을 해야 한다고 가르치셨습니다. 한양에 와서 어려운 일이 많았습니다만 최선의 선택을 하나씩 해나가셨습니다. 어머니는 강하면서도 참 부드러우신 분입니다."

종이를 만드느라 불철주야 일하는 어머니를 생각하자, 현룡의 눈에서 눈물이 왈칵 솟는다. 현룡은 간신히 눈물을 삼키고 침착하게 대답한다. 이겸은 그런 현룡을 자상한 눈길로 물끄러미 바라본다. 생각 같아서는 기특하다며 머리라도 한번 쓰다듬어주고 싶다. 사임당의 아들이라서가 아니라, 어린 나이에도 어머니를 생각하며 가슴아파할 줄 아는 그 마음이 예뻐서다.

"저도 어머니를 가장 존경합니다! 먹는 것에 있어서는 세상 그 누구보다 어진 분이십니다! 한데, 한양 사람들은 어질지가 못한 것 같습니다. 저잣거리 음식들, 양은 적고 너무 비쌉니다!"

그때까지 잔뜩 긴장한 얼굴로 가만히 앉아 있던 태룡이 용기 있게 입을 연다. 태룡의 뜬금없는 말에 아이들이 책상을 치며 깔깔거리고 웃는다. 오직 지균만이 스승에게 무시당했다는 생각에 얼굴을 붉히고 앉아 이를 앙다물고 있다. 어린 가슴속에 주먹만 한 분노가 솟고 있다.

"첫 수업 어땠어? 아이들 다룬다는 게 생각만큼 쉽지 않지?"

수업을 마치고 교수관실로 들어서는 이겸을 향해 백인걸이 묻는다.

"사서삼경만 줄줄 외면 뭐해?"

이겸이 대뜸 내뱉으며 자리에 앉는다. 백인걸이 무슨 소리냐는 듯 그를 본다.

"잘난 척, 의젓한 척, 어른인 척하지만…… 애들은 역시 애들이지 뭐…… 다들 재미있어하고 금방 빠져들던데?"

이겸이 피식 웃으며 뒷말을 잇는다.

"자모들한텐 안 통할 텐데? 조만간 벌떼처럼 몰려와 뭘 가르치는 거냐 한소리 들을걸?"

"걱정 마! 중부학당 자모들, 내가 꽉 잡아놨으니까!"

"허허허, 어련하시겠어!"

백인걸이 너털웃음을 웃는다. 그때 교수관실 문이 열리고 화사한 비단옷을 입은 휘음당이 위풍당당하게 들어선다.

"어인 일로 오셨습니까?"

백인걸이 휘음당을 향해 목례한다.

"새로운 방식의 수업을 하셨다 들었습니다."

휘음당이 도도하게 앉아 이겸을 향해 도전적으로 말한다.

"수업방식까지 일일이 재가를 받아야 하는 줄은 몰랐습니다만?"

이겸이 뻐딱하게 받는다.

"그럴 리가요! 의성군 대감의 비익당이…… 조선의 예약을 대표하는 공간이라 들었습니다."

"그렇습니다만?"

"하여, 이번 중부학당 백일장을 모자 합동 시화전으로 개최함이
어떨는지, 청을 올리러 왔습니다."

"모자 합동 시화전요?"

백인걸이 끼어들며 묻는다.

"예. 내로라하는 예인들은 모두 비익당에 모여 있다면서요. 학
동에게 좋은 자극이 될 듯싶습니다만."

휘음당이 이겸의 눈을 똑바로 보며 품위 있게 말한다.

"나쁘지 않은 제안인 듯한데……."

백인걸이 어서 대답하라는 듯 이겸을 돌아본다.

"그러시지요!"

휘음당의 의중을 살피며 고민하던 이겸이 고개를 끄덕인다.

"날짜는 이달 보름으로 하려 합니다. 견문을 넓힐 수 있는 귀중
한 시간이오니 모쪼록, 많은 지도 부탁드립니다."

휘음당은 볼일이 끝났다는 듯 일어나더니 이겸을 향해 목례한
후 나비처럼 사뿐히 교수관실을 빠져나간다.

"무슨 꿍꿍이지? 비익당에서 시화전을 열겠다니……."

휘음당이 나가자, 백인걸이 고개를 갸웃거리며 작게 중얼거린다.

"저 부인…… 이조참의 민치형의 안사람이라 했던가?"

이겸이 묻는다.

"맞아. 대통을 도맡아 하는 민지균의 어머니잖아. 초충도 화가로 명성이 높다나 봐."

"초충도? 누가 보면 저 부인네가 교수관인줄 알겠어!"

"그러게나 말이다."

"조금 있으면 아예 강학계획서까지 정해줄 기세네!"

"안 그래도 그래왔던 모양이더라. 나 오기 전까진."

"쯧쯧쯧. 관학인 사부학당조차 관원 부인들 치맛바람에 휘청댄다는 게 말이 돼? 이러니 교육이 무너졌다는 둥, 부의 대물림이네어쩌네 소리가 나오는 거지!"

이겸이 떨떠름한 얼굴로 혀를 차며 말한다.

"그래서 너를 부른 거잖나! 이 꼴 저 꼴 나도 보기 싫다. 시화전열리는 날, 나는 빠질 테니, 비익당에서 자모들 기선제압 좀 해봐. 눈웃음으로만 제압하지 말고!"

고개를 설레설레 흔들던 백인걸이 농담처럼 말한다.

아이들에게 완성된 종이를 보여주기 위해 집으로 서둘러 돌아온 사임당은 뜻밖의 편지를 받고 놀란다. 바로 옆집 폐비 신씨가보낸 편지다.

봄꽃은 떨어져 이미 없는데, 향기가 온 방 안에 가득하였고 아이들

웃음소리가 건너와 꽃잎처럼 나비처럼 앉았습니다. 담장 안에서 시들어버린 이 사람을 안쓰럽게 여겨 하늘이 내려준 선물인가 봅니다. 아이들이 감을 먹고 싶어 하기에 감을 말려보았습니다. 빨갛게 익은 감이 바람과 볕에 마르기를 기다리던 시간이 참으로 설레더군요. 잠깐이지만 참 행복한 순간이었습니다. 고맙습니다.

편지는 여기에서 끝난다. 사임당은 고운 꽃지에 쓰인 편지와 곶감 바구니를 바라보며 가슴이 먹먹해진다. 비록 지금은 폐비가 됐을지언정, 한때 일국의 지엄한 왕비가 아니었던가. 수진방 폐가로 이사 와 없는 살림에 떡을 지어 인사차 건넨 것인데, 그에 대한 답례로 이렇듯 마음을 써준 것이 감격스럽고, 편지 글귀마다 절절히 묻어나는 신씨의 외로움이 느껴져 마음이 짠하다.

"어머니……!"

우가 사임당의 치맛자락을 잡아당기며 칭얼거린다.

"응?"

사임당은 곶감을 바라보며 침을 꿀꺽꿀꺽 삼키는 아이들을 바라본다.

"이건 아버지 돌아오시면 드릴 것이다. 나머지는 너희끼리 나눠 먹어라. 향이도."

접시에 곶감을 몇 개 덜어놓고, 나머지를 아이들 앞으로 밀어준다. 사임당의 말이 끝나기가 무섭게, 아이들의 고사리 같은 손이

곳감을 향해 우르르 몰린다.

"어머니! 중부학당 시화전이 곧 열릴 거라 합니다. 어머니와 함께 시를 짓고 그림을 그린답니다. 다른 자모들도 오시는 날이니, 어머니도 꼭 오셔야 해요! 꼭 오셔야 합니다. 네?"

현룡이 곳감을 꼭꼭 씹어 먹으며 말한다.

"그래……."

사임당은 신씨의 편지에 정신이 팔려, 현룡의 말에 건성으로 답한다.

"향아, 집에 홍화꽃 말려놓은 게 남아 있니?"

사임당이 방금 생각난 듯 고개를 번쩍 들고 향이에게 묻는다.

"얼마 전 매창 아기씨가 현룡 도련님 수건을 물들이고 조금 남았습니다요."

향이가 곳감 묻은 손가락을 쪽쪽 빨며 대답한다. 매창이 어머니의 어깨에 머리를 살포시 얹으며 홍화꽃이 왜 필요하냐고 묻는다. 혹시나 제 옷을 해줄까 싶어 벌써부터 애교를 부리는 것이다.

"종이에 색을 입혀볼 참이다. 마른 홍화 꽃잎을 물속에서 주물러 노란색을 뺀 다음 그 물로 염료를 만들면 색이 아주 고운 복숭앗빛을 띤단다. 미리 빼놓은 노란 물로는 연한 살색을 띤 황색 염료를 만들 수도 있지."

사임당이 매창의 머리를 쓰다듬으며 다정히 설명한다. 매창은 콧등을 살짝 찡그리며 어머니의 어깨에서 머리를 떼고 곳감을 하나 더 집어먹는다.

"정말 좋은 생각이십니다. 맹지에 자초*도 조금 있던데, 그것도 따올까요?"

종이 만들기에 재미를 붙인 향이가 의욕이 넘쳐 말한다.

"그래! 뿌리를 이용해서 자색을 만들면 되겠구나!"

"예. 아씨."

향이는 서둘러 일어나 집을 나선다. 해가 넘어가기 전에 꽃을 따올 요량으로 발길을 서두른다.

이틀날 아침, 사임당은 홍화꽃과 자초, 치자 열매와 대나무 잎으로 색색의 고운 염료를 만들어낸다. 마루에 걸터앉은 아이들이 호기심 가득한 눈망울로 종이에 색을 입히는 과정을 지켜본다. 염료가 풀어진 대야에 종이를 넣었다 빼니 금세 고운 색이 입혀진다. 향이는 사임당이 건네는 종이를 빨랫줄에 걸어 말린다. 바람이 쓰다듬고 지날 때마다 종이가 하늘하늘 흔들린다.

"히야, 곱습니다!"

향이가 빨랫줄에 걸린 색색의 종이들을 바라보며 감탄한다.

"보기만 좋은 게 아니란다. 옛 시에서 '꽃을 밟고 돌아가니 말발

---

* 지치, 지초로도 불리는 한약재이며 뿌리를 염료로 쓴다.

굽에서 향기가 난다' 했다. 어떤 화가가 이 시를 듣고, 말발굽에서
나는 꽃향기를 그림으로 그려낼 수 있을까 고민했는데……."

사임당이 생각에 잠긴 듯 나직한 목소리로 말한다.

"나비를 그리면 어떨까요? 나비가 있으면 근처에 꽃이 피었단
소리니까요."

매창이 쪼르르 달려와 대화에 끼어든다.

"맞다. 우리 매창이가 향기 보는 법을 찾아냈구나."

사임당이 기특하다는 듯 딸아이를 바라본다.

"아…… 알겠다. 치자 물을 보면, 치자 꽃을 떠올리게 되고, 그
러니까 색깔 있는 종이를 보면 꽃들이 떠오른다는 거죠. 와, 그러
면 이것은 안 보이는 것을 보이게 하는 신기한 종이이네요. 학당
에도 이 종이를 가져갈래요."

현룡이 누나 뒤로 쪼르르 달려온다. 사임당은 아이들과 나란히
서서 바람에 흔들리는 색지를 바라본다. 종이에서 싱그러운 들꽃
향기가 나는 듯 상쾌하다.

사임당은 완성된 색지를 반듯하게 펴서 선물함에 넣고, 가진 옷
중에 가장 깔끔한 옷으로 갈아입는다. 그래 봐야 무명 치마에 무
명 저고리다. 향이와 아이들은 갑자기 외출 준비를 하는 사임당을
보며 고개를 갸웃거린다. 나갈 채비를 마친 사임당은 향이에게 아
이들을 잘 보라 이르고 집을 나선다.

아랫목에 앉아 바느질을 하던 신씨는 사임당을 보고 반색한다.

사임당은 선물함을 내려놓고 예를 갖춰 인사한 후 자리에 앉는다. 삶의 그늘에 주저앉아본 두 여인은 서로를 바라보는 것만으로 상대의 슬픔을 알아본다. 굳이 설명하지 않아도 어쩐지 서로를 이해할 수 있을 것만 같다.

"폐서인인 이 사람과 가깝게 지내면 좋을 것이 없을 겝니다."

신씨는 마주 앉은 사임당을 따뜻한 눈길로 바라보며 슬픈 어조로 말한다.

"이웃끼리 가깝게 지내는 것이 오랜 미덕인 것을요. 염려하실 것 없습니다."

사임당이 웃으며 사려 깊게 대답한다. 이내 신씨의 마른 눈에 눈물이 맺힌다. 그런 사람이 있는 것이다. 앞에 앉아 있는 것만으로 위로가 되는 사람 말이다. 사십 년 세월을 독수공방 죄인처럼 갇혀 지낸 신씨에게 사임당이 그런 사람이 된 것이다. 존재 자체로 위로가 되는 사람.

다음 날, 아침부터 거실거실 바람이 일더니 말끔한 하늘에 먹구름이 몰려든다. 몸종에게 화장 시중을 받던 휘음당은 횡횡대는 음산한 바람 소리를 들으며 눈썹을 꿈틀거린다. 보이는 것마다 할퀴고 지나가는 바람이 마치 자신의 독기 품은 마음처럼 느껴진다.

휘음당은 자신의 존재를 무시했던 이겸과 사임당에게 본때를

348

보여줄 생각이다. 그들에게 자신의 존재를 확실히 각인시켜, 두 번 다시 잊을 수 없도록 만들어줄 생각이다. 비익당에서의 모자 합동 시화전을 제안한 이유가 바로 거기에 있었다.

휘음당은 몸종에게 더 화려하고, 더 화사하게 치장하라 보챈다. 몸종은 땀을 뻘뻘 흘리며, 정성껏 분을 바르고 입술 색을 고른다. 장신구 함에 가득 들어 있는 떨잠, 노리개, 뒤꽂이, 반지를 몇 번 이나 고르고 또 고른다.

드디어 준비를 마친 휘음당은 거울을 바라보며 만족스런 미소 를 짓는다. 머리부터 발끝까지 휘황찬란한 자신의 모습에 도취되 어 혼잣말을 중얼거린다.

"조선 제일의 초충도 명인 휘음당! 외명부의 품계를 받은 숙부 인이다! 막노동으로 끼니 걱정을 이고 사는 한미한 아낙네 사임 당……! 네가 붓을 들 수 있는지 없는지…… 내 눈으로 확인할 것 이야!"

휘음당의 웃음소리가 음산한 바람결에 섞여 민치형의 집 안마 당을 가득 채운다.

아침 내내 거칠게 불던 바람은 오후가 되자 서서히 멈췄다. 얇 은 구름이 솜처럼 덮인 하늘 아래, 비익당 마당은 한바탕 잔치라 도 열린 듯 활기차다. 전각 위로 〈중부학당 시화전〉이라는 깃발이 걸리고, 마당 한쪽에 차일이 설치되어 있다.

연못가 뒤쪽 마당에는 악공들이 모여 축하 연주를 하고, 그 옆에 자리한 화공들은 그림을 그린다. 먼저 도착한 학동들은 소풍이라도 나온 듯 비익당 곳곳을 누비고, 훈도관들과 종복들은 마당에 깔린 커다란 멍석에 일정한 간격을 두고 방석을 놓는다.

휘음당은 도도한 몸짓으로 중부학당 부인들을 거느리며 비익당 마당으로 들어선다.

"어머, 어쩜. 나무 하나, 꽃 하나, 돌계단 하나하나까지, 이곳 주인의 남다른 감각이 엿보이네요. 아니 그렇습니까, 형님?"

알록달록한 비단으로 한껏 치장한 서씨 부인이 콧소리를 섞으며 요란을 떨자 휘음당이 눈살을 찌푸리며 나무란다.

"놀이 삼아 나온 게 아닙니다. 시화전도 공부의 연장 선상 아니겠습니까? 우리 자모들도 아이들과 함께 겨뤄야 하는 입장입니다."

"그럼요, 그럼요. 좌우지간…… 뭐, 오늘의 시화전도 휘음당 형님과 지균이가 죄다 휩쓸겠지만, 저희도 최선을 다해야겠죠. 안 그렇습니까?"

서씨 부인이 뒤에서 따라오는 부인들을 향해 고개를 돌린다.

"그렇죠. 우리도 최선을 다해야죠. 열심히 해야죠."

부인들은 휘음당의 눈치를 살피며 이구동성으로 말한다.

"오셨습니까!"

마당으로 나온 이겸이 부인들에게 다가와 인사를 건넨다.

"의성군 나리! 다시 뵙는군요. 아이고, 신세계로군요, 신세계! 도끼 자루 썩어도 모르겠네……. 이렇게 무릉도원 같으니 꼼짝을 안 하셨구나!"

서씨 부인이 이겸 옆으로 냉큼 붙어 서며 푼수를 떤다.

"중부학당을 위해 시화전을 마련해주셔서, 감사할 따름입니다."

휘음당이 우아한 미소를 지으며 이겸을 본다.

"오늘 시화전이 부디, 학동들이 자유로운 영감을 얻는 시간이 되었으면 합니다. 그럼, 이만."

이겸은 무표정한 얼굴로 깍듯하게 대답한 후 자리를 뜬다. 휘음당은 찬바람을 일으키며 사라지는 이겸을 쏘아보며 주먹을 불끈 쥐었다.

그때, 거친 무명옷차림의 사임당이 현룡의 손에 이끌려 비익당 마당으로 들어선다. 일하다 말고 달려온 듯 치맛자락 여기저기에 흙이 묻어 있다.

"누구야, 저렇게 초라하게? 막일하다 왔나? 어머 웬일이니? 저런 자모가 있었나? 어이가 없네!"

부인들은 사임당을 보며 노골적으로 떠들어댄다.

"뭣들 하는 것인가!"

휘음당이 찬물을 끼얹듯 부인들을 꾸짖는다. 시끌벅적하던 비익당 마당이 순식간에 조용해진다. 악공의 연주도, 화공의 붓질도 멈춘다. 뛰어놀던 학동들이 얼음처럼 굳어 휘음당을 바라본다. 학도관과 종복들의 시선도 휘음당을 향해 있다. 모든 이의 시선을 한 몸에 받은 휘음당이 위풍당당하게 한 걸음 한 걸음 내디뎌 사임당 앞으로 다가선다.

마주 선 휘음당과 사임당. 두 여인은 흑과 백, 땅과 하늘만큼이나 명백한 대조를 이룬다. 머리부터 발끝까지 휘황찬란하게 꾸민 휘음당은 공작새처럼 화려하고, 무명옷에 민낯을 그대로 드러낸 사임당은 고고한 백조 같다.

"세상에! 이리도 고운 비단치마는 난생처음 봅니다! 어떻게 이런 색을 낸 것입니까 형님?"

서씨 부인의 목소리가 정적을 깬다.

"연지색일세! 연지벌레 똥으로 색을 낸⋯⋯."

이래도 기억하지 못하겠는가. 휘음당이 도전적으로 사임당을 바라보며 대답한다. 과연, 단아한 사임당의 얼굴이 순간 꿈틀거린다. 연지색이라는 말이 그녀의 기억 속 어딘가를 헤집어놓은 것이다.

어찌 잊겠는가. 가장 찬란하던 시절, 이겸이 직접 그려 넣어준 함박꽃 댕기. 그 꽃 그림을 물들인 색이 바로 연지색인 것을. 연지벌레의 분비물에서 그런 화사한 색이 나온다는 것이 너무 신기해, 연지색이라 이름 붙인 것이 바로 사임당 자신인 것을.

그럼에도, 알 수 없다. 사임당은 자신 앞에 서 있는 여인이 누구인지 가늠할 길이 없다. 도무지 이 여인이 어찌 연지색 이야기를 알고 있는지 짐작조차 할 수 없다.

"신입 자모이신지요?"

휘음당이 우아하게 묻는다.

"아…… 예. 이현룡 어미됩니다."

사임당이 공손히 대답한다.

"많이 늦으셨네요."

"죄송합니다."

"곧 시화전이 시작될 것이니 일단, 자리로 가시지요."

"아…… 예……."

학동들과 자모회 부인들이 방석에 자리를 잡고 앉자 악공들이 다시 연주를 시작한다. 모두가 제자리를 찾아 바삐 움직이는 가운데, 이겸은 뒷마당으로 가서 이후를 부른다.

"너, 당장 뛰어가서 광목으로 된 앞치마를 구해오너라. 한 스무 벌 정도!"

이후가 다가오자, 이겸은 다짜고짜 명한다.

"앞치마를요? 왜요?"

이후가 어리둥절한 표정으로 묻는다.

"잔말 말고 어서 가! 가서 구해와!"

"예? 예……."

이후는 고개를 갸우뚱하면서도 광목 앞치마를 구하러 서둘러 뛰어간다.

"휴…… 어찌 저리 누추한 복색으로…… 꽃보다 더 고운 사임당이……."

홀로 남은 이겸은 가슴 깊이 차오르는 쓰라림에 한숨을 토해 낸다.

얼마쯤 지나자 이후가 앞치마를 잔뜩 들고 나타난다. 거친 광목 천으로 만들어진 앞치마를 내밀자 자모회 부인들은 황당하다는 듯 손을 내젓는다.

"아니, 이딴 걸 입으라고요? 우리 집에선 걸레로나 쓰는데!"

서씨 부인이 앞장서서 따져 묻는다. 광목 앞치마를 나눠주던 이후는 안절부절못하고 이겸만 볼 뿐이다.

"어찌나 곱게들 차려입고 오셨는지 그 고운 복색 버리실까 염려되어 특별히 준비했습니다. 앞치마를 입으시고, 마음 편히 시서화를 즐기시지요!"

어쩔 수 없이 앞으로 나선 이겸이 눈웃음을 살살 치며 부인들을 홀리듯 말한다.

"이런 배려심까지……."

서씨 부인은 대번에 광목 앞치마를 껴입으며 꺄르르 웃는다. 사임당은 말없이 광목 앞치마를 몸에 걸친다. 이것이 이겸의 마음이구나. 자신의 초라한 행색을 가려주기 위해 애쓴 그 마음이 고맙

354

기도 하고 슬프기도 하다.

사임당이 이겸의 마음을 헤아리듯, 휘음당 역시 이겸의 마음을 헤아린다. 그녀는 사임당을 감싸느라 걸레 쪼가리를 던져준 이겸의 마음에 화가 나기도 하고 슬프기도 하다.

드디어 시화전이 시작되었다. 광목 앞치마를 두른 자모회 부인들이 아들들과 나란히 앉아 한곳을 바라본다. 모두의 시선이 몰리는 곳에 휘음당이 있다.

"장차 이 나라의 희망인 우리 중부학당 학동들이 그간 공부에 매진하느라 심신이 지쳐 있었을 겁니다. 하여, 올해는 특별히 매년 치러지던 백일장을 대신하여, 조선 예악의 중심인 비익당에서 모자 합동 시화전을 개최하게 되었습니다. 이 어려운 자리를 내어주신 의성군 대감께 깊은 감사를 드리며 이번 시화전의 시제를 선택할 영광을 드리려는데 어떠실는지요?"

휘음당이 청산유수의 말솜씨를 뿜낸다.

"흠…… 그런 영광은 안 주셔도 되는데……"

잠시 발을 빼듯 망설이던 이겸이 앞으로 나선다. 휘음당의 눈짓을 받은 훈도관이 미리 준비한 시제 봉투를 이겸에게 건넨다.

"시제를 발표해주시지요."

휘음당이 흰자위가 드러나도록 눈을 번뜩이며 이겸에게 말한다.

"수평이불류 무원즉칙갈 水平而不流 無源則遽竭."

이겸이 우렁찬 목소리로 시제를 낭독한다.

"물은 평평하면 흐르지 않고, 근원이 없으면 빨리 말라버린다."

옆에 서 있던 훈도관이 시를 해석해준다.

"운평이우불심 雲平而雨不甚."

"구름은 평평하면 많은 비가 내리지 않고."

"무위운 우즉칙이 無委雲 雨則遽已."

그때, 휘음당이 이겸의 낭독을 자르며 불쑥 끼어든다.

"운평 雲平! 시제를 운평으로 하는 것이 어떻겠습니까?"

"운평……! 구름이 평안하다……."

훈도관이 아주 마음에 든다는 듯 고개를 크게 끄덕인다. 단 한 사람을 제외한 모두가 흡족한 표정으로 동의를 표한다. 운평…… 운평사……. 사임당은 운평이라는 시제를 듣자마자, 얼굴이 새파랗게 질린 채 눈동자가 흔들리며, 손이 제멋대로 떨린다.

이때, 좌중을 둘러보던 이겸의 시선이 사임당에게 멎는다. '왜 저리 떨고 있는가? 낯빛이 창백한 것이 당장이라도 쓰러질 것처럼! 예전의 사임당이라면 이깟 시화, 수집 장을 쏟아내고도 남을 텐데, 왜?' 이겸은 사임당의 달라진 낯빛에 놀라 본능적으로 휘음당을 바라본다.

휘음당 또한 보일 듯 말 듯 가학적인 미소를 지으며 사임당을 보고 있다. '한 장도 그리지 못할 것이다. 영원히! 백 명에 가까운

목숨이 너의 그림 때문에 죽어나갔다. 평생 별 볼 일 없는 아낙으로 그렇게 살아! 그것이 너의 죗값이다!'

두 여인 사이의 묘한 기류를 감지한 이겸은 그 까닭을 헤아리려 애쓴다. 하지만 그 연유를 도무지 알 수 없다.

자모회 부인들은 아들과 짝을 이뤄 정다운 시간을 보내고 있다. 각자 준비해온 화구를 앞에 놓고 시제에 대해 대화를 나누며 웃음꽃이 만발한다.

"어머니께서 읽어주신 매월당 시 중에 '사청사우乍晴乍雨'가 있지 않습니까? 그러고 보니 매월당은 저리 가만히 떠 있는 구름과도 같은 사람이라 여겨지옵니다. 어머니 생각은 어떠신지요?"

현룡은 작은 손가락으로 하늘의 구름을 가리키며 신나게 이야기한다. 그러나 사임당의 귀에는 아들의 말이 들리지 않는다. 머릿속으로 벌 떼가 몰려들고, 귓가에서는 날벌레들이 윙윙대는 것만 같다. 바닥에 놓인 하얀 종이가 하늘 위에 뜬 구름처럼 덧없게 느껴진다.

반면, 지균과 나란히 앉은 휘음당은 손에 든 붓을 거침없이 움직인다. 흰 구름이 걸려 있는 산봉우리 밑으로 맑은 시냇물이 하얗게 부서져 내리고, 온갖 나무가 무성하고 기이한 꽃들이 만발하다. 산등성이 밑으로 날아갈 듯 지은 누각들이 화려한 자태를 뽐

낸다. 휘음당의 그림을 본 학동들과 부인들은 침이 마르도록 칭송을 늘어놓는다.

"다 되었다. 제출해라."

휘음당은 만족스런 눈길로 자신의 그림을 내려다보며 붓을 놓는다.

"우리가 일등입니다."

지균이 자신이 지은 시와 어머니의 그림을 번갈아보며, 의기양양하게 말한다.

"지균이가 역시, 일등으로 제출하네. 이건 뭐…… 보나 마나 장원은 따놓은 당상이겠지?"

태룡의 모친이 부럽다는 듯 지균 모자를 본다.

"휘음당 형님은 무슨 복을 타고났기에…… 미모면 미모, 그림이면 그림, 남편은 이조참의로 승승장구! 자식은 장원으로 승승장구! 다 가졌네, 다 가졌어!"

서씨 부인이 호들갑스럽게 휘음당을 칭송한다.

"저 부인네 남편분이 이조참의예요?"

옆에 앉아 있던 한 부인이 호기심을 드러내며 묻는다.

"그렇대요. 숨은 실세 이조참의 민치형 영감!"

태룡의 모친이 입맛을 다시며 대답한다. 그 순간, 사임당이 쥐고 있던 붓이 바닥으로 떨어진다.

"뭐하십니까, 어머니!"

현룡이 답답하다는 듯 어머니의 팔을 흔들며 외친다.

"으응……?"

사임당은 허깨비 같은 얼굴로 아들을 바라본다.

"아무거나 그리시면 제가 돕겠습니다."

점 하나 찍히지 않은 종이를 바라보던 현룡이 울 것 같은 얼굴로 애타게 말한다.

"……아니 되겠다."

사임당은 혼잣말처럼 중얼거리며 바닥을 짚고 일어난다. 현룡은 곧 쓰러질 듯 휘청거리며 마당을 가로지르는 어머니를 뒤쫓아 간다.

"어딜 가시는 겁니까, 어머니!"

현룡의 목소리에는 울음이 가득 배어 있다.

"미안하다…… 내가…… 몸이 좀 좋질 않구나."

사임당은 차마 아들의 얼굴을 마주 보지 못하고, 먼 산을 향해 말한다.

"이러는 게 어딨어요! 이대로 가시면 어떡해요! 너덜너덜 다 떨어진 책을 들고 다녀도, 종이 한 장 변변찮아도 저는 상관없었습니다. 코흘리개 우를 저한테만 돌보라 하셔도, 저는 다 참았습니다! 언제 이리 간청한 적 있었습니까! 이렇게 가버리시면 저 혼자 어쩌란 말입니까!"

장탄식을 늘어놓던 현룡이 소리 내 울어버린다.

"미안하구나. 미안하다……."

"몰라요! 엉엉엉! 저 혼자라도 할 겁니다!"

현룡은 눈물을 주룩주룩 흘리며 어머니를 원망스럽게 바라보다가, 이내 뒤돌아 뛰어간다.

"현룡아……."

멀어지는 아들을 향해 걸음을 내딛던 사임당은 끝내 그 자리에 주저앉고 만다. 다리에 힘이 풀리고 숨이 막혀 죽을 것만 같다.

담벼락에 기대어 그 모습을 지켜보던 이겸은 애만 태울 뿐 이러지도 저러지도 못한다. 혹여 사람들의 눈에 띌까 염려되어 사임당을 부축할 수도, 그렇다고 못 본 척 지나칠 수도 없다. 그때 이겸을 찾는 훈도관의 목소리가 들려온다. 시화전 시상식에 참석하라는 것이다. 이겸은 안타까운 눈길로 사임당을 돌아보면서 시상식장으로 걸음을 옮긴다.

시상식이 열리는 연못가 정자로 돌아서는 길목, 어디선가 시를 읊조리는 여인의 목소리가 들려온다.

"가랑비 끝없이 내리고 정원에는 바람만 몰아치니. 눈가에 수심만 느는데…… 기다리는 사람은 보이지 않네."

이겸은 멈칫하며 소리 나는 쪽으로 고개를 돌린다. 길목을 가리는 담장 앞에서 휘음당은 기다렸다는 듯 이겸을 마주 본다.

"구양수의 '접연화'입니다."

묻지도 않은 말에 홀로 답한 휘음당은 휙 뒤돌아선다. 흔들리는 단풍잎처럼 한들한들 걸어가는 그녀를 지켜보던 이겸의 뇌리로 한 잎의 기억이 떨어져 내린다. 이십 년 전, 사임당을 향한 마음을 가눌 길 없어 구양수의 '접연화'를 읊던 밤, 담 밑에서 만난 소녀에 대한 기억이다. 정녕, 민치형의 안사람이 북평촌 주막집 딸이란 말인가! 휘음당을 바라보는 이겸의 눈에 의혹이 가득하다.

●

그날 밤, 이겸은 어둠에 잠긴 비익당 마당을 서성이며 낮에 있었던 일들을 반추한다. 북평촌 주막집 딸이 이조참의 민치형의 아내가 된 배경은 무엇인가. 사임당이 시제를 듣고 새파랗게 질린 연유는 무엇인가. 또한 북평촌 주막집 딸과 사임당 사이에는 어떤 연결고리가 있는 것인가. 어찌하여 휘음당은 사임당을 잡아먹을 듯 노려보는가. 한참을 서성이며 고민한 끝에 이겸은 하나의 결론에 도달한다. 내막은 알 수 없으나, 분명 '운평사'와 관련된 어떤 사건이 있었다는 것.

여기까지 생각했을 때, 갑자기 비익당 대문을 두드리는 소리가 들린다. 종복이 뛰어나가 문을 열자, 사임당이 초췌한 몰골로 서 있다.

"이 시간에 어찌?"

이겸은 한달음에 달려가 사임당을 맞이한다. 사임당은 아랫입술을 꼭 깨물며, 쉬이 말문을 열지 못한다. 이겸은 행여나 그녀가 달아나지나 않을까 겁이 나서, 무슨 일이냐 채근하지 못하고 가만히 기다린다. 이윽고 사임당이 입을 열어, 현룡이 없어졌습니다, 그 한마디 말을 어렵사리 뱉어낸다. 어느새 눈에는 눈물이 그렁그렁 맺힌다. 자식을 잃은 어미의 마음이 어떠할 것인가. 이겸은 당장에 집 안에 있는 종복들을 모조리 불러 현룡을 찾으라 이른다. 종복들은 예인들의 숙소를 비롯해, 집 안 곳곳을 이 잡듯 뒤진다.

"찾았습니다! 여기 있어요!"

잠시 후, 현룡이 종복의 손에 이끌려 마당으로 나온다.

"가자! 시간이 늦었다!"

사임당이 낮은 목소리로 엄하게 말하며 돌아선다.

"싫습니다. 안 갈 겁니다!"

현룡이 이겸의 등 뒤로 달아나며 반항한다.

"너 하나 때문에 몇 명이 고생을 한 줄 아느냐! 가족들은 한양 바닥을 뒤지며 안달이 나 있고, 여기 계신 이분들도 너를 찾겠다고 비익당 곳곳을!"

"저를 두고 간 사람은 어머니이지 않습니까! 어머니께서 버리셨는데 왜 제 탓을 하십니까! 소자는 이제 어머니 아들도 아니고 갈 곳도 없으니 여기서 평생 살 것이옵니다! 어머니께선 어머니 집으로 돌아가십시오!"

현룡이 고집을 부리자, 사임당은 이러지도 저러지도 못한다. 현룡을 달래야 하는지 혼내야 하는지 결심이 서지 않고, 무엇보다 이겸 보기에 민망하여 얼굴을 들 수가 없다. 그러는 와중에 이겸이 피식 웃어버린다. 고집부리는 현룡의 모습에서 어린 시절의 사임당이 떠오른 것이다. 사임당은 어이없다는 듯 웃고 있는 이겸을 힐끗한다. 그 시선에 당황한 이겸이 헛기침을 한다.

"보아하니 꼼짝도 안 할 기세인데…… 오늘은 여기서 재우는 것이 어떻겠습니까? 날이 밝으면 데려다줄 터이니 염려 말고 돌아가 계십시오."

이겸이 사임당을 설득한다.

"현룡아!"

사임당이 마지막으로 경고한다는 듯 아들을 부른다.

"싫습니다! 안 갑니다!"

현룡이 버럭 소리를 지르고는 마당을 가로질러 뛰어가버린다.

"……그럼, 부탁드리겠습니다."

사임당은 한숨 섞인 목소리로 말하고는 터덜터덜 돌아선다. 이겸은 축 처진 그녀의 뒷모습을 안쓰럽게 바라보다가 불현듯 낮의 일을 물어봐야겠다는 생각을 한다.

"운평사!"

이겸의 목소리가 대문을 나서려는 사임당을 덥석 잡는다.

"거기서 대체 무슨 일이 일어났던 거요?"

"운평사 얘기에 왜 그리 떨며 뛰쳐나간 것이오? 지난 이십 년간 붓을 놓은 연유가, 혹 운평사와 연관된 것이오? 대체 왜 이리 사는 거요? 예전의 사임당이라면, 형편이 아무리 곤궁하다 한들, 그림을 포기했을 리 없소! 안견 선생의 〈금강산도〉를 보겠다며 월담까지 감행하던 패기 넘치는 소녀는 어디로 사라졌단 말이오!"

이겸은 가슴속에 그득 담고 있던 의혹들을 남김없이 쏟아낸다. 허공에 쏟아진 말들은 어느새 흩어지고, 사임당과 이겸 사이에는 적막만이 남는다. 한동안 얼어붙은 듯 서 있던 사임당이 그대로 등을 돌리고 대문을 빠져나간다. 그녀가 사라진 자리에 까만 침묵만이 그를 애태운다.

15
......

늦가을 바람이 불어 붉은 잎들이 우수수 떨어진다. 휘음당은 대청마루에 앉아 너른 앞마당에 내려앉은 낙엽들을 바라본다. 썩은 나뭇잎 한 장이 바람결을 따라 그녀의 치맛자락 위로 떨어진다. 휘음당은 갈퀴 같은 손을 뻗어 나뭇잎을 짓이기듯 움켜쥔다. 손을 탈탈 털자, 형체도 없이 바스라진 낙엽이 바람에 날린다.

"사랑채에 손님이 오셔서 뵙기를 청하십니다."

종복이 뛰어와 다급히 아뢴다.

"손님?"

휘음당이 눈썹을 치켜세운다.

"예. 의성군 대감이십니다."

종복의 말에 휘음당은 입가에 조소를 머금고 마루 벽으로 시선을 비끄러맨다. 벽에는 시화전에서 장원을 받은 지균의 시와 그녀의 그림이 걸려 있다. 시화전이 있던 날, 그녀가 던진 두 개의 돌. 그중 하나에 맞은 이겸이 드디어 그녀를 찾아온 것이다. 휘음당은 표독스러운 얼굴로 자리에서 일어나 사랑채로 향한다.

"의성군께서 어인 일로 저희 집까지?"

휘음당은 사랑채 앞 정자에 서 있는 이겸에게 다가가 능청스럽게 묻는다.

"마침 이 앞을 지나는 길에 이조참의 영감과 담소나 나눌까 하여 들렀습니다만……."

이겸이 찻상을 내려놓는 종복에게 시선을 두고 말한다.

"귀한 걸음 해주셨는데, 저희 영감께서는 출타 중이십니다."

"아…… 그러시군요."

이겸은 아무것도 모른다는 듯 태연한 얼굴로 자신을 바라보는 휘음당이 가소롭다.

"이왕 오셨으니 차라도 한잔 대접해 올리겠습니다."

휘음당이 자리를 안내하며 공손히 말한다. 이겸은 말없이 자리에 앉아 찻물을 따르는 휘음당을 바라본다. 북평촌 주막집 딸이 맞는가. 짙은 화장에 가려진 얼굴, 오색찬란한 장신구와 윤기 흐르는 명나라 비단옷에 가려진 몸. 이겸은 기억 속 서랍을 뒤적이며 증거를 찾으려 애쓴다. 그때, 찻물을 따르는 휘음당의 손에 난 상처가 눈에 띈다. 순간, 서랍 속 기억 하나가 툭 튀어나온다. 의식을 잃은 사임당을 위해 의원을 찾아가던 길목에서 만난 소녀,

자기도 다쳤다며 바락바락 울부짖던 소녀.

"그리 고운 손에 어인 흉터인지?"

이겸은 찻잔을 들어 마시며 떠보듯 묻는다.

"어릴 적 입은 상처라는데…… 저는 기억에 없습니다."

휘음당이 시치미를 뗀다.

"운평사 가던 길에서도, 손등에 이런 상처를 입은 아이를 본 적이 있었지요."

이겸이 넌지시 말을 던지자, 휘음당이 들고 있던 찻잔을 소리나게 내려놓는다.

"약값을 쥐여주긴 했으나, 그 뒤로 어찌 되었는지 잘 모르겠습니다."

이겸이 얼른 말을 덧붙인다. 팽팽한 침묵이 바람처럼 지나간다.

"상처라는 것은! 제때 치료하지 못하면 평생 지워지지 않는 흉터가 되는 법이지요. 약값만 쥐여줄 일이 아니라 얼마나 아픈지, 한번 돌아보기나 하지 그러셨습니까? 그러면 좀 덜 아팠을지도 모르지 않습니까?"

무표정하지만, 이겸을 바라보는 눈빛에는 원망이 서려 있다.

"무엇 때문에 그러는지는 모르겠으나, 혹 누군가에게 상처를 주고 싶은 것이라면, 자신의 손등 상처만 들여다보며 다른 이의 심장에 화살을 쏘는 일은 없었으면 합니다."

"글쎄요. 누군가에게 상처를 주고 싶다면, 그럴 만한 연유가 있지 않겠습니까? 주는 만큼 받는 것이 인지상정이지요."

"바깥양반도 부인도 대단한 야심가이신 듯한데, 뭐든 과하면 넘치는 법이니 안팎으로 자중하시는 게 좋을 듯합니다."

이겸이 매서운 어조로 충고한다.

"이런 얘길 왜 이리 길게 들어야 하는지, 저는 모르겠습니다."

휘음당은 식어버린 차를 정자 밖으로 쏟아버리고, 뜨거운 찻물을 다시 붓는다. 이 찻물처럼 뜨겁던 마음이 있었다. 눈앞에 앉아 다른 여자를 생각하고 있는 남자, 이겸을 향한 일렁이는 정염이 있었다. 하지만 이제 그 마음은 사라지고 없다. 바닥 모를 증오와 끝없는 원한이 남았을 뿐. 휘음당은 뜨거운 찻잔을 들어 한번에 마신다. 찻물 넘어가는 소리와 함께 목울대 부근에 푸른 핏줄이 꿈틀거린다.

일에는 순서가 있는 법이다. 휘음당은 누구보다 그것을 잘 안다. 자신의 처지에 자긍심을 못 느낄 만큼 무엇인가에 굶주려 있던 그녀였으나, 지금은 아니다. 사임당의 생사를 쥐락펴락할 수 있는 위치가 마음에 든다. 사임당이 종이공방을 차렸다는 소식은 휘음당으로 하여금 삶의 활기를 느끼게 했다. 무엇보다 함께 작업하던 작자가 만들어둔 종이를 가지고 야반도주했다는 말을 듣고는 이십 년 묵은 체증이 내려간 기분이었다.

휘음당은 믿을 만한 종복을 시켜 사임당의 일거수일투족을 감시하라 이르고, 한양의 지물전 업주들을 모두 불러 모은다.

"행수 어르신이 직접 행차하셨다는 게 사실인가?"

"여자란 소문도 있던데……."

"설마……."

"조지서까지 좌지우지하는 막강한 뒷배가 있다잖아."

"아무튼 직접 모습을 드러낸 걸 보면 사안이 큰 듯하오."

중인집 사랑채에 모여 앉은 지물전 업주들은 호기심을 이기지 못하고 떠들어댄다.

"행수 어르신 납시었습니다."

문밖에서 우렁찬 목소리가 들려온다. 업주들은 자리에서 일어나 문 옆으로 비켜선다. 문이 드르륵 열리고, 휘음당이 들어선다. 내디디는 걸음마다 위엄이 깔려 있다. 업주들은 모두 고개를 숙여 예를 다해 절한다. 그러면서도 여자 행수가 궁금해 눈을 치뜨고 힐끔거린다. 검은 전모 아래, 흑모란 자수가 놓인 너울을 드리워 얼굴이 보이지 않는다. 그러나 살짝살짝 드러나는 맵시만으로도 충분히 매혹적이다.

"근자에 우리 지물 저자를 교란시키는 자가 있다 하더이다! 근본 없는 종이가 유통되어, 지물전 전체의 격을 떨어트리는 행위를 더는 좌시할 수 없다는 결론에 도달했소. 만에 하나, 뒷거래를 하거나 근본 없는 지방의 종이를 납품받은 것이 발각될 시엔, 한양은 물론 팔도 어디에도 전을 펼칠 수 없게 만들 것이오!"

휘음당의 말이 떨어지자, 업주들은 명심하겠다고 외치며 일제히 머리를 숙인다. 머리를 조아리는 사내들을 보며 휘음당은 회심의 미소를 짓는다. 이제 사임당이 만든 종이는 결코 저자에 나오지 못할 것이다. '너는 점점 낮아지고, 나는 점점 높아질 것이야!'

휘음당은 두 번째 일에 착수한다. 명나라 사신을 영접하는 일이다. 조선 팔도뿐 아니라 명나라 교역권을 획득해, 종이사업을 번창시키는 것. 그것이 그녀의 두 번째 일이다. 휘음당은 두 팔을 걷어붙이고 만반의 준비를 한다. 최고급으로 손꼽히는 금산의 인삼과 금자를 준비하고, 조선에서 제일가는 기생들을 준비시키고, 사신의 입맛에 맞춰 잔칫상을 마련한다.

"허허허, 고맙습니다……."

이마에 커다란 점이 있는 명나라 사신은 휘음당의 극진한 대접에 입이 찢어진다.

"이 자리는 원로에 노고가 심하셨을 대인을 맞은 자리이니, 부족하나마 제가 시를 한 수 읊어볼까 합니다."

휘음당이 고개를 깊이 숙이며 조신하게 말한다.

"부인같이 아름다운 여인의 목소리라면, 한 가락 음률이라 생각하며 감상해도 되겠지요. 어디 한번 읊어보시지요. 허허허."

"디에리엔후와 오우양쉬우, 후와거꾸웨이라이 훈요우완, 엔즈수왕페이 리우루완타오화치엔, 씨위만티엔 펑만위엔, 초우메이리

엔쩐우런찌엔, 두이란깐신쉬루안."

휘음당은 유창한 발음으로 구양수의 '접연화'를 읊는다.

"구양수의 시문을 이리도 멋들어지게 읊어주시다니! 참으로 감동스럽습니다. 천하제일의 재색을 겸비한 여인이시오! 민 영감, 덕분에 신선 놀음 제대로 했소. 허허허허……."

사신이 잇몸을 드러내며 크게 웃는다. 그 모습에 민치형이 흡족하다는 듯 휘음당을 향해 고개를 끄덕인다.

"마부와 시종들에게까지 선물을 내려주시니, 우리 명국 사신단 사이에서 이조참의 영감에 대한 칭송이 자자하오."

명나라 사신이 술잔을 기울이며 민치형을 향해 말한다.

"약소합니다. 모쪼록 앞으로도 조선의 고려지가 명국에서 널리 쓰일 수 있도록 힘을 써주십시오."

"허허허…… 걱정하지 마시오."

휘음당은 민치형과 사신의 대화를 엿들으며 만족스런 미소를 짓는다.

눈부시게 볕이 쏟아지는 저잣거리, 평시와 마찬가지로 사방은 복닥거리고 어수선하다. 사임당과 향이는 종이 뭉치를 팔 하나 가득 안고 지물전으로 향한다. 그 뒤로 우가 색지로 접은 종이배를 들고 쫄랑쫄랑 쫓아온다.

"과지에서 마골지, 백지에서 배접지, 간지에서 선자지까지. 용
도별, 크기별, 색상별! 종이 사시오, 종이!"

지물전 주인이 길손들을 향해 목청을 높인다.

"이보시오."

사임당이 주인을 부른다.

"종이 사시게?"

주인이 사임당 일행의 초라한 몰골을 흘끗한다.

"종이를…… 팔려 합니다만."

벌써 여러 지물전에서 거절당한 사임당은 자신 없는 목소리로
입을 연다.

"열 냥."

"정말 종이 한 장에 열 냥씩이나! 아씨, 우리 부자 되겠어요."

향이가 좋아서 펄쩍펄쩍 뛴다.

"정말인가?"

사임당은 긴가민가한 표정으로 주인을 향해 되묻는다.

"열 냥 주면 내가 대신 치워드리리다. 이걸 지금 팔겠다고 가져
온 거요? 뒷간에서나 쓸 걸 어디!"

주인은 사임당이 견본으로 건넨 종이 한 장을 바닥으로 집어 던
지며 말한다.

"어어어!"

우가 날아가는 종이를 잽싸게 잡는다. 그 바람에 들고 있던 종

이배가 바닥에 떨어진다.

"그런 저급 종이는 어디에서도 안 받아줄 거요."

주인은 낭패한 표정으로 망연자실 서 있는 사임당을 보며 말한다. 그러다 바닥에 떨어진 종이배를 주워 내민다.

"이거 색지! 요새 안 그래도 색지를 찾는 이가 많은데 이참에 색지나 좀 만들어보시오."

"정말입니까? 얼마나 준비하면 되겠습니까?"

사임당의 표정이 금세 밝아진다.

"오천 장! 닷새 안에 오천 장 만들 수 있겠소?"

손톱이 까만 주인은 손가락으로 코를 후비며 묻는다.

"예에?"

옆에서 듣던 향이가 입을 쩍 벌린다.

"오백 장도 아니고 오천 장이나요?"

사임당이 난색을 표한다.

"우선 이건 계약금."

주인이 꾸러미 하나를 꺼내어 던지듯 놓는다.

"납기를 어긴다면, 위약금의 열 배를 물어야 하오!"

주인이 엄포를 놓듯 덧붙인다.

"열 배요?"

덥석 돈을 집으려던 향이가 깜짝 놀라 묻는다.

"아, 싫음 말어…… 하려는 덴 많으니까."

주인이 손가락을 바지춤에 쓱쓱 닦더니, 꾸러미에 손을 뻗는다.

"좋습니다. 오천 장!"

사임당이 주인의 손을 막아선다.

"아씨! 그 많은 걸 어떻게."

향이가 걱정스레 바라본다.

"이 종이 사업이라는 것이 종이 질만 좋아서도 안 되고, 제때에 약조한 물량이 딱딱 나오느냐, 거래가 물 흐르듯 순탄하게 이루어지느냐, 그게 중요한 법이거든!"

주인이 거드름을 피우며 말한다.

"당연히 그렇겠지요! 고맙소, 정말 고맙소!"

사임당이 한껏 미소 지으며 말한다.

"아녀자들이 애쓰는 게 보기 딱해 기회를 주는 것이오."

주인은 언제 준비했는지 좌판 아래에서 수결서류 한 장을 꺼내 내민다. 사임당은 날짜와 매수를 확인한다. 닷새 안에 색지 오천 장, 쉽지 않은 일이다. 그러나 할 수 없는 일은 아니다. 아이들을 위해서, 못 할 일이란 없는 것이다. 마침내 결심이 선 사임당은 계약서에 수결한다.

사임당 일행이 계약금을 들고 돌아가자, 주인은 지물전 내실로 들어간다. 내실에는 모란 자수 너울로 얼굴을 가린 휘음당이 앉아 있다.

"말씀하신 대로 계약금 전달했습니다. 여기 수결서류입니다."

주인이 머리를 조아리며 아첨하듯 말한다. 휘음당이 가소롭다는 얼굴로 고개 숙인 주인을 본다. 내실 벽에 뚫린 구멍으로 밖을 엿보았기에, 휘음당은 지물전 주인이 사임당에게 온갖 거드름을 피웠다는 사실을 알고 있다. 인간이란 것이 원래 이런 것인가. 약한 자 앞에서는 한없이 거만해지고, 강한 자 앞에서는 한없이 비굴해지는 것.

"수고했네."

휘음당이 소매 춤에서 은자를 꺼내 던져주며 말한다.

"아이구, 뭐 이런 걸."

주인이 돈주머니로 달려들며 굽실거린다. 휘음당의 시선이 돈주머니를 줍는 주인의 손에 꽂힌다. 까맣게 썩은 손톱 하나가 유난히 도드라진다.

"당분간 풍기에 좀 내려가 있게."

휘음당이 눈살을 찌푸리며 단호하게 말한다.

"네? 풍기라면…… 그 경상도…….."

"그곳 서원에 주문이 폭주해 손이 달린다 하지 않는가."

"제가 무슨 실수라도…….."

주인이 콧구멍을 벌렁거리며 말한다. 한양 지물전에서 번듯하게 장사를 하다가, 풍기에 내려가 종이나 만들고 있으라니!

"지금 내 말에 토를 단 것, 그게 바로 실수일세."

휘음당이 얼굴을 찌푸리며 서늘하게 쏘아붙인다. 그 기세에 눌린 주인이 돈주머니를 챙겨 허둥지둥 밖으로 나간다.

"닷새에 오천 장…… 어림도 없지! 싹이 올라오기 전, 가차 없이 쳐줄 것이야. 일말의 희망도 품지 못하게!"

혼자 남은 휘음당은 사임당의 수결한 서류를 보며 눈을 번뜩인다. 그녀의 세 번째 일이 끝났다.

한편, 돈주머니를 챙겨 나온 주인은 콧구멍을 후비며 이를 간다. 아무리 뒷배가 든든해도 계집 아닌가, 사내대장부가 되어서 치맛자락 휘날리는 계집에게 꼬랑지를 내린 것도 억울한데, 좌천이라니! 이판사판으로 눈앞에 있는 종이를 모두 불살라버리고 싶은 심정이다. 그때, 낯익은 양반이 어슬렁어슬렁 지물전 앞으로 다가오는 게 보인다.

"저번에 호조에서 나왔던 그 선비 아니시오? 근데 무슨 일로 자꾸 우리 지물전을 살피시오?"

뒷돈을 쥐여주려니 화들짝 놀라 달아나던 양반을 기억한 주인이 후다닥 달려 나온다.

"뭐 꼭 일이 있다기보다는…… 민정 시찰 차원에서……"

이겸이 반 발짝 떨어지며 말한다.

"우리 지물전이 무슨 부정이라도 저지르는 줄 아시오?"

주인이 코를 벌름거리며 묻는다. 그 순간, 좋은 수가 생각났다는 듯 코를 팽 푼다.

"들으시면 혹할 얘기가 있는데……."

주인이 콧물 묻은 손을 바지춤에 쓱쓱 닦으며 작게 속삭인다. 이겸이 눈을 번뜩이자, 주인이 그의 손목을 덥석 잡더니 어딘가로 끌고 간다.

그는 지물전에서 한참 떨어진 뒷골목에 이르러 주변을 살피며 아무도 없는 것을 확인한 후, 소매 춤에서 종이 한 장을 꺼낸다.

"민 영감이 그간 저지른 비리, 그 증거를 넘겨드릴 수 있습니다."

주인이 이겸의 눈앞으로 증좌를 쓱 내밀었다가 다시 감추며 웃어 보인다.

"이를테면?"

이겸이 눈살을 찌푸리며 묻는다.

"조지서 납품을 독점, 중간 마진 뚝 떼내 폭리를 취해온 것, 경시감* 관리를 매수해 시전 세금을 탕감받은 것, 사간원, 승문원, 교서관, 종이 들어가는 곳은 말할 것도 없고, 정1품부터 미관말직까지 조정 대신들에게 전방위로 뇌물을 뿌린 기록들을…… 제가 좀 가지고 있습죠."

"자네 말을 어떻게 믿지?"

* 한양의 시전을 관리 감독하고 물가를 조절하던 관청.

이겸의 질문에 주인이 종이를 쓱 건넨다.

"지난달 초하루부터 사흘간의 지물전 일정입죠. 만난 사람, 나눈 대화 내용, 오고간 물건 등등…… 이런 종이가 일 년에 한 권씩…… 한 열 권쯤 되려나?"

열 권이면, 십 년이라는 말이다. 십 년간 민치형이 행한 만행이 고스란히 담긴 증서가 있다는 말인가! 이겸이 손에 든 종이와 주인의 얼굴을 번갈아 본다.

"은자 오십 냥일세!"

이겸이 소매 춤에서 비단 염낭을 꺼내 툭 던진다.

"아이쿠!"

비단 염낭 속에 든 은자를 보고 주인의 입이 헤벌쭉 벌어진다.

"나머지 정보와 십 년간 적어놓은 비리장부를 가져오면 은자 백냥을 더 주겠네!"

"거, 말이 통하는 양반이십니다!"

주인은 탐욕스런 눈길로 손에 든 은자를 본다. 돈을 보자, 방금 전 휘음당에게 당한 굴욕이 말끔히 가시는 듯하다. 그는 소매 춤에 돈을 잘 숨기고, 이겸에게 꾸벅 인사한 후 지물전으로 총총히 걸어간다. 그의 뒷모습을 지켜보던 이겸은 손에 든 종이를 자세히 들여다본다. 내용을 확인하던 그의 눈동자가 사뭇 흔들린다. 사임당이 지물전과 어떤 계약을 했는지 알게 된 것이다.

"사임당이 종이를 만든다? 닷새에 색지 오천 장……?"

378

이겸이 종이를 챙겨넣은 후, 다급히 골목길을 빠져나와 수진방으로 발길을 돌린다. 그때까지 골목길 담벼락에 숨어 있던 민치형의 종복이 의미심장한 눈으로 지켜보다가 지물전으로 걸음을 옮긴다.

늦은 밤, 누군가가 지물전 문을 닫던 주인의 앞길을 막아선다. 그 뒤에는 얼음같이 차가운 표정의 민치형이 기다리고 있다.

"영감마님⋯⋯!"

주인이 기함을 하며 뒷걸음질 친다.

"네놈이 이러고도 살기를 바라느냐?"

"아, 아닙니다! 이리저리 구슬러도 입도 뻥긋 안 했습니다! 정말입니다!"

주인이 바로 무릎을 꿇고 엎드려 민치형의 다리를 붙잡는다. 민치형이 옆에 있는 종복에게 눈짓하자, 종복이 칼로 사내의 옷자락을 가볍게 베어버린다. 휘음당이 건넨 돈주머니와 이겸이 준 염낭이 후드득 떨어진다.

"입도 뻥긋 안 한 대가치고는⋯⋯ 과분하지 않느냐? 아니 그런가?"

민치형이 윗입술을 비틀어 쓰게 웃는다. 지물전 주인은 저승사자 대하듯 벌벌 떨며 민치형을 올려다본다. 다시금 민치형의 신호를 받은 종복이 손으로 급소를 내리찍는다. 사내는 바닥으로 힘없이 쓰러진다. 종복은 마치 들짐승을 나르듯 사내를 어깨에 둘러메고 어둠 속 어딘가로 걸어간다. 그 모습을 지켜본 민치형은 비릿한 웃음을 흘리며 가마에 오른다.

향이가 마당 한가운데에 놓인 커다란 대야에 물을 끼얹으며 연신 투덜거린다. 만득인지 쩐득인지, 그 인간 있을 때도 하루 오백 장을 간신히 만들까 말까였는데, 닷새에 오천 장을 어떻게 만들겠느냐는 것이다.

"하늘이 무너져도 솟아날 방법이 있다 하지 않니. 차근차근 방도를 생각해봐야지."

사임당은 손등으로 이마에 흐르는 땀을 닦으며 향이를 어르고 달랜다.

"차근차근 생각하다 닷새 후딱 갑니다!"

향이는 손을 바삐 놀리는 와중에도 아씨를 향한 원망을 그치지 않는다.

"투덜거릴 시간에 염료 준비나 해라."

말은 그렇게 했으나, 사임당 역시 걱정이 이만저만이 아니다. 아녀자 둘이 종이 오천 장을 만들어낸다는 것이 보통 일이 아님을 왜 모르겠는가.

"만득이 이 인간, 잡히기만 해봐라!"

향이는 염료를 준비하러 가면서도 입술을 삐죽거린다.

"다시 돌아오기라도 한다면 좋겠구나. 지금 같아서는 고양이 손이라도 빌려야 할 형편이니……."

기어코 사임당의 입에서 옅은 한숨이 새어 나온다.

"일꾼이라도 써야지, 이래 가지곤 어림도 없겠습니다."

향이가 말린 꽃이 가득 담긴 소쿠리를 평상에 내려놓고 묵직한 어깨를 주무른다.

"그럴 여유가 없질 않느냐. 잿물은 얼마나 남았니?"

사임당이 허리를 쭉 펴고 앉아 말린 꽃을 거둬들이며 묻는다.

"며칠 작업할 양은 될 거예요. 잿물 만드는 건 이제 손에 익은 것 같습니다."

"그나마 다행이구나……."

사임당이 기진맥진한 목소리로 중얼거린다.

"어머니!"

느닷없이 들리는 매창의 목소리에 사임당이 뒤를 돌아본다. 햇살이 비춰드는 숲 사이로 아이들이 우르르 달려오고 있다.

"백지장도 맞들면 낫다했습니다."

매창이 활짝 웃으며 말한다. 큰아들 선이 무뚝뚝한 얼굴로 손에 든 보따리를 평상 위에 쓱 올려놓는다. 향이가 얼른 보따리를 펼친다. 보리 주먹밥이다. 비록 모양은 엉망이지만, 어미를 생각하는 아이들의 마음이 느껴진다. 어느새 사임당의 눈에 눈물이 그득 고인다. 고되기만 하던 하루가 다 보상받은 기분이다. 향이도 기분이 좋아졌는지 입을 헤벌쭉 벌리며 웃는다. 그때, 수풀 속에서 누군가 부리나케 달려와 보리 주먹밥을 통째로 들고 도망가버린다. 그야말로 눈 뜨고 코 베인 격이다. 너무 순식간에 당한 일이라 처음엔 다들 어리둥절한 표정으로 말이 없다.

"도둑이야!"

향이가 제일 먼저 정신을 차리고 고함을 지르며 쫓아간다.

"도둑 잡아라!"

선이 그 뒤를 따르고, 현룡도 형을 따라 달린다.

"얘들아!"

사임당은 매창에게 우를 돌보라 이르며, 현룡과 선을 찾아 달려간다.

보리밥을 훔쳐 달아난 이는 아홉 살 먹은 남자아이이다. 길게 자란 머리칼은 덥수룩하고, 옷은 구멍이 숭숭 뚫려 벗고 있느니만 못하고, 짚신짝도 없어 발은 상할 대로 상해 있다. 그야말로 거지 꼴이다. 현룡과 선의 손에 잡혀 옴짝달싹 못 하면서도 아이는 손에 쥔 주먹밥을 놓지 않는다.

"왜 그랬느냐?"

사임당은 아들들에게 아이를 놓아주라 하고 천천히 아이에게 다가간다.

"배 고파서요!"

눈이 벌게진 아이는 씩씩거리며 소리친다.

"그렇다고 훔치냐!"

"도둑놈!"

약이 바싹 오른 현룡과 선이 달려들 듯 대답한다.

"할아버지가 아파요! 사흘째 아무것도 못 드셨다고요!"

붉게 충혈된 아이의 눈에서 굵은 눈물방울이 뚝뚝 떨어진다. 사임당은 얇은 한숨을 뱉으며 아이 앞에 쪼그리고 앉아, 수건으로 눈물을 닦아준다. 불현듯 이십 년 전, 운평사 언덕에서 만났던, 말 못하는 소녀가 떠오른다.

'만약 그때 배고파하던 그 소녀를 못 본 척 무시했다면, 그 소녀가 그렇게 무참하게 죽을 일은 없지 않았을까.' 하지만 사임당은 이십 년 전과 마찬가지로, 눈앞에서 배고파 울고 있는 아이를 못 본 척 지나칠 수 없다.

그녀는 아이에게 할아버지가 계신 곳으로 안내하라 이른다. 잠깐 망설이던 아이는 얼른 뒤를 돌아 숲길을 뛰어간다. 사임당과 향이, 선과 현룡은 그 뒤를 따라간다.

숲속에 난 오솔길을 얼마쯤 걸어가자 토굴이 나타난다. 아이를 따라 안으로 들어서니 누더기를 겨우 걸친 유민들이 보인다. 이십여 명의 유민들은 남녀노소 막론하고 모두가 비참한 몰골이다. 썩어가는 거적때기 위에 몸져 누워 있는 자들, 배고파서 숨넘어가도록 울어대는 아이들, 헤진 옷을 걸치고 쓰러진 자들.

"아이구, 이게 다 무슨 일이래요?"

향이가 눈을 휘둥그레 뜨고 주변을 둘러본다. 선과 현룡도 눈앞의 광경에 놀라움을 금치 못하고 뒤로 주춤 물러선다.

"유민들이다……."

사임당이 애써 침착하게 말한다. 왜 비극은 되풀이되는가. 이십년 전이나 지금이나, 어찌하여 굶어 죽는 이들이 넘쳐나는가.

"향아, 솥이랑 보릿자루 좀 가져와야겠다. 선이도 같이 다녀오너라."

사임당이 가슴속에서 울컥 솟아나는 의분을 꾹 누르며 말한다.

"예에?"

향이가 놀라서 묻는다.

"남아 있는 보리쌀을 다 가져오너라."

"다요?"

"전부…… 다……."

"예에? 저희 먹을 것도 간당간당한 걸요!"

듣고만 있던 선이 버럭 성을 낸다.

"저들은 지금 굶어서 죽어가느니라!"

사임당이 매서운 눈으로 아들을 바라본다. 그제야 선이 입을 삐죽거리며, 먼저 출발한 향이를 뒤쫓는다.

"무슨 생각을 그리 골똘히 하느냐?"

사임당은 우두커니 선 현룡에게 다가간다.

"어머니, 어찌하여 저 사람들은 저리도 고통스럽게 살고 있는 것입니까? 어찌 이런 일이 일어나는 것입니까?"

현룡이 근심 어린 눈으로 유민들을 바라보며 묻는다.

"어려운 질문이로구나⋯⋯."

이 아이는 어찌 이리도 나를 닮았는가! 사임당은 현룡에게서 이십 년 전 자신의 모습을 본다.

"어머니도 모르는 것이 있으십니까?"

현룡이 의아한 표정으로 묻는다.

"물론이다⋯⋯ 그 답을 아는 자가 있다면, 이 어미도 묻고 싶구나. 최소한 굶는 사람은 없도록, 세상을 바꿀 순 없는지⋯⋯."

"제가 어른이 되면 그 답을 찾을 수 있을까요?"

"그랬으면 좋겠구나⋯⋯."

안타까운 심정으로 유민들을 바라보던 사임당은 이내 생각에 잠긴다. 태어나면서부터 주어진 신분이야 어쩔 수 없다 해도, 목숨이 붙어 있는 한 살아야 할 것이 아닌가. 어째서 이들은 자신의 처지에 굴복한 채 죽음을 기다리는가. 왜 아무것도 하지 않는가. 부와 권력이 한쪽으로 치우친 세상을 전복시키는 것은 불가능하다 해도, 산에 굴러다니는 칡넝쿨이라도 캐서 허기를 달래려는 노력조차 하지 못하는 이유는 무엇인가. 그렇다, 세상은 바꿀 수 없어도 사람의 인생은 바꿀 수 있다. 사임당은 어떤 결심을 굳힌 듯 고개를 끄덕인다. 유민들을 바라보는 그녀의 시선이 전보다 단단해져 있다.

사임당은 아들들과 향이의 도움으로 토굴 앞에 간이 부엌을 만든다. 돌을 세워 아궁이를 만들고, 아궁이 위에 솥을 올려 보리죽을 끓인다. 구수한 냄새에 유민들이 하나둘 토굴 밖으로 기어 나온다. 낯선 이들을 향한 그들의 눈빛은 적개심으로 가득하다. 그러나 허기를 자극하는 냄새에 저항할 수 없어 경계를 하면서도 보리죽을 향해 달려든다. 사임당은 허겁지겁 보리죽을 받아먹는 유민들을 말없이 지켜본다. 어느새 빈 보리죽 그릇이 빈 솥에 차곡차곡 쌓인다.

"여기 우두머리가 누구요?"

향이와 선, 현룡이 그릇을 챙기는 사이, 사임당은 젊은 유민을 향해 다가선다.

"양반네가 우리 대장은 왜?"

쇄골이 튀어나올 정도로 깡마른 사내는 나뭇가지로 이를 쑤시며 굳은 얼굴로 사임당을 본다.

"긴히 할 얘기가 있어 그럽니다."

"나요!"

사임당의 등 뒤에서 불쑥 또 다른 목소리가 튀어나온다. 사임당은 천천히 뒤돌아본다. 커다란 덩치에 부리부리한 눈매를 지닌 대장은 그녀를 향해 거침없이 다가와 들고 있던 자루를 바닥에 내동댕이친다. 자루가 벌어지면서 안에 있던 칡뿌리들이 바닥에 나뒹군다.

"누구요? 당신들!"

대장은 사임당과 그 일행을 위협하듯 쏘아본다.

"할 말이 있소!"

사임당은 의연한 자세로 침착하게 말한다. 대장은 자신의 모습에도 겁먹지 않는 그녀가 의아한 모양이다.

"일손이 필요합니다!"

사임당의 말이 끝나기가 무섭게, 보리죽을 배불리 먹은 유민들이 웅성거리기 시작한다. 보리죽 한 그릇 먹여놓고 일을 하라니 억울한 모양이다.

"시작은 보리죽 한 그릇이나, 앞으로 여러분과 나의 노력 여하에 따라 보리밥이 될 수도, 혹은 그 이상이 될 수도 있습니다."

사임당의 목소리에 간절함이 묻어 있다.

"종이 만드는 일을 도와주십시오!"

사임당은 대장의 눈을 단호하게 응시하며 목소리에 힘을 준다.

"흥! 왜 그래야 하지? 멀건 보리죽 한 그릇에 뭘 믿고? 당신 일을 거들면, 평생 안 굶고 살 수 있나?"

대장이 비아냥거린다.

"솔직히 말하자면…… 장담할 수 없습니다. 우리 가족 먹을거리도 해결하지 못하면서, 여러분 삶을 책임질 수 있다고는 약속 못 합니다. 허나 한 가지는 약조하겠습니다. 앞으로, 나와 나의 가족, 그리고 여러분 모두가 굶으면 같이 굶고, 먹으면 같이 먹을 겁니다."

사임당이 결의에 찬 목소리로 다짐하듯 말한다.

"우리더러 양반, 그것도 한낱 아낙네 말을 들으라고?"

대장이 어처구니가 없다는 듯 냅다 소리를 지른다.

"여자라 하여 옳고 그름을 모른다 생각하지 마세요! 저는 최선을 다할 겁니다. 여러분이 일어나기 전에 일어날 것이고, 제일 먼저 작업장에 나갈 것입니다. 내가 하는 걸 보면, 여러분 모두가 깜짝 놀랄 겁니다. 지켜봐주세요. 수익을 머릿수대로 똑같이 나누도록 약조 문서도 쓸 겁니다."

사임당의 설득 가운데 유민들의 귀에 콕 박히는 말이 있었으니, 바로 돈 이야기다.

"무슨 소리여? 저 양반네가 지금 우리랑 돈을 똑같이 나눈다고 했어?"

"그 무슨 말도 안 되는! 양반네가 약속 지키는 거 본 적 있어?"

"맞어! 양반네들 말은 콩으로 메주를 쑨다 해도 안 믿어!"

유민들이 칡뿌리를 입으로 뜯으며 의심을 늘어놓는다.

"우리 어머닌 절대 거짓말 같은 건 안 해요!"

그때까지 뒤에서 잠자코 지켜보던 현룡이 앞으로 나서며 크게 소리친다. 선과 매창, 우도 어머니 편을 들고 나선다. 한 치의 의심도 없이 자신의 어머니를 바라보는 아이들의 맑은 눈망울에, 유민들의 마음이 가을 낙엽처럼 흔들린다.

사임당은 이내 소매 춤에서 지필묵을 꺼내 바닥에 펼쳐놓고, 차분하게 앉아 수결할 내용을 적어 내려간다.

"이름이 어떻게 되시오?"

수결 내용을 다 적은 사임당이 대장을 향해 묻는다.

"이름은 뭐하게!"

대장이 버럭 소리를 지른다. 사임당은 아무 말 없이 부리부리한 눈을 차분하게 마주 본다. 제 풀에 기가 눌린 대장이 '홍갑쇠!'라고 자신의 이름을 밝힌다. 사임당은 고개를 끄덕이며, 종이에 대장의 이름을 적는다.

"종이 생산에 따른 수익은 모든 이가 똑같이 나눈다. 홍갑쇠 이하 모든 이들과 수익을 공평하게 나누기로 한다."

대장은 사임당이 쓴 종이 내용을 유민들에게 직접 읽어주면서도 미심쩍은 마음을 거두지 않는다. 계약서 내용을 들은 유민들은 하나둘 사임당 앞으로 다가와 자신의 이름을 밝힌다.

사임당 앞에 마지막으로 나타난 이는 보리 주먹밥을 훔쳐간 남자아이다. 아이는 고개를 푹 숙이고 서서 자신의 이름을 밝힌다.

"강세돌······."

사임당은 자신과 눈도 못 마주치고 서 있는 세돌의 머리를 쓰다듬고는 종이에 이름을 적는다.

"처음 봐요, 제 이름."

세돌은 자신의 이름이 적힌 종이를 바라보며 눈물을 글썽인다.

"그 옆에 수결을 하여라."

사임당이 안쓰러운 눈길로 세돌을 바라본다.

"수결요?"

"너와 내가 약조를 한다는 뜻이다. 아무 표시라도 좋으니 너의 이름 옆에 수결을 하여라."

사임당의 말에, 세돌은 떨리는 손으로 자신의 이름을 따라 그리 듯 시옷 모양을 쓴다.

"잘했다……."

사임당이 기특하다는 듯 세돌을 칭찬한 후, 할아버지는 어디 계시느냐고 묻는다. 세돌은 사임당을 할아버지가 계신 곳으로 안내한다.

사임당은 세돌을 따라 토굴 속 깊은 곳까지 한참을 걸어간다. 세돌은 구석 벽에 기댄 채 쿨럭쿨럭 기침하는 노인 앞으로 다가가 앉는다.

"여기요. 저희 할아버지세요."

세돌은 발작적으로 기침하는 노인의 등을 두드려준다. 검붉은 얼굴에 백발이 성성한 노인은 손으로 가슴을 움켜쥔 채 온몸을 흔들어가며 기침을 한다. 그 바람에 옷깃이 내려가 목덜미가 드러난다. 기침을 할 때마다 핏줄이 곤두서는 바람에 목의 긴 흉터가 도드라져 보인다.

"많이 편찮으신 모양이구나……."

사임당의 목소리에 걱정이 가득 담겨 있다.

"다친 자리가 자주 쑤시고 열이 난대요…… 할아버지 이름은 팔봉, 강팔봉이에요."

"강팔봉……."

사임당은 세필붓으로 종이에 팔봉의 이름을 적는다. 그제야 기침을 멈춘 팔봉이 사임당을 바라본다. 때마침 토굴 안으로 빛 한 줄기가 스며든다. 마치 붓으로 그림을 그리듯, 빛이 곡선을 그리며 사임당의 주위를 에워싼다.

"운평사…… 관음보살님……!"

팔봉의 눈동자가 흔들리더니, 늙고 굽은 손을 펼쳐 빛에 감싸인 사임을 향해 뻗는다.

"운평사……?"

사임당은 그대로 얼어붙어 팔봉을 바라본다. 얼굴에 열이 오르고 전신이 떨린다. 피가 역류하는 듯하고 심장이 거침없이 뛴다.

"운평사를 아시오? 운평사에서 관음도를 본 적 있느냔 말이오."

사임당이 마음 밑바닥에서 일어나는 폭풍을 간신히 누르며 팔봉을 향해 다급히 묻는다. 그 순간 토굴에 스며들던 빛이 사라진다. 동시에 팔봉은 정신을 차린 듯 손을 내리더니 얼른 고개를 돌려버린다.

"이보시오! 나를 좀 보시오!"

사임당이 팔봉의 팔을 부여잡는다.

"모르오! 잘못 들은 게요!"

팔봉은 사임당의 손길을 떨쳐낸 후, 거적때기를 뒤집어쓰고 휙 돌아누워버린다. 토굴 밖에서 날이 어두워진다며 빨리 나오라는 선이의 목소리가 들린다. 사임당은 돌아누운 팔봉의 마른 등을 석연찮게 바라보다가 이내 토굴 밖으로 나간다.

16

이겸은 실눈을 뜨고 잿빛 구름을 바라본다. 바람은 부드러우나 볼이 얼얼할 만큼 차갑다. 어느덧 초겨울에 접어든 것이다. 곧 눈이 내릴 것인가. 계절이 바뀌기 전에 민치형에 대한 조사를 끝내려 하였으나, 그를 둘러싼 검은 그림자가 짙고도 깊어 쉬이 끝날 성싶지 않다.

민치형의 비리가 담긴 증서를 건네주겠다던 지물전 주인은 감감무소식이다. 이겸은 이후를 시켜 이리저리 수소문을 해보았으나 지물전 주인의 행방을 아는 이는 아무도 없다. 아무래도 변고를 당한 게 분명하다.

이겸은 느슨하게 잡고 있던 말고삐를 힘껏 잡아당긴다. 말이 드넓은 평야를 거침없이 내달린다. 어느덧 한양을 벗어난 말은 북평촌 고개로 접어든다. 민치형에 대한 조사를 잠시 뒤로 미루고, 휘음당과 사임당 사이에 있었던 일을 파헤치기로 결심한 이겸은 이후와 함께 아침 일찍 말을 몰아 운평사로 향한다.

아름다운 창살을 자랑하던 운평사는 흔적도 없이 사라졌다. 이겸은 무성하게 자란 잡초를 밟고 서서 황량하고 을씨년스러운 절터를 바라본다. '도대체 이곳에서 무슨 일이 일어났더란 말인가.' 헛헛해진 마음 가눌 길 없어 한숨을 쉬고 있는데, 이후가 늙은 심마니 하나를 이끌고 달려온다.

"당숙! 이 심마니 할배가! 헉헉…… 그날 운평사에서 살아나온 일꾼 한 명을 치료해줬답니다."

이후의 말에 이겸은 심마니에게 일어난 일을 소상히 말해보라 채근한다.

"예…… 그러니까, 그날 운평사 쪽에서 큰불이 난 것을 먼 산에서 봤습죠. 서둘러서 가봤더니, 절간은 완전 잿더미가 됐고요. 시쳇더미가…… 어휴, 지옥도 그런 생지옥이 없었습니다."

늙은 심마니는 다시 생각해도 몸서리가 쳐진다는 듯 주름진 얼굴을 잔뜩 찡그리며 진저리친다.

"시쳇더미?"

이겸이 더욱더 다급히 재촉한다.

"예, 족히 백 명은 되어 보였습죠. 스님과 유민들, 아이들에, 종이 만들던 이들까지."

"종이 만들던 이들?"

"예. 그때 운평사에 종이 만드는 사람들이 아주 많았습죠!"

"종이라…… 그런 짓을 저지른 이가 누구였는지는, 모르는가?"

"평창 현령인가 하는 자가 그랬다는 소문이 잠시 돌기도 했던 것 같은데, 저야 모르죠. 직접 본 게 아니니까."

"평창 현령이라…… 관원이란 자가 그런 짓을 했단 말인가?"

"이십 년이 지났는데 요즘도 가끔씩 가위에 눌립니다. 그날 하도 시체를 많이 봐서."

심마니가 어깨를 부르르 떨었다.

"한데, 운평사에서 살아남은 자가 있었다고?"

"네, 목덜미에 큰 상처를 입은 사내 하나가 숨이 깔딱깔딱 간신히 붙어 있었습니다. 움막으로 데려와 약초를 붙이고 여러 날 간병해줬는데, 어느 날 홀연히 사라졌습니다."

"이름은! 이름은 모르고?"

"모릅니다. 입을 꾹 닫고 아무 말도 안 했어요. 운평사에서 종이 만들던 사람이란 것만 제 처가 말해줘서 알았습죠. 목덜미에 칼에 베인, 아주 큰 상처가 있어요. 그것밖에 모릅니다."

"혹시 그 뒤에 소식 들은 바도 없는가?"

"집도 절도 없이 떠도는 자라 종적을 찾기 어렵습죠. 모르긴 몰라도 유민 무리와 함께 떠돌아다니지 않겠습니까요?"

"유민의 무리라……."

이겸은 많은 정보를 준 심마니에게 은자 몇 냥을 쥐여주며 인사치레를 한다. 심마니는 절을 연거푸 세 번이나 하고 물러간다. 이 겸은 운평사에서 더 알아낼 것이 없다 판단하고 이후와 함께 다시 한양으로 올라간다.

한양으로 돌아온 다음 날, 이겸은 승정원에서 이십 년 전 평창 현령이 민치형이었다는 사실을 알아낸다. 평창 현령에 불과했던 민치형이 이조참의가 된 배후에 영의정이 있었다는 사실도. 도대체 그들 사이에 어떤 비밀이 있는 것인가. 영의정은 무엇 때문에 혈연도 없는 민치형의 뒤를 이십 년씩이나 봐주고 있단 말인가. 짐작조차 되지 않는다.

이겸은 혹시나 지물전 주인이 다시 돌아왔을지 모른다는 일말의 희망을 품고 저잣거리로 향한다. 갑자기 추워진 날씨에 오가는 행인들의 옷이 전보다 두터워졌다. 매서운 바람이 불자, 행인들이 몸을 한껏 웅크린다. 이겸이 지물전을 끼고 도는 골목에 접어들 무렵, 저만치 지물전 앞에 멈춰 서는 달구지가 보인다. 달구지 안에는 색지가 가득 실려 있다. 그 뒤로 쓰개치마를 두르고 걸어오는 이는 분명 사임당이다. 불현듯 닷새에 오천 장을 만들기로 했다는 수결 내용이 떠오른다. 이겸은 혹시나 그를 보고 사임당이 당황할까 싶어 걸음을 멈추고 담벼락에 몸을 숨긴다.

"여기 주인, 어디 계시오?"

사임당은 지물전 주인을 찾으며 두리번거린다.

"뉘시오?"

지물전에서 낯선 사내의 목소리가 들려온다.

"주문받은 색지를 가져왔소만, 주인 안 계시오?"

사임당의 목소리에 긴장이 서려 있다.

"내가 주인인데, 누구한테 주문을 받았단 소리요?"

"전에 왔을 때 보았던…… 색지 오천 장을 주문했잖소!"

"흠…… 수결문서는?"

"여기……."

사임당이 소매 춤에서 수결문서를 꺼내 보인다.

"내 수결이 아니니, 나는 모르는 일이오!"

새 주인이라는 자가 퉁명스럽게 말한다. 듣고만 있기에 화가 난 이겸은 그들 앞으로 나아가 멱살잡이라도 하고 싶은 마음을 간신히 억누른다.

"돌아들 가시오! 가뜩이나 정신없는 날, 남의 점포 앞에서 이러지들 말고!"

새 주인이 빗자루로 바닥을 쓸어내는 척하면서 사임당 일행을 밖으로 내몬다.

"이 종이를 한번 봐주시오! 보시오. 닷새 동안 잠도 한숨 안 자고 만들어낸 색지요. 여느 색지와는 빛깔이 다르단 말이오."

사임당이 달구지에서 색지 한 장을 꺼내 보여주며 간절히 말한다. 이겸은 그런 그녀가 안쓰러워 심장이 내려앉는 것만 같다.

"바쁘다니까! 돌아들 가시라고!"

새 주인이 버럭 소리를 지른다.

"여길 좀 보시오! 어느 색이 더 좋아 보이오? 우린 이런 색지를 오천 장이나 만들어냈소. 닷새 만에! 한양 최고의 종이만을 취급하는 지물전이라 들었소. 얼핏 보아도 확연히 구별되는 좋은 색지라면 당연히 받아줘야 되는 게 아니겠소?"

사임당은 참을성 있게 주인을 설득한다.

"아 몰라요. 몰라! 하여간 오늘은 안 되오. 명나라 사신께서 방문하신다기에 우리도 준비하느라 아주 혼이 빠질 것 같다고! 돌아가시오, 얼른!"

더는 거절하기도 지쳤는지, 새 주인은 지물전 뒷문으로 쏙 들어가버린다.

"이 많은 색지를 다 어쩌란 말입니까! 다시 한번 눈여겨봐주시오!"

사임당은 꽉 닫힌 문을 바라보며 애타게 외친다. 향이가 쓰러질 듯 휘청이는 사임당을 부축한다. 이겸은 맨주먹으로 담벼락을 치며, 치솟는 분노를 꾹 누른다. 누구를 향한 분노인지 가늠조차 할수 없다.

"이렇게 돌아갈 순 없다!"

사임당의 음성이 들려온다.

"그럼 어쩝니까…… 받아주질 않는걸요……."

향이가 훌쩍이며 말한다.

"유민 수십 명과의 약속이다. 그들의 생사가 달려 있는 종이란 말이다."

사임당의 말에, 이겸은 멈칫 숨을 죽인다. 유민 수십 명이라니. 설마, 그 거칠다는 유민들을 규합해 종이를 만들었단 말인가! 그 순간, 이겸의 머릿속에 운평사에서 들은 심마니의 말이 떠오른다. 운평사에서도 종이를 만들었다 했던가. 운평사…… 유민들…… 종이…… 사임당……!

"저희 목숨도 달려 있습죠! 이대로 돌아가면, 그 무서운 대장이 가만두겠습니까요?"

향이가 생각만 해도 오금이 저린다는 듯 크게 한숨을 내쉰다.

"그러니 넋 놓고 있을 수만은 없단 소리지! 모로 가도 한양만 가면 된다 했다. 지물전에서 안 받아주면 장바닥에서라도 팔면 된다!"

"예?"

사임당의 말에, 향이는 물론이거니와 담벼락에 숨어 듣고 있던 이겸 역시 놀라서 눈이 휘둥그레진다. 막노동으로도 모자라 저잣 거리에 좌판까지 벌이겠단 말인가! 이겸은 억장이 무너지는 것 같다.

사임당은 향이와 함께 달구지를 끌고 사람들이 몰린 큰 골목으로 간다. 이겸은 그 뒤를 조심히 따른다. 맘 같아서는 앞에 나가서 도와주고 싶지만, 사임당이 그의 도움을 달가워하지 않을 것을 알기에. 큰 골목에 도착한 사임당은 바닥에 보자기를 펼치고 그 위에 색지들을 차곡차곡 쌓는다.

"색지 사세요! 햇살과 바람에 홍화를 말려 잿물에 담그기를 수십 번한 색지입니다! 색지 보고 가세요, 색지요!"

사임당의 맑은 목소리가 장안에 울려 퍼진다.

"색지 사세요! 새색시 볼보다 붉고 명나라 비단보다 오래가는 색지 사세요!"

향이도 덩달아 크게 소리를 지른다. 행인들이 실눈을 뜨고 두 여인을 바라보며 스쳐 지나간다.

"다홍색, 치자색, 청색, 갈색, 살구색, 연두색, 색이란 색은 여기 다 있습니다! 여느 색지와는 달라요! 색지들 보고 가세요!"

그 순간, 어디선가 괴한들이 나타나 바닥에 진열된 색지들을 발로 뻥 하고 걷어찬다.

"앗!"

사임당이 놀라 뒤로 넘어진다.

"아씨!"

향이가 질겁하며 사임당에게 달려간다. 험악하게 생긴 괴한들은 다짜고짜 색지를 뒤집어엎고 걷어차며 난리를 친다.

"왜, 왜들 이러시오?"

"이보시오! 이러지 마시오!"

향이와 사임당이 괴한들을 말리려 달려든다.

"허락도 없이 종이를 팔아?"

괴한은 손으로 사임당을 밀어버린다. 이 모습에 이겸은 그만 이성을 잃고 괴한들을 향해 돌진한다. 발로 괴한 한 명의 옆구리를 걷어차 쓰러트리고, 손으로 다른 괴한의 뒷목을 가격한다.

"네놈들은 대체 어디에 속한 무리이기에 벌건 대낮에 부녀자를 이리 밀치고 행패를 부린단 말이냐!"

이겸이 위엄 가득한 목소리로 호통을 친다.

"선비님은 가던 길 가세요. 양반이라고 안 봐줍니다."

옆구리를 강타당한 괴한이 일어나 손바닥을 털며 이를 갈 듯 말한다.

"정녕 포도청에 끌려가고 싶은 것이냐!"

이겸은 호랑이가 포효하듯 매섭게 소리친다.

"가던 길 가시라니깐! 고귀한 양반님네!"

괴한이 칼을 뽑아 들고 위협한다. 그것을 발단으로 옆에 있던 나머지 괴한들도 모두 칼을 뽑아 든다. 칼을 본 사임당은 사색이 된 얼굴로 비명을 지른다. 이겸은 사임당과 향이를 보호하듯 등 뒤로 보내고, 칼을 든 괴한들과 마주 선다. 괴한들은 칼을 이겸에게 들이밀며 천천히 다가선다.

"물럿거라!"

이겸이 소매에서 부채를 꺼내 펼친다. 40살 부채에 황칠을 입힌 나전선, 즉 왕가붙이임을 증명하는 부채이다. 부채를 본 괴한들은 당황한 듯 뒤로 주춤 물러난다. 그때, 멀리서 지켜보던 사내가 괴한들을 향해 눈짓하며 신호를 보낸다. 그 모습을 포착한 이겸은 재빨리 사내 쪽으로 고개를 돌린다. 낯익은 얼굴이다. 순간 이겸은 민치형의 집에서 그 사내를 보았음을 떠올린다. 휘음당을 만나던 날, 정자로 찻상을 가져다준 종복이었다. 신호를 받은 괴한들은 누가 먼저랄 것도 없이 일제히 칼을 거두고 주춤주춤 물러나 자취를 감춘다.

"휴우…… 괜찮소?"

괴한들이 사라진 후, 이겸은 한숨을 내쉬며 사임당을 돌아본다.

"여보, 괜찮소?"

그때, 어디선가 낡은 두루마기를 걸친 남자가 부리나케 달려와 사임당을 부축한다. 사임당의 남편 이원수다. 이겸의 안색이 급격하게 어두워진다.

"구경났어요? 비켜, 비켜!"

이원수는 사임당을 감싸 안은 채 구경꾼들을 향해 소리를 지른다. 이겸은 그 기세에 눌려 구경꾼 사이로 물러선다.

"종이를…… 종이를 가져가야 합니다!"

사임당은 몸부림을 친다.

"지금 종이가 문제요! 이 판국에 무슨! 얼른 갑시다, 얼른 가!"

이원수는 답답하다는 듯 성을 낸다. 사임당은 남편의 만류에도 아랑곳하지 않고, 바닥에 널브러진 종이들을 줍느라 정신이 없다.

"그만두시래도!"

이원수는 버럭 소리를 지르며 사임당의 팔을 잡고 억지로 끌고 간다. 이겸은 멀찌감치 떨어져 사임당의 뒷모습만 망연히 바라본다. 가슴을 저미듯 짙게 사랑했던 여자였다. 그런데 어찌하여 그대는 다른 이의 품에 안겨 있는가. 그때, 사임당이 고개를 돌려 그를 잠시 바라본다. 붉게 충혈된 그녀의 눈에 눈물이 그렁그렁 맺혀 있다. 부끄러움과 고마움, 미안함이 뒤죽박죽 섞인 시선이다. 눈을 마주친 이 짧은 순간, 이것도 세월이라 부를 수 있을까. 이겸은 돌아선 사임당의 뒷모습에 먹먹한 시선을 던진다.

"그자와는…… 그리 살아도 좋은 것이오?"

이겸은 한탄하듯 읊조리며 멀어져가는 사임당과 그녀의 남편을 하염없이 바라본다.

완연한 겨울이다. 아침부터 쌩쌩 불어오는 찬바람에 비익당 마당도 얼어붙는다. 이겸은 이른 아침부터 연못가 정자에 앉아 그 차가운 겨울바람을 고스란히 맞고 있다. 그의 발치에는 전날 저잣거리에서 주워온 사임당의 색지가 수북하게 쌓여 있다. 지나가는 사람들의 발자국이 고스란히 찍히고, 여기저기 구겨지고 상한 색지를 바라보자니 이겸의 속이 새까맣게 타들어간다.

이 종이를 만들기 위해 닷새 동안 잠 한숨 못 자고 고생했을 사임당이 안쓰러워 미칠 것만 같다. 그녀를 향한 이 마음이 동정인가 사랑인가. 자신조차 알 수 없다. 그저 그녀만 생각하면 가슴 밑바닥에서 격렬한 바람이 이는 것이다. 자연으로 부는 바람을 어찌 인력으로 막을 것인가. 이겸은 마침내 앞에 있는 색지 한 장을 들어 바닥에 펼친다. 이내 옆에 놓인 화구통에서 붓을 꺼내든다. 격렬함으로, 그리움으로, 쓸쓸함으로, 꿈틀거리는 감정을 담아 붓질을 한다. 봄의 새싹처럼 화사한 연둣빛 색지 위로 짙은 초록의 파초가 탄생한다. 그는 완성된 파초 그림을 정자 벽에 전시하듯 붙인다.

"오늘의 주제는 여기 이 색지요! 색지 위에 그림을 그리든 시를 쓰든 찢어다 붙이든, 마음껏 활용해보시오!"

이겸은 모여드는 예인들을 향해 크게 외친다. 이겸의 파초 그림에 넋을 놓고 있던 예인들은 너도나도 색지를 향해 손을 뻗는다.

보랏빛 종이 위에 화려한 산수가 살아나고, 분홍빛 종이 위에 유려한 초서草書로 시가 수놓인다. 주홍빛 종이 위에 매화가 쳐지고, 하늘빛 종이 위에 탐스러운 목란꽃이 피어난다.

겨울 햇살이 쨍하니 비쳐드는 오후, 비익당 정자 서까래에는 다양한 그림들이 걸린다. 저마다 그림과 시를 품은 색지들이 바람에 펄럭인다.

"본연의 색이 좋으니 작품도 덩달아 사는 것 같네요. 안 그렇습니까, 당숙?"

이후가 전시된 색지 작품을 보며 칭찬을 늘어놓는다.

"그렇구나. 시중에 파는 색지와는 그 빛깔이 미묘하게 다른 것이!"

이겸이 얼른 그 말을 받아친다.

"어찌 저리 고울 수 있는지……!"

이후가 능청을 떤다.

"이리도 좋은 색지를 어디서 구해왔단 말이더냐?"

"저쪽 산 위에 새로 생긴 지방이 있는데요……."

이겸과 이후의 만담을 가만히 듣고 있던 예인들이 귀를 쫑긋 세운다. 보아하니 당장이라도 색지를 사러 사임당의 종이공방으로 달려갈 기세다. 이겸은 자꾸 웃음이 나려는 것을 애써 참으며 정자 밑으로 유유히 내려간다.

●

같은 시각, 사임당은 맹지 종이공방에서 성난 유민들에 둘러싸여 곤욕을 치르고 있다. 유민들은 지물전에서 색지를 받아주지 않더라는 사임당의 말을 믿어주지 않는다. 다른 양반들과 마찬가지로 자신들을 속였다며 낫을 든 이도 있다. 대장은 살기등등한 눈빛으로 아녀자 한둘 묻어버리는 것은 일도 아니라며 당장 품삯을 달라고 위협한다.

"백 번을 얘기한들 변명밖에 되지 않을 것이오, 지금은……."

사임당은 자신을 죽일 듯 노려보는 유민을 향해 천천히 무릎을 꿇는다.

"뭔 개수작이야!"

"사람 꾀는 말솜씨뿐 아니라 거짓 시늉도 일품이군. 한 번 속지. 두 번은 안 속아!"

대장을 필두로 그녀를 에워싼 유민들이 언성을 높인다.

"지금 내가 할 수 있는 건 이것뿐이오. 믿고 따라준 여러분께 내가 할 수 있는 사죄의 표현이오."

그녀의 진심이 통한 것일까. 몇몇 유민들의 표정이 금세 수그러든다. 하지만 대장은 분노를 가라앉히지 못하고 밧줄을 가져오라며 호령한다. 그 순간, 비단옷을 입은 양반 사내들이 우르르 몰려온다.

"여기가 종이공방이오?"

"여기가 색지를 판다는 곳이오?"

"이곳 공방에서 독보적으로 고운 색을 낸 색지를 만든다 해서 우리가 이렇게 직접 사러 왔소!"

느닷없이 나타난 예인들의 모습에 사임당과 유민들의 눈이 휘둥그레진다.

"그렇습니다!"

그때, 상황을 파악한 향이가 얼른 달려가 작업장에서 색지를 들고 나온다. 유민들도 들고 있던 낫을 내던지고 향이를 돕는다.

"이천 장이고 삼천 장이고 주문만 하십시오!"

장쇠라는 이름의 청년이 빠른 손놀림으로 색지를 보기 좋게 평상에 펼쳐놓는다. 예인들은 색지를 고르느라 여념이 없다. 사임당은 멍한 얼굴로 색지를 사고파는 유민들과 예인들을 바라본다. 절체절명의 위기에서 도움을 준 이는 누구인가. 하늘인가 사람인가. 그게 누구든 꽁꽁 얼어붙었던 마음을 뜨겁게 녹여준 이에게 무릎이라도 꿇고 싶다.

그날 밤, 사임당의 종이공방 마당에 등불이 켜지고, 유민들이 길게 줄을 선다. 사임당이 수결문서를 앞에 두고 한 명 한 명 호명한다.

"신장쇠!"

"예!"

장쇠가 머리를 벅벅 긁으며 멋쩍게 다가선다.

"수고하셨소!"

사임당이 깍듯하게 예를 갖춘다.

"난 방망이질밖에 한 게 없는데……."

삯을 받은 장쇠가 쑥스럽다는 듯 웃는다.

"방망이질이 제일 중요하지요, 종이엔!"

사임당이 활짝 웃으며 대답한다.

"잡티 고르기는 어떻고!"

"잿물에 삶아내는 건 내가 했어, 왜 이래!"

호명을 기다리던 이들도 한껏 들뜬 목소리로 떠들어댄다.

"이번엔 싸게 팔아서 수익이 많지 않아요. 앞으로 더 열심히 해 봐요. 우리!"

사임당이 흐뭇한 미소를 지으며 얘기한다.

시간이 흘러, 줄지어 서 있던 유민들에게 제 몫의 품삯을 모두 돌려준 사임당은 자리에서 일어나 주변을 두리번거린다. 저 멀리 나무 밑에 어색하게 서 있는 대장이 보인다. 사임당은 바구니에 남은 품삯을 챙겨 대장에게 다가간다.

"고생하셨소."

"됐소, 다른 이들이나 더 챙겨주시오."

대장은 민망하다는 듯 사임당을 피해 가버린다. 저 굳은 마음을 열려면 얼마나 많은 시간이 필요할까. 사임당은 안타까운 마음에 한숨을 내쉬고 웃고 떠드는 유민들을 향해 돌아선다.

"이렇게라도 갚을 수 있다면…… 더없이 고마운 일입니다. 내 가 당신들을 지킬 것이니…… 지금처럼 웃어주세요."

그녀의 나직한 목소리가 까만 밤하늘에 별처럼 흩어진다.

대궐 같은 민치형의 집 뒤뜰에도 별빛이 환하다. 휘음당은 초롱을 들고 따르는 몸종과 함께 산책을 하며 울화를 삭인다. 비익당 예인들이 사임당의 색지를 모두 팔아주었다는 소식에 속이 뒤집힌 것이다. 예인들이 누구의 사주를 받았는지는 불 보듯 뻔한 일이다. 어째서 사임당인가. 차라리 다른 여인이라면, 이겸이 생판 모르는 여인과 혼례라도 올렸더라면 마음이 편했을 텐데. 그가 바라보는 여인이 사임당만 아니라면. 사임당을 향한 이 원한이 어디에서 기인한 것인지는 알 수 없다. 다만 한 가지는 안다. 결국에 허무만 남을지라도, 사임당이 눈앞에서 사라져야 이 원한이 끝난다는 것을.

휘음당이 까만 밤하늘에 뜬 별을 바라보며 이러한 결심을 하고 있을 때, 종복이 달려와 대감마님이 찾으신다는 말을 전한다.

휘음당은 사랑채 앞에서 옷매무새를 단정히 하고 문을 연다. 민치형의 날 선 눈빛이 그녀를 노려본다. 어쩌면 그녀만의 느낌인지도 모른다. 무심히 보는 민치형의 시선에서도 휘음당은 늘 섬뜩함을 느끼곤 했으니.

민치형 앞에 공손히 앉은 휘음당은 지물전 사업 보고를 올린다. 납품받은 고려지로 만든 책이 너무 빨리 바래고 버석거린다며, 돈이 많이 들더라도 명품 고려지를 보내달라는 명 사신의 말대로 종이의 질을 높이기 위해 최선의 방법을 찾고 있다는 말로 끝을 맺는다.

"수고가 많았소. 부인 덕에 내 면이 좀 섰지."

민치형은 윗입술을 비틀어 웃으며 치하한다.

"마땅히 할 일을 했을 뿐입니다."

휘음당은 깍듯하게 예를 갖춰 깊이 고개를 숙인다.

"그래서, 선물을 하나 준비했소."

"선물……요?"

휘음당이 눈을 동그랗게 뜨고 묻는다.

"열어보시게."

민치형이 방바닥에 놓인 함을 향해 고갯짓한다. 휘음당은 고개를 돌려 함을 바라본다. 그렇지 않아도 방 안으로 들어올 때부터 신경 쓰이던 함이었다. 그녀는 조심스럽게 다가가 함을 열어본다.

"헉!"

휘음당은 비명을 지르며 뒤로 물러난다. 함 안에 든 것은 잘린 손가락이다. 까만 손톱을 보니 지물전 주인의 것이 분명하다. 이 것은 경고다. 처신을 잘못하면 그 대가는 죽음이라는 경고이며 그 녀도 마찬가지라는 경고.

"알아보겠는가?"

민치형이 비열한 웃음을 흘리며 묻는다.

"나으리……!"

휘음당이 부들부들 떨다가, 납작 엎드려 머리를 조아린다.

"인사가 만사라 했네…… 지물전 관리를 그리해서야 쓰겠는 가?"

"잘못……했습니다……."

"잘못……했다?"

"믿어주십시오. 다시는 절대로!"

"자네를 믿네. 허나, 믿어달란 맹세 따윈 믿지 않아. 명심하게."

휘음당은 명심하겠다 몇 번이고 다짐하고는 자리에서 일어선다. 다리에 힘이 풀려 금방이라도 주저앉을 것만 같다. 굳은 의지로 이를 악물고 버티며 밖으로 나온다. 찬 기운이 스멀스멀 올라오는 마루에 발을 디디자마자 휘청 주저앉는다.

지난 이십 년, 민치형의 곁에서 한 치 실수도 흐트러짐도 없이 살아온 그녀. 혼신을 다해, 입안의 혀처럼 굴며 버티고 견뎠다. 한데 그 대가가 잘린 손가락이 든 함일 뿐인 것이다. 억울하고 고독하다. 원통하고 쓸쓸하다. 한 맺힌 하얀 입김이 어둠 속으로 소리 없이 흩어진다.

◦

거센 겨울바람이 방 안에 있는 촛불까지 흔들어댄다. 민치형은 불도 삼켜버릴 듯한 집념으로 흔들리는 촛불을 노려본다. 휘음당이 열어놓은 함 속에는 지물전 주인의 잘린 손가락이 그대로 있다. 민치형은 함을 가까이 끌어당겨 맨손으로 잘린 손가락을 움켜쥔다. 잘린 손가락을 내려다보는 그 시선이 마치 허기진 들짐승의 눈빛 같다. 사실 그에게 경고를 받은 것은 영의정이 먼저였다. 두려움에 벌벌 떨던 영의정의 늙은 면상을 떠올린 민치형은 윗입술을 비틀며 간악한 미소를 짓는다.

영의정과의 인연은 민치형이 평창 현령으로 있었던 이십 년 전으로 거슬러 올라간다. 그는 영의정 아들 윤필이 관동팔경 유람을 온다는 소식을 듣고 버선발로 뛰어나가 접대했다. 온갖 산해진미와 술을 준비하여, 경치 좋고 물 좋은 운평사로 올라갔다. 그러다 운 좋게도 술에 절은 영의정 아들이 살인을 저지르고, 민치형은 그것을 빌미로 그와 거래를 했다. 그 후, 윤필은 반미치광이가 되어 이십여 년을 허랑방탕하게 지내고, 민치형은 그의 아비인 영의정의 갓끈을 쥐고 이조참의 자리까지 올라왔다. 영의정이 권력의 든든한 뒷배가 되어주는 대신, 민치형은 그의 아들이 쏟아낸 온갖 더러운 오물을 치워주었다. 그렇게 이십 년 세월이 흘렀다.

그런데 얼마 전, 영의정이 민치형의 뒤통수를 치는 사건이 벌어졌다. 갑자기 공석이 된 강원 감사 자리로 민치형을 천거한 것이다. 과거 평창 현령을 지낸 바 있어 강원도 실정에 밝으며, 정삼품에서 종이품으로 영전하는 것이니 모양새가 나쁘지 않다는 것이 천거 이유였다. 좌의정에게 이 소식을 전해들은 민치형은 이를 부득부득 갈았다.

"강원 감사? 영상이 나를 강원도에 처박으려 했단 말이오!"

"다행히 전하께서 결정을 미루셨네만, 영상이 저리 주장하면 아무래도……."

좌의정이 걱정하는 척 말끝을 흐렸다.

"어림없는 소리! 우선 내시부 상선*영감을 만나야겠습니다."

민치형이 격앙된 어조로 소리쳤다.

"상선영감을?"

좌의정의 눈이 커졌다.

"전하의 내탕고**에 지난 달보다 두 배 많은 진상품이 들어갈 겁니다. 내가 없어지면 전하와 전하의 주변도 불편해진다는 것을 아시게 될 겁니다."

"역시, 자네 배포는……."

그날, 민치형은 좌의정에게 개성 홍삼과 명국 사신에게 얻은 도자기 등 값나가는 것들을 선물했다. 권력 맛을 오래 본 인간일수록 뇌물에 약하다는 것을 누구보다 잘 알고 있는 것이다.

좌의정을 만난 다음 날, 민치형은 윤필을 찾아 나섰다. 하늘이 도운 것일까. 시의적절하게도 윤필이 피비린내 진동하는 오물을 쏟아냈다는 소식이 들려왔다. 절간에서 술판을 벌이다 어린 기생을 살해한 것이다. 민치형은 만사를 제치고 그곳으로 달려갔다.

"왜 이제야 오는 것이오!"

민치형을 보자마자 영의정의 아들이 달려와 바짓가랑이를 붙잡으며 흐느꼈다. 민치형은 이맛살을 찌푸리며 피 칠갑된 그의 머리

---

* 조선의 내궁을 담당하는 내시부의 우두머리.

** 조선 시대에 임금의 사사재물을 보관하던 곳간.

칼을 개 쓰다듬듯 쓰다듬었다. 그곳에는 술에 취해 인사불성이 된 양반 자제 두엇이 너부러져 있고, 그 옆으로 가슴에 칼이 꽂혀 피가 낭자한 어린 기생이 있었다.

"저 아이가…… 운평사에서 살아났다……."

"쉬쉬…… 여긴 아무도 없어."

민치형은 얼이 빠진 채 중얼거리는 그를 어르고 달랬다.

"저기 저년이…… 죽지를 않았단 말이다!"

윤필이 덜덜 떨리는 손으로 죽은 기생을 가리켰다.

"운평사 그 아이는 이제 없어……."

민치형은 윤필의 뺨을 손으로 철썩 때렸다.

"정말…… 없소?"

"내 뒤에, 잘 숨기만 하면 말이지!"

민치형이 특유의 비릿한 미소를 지으며 낮게 말하고 자리에서 일어났다. 과연 영의정은 아들이 질러놓은 이 피비린내 나는 오물 앞에 어떤 표정을 지을 것인가. 생각만 해도 즐거웠다. 민치형은 대동한 수하들을 불렀다.

수하들은 한두 번 해본 솜씨가 아닌 듯 일사천리로 움직였다. 윤필을 비롯해 몸도 못 가누는 양반 자제들이 가마에 태워지고, 술상과 바닥에 있는 증좌들이 말끔히 치워졌다. 방 안이 정리되자, 수하들은 밖에서 묵직한 자루를 가져와 열어젖혔다. 벌어진 자루 속에서 지물전 주인의 시체가 나왔다. 목에 밧줄이 감긴 시체는 천장에 매달렸다.

이제 방 안에는 목을 매단 시신과 칼에 맞은 시신만이 남아 있었다.

"영의정 대감의 아들은 여기 온 적이 없네. 저치가 살인을 한 후, 제 손으로 자진한걸세. 알겠는가?"

민치형은 절간지기에게 은자를 쥐여주며 말했다. 절간지기는 덜덜 떨면서 고개를 끄덕였다. 만사가 해결된 것이다. 민치형은 흡족한 미소를 지으며 윤필을 데리고 영의정의 집으로 향했다.

"아, 아니!"

아들이 왔다는 소식에 버선발로 나온 영의정은 피로 범벅된 필의 모습을 보고 사색이 되었다.

"아버지!"

윤필이 우는 소리로 아버지를 불렀다.

"네, 네가 어찌? 또 무슨 사고를 친 게냐?"

"고정하시지요. 상황이 상황인지라, 남의 눈에 띄면 안 되는 실수를…… 물론 아주 작은 실수입니다. 혹여 대감께 누가 될까 싶어, 이 밤에 실례를 무릅쓰고 찾아뵀습니다. 남의 말 하기를 워낙 좋아하는 세상 아닙니까?"

민치형이 눈을 빛내며 불쑥 끼어들었다. 영의정은 성난 얼굴로 민치형을 노려보다가 사랑채로 들어갔다. 민치형은 승자의 미소를 지으며 뒤따랐다.

"또 무슨 사고를 친 것인가?"

끄응, 신음하며 자리에 털썩 주저앉은 영의정이 민치형을 바라보며 물었다.

"작은 실수였습니다. 그렇지요?"

민치형은 비척비척 들어와 앉는 윤필을 보았다.

"분명 운평사 그 아이 같았단 말이야. 그래서 나도 모르게 칼을……"

윤필은 억울하다는 듯 변명을 늘어놓았다.

"또!"

더 들을 것도 없었다. 칼이라는 말이 나오자마자 영의정이 서안에 있는 책을 던질 듯 들었다.

"조용히 처리했으니…… 염려 마십시오."

민치형이 짐짓 말리듯 말했다.

"휴우!"

영의정이 늙은 얼굴에 주름을 가득 만들며 한숨을 내쉬었다. 민치형은 잠깐 망설이는 듯싶더니 영의정 앞으로 들고 온 함을 밀어주었다. 영의정은 함의 뚜껑을 열자마자 기함을 하며 뒤로 물러앉았다. 그 모습을 본 민치형의 눈이 희번덕거렸다. 이제 영의정은 한동안 죽은 듯 지낼 터였다. 만사를 해결한 민치형은 함을 들고 자리에서 일어나 옷에 묻은 먼지를 탈탈 털어내고 밖으로 나왔다.

이제 잘린 손가락의 역할은 끝났다. 민치형은 손에 들고 있던 손가락을 함 속에 던져버린다. 약점이 분명한 인간은 다루기가 쉽다. 휘음당이나 영의정, 또 그의 아들 윤필이 바로 그런 인간들이다. 한데, 이겸은 다르다. 아무리 탈탈 털어도 먼지 한 톨 나오지 않는 데다 과거 이력을 조사해봐도 덫이 될 만한 것이 없다. 다만한 가지, 기묘사화에 연루된 신명화의 여식과 연정을 나누던 사이였다는 점이 마음에 든다. 그 과거사를 이용해 요긴한 올무를 만들 수는 없을까. 민치형은 바람에 일렁이는 촛불을 바라보며 골똘히 생각에 잠긴다.

　밤새 눈이 내린 모양이다. 지붕 서까래도, 마당도, 앙상한 나뭇가지도, 얼어붙은 연못도 하얗게 눈이 부시다. 이겸은 뜰에 내려앉은 겨울을 한참 동안 바라보다가 대문을 나선다. 그의 발길은 수진방 골목을 벗어나 중부학당으로 향한다.

　교수관 탁자 앞에 앉아 서책을 보던 백인걸이 이겸을 보고 반색한다. 무엇이 그리 바쁜지 수업이 없는 날은 좀처럼 발길을 하지않는 이겸이기에 더욱 반가운 것이다. 그들은 오랜만에 찻잔을 기울이며 그간의 안부를 주고받는다. 그러다 이겸이 갑자기 잠잠해진다. 백인걸은 빈 잔에 찻물을 채우며 할 말이 있거든 꺼내보라는 듯 이겸을 바라본다.

　"……지방 말직 평창 현령 민치형이 중앙으로 진출할 수 있었던 배경에 절간 화재사건이 있단 소리가 있던데……?"

이겸의 느닷없는 질문에 당황한 백인걸이 찻물을 쏟아버린다.

"아는 거 있구나? 있지?"

이겸이 얼굴을 앞으로 쓱 내밀며 채근한다. 백인걸은 대답을 피하고 탁자에 쏟은 찻물만 닦아낸다.

"말해봐요! 나도 들은 것이 있어서 그럽니다. 불에 타버린 절간이……."

"너는 지금 위험한 질문을 시작했다."

백인걸이 이겸의 말을 싹둑 잘라버린다.

"그거 말고 또 아는 거 없어요? 아는 대로 다 말해봐요!"

이겸은 백인걸이 뭔가를 알고 있다는 확신이 들어 대답을 재촉한다.

"지난 일은 잊어라. 어차피 되돌릴 수 없는 일, 손대면 여럿 다칠 수 있어. 설령 그게 너라도 말이다."

사임당과 이겸의 관계를 알고 있는 백인걸이 의미심장하게 말한다.

"그래도 알고 싶어! 아니, 꼭 알아야겠어."

절박한 이겸의 종용에 백인걸은 무겁게 입을 연다.

"……절에서 벌어진 학살과 화재! 그 모든 일의 발단은 시 한수에서 비롯된 듯싶다."

"시……?"

"기묘사화 전날 밤의 비밀 모임에서 자리를 박차고 나갔던 선비 몇에게, 전하께서 은밀히 시를 내리셨다는 소문이 있었다. 절간에서 유민들이 학살당하던 바로 그 즈음이야. 시를 받은 선비들은 모두 죽어 나갔고, 그중엔 신명화 어른도 계셨다!"

"신명화 어른께서?"

"네가 그토록 연모해 마지않던 신씨 부인의 아버지이자…… 내가 존경하던 형님이셨지."

"대체 그 시가 어떤 내용이기에!"

"기묘년에 처형당한 이들을…… 그리는 내용이란 소문이 항간에 잠시 떠돌았지만…… 알 수 없는 일이지. 죽은 자는 말이 없는 법이니까……."

백인걸은 회한 가득한 목소리로 허탈하게 말한다. 그 말을 듣는 이겸은 온몸의 피가 거꾸로 솟는 듯하다. 이십 년 전, 사임당이 다른 남자와 혼인하기 직전의 일들이 벼락처럼 생생하게 떠오른다.

"분명 뭔가가 있었어!"

이겸은 주먹을 불끈 쥐고 일어나 밖으로 뛰쳐나간다.

"의성군! 겸아!"

백인걸이 바로 쫓아나간다. 눈 쌓인 마당에는 이겸의 발자국만 남아 있을 뿐, 그 주인은 이미 사라지고 없다. 누구의 원한인가, 어찌하여 기묘년의 불씨가 아직까지 꺼지지 않았단 말인가. 백인걸은 하얀 한숨을 토하며 한탄한다.

말이 달린다. 하얀 설원 위를 거침없이 달린다. 살을 에는 듯 차가운 바람을 가르던 이겸의 머릿속에 지난날의 일들이 펼쳐진다. 도대체 어떤 비밀이 숨어 있는 것인가. 알아내면 알아낼수록 아귀가 맞아떨어지는 사건들 속에 아직 풀리지 않는 뭔가가 있다. 이겸은 말고삐를 세게 쥐고 박차를 가한다. 달려라. 죽을 때까지 달려라. 죽더라도 달려라. 기필코 알아내고야 말 것이다. 기어코 풀어내고야 말 것이다.

━━ 하권에서 계속